治愈系旅行文学

你就是世界，世界就是你

NIJIUSHI SHIJIE,SHIJIE JIUSHI NI

尹 喻 / 著

时代出版传媒股份有限公司
安徽文艺出版社

图书在版编目（ＣＩＰ）数据

你就是世界，世界就是你/尹喻著.—合肥：安徽文艺出版社,2018.5
ISBN 978-7-5396-6150-6

Ⅰ.①你… Ⅱ.①尹… Ⅲ.①长篇小说－中国－当代
Ⅳ.①I247.5

中国版本图书馆CIP数据核字(2017)第173815号

出 版 人：朱寒冬
责任编辑：姜婧婧　刘　畅　　　　　　装帧设计：徐　睿
....
出版发行：时代出版传媒股份有限公司　www.press-mart.com
　　　　　安徽文艺出版社　　www.awpub.com
地　　址：合肥市翡翠路1118号　邮政编码：230071
营 销 部：(0551)63533889
印　　制：合肥华星印务有限责任公司　(0551)65714687
....
开本：880×1230　1/32　印张：10.75　字数：250千字
版次：2018年5月第1版　2018年5月第1次印刷
定价：39.80元
....

(如发现印装质量问题，影响阅读，请与出版社联系调换)
版权所有，侵权必究

目　　录

关于生活 / 001
关于幸福 / 003

第一章　跨出舒适圈 / 001

第一节　巴塞罗那 Barcelona 重设人生指南针 / 003
在光阴中守着平衡 / 生活的套路 / 意外的惊喜 / 逃离生活，找寻诗意？/ 因为不确定，所以要前行 / 预期的生活和真实的生活 / 在自己编织的美梦中迷失

第二节　巴塞罗那 Barcelona 有梦不怕路远 / 017
如果人生归零 / 别人的人生 / 失去身份标签的低落 / 在寻找中改变，在迷茫中接纳 / 那些路上的故事

第三节　马德里 Madrid 我们在寻找什么？/ 030
慢下来的小时光 / 总会有人聆听你的世界 / 陌生人的问候 / 爱自己的一种方式 / 如约而至 / 太阳从不打烊 / 艺术品和女人的微笑 / 莫非被生活束缚了手脚？/ 豹子的寻找

第四节　托莱多 Toledo 探寻失落的力量 / 044

我们的心灵渴望怎样的慰藉？／《堂·吉诃德》引发的思考／美食哲学／思想的漫步／心身耗竭综合征？／在画作里感悟生活／身份的焦虑／时光中游走的身影

第五节　塞戈维亚 Segovia 万物都跟爱有关 / 059

我们的心是一座城堡／古罗马引水桥下的倾吐／想象有时比现实更让人幸福／原来爱情触手可及／欲望是生命中的刺青／离别在时间的彼岸

第二章　旅行与发现 / 073

第六节　赫尔辛基 Helsinki 逃出心中的围墙 / 075

所有的瞬间都成为永恒／爱情的几个阶段／在途中遇见爱情？／心中的那份光亮／与幸福指数有关的一切／居心叵测的边缘化／记忆在某个瞬间扑来

第七节　萨翁琳娜 Savonlinna 美好不是完美无瑕 / 093

不要忘了信任／芬兰一家人／内心的两匹狼／美好不是完美无瑕／存在感抑或安全感／一个女人的精致／纯真的渴望

第八节　斯德哥尔摩卡 Stockholm 忧虑是一种停滞 / 111

像动物一样简单／生活在规划中／梦想很遥远？／过于完美，反而易碎／缘是镜中花／我们都曾忘记爱情的模样／忧虑是一种停滞

第九节　阿比斯库 Abisko 可不可以把一切留在身后？/ 127

探寻北极圈／爱着的人会是另外的样子？／北欧式的行走／分享时光／物我两

相忘／大城市还是小乡村？／萨米人的微笑／攀登，为心灵开拓／可不可以把一切留在身后？

第十节　罗弗敦群岛 Lofoten Islands 总会有人与你心意相通／145
时光会记得／生活的诗意／寻找失去的存在／极限运动爱好者／反差的吸引／旅行也要刷存在感？／没有谁过得真的比谁好

第十一节　峡湾 Fjord 看得透？看不透／165
伤我们的是我们对事情的看法／对生命最美好的理解／刚刚好的尺度／我想和你一起生活，在某个小镇／看得透？看不透／记忆躲在某处／相遇是另一种离别／恋爱不是结婚的必然要条件

第十二节　奥斯陆 Oslo 外向者的孤独／182
《爱的礼赞》(*Salut d'Amour*)／现实总是不完美／光影匆匆，流年依旧／低价值感／甜蜜的忧伤

第十三节　哥德堡 Goteborg 没有百分之百的生活／199
跳蚤市场里的古董耳环／想着想着心就乱了／生活总有意外／抚慰是否有良方？／追问与沉思／有没有百分之百的生活？

第十四节　哥本哈根 Copenhagen 万般皆虚幻／213
万般皆虚幻／不放过我们的是我们的想法／既然爱了就不要离开，好吗？／听见梦碎的声音／有没有一场完美的关系？／微笑的背后

第三章　遇见远方的自己 / 227

第十五节　布拉格 Prague 你怎样,世界就怎样 / 229
回忆是条没有归途的路 / 心中的卡夫卡 / 爱情的"布利丹效应" / 女巫的占卜 / 你怎样,世界就怎样 / 旅行不如心念的转换

第十六节　斯洛文尼亚 Slovenia 不困于情,不乱于心 / 241
阅读是件私人的事 / 一个人的旅行 / 自律即幸福 / 如何活出更加美好的自己? / 真心是最好的表达 / 走出你的节奏 / 照着想象去生活 / 你远比想象中勇敢

第十七节　克罗地亚 Croatia 走着走着花就开了 / 257
所有的相遇都是度化 / 赌徒的心态 / 意外的遇见 / 十六湖国家公园的奔跑 / 被爱就值得感激 / 独处是门艺术 / 杜布罗夫尼克往事 / 唯有爱恒久如新 / 从自我认同中找寻力量

第十八节　保加利亚 Bulgaria 诗意而有力量的生活 / 272
关于卖花老太的记忆 / 走过了时光,错过了爱 / 爱是世界上最美好的东西 / 旅途中的小沦陷 / 探寻玫瑰谷 / 除了生死都不重要 / 平衡的生活状态 / 浮云落日,终有归处

第十九节　希腊 Greece 不悔过去,不畏将来 / 287
和自己相处 / 做喜欢的事情,并为之拥有梦想 / 如果时光可以重来 / 把生活过成想要的样子 / 别人不是你的彼岸 / 不依赖他人的幸福 / 唯当下最美好

第二十节　土耳其 Turkey 你的渴望,宇宙会听见 / 303

爱无须去寻找／以小孩的心态看世界／时光且长,积攒能量／幸福的源泉总相同／一个手艺人的专注／皮格马利翁式的期待／土耳其咖啡／你的渴望,宇宙会听见／只要还活着

第四章　告别与重逢 / 319

第二十一节　你就是世界,世界就是你 / 321

内心向往的方向／找到自己的旅行／用喜欢的方式去生活／爱,自然生长／简生活／尽情做自己／幸福从不缺席／美好如期而至

关于生活

你真正在生活吗？是在过自己想要的生活，还是努力活在别人定义的幸福中？

曾经的我，花费很多时间和精力追求一种世俗的"人生意义"，为了实现自我价值，总将时间浪费在不乐意还要勉强为之的事情上，也经常为此忽略生活中那些能够带来幸福感的微小的事情。

你也如此吗？在忙忙碌碌中忘了去追求自己真正想要的生活？也只顾着闷头做事，却忘了感受这个世界？是不是也努力地在这个不确定的世界里找寻着内心的确定？

或许，我们每个人都在意别人如何看待自己，渴望向外界证明自己，又或许，这源自我们内心对未来的恐惧，经常会处在迷茫、焦虑的情绪中，似乎唯有终日奔跑才会找到心灵中缺失的那份安全感。

遗憾的是，努力并不能将我们从迷茫中解脱，愿望的实现也不能带给我们心满意足的幸福。在这个忙碌、物质膨胀的时代里，我们学会了承受，学会了妥协，却没有更多的时间关注自己的身心灵，也忘记倾听自己内心的声音。

生活需要在某一时刻按下空白键，给自己一次看清楚自己的机会，更要有勇气跨出舒适圈，为了成全更好的自己。

感谢旅行，让我不仅发现美好，丰富眼界，遇到受启发的人和事，也在旅途中学会包容,接纳生命中有时的力不从心,更渐渐看清了内心的方向……

原来,通过态度的转变可以改变生活!

原来,只有重塑自己,才会变得更幸福!

如果我们不同他人攀比,不给自己设限,只是出于兴趣做自己喜欢的事,专注而不去想成就和结果,就不会心生迷茫。当我们不再渴求更多,心中缺失的安全感也会渐渐填补。

终究,真正的生活,不是令人羡慕,不是得到他人的肯定,不是活在别人的定义里,而是自我感知,是向内的自我探求,是活成自己喜欢的模样!

别让物质利益支配我们的生活,别让本该柔软的心变得僵硬。放缓脚步,跟上内心的节奏,去感受生命的纹理吧!去重新发现自己、认知自己,按照自己的喜好不断修正自己!在那些看起来无意义的小事中感受幸福感!在平凡的每一天里感受生命的细碎和美好的时光。最终,活成真正的自己。

愿每位读者都能够在内在自我和外界感触中找到平衡,忠于自己的内心,走出自己的节奏,寻找到工作以外的生活感,按照自己喜欢的生活方式去过自信又自在的充盈人生……

嗯,从现在起,整理生活。

关 于 幸 福

生活总在得与失之间徘徊,并不随我们的心意流转。人生的旅途中,我们感受过欢愉,也感受过哀伤;感受过温暖,也感受过伤痛。曾经执迷不悟,曾经痛彻心扉,在经历一次次失去与挫败后,我们渐渐变得柔韧而不屈,直到在那些伤口上开出坚强的生命之花。

这个世界不是我们想象的那么美好,可也有比我们想象的更美好的事。虽然生活复杂多变,但我们追求幸福的心却永远单纯。即使一个人旅行,也要不负光阴。曾经的眼泪,不正是为了重遇幸福吗?

那些年,我们渴望全世界的了解,如今,发现自己了解自己才最重要;

那些年,我们想向全世界讨被爱,如今,开始懂得自己爱自己……

这样的我们,不正是曾经的我们不断切换人生道路上的喜怒哀乐,才走出的人生模样吗?

只要我们拥有力量,敢于独自穿越茫茫黑夜走向远方,在孤独中学会慈悲,在迷茫中学会坚定,在逆势中学会宽容,终将瞥见曙光。那里,会有一个令我们重获温暖的人,在时光中和我们相遇……

生命中,所有的承受,所有独自流过的泪,最终都变成了生命的厚度。我们内心的那个缺口,最终都通过爱得到了治愈。相遇与离别,幸福与悲伤,希望与失望都是生命的滋味。这不正是岁月给我们的馈赠吗?

幸福可能会迟到,但不会缺席,它总是在我们不再费力找寻的时候,悄然地出现……要相信时间总会给我们想要的一切,哪怕它姗姗来迟。那些随时光荏苒的思绪,终会听见花开的声音。

原来,爱与幸福一直都在你的心里!

原来,得到与失去都是内心的假象!

原来,你,就是你要寻找的整个生命的意义!

第一章　跨出舒适圈

　　内心流失的东西,我们总渴望找回来。

　　想要在喧嚣中听见自己的声音,想要在浮世中看见自己的影子,想要走进自我、寻找自我……

　　尚且处在混沌迷茫中的我们,不妨给自己寻找一个突破口。

　　或许,你会邂逅一段爱情,一个知心朋友,一个精神导师,抑或,另一个自己……

　　未来有无限可能性,趁着年轻,去尝试!

第一节　巴塞罗那
Barcelona

重设人生指南针

即使每一步都充满艰辛,也要寻找自己独特的生命轨迹和生命价值,重拾生活的信仰……

在光阴中守着平衡

对秦楚桐而言,这份感情并不幸福。有时,她拼命地想去回忆,却回忆不起两人在一起开心的瞬间。她总是迁就着他的步调,约会的时间、地点,甚至连对吃的喜好也随着他的选择而改变。

我们总有些某种难以付诸言辞且永远不能付诸言辞的东西。有多少感情继续着却其实已经与自己无关?我们希望另一个人会与自己凑成一个圆,可在这个过程中却慢慢磨去了自我。或许,我们害怕孤独终老,宁可选择错误的伴侣将彼此套牢。更苦恼的是,当发现彼此有着不可逾越的思维屏障时,对方的存在已经成了一种习惯。

习惯是如此可怕,问题始终都在,只是,我们要被迫学会容忍,甚至失去了判断能力和勇气。

对于大部分人来说,结婚不一定要以相爱为前提,关键是能找个合适的人过

日子。而合适的标准大多是彼此条件的般配程度和外界的评论。周围的人都在告诉她,人到了一定年龄就要结婚,就要生孩子,你不能违背常规。似乎她的单身是一件令父母蒙羞的事情,她承受着父母、亲友"逼婚"的压力,生活在可能会"孤独终老"的恐惧中。于是,起初的抵触心随着年龄的增长开始妥协,现实的压力迫使很多人选择没有爱情的婚姻。为了结婚将就一下吧,她心里这样劝自己。祖祖辈辈不都是这样过来的嘛。

　　说到爱情,她总会想到《罗马假日》《泰坦尼克号》《魂断蓝桥》《卡萨布兰卡》,男女主角总是一见倾心,将爱情演绎得刻骨铭心。可现实中的感情却是这样没滋没味。不得不承认,在这样一个商业化的社会,结婚变成了一场交易,互不相识的两个人因为彼此的条件而走到一起。"再挑就更没有合适的了""平平淡淡才是真"……全家人一直这样给她洗脑。终于,在她28岁那年,在父母的威逼、劝导之下,在姑妈、姨婆们的催促和张罗之下,她依照大家的心愿接受了一个条件相当的男人。名校博士、央企工作、有车有房,长相也拿得出手,最主要还知根知底——他的母亲和她的姨妈在一个系统工作,相识多年。这样条件的男人无疑是结婚的理想人选,有什么理由拒绝呢?在世俗的看法里,婚姻无疑是一个女人是否幸福的标准。人人都说她福气好,找到一个理想的婆家。对父辈们来说,这样踏实、务实的男人无疑是好归宿。在双方家长的撮合下,他们开始约会。一晃儿,已经快一年了。如今,双方父母频繁互动,开始策划大婚之事。

　　他工作很忙,两人平时几乎没有什么联系,因为他总是说:"工作太忙,没闲工夫聊无关紧要的事,没什么事别老发信息了。"一来二去,她也不想给他发信息,因为发了他多半也不回。这个时代就是如此吧,人人将时间看得重要,越来越要求效率,不愿浪费时间,连谈恋爱也不愿意多花时间。

　　不过,周末时,他们一般都会有一天见面。他很热衷于聊工作,每次见面的聊天内容都像是他一周的工作总结。

　　他经常会说:"社会是残酷的,生存下去的唯一态度就是去斗争。"他总会挂着一种疲惫又高亢的神情,给她讲着社会生存法则。如果她反驳,他则会带着批评和教育的语气说:"世上没有天上掉馅饼的事。你不去跟别人争,别人就会来抢你的食。不要活得太单纯了。"

偶尔,他也会聊聊他喜欢的足球,聊聊他的那些社会关系,也发发对单位领导的牢骚,可这些从来都提不起她的兴趣。而当她与他较有兴致地探讨星座、电影这些,或是表达一些充满想象的想法,他总会打断她的话,或是沉默着没有回应。时间久了,她不再主动开启话题,只是成为他的听众,迎合着他的观点。

有时,他会不停地翻看手机,盯着乱七八糟的新闻和朋友圈的更新,一看就是好一会儿。"电子显示屏将我们和坐在我们身边的人变得疏远,可这是社会现象,别太介意。"她这样安慰自己。

她想他们一起去旅行,以此增加彼此的亲密感。他却说:"有什么好玩的?单位还有那么多事没处理。有旅行的时间还不如好好看看书。"她的渴望总是被他无情地敲碎。或许,工作就是他的全部生活,生活也就是他的工作。或许,他的世界里只有现世的功利。

越是长大,心灵也越变得麻木和迟钝吧,一些曾给予我们快乐的东西渐渐在生命里消失,很多事情只会让我们觉得无聊和无趣。

有种感情让人觉得纵然相敬如宾,心却寂寞孤独。

她心中那种对爱情的憧憬,被现实一点点撕扯。如今,连点浪漫的烟雾都看不到。他们既没有默契也没有共性,甚至还有不可调和的矛盾,却要被彼此套牢。一生一世,这本该是对心爱的人的承诺,现在恐怕只能献给彼此的条件和这可恶的世俗眼光了。可是,还有什么不满足呢?他们俨然是别人眼中的金童玉女。

这就是生活吧,越是挣扎陷得越深。有多少婚姻是在这种没有情感交流、长期的妥协和忍耐中维系的?在光阴中守着平衡,不打破生活的秩序,这或许就是婚姻本来的面貌。

生活的套路

职场中有很多楚桐看不惯的人和事。

有一些人为了自己的利益,宁愿接受各种潜规则,并振振有词:社会就这样,想要活得好,就必须无条件地适应;也有一些人,对自己有用的人就阿谀奉承地巴结,对自己无用的人就猛踩踏;还有一些人,两面三刀,搬弄是非,做事毫无原则,却偏偏得到领导重用……

这样一家名声在外的公司并没有把道德考量置于其用人标准中。可难道就因为自己看不惯一些人而辞职吗?她不断对自己说,这么牛的公司进来不容易,即使不喜欢也要坚持。

职场由不得性子!

毕业以来,她一直在同一个公司、同一个部门,早已厌倦了重复性、事务性的工作,感觉自己就像流水线上的工人,每天都是一成不变的模式,只为了月底的薪水。然而,厌倦却不能松懈。在职场里,任何人都可以被取代,没有一个人是不可缺少的。为此,她从不敢放缓自己的脚步,行业交流、课程充电占据了她周末的大部分时间。

在纷繁的环境下,我们很难遵从内心的指引而生活,总是夹裹在人潮中,背离自己的想法,追逐世人的"成就"。为了让父母的颜面有光,为了要强,唯有拼命狂奔。仿佛只有奔跑,才能看得见未来……在所有人都在强调成功和精英化的今天,不奔跑不就等于退步?众多的成功理论和励志人生鞭策我们要保持足够的热忱去奔跑。

你,不能落在别人后面!

速度,似乎赋予人们力量,那是拥有光彩生活的力量。特别是升职以来,她更加努力,经常会加班到半夜。现在忙都成了一种炫耀吧。

可忙碌不代表充实,忙碌反而令自己更加盲目。忙得没有闲心去做自己想做的事,更忙得没有时间看清自己。

坚持,再坚持一下,等做了总监就好了。能当上这个公司的总监,不是入职时候的梦想吗?当上总监会有丰厚的薪金,会结交到高素质的人脉,会觉得功成名就……到那时,或许就可以自由了。

我们习惯了以某种进入感来看待人生——进入最好的大学,进入牛的公司,进入某种阶层……对职场而言,职务标签就是能力的证明,就是胜利的宣言!

我们的内心都在酝酿一种变化,期待改变现状,而职务标签总能寄托我们对幸福的期待。那或许是一种里程碑似的荣耀。

如果想成功,就必须坚持不懈地努力。哪有什么天生如此,只是天天坚持!人生,不是因为有了希望才坚持,而是因为坚持才有了希望!她一直这样鼓励自己。

我们总善于夸大自己的实力和耐力,认为这是积极的思考方式。或许,这种积极的思考让我们更自信。然而,其中还有一种潜台词:我除了这份工作还能做些什么呢?自从毕业以来自己就一直在这里工作,以至于都不知道离开这个地方还能干些什么。

谁都希望自己在职业的道路上有所建树,最好步步都是捷径,不走任何弯路。可事实上,我们总是一路迷茫。

就这样,一不小心,她将日子过得莫名空白。

我们精神层面的满足基本围绕两个方面,一个是有喜欢做的事,另一个是情感上有所依托。可对于她,精神世界几乎一片荒芜。

时间总是会麻木所有感受,不经意改变了我们。习惯有些枷锁之后没有了反而不适应。那些我们本以为是负担的事情,日子久了也变得愿意承受。

渐渐地,不再敢于做自己,开始把自己装在了套子里,过着别人眼中的人生。她说,这就是生存法则。

渐渐地,看不清自己,迷失了真性情。她说,这就是成熟。

渐渐地,重复程序化的人生模式,倦怠地等待着老去。她说,这就是生活。

渐渐地,将幸福全部寄托在未来。她说,活着就是为了期待。

渐渐地,开始妥协,开始屈服于环境,不再想探究自己的潜在可能,不再问自己这到底是不是自己想要的生活。

意外的惊喜

"你真行啊！这巴塞罗那大学还真让你给申请上了！"闺蜜左佳欣在电话里大声说道。

这是她大学时梦寐以求的大学，那时，她一心想出国留学，可又不想去那些大众化的留学国家，因此选择西班牙语作为第二专业。可惜，当年她并没有如愿以偿，只是被西班牙一所二流的研究生院录取。

"女人有份好工作，再嫁个好丈夫比什么都强。留什么学？折腾个什么劲儿？而且，你申请上的也不是什么好学校，不去也罢！"在父母的反对声下，她放弃了留学的打算，并在父亲的安排下顺利地进入了现在这个福利待遇都很好的金融单位。

如今，她也庆幸当初父母的决定。周围那些出国的同学，在外面晃荡了几年，吃了不少苦，回国后收入并不比她多，而这样的金融单位也不像当初那样托托关系就能进来了，要经过非常严格的考试和筛选。他们都说，这是因为她福气好，什么都能赶上点，冥冥之中，命运为她做了最好的安排。

是啊，如今的这一切都应该感恩吧，应该相信命运的安排。还有什么不满足？人生，也许并不是按照自己的意愿发展才是最佳的选择。

左佳欣是她大学时候的室友和闺蜜，本科毕业后去了美国读研究生，前几年回国后一直在一家留学机构工作，恰巧去年开始负责西班牙的留学项目，与巴塞罗那大学的校方联系频繁。

"试试呗，近水楼台。我帮你谋划谋划，拿了录取通知书咱也可以不去啊。"在左佳欣的怂恿下，她又再次申请了巴塞罗那大学。

她的确也无心要去，年纪一大就畏惧改变了，只是，当年的失之交臂让她心里有些许不甘。人总是渴望证明自己。她想看看经过这么多年的努力，能不能申请上那所曾经为之奋斗的学府。没想到，这无心插柳的举动反而成功了！

人生,总是这样跟我们开着玩笑。有些东西越想得到越是远离,不想要了,反而自己会找上门来。

逃离生活,找寻诗意?

"不如你接受这个Offer(录取通知),趁着还没老,给自己一个完成梦想的机会。等过几年你有了小孩,再想出去也不可能了!女人可以自由支配人生的时间就那么几年!你不尝试一下会以为现在的生活就是生活全部的样子。活着不是为了安逸,而是为了看到世界的丰富多彩。鸡窝里的鸡生活得再安稳,也永远只是一只鸡,再说了,难道你真的要为了结婚而结婚吗?跟一个自己不爱的男人在一起一辈子?!这婚你要是真的结了,可就再没得选择了……"左佳欣打着边鼓。

辞职去留学?她以为这个梦想仅仅存在于学生时代,她以为她不会再为此而心动,可没想到,当再次面对选择的时候,她会那样激动不已,甚至,听到左佳欣说收到Offer的那一刻,她的眼泪情不自禁地滑落。那是大学四年为之奋斗的梦想啊!

跟嘉良分手?辜负那么多亲人的期望?自从跟他在一起,她就没想过要分开,至少,他们的恋爱从开始就是奔着婚姻去的。即使她并不爱他,也并不觉得幸福,但这或许就是生活。

我们总是喜欢听别人的意见,听完之后似乎会产生足够的安全感去做这件事。此刻,左佳欣的话句句刺激着她的神经。她的内心开始不安分着,和自己抗争。

为何踌躇不前?难道真的要一辈子这样吗:被夹裹在人流中一直向前,迟疑又不肯停下步伐?在生活的琐碎和忙碌中,在尚未触碰到生命的纹理时糊里糊涂地老去?

这个下午,她没心情工作,心乱如麻,只好请了假,漫无目地在大街上晃悠。经过一家书店门口,她站住了。

多久没在书店里度过时光了?

每天朝九晚六的日子,吃了晚饭也就差不多该睡觉了。好容易到了周末,又要忙着约会、忙着上课充电、忙着聚会,属于自己的时间越来越少,哪有静下来体会阅读的从容、舒缓呢?

她走进书店,东翻翻、西看看,眼睛盯在书上,心却始终想着 Offer 的事情。她随手拿起一本马尔克斯的《霍乱时期的爱情》,翻开,第81页,一句话直冲入她的眼睛,刺痛着她的神经:

> 回答他说你愿意。即便你害怕得要死。即便你以后可能后悔。因为如果你说不,无论如何你都会后悔一辈子。

她再也看不进去任何字,这局促的空间似乎令她透不过气来,她决定到附近的公园转转。

她开始审视自己,审视生活。

在这样一个多元化的生活中,自己似乎被一种价值观所压迫。不再重质,而是重量。言语多过思想,速度多过感受。时间一天天流逝,生活毫无新意,原本的初心和现实背道而驰。好在一切稳定,没有生计压力。这些年,自己已经被眼前的安逸洗脑了吧。随着年龄增长变得安于现状,变得惧怕改变。观察周围,很多人都有跟自己相同的境遇,对工作和生活不满,怀疑自己的人生,却仍旧按部就班,不敢打破现状。

再过几年就恍恍惚惚地到中年了。那时,生活不会有大的起伏,也没有什么激动人心的事情发生。乏味的工作环境,级别森严的上升空间,按部就班的发展;生活上跟着嘉良,柴米油盐地过日子,无须太多交流,一切为了下一代,至少老了有个伴儿。生活将人的棱角全部磨平,鲜明的个性也被取缔。

她也能够想象自己30年后的生活状态,就如同单位那些老同志一样,一波波退休,回家带孙辈……

这就是古人所谓的"庸"吧,不变自古就是被我们所推崇的。或许,这就是所谓的"平平淡淡才是真"。

此时,桃花正开得绚丽,有的绯红如霞,有的含苞待放,有的浅妆娇艳,有的蜂蝶相争……桃色凝结着春的时光,时间似乎在这春色中放缓了。

她停下脚步,工作以来忙得总与美好擦肩而过。多久没这么好好地欣赏自然了!

不经意间,一对喜鹊飞过眼前,落在桃花枝上叽叽喳喳地叫着,它们看起来欢乐而无忧,自由自在地在枝干间跳跃着。

此刻,她脑海中突然冒出了一个声音,而且越来越清晰!

如果你尚处在混沌迷茫,不妨给自己寻找一个突破口。或许,你会邂逅一段爱情,一个知心朋友,一个精神导师,抑或,一个不一样的自己。未来有无限可能性,趁着年轻,去尝试!

"是的,这不是我想要的生活!我的灵魂是被禁锢的!这不是我的宿命!难道我的生命轨迹就是一成不变地撕下一张张既定的日历,无法按照自己喜欢的方式去丰盈它?世界如此多彩斑斓,我为何会因别人的眼光而放弃追随内心的自由?婚姻如果以任何一种爱以外的原因去完成,都是对彼此的伤害!那些别人眼中的完整并不是自己心灵的完整!安于现状的人永远不会知道人生的另一种可能。选择改变可能会后悔,而不改变一定会后悔一辈子!"她从心底发出强烈的呐喊,从没这样离经叛道和迫切过!

我们总是在不断的自我否定中,寻找新的出路。"一定有一种生活,可以不再被时间和他人的目光所逼迫,一定有一种生活可以回归生活的本质。"她一字一句地对自己说,"这一次,无论对错都要前行。一生中,总要有那么一次,毫无保留地将未来托付给命运。"

因为不确定，所以要前行

"什么爱不爱？不都是这样过一辈子？早知道你这么任性,年初就该把这婚礼给你们办了,生个小孩你也就不这么不务正业了！人家嘉良多少人惦记呢？那么好的条件！你还觉得不幸福？你前脚走人家就能找个比你年轻、漂亮的！你这不是身在福中不知福吗？"妈妈气得直跺脚,"婚不结也就算了,还非出国读什么书,这好好的工作也给辞了,你这不是作吗?！当初你爸费了多大劲才把你弄进去的?！出国折腾一圈,把你那点积蓄嘚瑟没了,回来你能干点啥？你不是不知道多少人羡慕你现在的工作,想进都进不去！这女人过了30岁又不嫁人又没工作,你这不是让我跟你爸操心嘛?！"

……

她知道,为了这个任性的决定她会付出相应的代价,至少,违背了父母的意愿,让他们难过了。

"我走了,在去机场的路上。"她发了信息给嘉良。曾经那么渴望改变,去意坚决。可真的面临离开的时候,心中却莫名伤感,开始举棋不定,怀疑自己的决定,甚至渴望被挽留。

"留下别走好吗?"或者像电影中常出现的镜头,他放下手中的一切事情,不顾一切地去机场找她,然后两人紧紧地拥抱在一起,久久不分离……

此刻,这是她心里渴望的。如果他真的这样做了,她或许就不走了,心甘情愿跟他一辈子。虽然,感情不同于爱情,可长久的相处会产生一种难以割舍的牵挂,对方的存在会成为一种习惯,一切悄然融入陪伴的时光里。

可是,他没回复。

机场,她落寞地转身,望着过往的人群。他,始终没有出现。

"他当初也只是为了结婚在一起吧。这样也好,解救了两个不幸福的灵魂。"随着飞机的轰鸣,她闭上眼睛,眼角溢出眼泪……

女人总是不愿彻底死心,哪怕明知道自己拿的是一手烂牌,有时哭着嚷着说要离开,到头来还是渴求被挽留。或许,很多时候放不下的不是这个人,而是在他身上寄托的对爱的渴望。

预期的生活和真实的生活

她从来没独自出国过,唯一的一次出国是单位组织的东南亚5日游,但行程紧凑,时间仓促,旅途结束后,她已经回忆不起来都去了哪些地方,看了哪些风景。

十几个小时的飞机,几个机场里出境、候机、转机、延误、入境……她风尘仆仆,带着离别的忧伤和对未来的迷茫,心中充满一个人身处异乡的孤独感。

辗转到达学校的公寓已是午夜。黎明前,当推开公寓房门那一刻,她的心如同沉入海底。

公寓简陋而狭小,一个木制的书桌、一个旧式的柜子和一张一翻身几乎可以掉下来的木制单人床就是全部的家具,地毯发出一股淡淡的霉味,洗脸的手盆挂着发黄的水痕……

落差和孤独令她心中百味陈杂,不由自主地大哭了起来:"这究竟是不是在作?我是不是身在福中不知福?"

很多时候,我们都在期待人生的转机,而转机真的来了,又逃不过失望。

巴塞罗那是一座充满动感和生活气息浓郁的城市。这里依山傍海,气候宜人,有着深厚的文化积淀和浓郁的艺术气息。对于那些被禁锢许久的人来说,终于到达梦想的彼岸,迎接着新鲜事物、呼吸着异域的空气时,本应是心中雀跃的。但初来的几周,她对这座城市充满了排斥感。她觉得这里的空气太过湿润,身上的衣服总像是没拧干;兰布拉大道(La Rambla)上那些来来往往的人群太过密集,好像是簇拥着去赶集,特别是每有赛事,那些洋溢着热情和欢闹的球迷,令她浑身充斥着烦躁和不安全感……她几乎没有心情去欣赏这座她曾为之向往的色

彩斑斓、充满灵动的城市。

独在异乡,孤独是最可怕的,那些堆积的情绪总会莫名其妙奔涌到脑中折腾一番。偶尔,她睡着睡着会突然醒来,仿佛置身于一座荒芜的孤岛,寂寞得要发疯,心里涌出阵阵酸楚,问自己为何要选择这样一条路!有时,她拿起电话想跟人聊聊天,但曾经的那些同事、旧友此刻都变得陌生起来,她无法对他们说出她心中的百味陈杂,毕竟这是自己选择的路,又能跟谁去倾诉?有时候就是这样,渴望跟别人聊天的时候,却不知道从何说起。因为,有些事情不必告诉别人,而有些事情说了别人也无法为我们做什么。

在自己编织的美梦中迷失

巴塞罗那,除了无人不知的高迪、蔚蓝的地中海、多元的文化、古旧的哥特区、迷离梦幻的酒吧、举世闻名的Tapas(西班牙特色开胃小食),还拥有能想象到的和想象不到的一切。

她不善社交,融不进异国的氛围,偶尔和家里的越洋电话也无法让她得到心灵的安慰。虽然,我们都不愿意承认自己是孤独的,可孤独感却总是在夜晚的时候格外鲜活。

或许,每个人都是一座孤岛,独立在一片汪洋中。

人生总有这样的时刻,生活的不可预知经常会引起我们内心的恐惧,一刹那,内心陷入焦虑、沮丧。这时,外在的一切都失去了分量,只有内在的世界独自脆弱着。终于,她开始在社交网站上寻求心理安慰,想以此打发独在异乡的孤独。

艾瑞克是她注册会员后认识的第一个人,也是唯一一个。他是出生在西班牙的德国人,在巴塞罗那做律师。他的信息总是那样风趣,看照片长得也很帅气、阳光。他们联络了大概有一个月,艾瑞克要求两人见上一面。

此刻,艾瑞克几乎是她的一种期待,一种能够将她从孤独的荒岛中解救出来的指望。哪怕不为爱情,只为认识一个可以聊聊天的朋友。

她到了约会地点,满怀期待地在餐厅中寻找艾瑞克的身影,她希望能一眼认出他,也希望艾瑞克可以认出自己。她看到有个西装笔挺的男人正朝她微笑。他会是艾瑞克吗?好像比照片看上去帅气很多。她朝他走过去:"艾瑞克……"

"Sorry(对不起)!"这男人笑着耸耸肩。

这时,她才发现,他是对走在她身后的金发碧眼的女孩微笑。真恨不得能找个地缝钻进去!但她还是故作镇定地找了一个靠窗子的位置坐了下来,点了一杯咖啡,将头扭向窗外,以缓解刚才的尴尬。

"真丢脸!"她心想,"如果在国内,一定不会这么冒失地见网友。"

"Stephanie?"听到声音,她扭过头,却不由得眉头紧锁。

"你好!"那人满脸喜悦,用音调拐弯的中文问候着。

难道这会是艾瑞克吗?他看起来就像个老头!不,一定不是。她心里否定着,手心却禁不住出了汗。一定不要是他!千万不要!

"我是艾瑞克!"那人说着,拉起椅子坐了下来。

怎么可能?!眼前的这个男人简直跟照片上的判若两人。照片中的艾瑞克高大健硕,眼睛碧蓝深邃。而眼前这个人个子矮小,皮肤松弛,还有没刮净的胡须,眼睛更是细成一道缝。他看起来至少要比照片上老20岁!

"你比照片要漂亮、性感!"艾瑞克的目光从她的脸移到胸,露出色眯眯的笑容。她感到他的腿在触碰着她的膝盖。

她噌地跳了起来,从兜里掏出10欧元扔到桌子上:"我不舒服,得走了。你慢慢喝。"便飞奔地离开餐厅。

回去的路上,她哭了出来。

很多时候,我们都在期待人生的转机,而转机真的来了,又逃不过失望。从留学这个决定开始一切都很糟糕!曾经的那个梦想终于实现了,却不是想象中的样子!本来可以拥有一份舒适、轻松的生活,高收入又稳定的工作,父母的疼爱、照顾,还有一个听起来体面、般配的未婚夫。可这一切,被她心中那份不满足

感给完全改变了。这突然而至的独身生活状态令她措手不及。孤单、悲伤、焦虑、迷茫,身在异乡的疏离感、边缘感……她觉得她的生活出现了从未有过的裂缝,没有事业,没有爱情,未来何去何从?

我们可以轻易到任何我们想去的地方,心却未必会跟上我们的步伐……

第二节　巴塞罗那
Barcelona

有梦不怕路远

世间没有命运可以选择,走的每一步都是命运。

如果人生归零

巴塞罗那是一座艺术之都,单凭那些高迪的作品,就足以让这里充满艺术气息。同时,大自然赋予这里鲜活的色彩,不说地中海的蔚蓝、建筑的斑斓,只说这里明媚的阳光,也让巴塞罗那充满令人愉悦的艺术之味。这里的街心公园总是混着海风的味道,透着阳光的斑驳。这都是她喜欢的感觉。渐渐地,她心中的迷茫和焦虑被忙碌的课程和对新生活的期待所替代,只是,偶尔袭来的孤独感和对未来的恐惧仍会让她心乱如麻。

同时,改变意味着要放弃一些东西。已经习惯紧张生活节奏的她,重新处于一种相对自由的状态里,未免内心充满恐慌。人总是这样奇怪,被枷锁套牢的时候渴望挣脱,而真的要挣脱时又开始畏惧。

一连几个周末,她都会去高迪设计的桂尔公园(Park Güell)散步。对她来说,行走可以让她暂时忘记只身一人在异乡的孤单和寂寞。

桂尔公园就像是一个用马赛克拼出来的梦幻世界。她喜欢走在那些石柱长廊下,听民间乐曲家的演奏,看石墙上一抹一抹淡紫的花卉。公园位于一个山丘上,可以俯瞰巴塞罗那的市景。每次当她俯瞰这座城市的时候,心里仿佛会增添一份信心。

生活就是这样吧,一旦做出选择,就要勇往直前。比起无法同频的伴侣、没有激情的工作和毫无新意的生活,寂寞不会让人窒息,归零也不会让人绝望!

别人的人生

每次她从山上下来,都会绕到位于圣家族大教堂(Church of the Sacred Family)旁的一家东南亚餐厅吃一碗海鲜炒面。她喜欢这面里浓浓的香葱味,觉得有家的味道,这让她的味蕾不会太想家。

一次,几个越南人或者是菲律宾人吃过东西,喧闹着离开,他们的声音很大,似乎空气中的尘埃里都吸附了他们的吵吵嚷嚷。过了好一会儿,这些尘埃才渐渐落地,她也才正式进入一名食客的角色。

"这多像奔跑中的我们,风风火火,带着暴风扬尘般的气息,整个人都带着焦躁,又如何能走进自己的内心世界,静观自己呢?"她心想。

"哟,忘了带钱了!"一个中国女孩的声音,甜美、悦耳。

她闻声望去,那是一个衣着时尚、身材曼妙、气质优雅,举手投足间散发出如水恬静的女孩,修剪精致的发型勾勒出女孩娇媚的脸庞。

"中国人吧?你好!可不可以先帮我垫付这个单?"女孩对她说,眼神中充满着恳求,"我忘了这里不能刷卡了,又没有带零钱。我马上用电子银行转账给你。"

她点点头,替这个女孩付了钱。

"我叫艾芊芊,在巴塞罗那大学进修艺术管理。"女孩和她面对面坐下来,将手里拎着的红色爱马仕包包放在身旁的座位上,"这里什么都挺好,就是不像国内那样到处都可以用手机支付。"女孩耸耸肩,显出一脸的无奈,"真是太谢谢你了,买东西付不出钱,真的很尴尬呢!谢谢你帮我解围。"

她们很自然地聊起来,彼此做了简单的自我介绍。

"原来你以前在那里工作呀!我跟张海龙很熟的!这世界真的说大不大,说小不小呀!"艾芊芊一只手托着红润的脸颊,纤细的小指搁在嘴边,另一支手迅速从手机里翻出一张照片递给她,"喏,这是前段我们一起吃饭拍的,看看他那大脸!"说罢,咯咯地笑着。

她接过手机。这是他们的自拍照,看样子他们的确交情不错。

张海龙是单位的一把手,在她看来是个有着呼风唤雨的能量的人。对于一个在全国各地都设有分支机构,有着几千名员工的金融单位来说,级别非常森严,一把手一般也只能在年会上远远望到。她入职8年来,还从来没有机会跟这个张海龙说上只言片语,而她的上司也只有很少的几次机会接触他,但也都是如履薄冰,战战兢兢地生怕说错话。

"看艾芊芊这身打扮和气质,一定很有来头。海外真是个藏龙卧虎的地方。"她心想。

"哎呀,今天怎么这么不顺利,出门忘看皇历了。这个网上银行怎么一登录就死机啦!"艾芊芊一脸烦躁,将手机摔在桌子上。

"没关系,也没多少钱,算我请你吧。"

"那怎么行!这绝对不可以,必须要给你的。不介意的话,跟我去趟银行?"艾芊芊很坚决。

"真是个固执的姑娘。"她不想勉强,随艾芊芊上了车。

她们一路驶过巴塞罗那繁华的格拉西亚大道(Passeig de Gràcia)。整条路名品云集,熙熙攘攘,艾芊芊的红色奔驰SL和路旁的林荫大道相映成趣。一路上,她们听着电影 Vicky Cristina Barcelona(《午夜巴塞罗那》)的主题曲。阳光、绿荫还有西班牙吉他的小调,令人心情舒畅。

"喏,这是米拉之家……喏,这是巴特洛之家。"每当经过景点,艾芊芊会像导游那样介绍一番。

这些建筑远远看起来就如同魔幻的房子。她眼花缭乱地看着。来到巴塞罗那3个月了,可这些地方还没好好转过。

车驶到位于海岸线对面的一家银行停下来。艾芊芊取了钱,交到她手里,松了口气:"我吧,特要面子,我可不想让老外觉得我们买了东西没钱付账。我们可代表着中国人的形象呢,不能给国人丢面子,是吧?这是尊严问题。"

尊严?是的,人活着最重要的是尊严,这是活着的基本标准和道德底线。可这么多年来,忙忙碌碌的工作,周围人的攀比竞争,很少有人将这个词语这样清晰地说出来。此时,艾芊芊的几句话让她心里觉得这应该是个很有教养的女孩。

★★★★★★

绕过哥伦布瞭望塔(Mirador de Colom),她们沿着海湾走着。

巴塞罗那不愧是度假胜地,沙滩上挤满了身材火辣、面庞美艳的女郎。她们或是躺在软绵绵金黄的沙滩上,或是手中拿着饮料,迎着略带咸味的海风,边走边欣赏着美景。

海风吹过,她们的头发被吹得凌乱起舞。她迅速将头发绾在脑后以免遮住眼睛,艾芊芊则不时向后甩着头发,似乎很享受这种头发被风吹乱的感觉,而这个动作令艾芊芊看起来很有女人味。

"我们就是别人眼中的风景。"艾芊芊充满自信地说,"我们在这里欣赏风景,可也有人视我们为风景,信不信?"说罢,她迎风转了个圈,飘逸的长裙随风舞动。

艾芊芊的这种自信是她从未有过的,虽然她一路走来也很顺利,可她总觉得自己好像缺少点什么,似乎是满足感,抑或安全感,或者某种成就感?她说不好,只是觉得有时候缺少足够的自信去面对生活。

"晚上有个拉丁舞之夜舞会,你要是没什么事就跟我一起来吧?我介绍几个朋友给你认识,免得你一个人在异乡孤单寂寞的。可你要先陪我回家打扮打扮才行。"艾芊芊的热情又让人觉得很暖心。

她点点头,决定前往。

过去,她几乎从不去任何喧闹的场所,她不喜欢那种音乐震天、觥筹交错的派对。聚会也只喜欢那种小型的私密聚会,可以相互倾吐心声。虽然她表面上是个活泼的人,却不喜欢社交,或者说不喜欢跟一群不认识的人聚在一起。当她身处陌生环境中的时候,会感觉尴尬、紧张和无所适从。可如今,她期待着不同的自己。

"既然生活归零,就要超越自我。"她对自己说。

★★★★★★

车沿着兰布拉大道穿梭,绕过加泰罗尼亚广场(Catalunya Square)的鸽子,转过街角的鲜花店,最后来到一个白色公寓前。

"喏,到了。这里可是全巴塞罗那最贵的公寓之一呢。"艾芊芊将纤细的手指轻轻摁到门上的指纹系统,略带自豪地说。

她抬头望去。每层都有西班牙特色的黑色铁管露台,泛黄的石板墙上布满着风格各异的窗,有的点缀着缤纷的鲜花,有的摆放着国旗,有的在窗前的小阳台上摆了帆布椅……

走进房间,这公寓的风格就如同艾芊芊的着装风格,奢华、精致。房间里到处摆着鲜花和绿色盆栽,茶几上放着讲究的英式茶具,墙面上挂着精美的画饰,靠近阳台的墙边还摆放着一架钢琴。可以看出屋里的每个角落都是经过精心布置的。

公寓的厨房很大,炉灶边的台面上摆放着数十个罐子,里面放着百里香、月桂、迷迭香、茴香、牛至叶、花椒、大料、干辣椒等等中式和西式的调料。墙上还挂着一串大蒜和一串红辣椒。

"美食就如同我的生命。我平日最喜欢的就是在厨房里转悠。"

艾芊芊说她的母亲是重庆人,厨艺非常棒,她从小就在厨房认真观察母亲做菜的样子,因此爱上了烹饪。

艾芊芊有一间很大的更衣间,里面有条不紊地摆满了令人眼花缭乱的衣服和近百双鞋子,衣橱的一角还被用来专门摆放各式各样的手镯、耳环、项链、皮带……

"你带了这么多东西过来?!"她看得眼花缭乱。

"怎么会!大部分都是过来后买的!"艾芊芊随手拿起一双金色蛇皮纹的高跟鞋,"这是上个周末去巴黎买的,Christian Louboutin(克里斯提·鲁布托)的最新款。"她放回鞋子,摆正,"你如果去了我在国内的家,就不会觉得这里东西多了。那里的鞋子至少是这里的两倍,不,也许是三倍。我喜欢的东西必须买下来,不买会浑身难受的。如果看到SALE(打折)这个字眼,我会立刻冲上去,哪怕有些东西并不适合我。"艾芊芊望着衣柜笑着说,"虽然我知道这样不好,也经常自责,可几天不买东西我就好闹心。我觉得我有点购物狂躁症。"她眨眨眼睛,一脸无辜地卖了个萌。

"这几幅画是我自己画的。"艾芊芊随意指指更衣间角落中的几幅灵动的风景油画说,"客厅里没地方摆了,先堆在这里。当心别被绊倒。"

举办"阿拉伯之夜"的餐厅位于蒙特慧吉魔幻喷泉(La Font Màgica)附近。距离舞会开始的时间还早,她们便先来到魔幻喷泉前。这里是欧洲第一大喷泉。此时,喷泉周围拥满了等待的人们。

随着音乐的响起,喷泉喷放出如烟似雾的水花。在华丽的灯光照射下,水花随着音乐的节拍自由舞动着,喷射出缤纷的光彩。音乐的曼妙、光的舞蹈、水的自由,眼前的一切令楚桐好像走进了一个奇幻的世界。

"你知道吗?我男朋友当初就是在这里跟我表白的,不知不觉已经3年了。"艾芊芊边说边随音乐扭动着身子,跟四周欢愉的气氛相融。

喷泉、音乐、求爱,这是一件多么令人陶醉的事情。

"他是个很浪漫的人吧?"

"不,他可是一点也不浪漫,务实得很呢!不过他会为了讨好我来做一些让我觉得开心的事情。开心最重要,其他的我才不介意。"艾芊芊说得很洒脱,一脸

旅途，画出的不是世界的版图，而是形形色色的人生。在那遥远的地方，生命与生命相逢，人心与人心重遇……

天真的笑。

此刻,她对艾芊芊产生一丝羡慕之情。一个人有美貌和华丽,有圆满的感情,有充满着艺术的生活,又可以愉快地旅行……一切都是那么无忧无虑。

"哟,刚才忘记替你化妆了。不过没关系,我们有这个。"艾芊芊上下打量了她一番,从精致的手包中拿出一只唇膏,"一抹红唇永远是女人的法宝,无论什么场合都会散发出光辉。这个送你吧,刚买的,还没用过。试试它的魔力。"艾芊芊不由分说,将唇膏涂到她的嘴上,打量着说,"嗯,很漂亮,用它去约会,保证你战无不胜!"

失去身份标签的低落

暮色降至,酒吧里挤满了爱美的女人,她们一个个衣着精致炫丽,那些娇艳的颜色,似冬日里的彩虹,增添着明媚的春色。

在这个异国情调的阿拉伯之夜舞会上,艾芊芊跳起了肚皮舞。她裙子上一串串的流苏珠帘,随着悦动的舞曲节拍不停地跳动着,发出清脆的嗒嗒声。她舞动的身体像是被赋予了神奇的力量,曼妙、袅娜,充满着性感的诱惑,舞裙更像是被施了魔法、赋予了生命,随着舞步而摆动。此刻,艾芊芊吸引了全场的目光和喝彩。

"没想到你跳得这么好!"她不由得赞叹。

"女人都是要不断自我升值,去尝试不同的自己,不然就等于慢性自杀!我喜欢这种被瞩目的感觉。"艾芊芊的口气中透露着自信,低垂着双眼喝着杯中的鸡尾酒,那缤纷的眼影在灯光下好像也是一支华丽的舞曲,"来,给你介绍几个朋友认识。"艾芊芊开始像百花园中的蝴蝶般穿梭在人群中间,跟肤色各异的人打着招呼。

"Bruno,这家餐厅的老板。以后来玩就直接找他,肯定给你折扣……Chloe,法国大美女,以前是西班牙 *Vogue* 的时装编辑,品位超级棒,如今是这里的老板娘,他们去年刚结婚,可惜,那时我还不认识他们,不然,我是一定要当她的伴娘

的……"说罢芊芊跟 Chloe 做了一个亲吻的动作,"Ben,台湾人,做设计的,在台北、香港、上海和巴塞罗那都有工作室,典型的空中飞人。一年是不是比空姐飞得还多?"她俏皮地对 Ben 眨了眨眼睛,"他的作品可是拿了不少国际大奖……Pablo,地道的本地帅哥,哥伦比亚大学的高才生,投资高手,最近推荐我好几只股票,让我赚了不少……"艾芊芊八面玲珑地介绍着,一点也不像是个异乡客,似乎大家都跟她交情很好,她在这里是那样受欢迎。

"这是我的好朋友,Stephanie。她是……嗯,留学生。"艾芊芊这样跟大家介绍着她。

留学生?是的。如今这就是她的标签。可这个标签令她站在这群人中间显得那么缺少底气。在一个绝大多数人都以物质财富的多少来衡量你是否具有价值的社会里,我们的身份标签越华丽就会越自信。如今,离开了之前公司的庇护,她觉得自己几乎跟社会脱离了。

每个人似乎都向往一种与自己以往不同的生活方式,偶尔,我们就像个旁观者羡慕地看着别人的生活。年龄相仿的芊芊活得如此光彩夺目,几乎活出了女人的全部精彩。可自己呢?当初决定放弃一切去追寻的,如今却带来了更多的矛盾、不安和茫然。

在寻找中改变,在迷茫中接纳

不得不说,人都是环境的产物,会受到周围人的感染。自从认识了艾芊芊,她开启了一种对生活的新态度。艾芊芊身上那种无所畏惧的精神和自信是她渴望的。

又是一个周末,她决定不再把自己当作这个城市的局外人,而是更主动地融入周围的环境,感受真正的西班牙人的生活。

她来到位于市中心的博盖利亚市场(Mercat de la Barceloneta)。都说市场是一个城市动态的生活博物馆,可以感受当地的市井生活和文化。市场很大,摆着琳琅满目的食材:蔬菜、水果、海鲜、奶酪、火腿、香肠、香料、糖果……色彩纷呈,

——陈列着。市场里熙熙攘攘,不但有当地的居民前来购物,很多旅行者也穿梭于此,购物的、拍照的、品尝的,这里俨然成了巴塞罗那的一道风景线。

"Buenos Dias(早上好)!"从市场出来,她被两个吉卜赛妇女围住,说是要给她看手相。

吉卜赛人分布在这座城市的各个地方,他们的衣着多半不够体面,却热情而招摇。据说,吉卜赛人从15世纪就开始在西班牙定居,曾经也遭受过天主教双王的驱逐。不过,吉卜赛人也为西班牙人带来了国宝似的荣耀,弗拉明戈舞就是来源于吉卜赛人。这种舞融合了印度、阿拉伯、犹太,乃至拜占庭的元素,而居住在南方安达卢西亚的吉卜赛人也被称为弗拉明戈人。或许,吉卜赛人的热辣与奔放几个世纪来影响着西班牙这个国度,而西班牙人也具有吉卜赛人的特性。

尽管如此,她对于吉卜赛人的占卜还是有种莫名的担心,怕她们会说些什么不好的话。她极力拒绝着,快步离开,前往哥德区(Barri Gòtic),那里是巴塞罗那保存最完好的老城区,大多数建筑建于13世纪至15世纪,甚至可以追溯到古罗马时期。

她漫无目的地在曲折的石板路上走着,不时驻足观望街头巷尾卖小玩意的小店,偶尔被街头艺人的造型吸引,相互致敬、微笑。一路没有什么惊喜的发现,心情也很平静。登上新广场(Plaza Nova)的大教堂前的台阶,可以看到罗马古墙。这时,一个金发碧眼的女孩回眸与坐在墙角下拉大提琴的乐手的凝视场景进入了她的眼中。不知什么原因,大提琴手用一种忧郁又似曾相识的眼神专注地望着那个女孩。

人海中,遇见你,即使错过千年仍能感受到你的气息……是这样吗?

此情此景,让人心生某种联想。或许,遗忘才是对彼此最好的祝福,就像她与嘉良一样……

巴塞罗那是地中海气候,雨水频繁。走着走着,突然下起雨来,她急匆匆地跑到露天座位的遮阳篷下躲雨。这时,一位老先生擎着雨伞把他的太太搂在身

边,他尽量将伞倾斜向老妇人这边,生怕雨水淋着她。这一幕,令她觉得有些难过,也很孤单。她觉得此刻站在这里的,应该是两个人。

不知不觉,暮色将至,雨后的城市更平添了几分意蕴。街道两边点缀着老式的街灯,光影投射在那些木门上,透出斑驳的影子,好似精美绝伦的油画。

踏在那些铺着鹅卵石的仄仄石头道上,穿街走巷,分不清究竟走到了哪里,她只觉得胃开始抗议。于是,她向街头一家小超市的老板询问附近值得品尝的餐厅。顺着老板指的方向,她在细窄的巷子里穿梭,三步一打听,两步一观望,终于找到了这家藏匿在民居里的餐厅——Cera 23。

真是难找。她心里想。谁会这样大费周章地来吃顿饭呢?不过,也许酒香不怕巷子深。既来之,则安之。

餐厅并不大,已经落座了很多人。还好,吧台边上还剩一张小桌子。她按老板的推荐点了食物,开始环视这个地方。

墙面上贴满了巴塞罗那的街景图,夕阳下看高迪的建筑是那样的美,浪漫而充满了想象力。

那些路上的故事

这时,进来两个华裔男子。前面进来的西装革履,商务范儿,后面紧跟的那个穿着白色棉麻衬衫和休闲短裤,戴着墨镜。

"这么巧。"西装革履的男子和她打招呼,透着意外。

原来是艾芊芊的朋友 Ben。

"这是我表弟 Leo,今天才到巴塞罗那,我给他接风。没想到这里这么难找还能遇到你,世界真小啊。"Ben 笑着说,"介不介意一起坐?"

还没等她说话,高个子男子一把拉过椅子坐了下来:"陆羽川,幸会!"他摘下墨镜,随手扔在桌子上,"Menu(菜单)!"便开始头也不抬地点东西。

她对陆羽川的举动有点不悦,不过,这个世界无论女人还是男人,如果有个不错的颜值还是会容易被他人宽容。她打量了他一眼,外形俊朗,有种内敛的帅气,身材结实,看起来每周都会去几次健身房。

"对对,一起坐,上次也没和你聊几句,人太多,太吵……"Ben 也坐下来,"你别介意,Leo 他……饿了……刚下飞机……从阿布扎比,十几个小时……还没休息……"Ben 似乎对陆羽川的态度有点歉意,解释着。

★★★★★

"嗯……比起香港我更喜欢巴塞罗那,这座城市多元、热情,能容纳各种创意和潮流。"简单闲聊了几句,Ben 开始找话题,想要打破这种尴尬的气氛,"我们在巴塞罗那的公司要比香港和上海经营得都好。"他开始乐此不疲地介绍他的公司和取得的荣誉,"我的一个作品去年拿了红点设计大奖……"

Ben 正要往下说,却被陆羽川打断:"我们能不能聊点轻松的话题,别又是工作!"

Ben 显然有些不情愿,批评道:"你这小子!就是不关心正经事,真得找机会跟你好好聊聊。姨昨天还跟我通了电话,让我跟你谈谈。"

"行,改天。"陆羽川做了一个打住的手势,"今天你先让我清静清静,我是经过这里,顺道看看你,可不是来听牢骚的。"他将一杯鸡尾酒递到她的面前,"来,尝尝。"他成功地岔开话题,"到这里一定要来一杯 blackberry Mojito(黑浆果莫吉托)。"

"这鸡尾酒还真是好喝。"她不由得称赞,"甜而清凉,唇齿间还有着淡淡的果香。"

"Grace(艾芊芊英文名)也很喜欢这个味道,上次我们来这里,她一口气喝了三杯。"Ben 说着,脸上洋溢一种说不出的神情,"你跟 Grace 是闺密吧?"他似乎想打探什么。

"我们……"还没等她说,陆羽川接过话,带着讽刺,"想泡妞?直接跟对方表白呀,还间接打探?这可不是你风格!"

"我……唉……也不怕你们笑话,我还真是挺喜欢她……可我又不能给她个承诺……"Ben看看手上的结婚戒指,"总不能欺骗她的感情……"

"那你当初不是也把人家韩国妞肚子搞大,闹得嫂子要离婚!"陆羽川毫不留情面地揭穿Ben过去的丑事。

听他这么一说,Ben的神情顿时严肃起来:"谁还没有犯错的时候!你这臭小子竟让我难堪……"Ben用手指指陆羽川,尴尬地解释道:"让你见笑了……唉,怎么说呢……像我这种常年飞来飞去的人,有时难免寂寞,年轻气盛做过一些对家庭不负责任的事情……唉,不说这个,都过去了……现在只要我太太跟孩子好,我就好……"

"花开又谢,人来又走。注定还是寂寞……"陆羽川拉长声调说。

"你这小子今天就是要处处跟我作对,是不是?"Ben提高声音,不耐烦起来。

"那你不要再跟我唠叨工作的事情,这一路就一直听你喋喋不休!我现在这种日子乐在其中!"陆羽川语气很强硬。

"顽固不化!冥顽不灵!"Ben一口喝光杯中的红酒,站起身,"不好意思,让你见笑了,我先走了,下次单独请你吃饭。"

★★★★★★

望着Ben离去的背影,她一头雾水,本来想好好享受一顿西班牙大餐,却被这突然出现的兄弟俩搞得气氛紧张。

她冲着陆羽川撇了撇嘴,一脸茫然。可他却哈哈大笑起来:"他走,正好我们吃。快饿死了。"说罢,他大快朵颐地吃着盘中的牛排,然后又将Ben那份也端过来吃得沟满壕平。"终于恢复元气了。舒服!"他抹抹嘴,"对了,你叫什么?"

"秦楚桐。"

"好名字。"顿了顿,他诡秘一笑,"你命里缺木吧?"

"啊?你怎么知道?!"她好奇而惊讶地望着他,等待着答案。

"名字自己说的。"他有点得意,挤了挤眉毛,"后来改的吧?"

她目瞪口呆，没想到竟会被他说中。"秦楚桐"这个名字是她28岁那年，妈妈找算命先生按照生辰八字改的，算命先生说只有用这个名字她才会遇到缘分，顺利成婚。不过，当初也确实应验了算命先生的话，半年后她遇到了嘉良，只是这婚并没有结成。

"别用你那崇拜的小眼神望着我！我是不会告诉你我怎么知道的，天机不可泄露。"他故弄玄虚，说着，随手抓起一颗橄榄放到口中，但很快吐了出来。

"这个怎么这么苦？应该还没熟。我最不喜欢吃苦的东西了，你呢？最不喜欢什么味道的食物？"他问，转移了话题。

如果说食物中的甜、酸、苦、辣、咸五味，单凭味蕾的感觉，她最受不了辣，可一点辣都没有时会觉得不够味，偶尔还会想想这种麻辣入口，刺激淋漓的感受。那么，也许就是这苦味，什么时候不吃也不会想念。可能这也就同人生五味，苦涩入口，没有回味。于是，她也点头称是，承认也不喜欢苦味。

"我估计就没人喜欢这苦味。生活中如果这苦入口，就是十之八九不如意。"他收起刚才那副嬉皮的模样，一本正经起来。

"可都说良药苦口呢。也许并没么不好吧？"她回应道。

"苦尽甘来？也许吧，这是最好的人生状态，希望我们都是。"他跟她碰杯，"很高兴遇见你，有缘再会！"他起身告别，没有留下任何联络方式。

人生就是这样，偶然遇见一些人，短暂的相聚，然后告别，不再有联络。就如徐志摩的那首诗：

> 你我相逢在黑暗的海上，
> 你有你的，
> 我有我的方向，
> 你记得也好，
> 最好你忘掉，
> 在这交会时互放的光亮。

第三节　马德里

Madrid

我们在寻找什么？

太阳从不打烊,黑夜,只是眼睛找不到光亮。

慢下来的小时光

对于西班牙人而言,咖啡馆不仅是文化娱乐的地点,也是充当逃离复杂世界获取心理疗伤的避难所。这里的一些咖啡馆或按职业和兴趣划分,或按功能性划分,如聚集文人学者的、图书分享的、艺术工作者的、哲学探讨的,总之,五花八门。

对楚桐而言,最喜欢去的地方就是坐落在兰布拉大街附近的一家名叫 Cafe Granja Viader 的咖啡馆。每次她都是坐在最里面的一张桌子旁,不跟任何人搭讪,经常就是点上一杯咖啡,随手拿一本书,在静谧的咖啡厅度过一整个下午。她喜欢看虹吸壶制作咖啡的过程,滚烫的热水由于酒精灯的加热而在壶中翻转,跟咖啡粉合二为一。她总是耐着性子等待。对她来说,来巴塞罗那以后最大的收获就是能够耐着性子不紧不慢地做事。过去几年,她总是在为了工作奔波,周末的时间一半是用来补睡眠,哪里会有心思在咖啡馆泡时光?

人只有在自在平和的状态下,才会更加关注精神世界,更能从容地享受时光。

艾芊芊经常在周末约她去各种派对,虽然她并不喜欢去,但总比一个人待在房间里好。Ben只要在巴塞罗那,周末一定会出现在艾芊芊出现的地方,他们会嬉笑着喝上几杯,似近似远地调侃着。而她总是安静地坐在那里,像个旁观者一样看着派对上那些形形色色的人,或是兴奋,或是疯狂,或是失意,或是忧郁,或是开怀畅饮,或是独自贪杯……

"桐,我男朋友下个周末会来西班牙。我本来是要去马德里参加一个Fashion show(时尚秀)的,看来计划是要取消了。可酒店已经付了钱了,不如你去吧。"艾芊芊撒娇地晃晃她的胳膊,"去嘛,就当去旅行,好不好?"

总会有人聆听你的世界

桑兹火车站(Sants Estacio)是巴塞罗那最大的火车站,不过建筑上没有什么鲜明的特色。阳光洒在大厅里,手握火车票、提着行李箱的人们在阳光倾泻的大理石地板上穿行,留下长长的影子。大厅里回荡着他们匆匆的脚步声和大声的谈话声。火车站此起彼伏地响起一阵阵火车的呜呜声,似乎惊醒了车站的整个铁轨。

这时,三个带着公文包的男士,气喘吁吁地走进车厢。他们还没坐定就开始讨论刚刚的一场诉讼,打破了车厢的宁静。为了避免听到他们的吵闹声,她戴上了耳麦听起音乐,缓缓闭上了眼睛。

"秦楚桐!"她隐约听到有人叫她。她摘下耳麦,睁开眼睛。

"怎么会是你!"她露出意外的神情,竟然是陆羽川!"我以为你早已经离开了西班牙。"

"去了趟土耳其,不过又回来了。"他将背包扔到行李架上,坐到她的身边,"真是有缘分啊,我们竟然挨着。这是什么概率?!"

也许,这世上所有的行走,都是为了相遇。

每天从巴塞罗那通往马德里的车次大概有35次,而一个列车大概有1000个座位,那么,他们有机会坐在一起的概率几乎微乎其微。可他们偏偏坐在一

起了!

"你现在的工作就是旅行吗?"她问。

"没错,旅行就是我的工作。在这以前,我一直都是围着我们'鸡'形的国土转悠,从'鸡脑袋'到'鸡胸脯',抱着'鸡大腿'张望着'鸡心'。现在,我决定将目光投向世界,品位贴近国际。"他诙谐地说。

有多少人渴望这样一场环游世界之旅,但又有多少人真的放弃工作而走在探知世界的路上?曾经,有个女同事为了周游世界而辞职,跟老公带着爱犬上路。这一举动曾是全公司热议的话题,他们的旅行游记也引来数万的粉丝。那个女同事曾说,辞职去旅行是为了保住家庭,因为原本恩爱的他们,在忙忙碌碌中感到了彼此的隔阂和疏远。幸运的是,他们因旅行更加恩爱,也在旅途中迎来了他们的宝宝。

此刻,眼前的这个陆羽川无疑让她充满了好奇。他曾去过哪里?遇见怎样的故事?他过去的生活是怎样的?他旅行只是单纯地为了看看世界,抑或是人生受挫才会想要这样一场放逐?

"选择自由会不会是一种冒险?"她试探地问,在她的心里很想知道辞职去旅行究竟会带来怎样的意义。而旅行之后呢,生活会如何?当大多数人都坚持着年轻就是要奋斗,或等退休后再开始享受生活时,陆羽川却像是个逆行者。

"玩过俄罗斯方块吗?"他没有回应她的问题。

"嗯。"她点点头。

"俄罗斯方块告诉我们,如果你合群,就会消失。人云亦云的生活会令人迷失。"他说,"生命本来就是一场冒险。有选择就有风险。不过,在我看来,生命不是用线性维度来测量,而是一个空间体,厚度更重要。"

"一个人旅行不无聊吗?"她问。在她心里,独自一人的行走天涯是件很寂寞的事情。会不会有种顾影自怜的心情?

"当然不。一路会遇见很多有趣的人和事。最主要的是可以主宰自己的时间,这不是很美妙吗?"他回答。

似乎,他的独行是一种不安于常态的生活方式,能够花时间感受孤独的人,一定是个内心丰富有趣的人。

"中国古典哲学中常常讲'内观',旅行给我们更多的时间跟自己相处,当我们开始了解自己的时候,会突然觉得这个世界有种虚无感,起初在意的很多事情会不那么在意了。"他肯定地说。

火车驶过一栋栋楼房、绿树成荫的公园、有着尖顶的教堂、一望无际的牧场……他的目光缓缓向她靠拢,炯炯的眼神似乎可以戳穿她的心底,她不禁有些紧张。他问起她为何选择来巴塞罗那学习,她不假思索地如实招来,而且不知怎么就提到了和嘉良的事情。

我们总会遇到这样的时刻,心里藏着一些情绪,想要诉说,却没有一个人能让你敞开心扉。而此刻,她却如此坦率地对眼前这个尚且陌生的男子倾吐了心声和忧虑。

"做得对!我支持你!一辈子一定要按照自己的意愿生活,不然就是行尸走肉。"陆羽川目光里对她有些赞许,"生活不是人云亦云。理解这个世界最好的方式就是去寻找自己。"

她用力地点点头。这似乎是一直以来她最想渴望听到的认同声。

一路上,他们天南地北地聊着,若不是火车到站,她几乎忘记了时间,还会跟他继续聊上好几个小时。她觉得陆羽川真诚而坦率,生命丰富多彩,与他交谈有一种如沐春风的感觉。最主要的是,当你对别人强颜欢笑时,当你满腹心事无人诉说时,有个人突然说"我懂你",这是一种怎样的心灵安慰!

他们在月台道别。

"对了,一直忘了说,我是特意来参加一个朋友的婚礼的。你要不要一起来?"道别后,他又从人群中追了回来。

她毫不犹豫地答应了。他满意地笑了笑,写下一个地址:"那么,一定要来!

我等你。"

陌生人的问候

艾芊芊订的酒店离马德里王宫只有咫尺的距离。站在露台上，宫殿的壮丽景色和花园的静美尽收眼底。围绕在王宫周围的是摩尔人花园（Campo del Moro）和萨巴蒂尼花园（Jardines de Sabatini），这令整个王宫看上去好像镶嵌在公园中。

她从酒店出来，走在老城区弯弯曲曲的街道上，时而上坡，时而下坡。道路两旁的房子有古典的样式，也有摩尔风格式，雕花的阳台上开满鲜花，走在这些弯曲的街巷里时刻能感觉到浓郁的生活气息。有些古老的建筑上盖满贴纸和涂鸦，看起来很喧闹。陈旧的、现代的、时尚的、朴素的，各种感觉随着行走扑面而来。

马德里是个非常适合漫步的城市，街心公园和广场有300多个，它们各具特色，各有故事。

在广场漫步似乎是西班牙的社会风俗，这里可以让人有足够的空间社交、闲逛。每个广场上都聚集着众多行为艺术家，他们或是扮静止的雕塑，或是摆出各种夸张的神态、动作吸引路人。那些充满创意的造型和表演，给广场带来了无限的生气和活力。

正是欢庆圣诞的前夕，到处都是装点华丽的橱窗、五光十色的糖果盒、让人目不暇接的玩具，一切洋溢着一种骚动。然而，在这个城市的喧闹中，她却感到一丝落寞。

在通往太阳门广场（Puerta del Sol）的街角，迎面走来一个中年男子，戴着手套和高高的礼帽，像古典文学中描述的绅士。他迎面走上来，彬彬有礼地摘下帽子，冲她有礼貌地问候了一句："你好！祝你圣诞快乐。"然后又带着那种温暖的神情消失在人群中。

这令她的心间萌生一种感动,在这个陌生的城市,这样友善的问候,让她感觉到一种心灵的温暖。

爱自己的一种方式

太阳门广场是马德里最为热闹的广场,处于马德里的正中心位置,是市民活动的中心和商业中心。整个广场呈半圆形,四周咖啡馆云集。当地居民和游客在这里消磨光阴,他们坐在遮阳篷下,或是聊天,或是发呆,一待就是几个钟头。

广场的四周,街道店铺鳞次栉比,五光十色的橱窗让她目不暇接。她一边欣赏着各式的橱窗,一边琢磨应该穿什么赴陆羽川的邀请。这时,一件青色带有文竹刺绣的裙子让她眼前一亮,这裙子融合了中式旗袍的元素,而且肩膀处被改良成竹节状。

"它看起来就像是一件艺术品。"她凝望着橱窗,想象着自己穿上它,露出肩膀,头发微卷地垂在肩头的形象。

"这裙子应该很贵吧?"她心有踌躇,继而又暗自鼓动自己,"试试又何妨?"

不得不说,这裙子就如同为她量身定做一般,将她那不够纤细的腰肢也包裹出S形曲线。她看着镜子里的自己,简直不像她了,好像连皮肤都发出光泽。可那标着昂贵价格的标签令她却步了。

一直以来,她从不舍得给自己买奢侈的东西,她更愿意将钱攒起来。"给自己买奢侈品也是女人爱自己的一种方式吧。"她在心里斗争着,"也许做女人就应该像芊芊那样,不吝惜爱自己,舍得给自己买最好的东西……可是,这么多的钱,这足够一个月的生活费了……"她望着镜子里的自己,做了半天思想斗争,最终,她还是咬咬牙买下了它。

如约而至

次日,她为自己化了淡妆,又涂上艾芊芊送给她的大红唇膏,她几乎很少这样打扮自己。她冲着镜子转了一个圈,满意地前往陆羽川给她的地址。

婚礼的晚宴在西贝雷斯广场附近的一个街道的房子里举行。车道的两边点起火把,照亮着这里的夜空。大家都盛装出席,女士们提着长长的裙摆走过车道,男士们个个衣冠楚楚。

房子里的装修是典型的巴洛克风格。天花板上悬着很多名画的复制品,垂下的大吊灯发出璀璨的光辉,舞池上方镶嵌着很多不断旋转的小灯,释放出彩色的光影。来宾很多,热情地相互打着招呼,给新郎和新娘送上祝福。

周围都是陌生的面孔,这让她觉得很不自在。她努力寻找着陆羽川的身影,却始终没有找到。她站到了摆着一大束色彩艳丽的花束的桌子旁,一边欣赏花束一边安静地喝着杯中的鸡尾酒,这令她觉得放松很多。

这时,一只手拍了拍她的肩膀。

"啊,你来了!"他脸上露出笑容,"我真怕你不来!"

"我都答应了为何不来?这么不信任我?"她的眼眸中透出笃定的目光。

"不,不,我只是怕你不来。"他露出一丝孩子气的笑,开始上下打量她,眼神中放出一种光彩,"你今天真好看,比前两次还要漂亮。"

这是她长这么大第一次穿旗袍,她一直不觉得自己可以驾驭这种线条和温婉。民国之美经常出现在作家们的文字和电影的镜头里,那种穿着旗袍的女子精心绾起的发髻,悠然在仄仄的小巷的石板路上的曼妙身材,几乎是每个男人心中的向往。此刻,她的装束似乎验证了这一点,陆羽川的目光始终没从她身上离开,这令她不敢直视他的眼睛。

"旧时光里的女人,冷静而寂寞,这会儿你身上就透出一种寂寞。是不是?"他上前一步靠近她,她慌忙躲闪,差点碰翻桌上的花瓶。

"胡说,我才不寂寞。我只是为了配合这行头,这叫入戏。"她随手端起放在桌子上的印有花纹的咖啡杯,特意像电影里面那样跷起兰花指,却掩饰不住紧张的神情。

太阳从不打烊

新郎 Isaac 与陆羽川是在一个荒野探险的国际组织认识的。他们一起爬越山脉,走过沙漠,一度迷失方向,一行人在荒芜之地度过了七天七夜,也算是生死之交。

"旅途中认识的人大多只是萍水相逢,基本分别后就天各一方不再往来,能像我跟 Isaac 这样成为好哥们儿的还真不多。"陆羽川拍拍 Isaac 的肩膀说。

"是的,我跟 Leo 精神相通! 我们是灵魂知己。"Isaac 也拍了拍陆羽川的肩膀,但他坏笑着挤了一下眼睛,诙谐地补充一句,"你别想歪了。我们可都对男人没什么兴趣!"

婚礼上,Isaac 分享了他和新娘的爱情故事。

Isaac 曾是一个事业有成的投行主管,但为了工作疲于奔命,每天在办公室消耗至少 12 个小时以上。

"我那时觉得自己不是在工作,就是在去工作的路上。"他说着,耸耸肩,"生活单调、枯燥,充满着无力感,可又别无选择。有一次,在连续工作了 24 个小时后,我终于累倒了,原来是得了心肌炎。就这样我去了医院,然后遇见了美丽的 Bella……"

他望着她的新娘深情地说:"我对 Bella 是一见倾心,特别是她美丽的眼睛,几乎可以将我的心底看穿。Bella 问我,你这样卖命工作是为了什么? 我当时毫不犹豫地回答,为了升职。她又问,升职以后呢? 为了换更好的办公室继续工作……可当我这样回答以后,我突然愣住了。难道这就该是我的人生? 再无别的选择?

"'用生命买金钱,再用金钱买健康吗?'Bella这样形容那时的我。过去的日子,我总觉得我的收入高,有一帮吃喝玩乐的朋友,生活一切尚好。可遇到Bella,我开始质疑我的人生了……"

来宾们随着Isaac的话沉默了。我们每个人似乎都如此,忙碌得已经忽略了生活,或者,已经不记得该怎样生活。有时候,宁可牺牲健康去谋求别的东西,更或者为了别人眼中的幸福,宁可搭上自己的快乐。

"不过,爱情改变了我!"Isaac做了个鬼脸,"自从认识了Bella,我的生活开始不一样了……我开始会呼吸了……我减缓了工作的步调,甚至,去他妈的工作!我辞职去中东了!"

有人因他搞怪的表情开始发出笑声。

"当我满脸胡碴,一身臭气地从中东回来,Bella竟然对我说:'能急流勇退的人是英雄!我愿意嫁给你!'可你们知道吗?我从第一眼见到Bella就开始跟她求婚,求了三次,她都无情地拒绝了!而我辞职去了趟中东,她竟然主动要嫁给我……"Isaac顿了顿,饱含深情地说,"我的天使对我说,从认识我的那一刻,她就爱上了我……只是,她不愿看到我过着那种自我惩罚的日子。她不介意我贫穷还是富有,只是希望我能够感受到生活的快乐!而如今,我真切地感受到了!"Isaac将Bella拥入怀中,深情一吻。

无论这世间几多纷扰,吻着的恋人,此刻只有彼此……全场响起了掌声。有几个人感动地落泪了,而楚桐也鼻子酸酸的,用纸巾擦拭着眼泪。她是个情感细腻的人,容易被触碰到内心,容易被感动。

活着是为了什么?世界上总会有那么一群人,不满足于自己的现有生活,也不曾停下实现自我的脚步,更不曾停下探求爱的脚步。

爱是什么?它是股神奇的力量,能够使一个人的世界突然变得美好,燃起对自身、对未来的强烈热情。

看她这个样子,陆羽川笑了起来:"太阳从不打烊,黑夜,只是眼睛找不到光亮。"他递给她一杯橙汁,"喝吧,别为他人的故事浪费眼泪了!"

艺术品和女人的微笑

次日,他们相约去普拉多博物馆(Museo del Prado),这所博物馆和法国的罗浮宫美术馆、英国的大英博物馆、俄罗斯的埃尔米塔什博物馆被称为"世界四大博物馆"。西班牙人曾自豪地说:想要充分了解提香、波提切利、鲁本斯,就必须到西班牙来;想要给予西班牙绘画正确的评价,只需留在普拉多。

他们从西班牙的早期艺术看起,交流着对绘画的看法。她有时会沉浸在画中,不经意回头时总能发现陆羽川站在她身后几步远的地方看着她,两人偶尔的对视,令她不觉心跳加速,而她每次都用略带羞涩的微笑掩饰内心的紧张。

"一幅画如果仅仅是从光影着色、构图去鉴赏,难免会失去很多乐趣。"她试图缓解心中的紧张。

"的确如此,我的关注点经常会从画的主体转向画中的细节。那些可怕的骷髅头,赤裸的女人,长着翅膀的小天使,甚至一个苹果、一只蝴蝶,都是有所暗示的。"

"是啊。绘画浓缩了历史上不同地区的文明发展历程,透过它们,我们能够了解那个时代的经济与文明发展。这也算是欣赏的乐趣所在吧。"

"对,是这样。对我而言,艺术品和女人的微笑一样入眼。"他微笑着望着她。

他的话总像涌入她心中的清泉,甘冽而充满回味。她慌张地躲避他的目光,继续向前参观着。

在埃尔·格列柯(El Greco)的《手抚胸膛的贵族男人》(*El caballero de la mano en el pecho*)的画前,她停了下来。画中贵族那种直视观者的眼神很耐人寻味。她注视着,不知这眼神代表了悔意还是宣誓。艺术家用画笔来思考、来表达感受,将个性中真实的情感投射在这画布上,或许这也是艺术拥有的能量,能够帮助人们解读人生的烦恼。

"他的作品看起来有一种令人苦恼的感觉。"陆羽川说。

"就如同我们每个人心中不可避免的忧虑吧。"在她看来,美术的能量就是能

够帮助人们认识其自身和外在的世界。

"画家总是可以通过色彩将自己从精神负担中解脱出来。每个人都想从灵魂深处探寻自己,想必他也一样。"陆羽川像一个资深的艺术评论家一样说道。

莫非被生活束缚了手脚?

从普拉多博物馆出来,他们花了几个小时在市里面闲逛。

她总是在不经意间流露出些许异想的世界,这总是令他摇摇头,露出一副无奈的神情,说一句:"女人就是爱做梦。"

走累了,他们在西班牙王宫附近的一家小餐厅坐了下来。这是个家庭式的餐厅,主厨是老板娘。

这是令人愉悦的地方,透过窗子可以看见西班牙的王宫,璀璨的阳光反射在宫殿白色的墙面上,令人对内部的世界充满了遐想。褶皱的天鹅绒窗帘配以花边的装饰,让这个空间显得十分华贵。一束光顺着棚顶的窗子倾泻进来。这光线宁静而柔和,投射在桌台上。餐厅的墙上挂着一些老照片,是一些旧时的旅行者和不同时期的车辆。

"这些照片似乎可以让人捕捉到一些童话中的场景。童话中经常会描述旅行,某个人物为了某个目标会去远方,从而会踏上一段旅行,遇到一些危险的事情,比如,在茂密的森林里迷路、遇见怪兽,或者喝下巫婆的具有法力的东西。"

"你说的好像是《美女与野兽》和《白雪公主》的桥段。"他笑起来,"看来每个女人心中都有个童话梦。在我看来,旅行就是为了给自己制造某种期待,成功抵达终点反而没有任何意义。"

西班牙人喜欢吃海鲜,这家餐厅提供海鲜烧烤,蛤蚌、对虾、贻贝,配上烟熏火腿,简单却很美味。老板娘亲自做的小虾煎蛋更是味道令人愉悦。此时,除了他们没有其他客人,老板娘 Noelia 从厨房走出来跟他们聊了起来,并送了他们一碟子橄榄。虽然她不喜欢橄榄的味道,却因 Noelia 的好客而心生愉悦。

Noelia 身上具有典型的西班牙人特质,外向、热情大方、容易接近,即使是初次见面,也能像个老朋友那样侃侃而谈。她坦言自己的血统很复杂,融合了日耳曼人、阿拉伯人、北非人、犹太人,甚至是吉卜赛人的血统。总之,她的血液里呈现着西班牙的历史,那是如同竞技场般上演着悲情沧桑、英勇征服的历史。她出生在西班牙南部安达卢西亚的一个小镇,后来随丈夫迁移到了马德里,开了这家餐厅。

当 Noelia 听说陆羽川的职业是环球旅行时,十分羡慕地说这一直是她向往的生活。

"特别是二十几岁时,觉得满世界流浪是件很酷的事。可几年前,我的丈夫因肺部感染去世了。这种追求酷的感觉从此就无影无踪了。"Noelia 耸耸肩。

这时,又进来了几个客人,Noelia 忙着要去厨房为他们准备美食,不过,在进去前,她声音略有高亢地说了句:"生活总是令人不满意!"然后,她那肥硕的身体灵巧地钻进了厨房,麻利地忙起来。

"她本可以成为闯荡非洲的女勇士,也可以成为横跨西印度洋的航海家,或者是征服北极的冒险家。可如今,只能在自己的厨房里转悠,想象着未曾去过的世界。"望着 Noelia 在厨房中忙碌的影子,陆羽川说道。或许,我们总是被生活束缚了手脚,年龄越大越缺失了勇气,习惯了墨守成规的生活。

豹子的寻找

用过餐,他们来到马德里最大的公园——丽池公园(Retiro Park)。漫天的繁星下,水中跳动着他们的倒影。

"没在野外过过夜的人是不了解星星的。"陆羽川抬头望着天空说,"星星会对人类的心灵产生影响。一个星星就是一个小世界。"

"会吗?天空中有无数个星星就有无数个世界?"她抬头仰望星空,这些星星遥不可及,它们相互远离,迷失在这黑夜里,发着微弱的光,在天际的暗处流浪。

"每个世界都有它自己的故事。"

"星星有它们的故事,那你呢? 你有什么故事,讲给我听听。"

"你想听什么?"

"从你的经历开始讲吧。"他的过去是她渴望知道的,从他的气质和谈吐来看,她判断陆羽川绝对有过人之处。

如她所料,陆羽川是个学霸。他几次跳级,16 岁便考取名牌大学,后到英国留学,24 岁博士毕业后到美国做博士后,28 岁被评为副教授,在国外比较前沿的学术研究领域中初露锋芒。在他 30 岁时,身上已挂满各种光辉的头衔。

"既然如此,你怎么想要辞职去旅行了?"她好奇他为何有这样的决定。当世上的人都对功名利禄趋之若鹜的时候,他却华丽转身,放弃仕途。这算是看得透彻,活得明白吗? 那些在别人眼中如视珍宝的东西,在他那里却一文不值?

"你相信月亮上住着嫦娥吗?"他问。

她顺着月光抬头望去,虽然是在异国他乡,可这月亮从未变过。"或许吧。嫦娥住在月宫中。只是,还不能有确切的证据证明。"

"李商隐有这样一句诗:'嫦娥应悔偷灵药,碧海青天夜夜心。'他认为嫦娥肯定是后悔了偷灵药,飞上了月亮变成了神仙。"

"这有什么不好呢? 做神仙不是很多人向往的吗?"

"神仙虽逍遥,可是飞得太高了,就会很孤独。"

他的目光始终注视着皓月,李商隐的《嫦娥》似乎表述出了他的心情。这就是所谓高处不胜寒吧。那些出类拔萃的人,往往是活得最不快乐、危机感最强烈的一群人。自己活得快乐和别人眼中的羡慕永远是两码事。

"我曾经觉得,在这个世界上的每个领域里,都存在着耀眼的一群人,而我就要成为这样少数的人。前几年,我根本不敢让自己停下来。每天工作 12 个小时以上,颈椎和腰椎明显不好。那段时间,我总觉得很疲惫,一度担心会不会得了什么病。"

是啊。自从毕业以来,她又何尝不是如此。在你试图保持自己的状态时,别人已经在超越。很多时候,我们宁可过着别人眼中的人生,宁可忽略自己的喜好,宁可在倦怠中慢慢老去,宁可将全部幸福寄托在退休以后,也不愿意放弃身上的华丽标签。于是,对自己说,再坚持几年,趁着年轻……

"我过去非常在意别人对我的评价,可越是在意越是焦虑。我就经常问自己:'你究竟为了什么而活?为自己还是为他人如何看你?'"

他似乎说出了楚桐的心声。我们总是爱自己胜过其他人,却在意别人对我们的看法胜过我们看自己。我们从小就被教育要出人头地,我们不敢让自己停下来,生怕一不留神就被其他人甩在后面。终于,我们努力地将自己的身上贴上无数标签。可当别人都知道我们是谁时,我们自己却茫然了。

"不知道你是否也如此,就算得到了想要的,仍会失落?我现在发现,人根本无法掌控命运,即使得到了想要的,也随时可能失去。"

此刻,在陆羽川的身上,她读出一种脆弱的现实与理想的诗意。人为了什么活着?为了锦衣玉食?既然如此,贾宝玉为何闷闷不乐?唐后主李煜为何郁郁寡欢?看来,物质的满足跟快乐地生活完全是两码事。如今,他孤独地行走,或许只是为了寻找远方的自己。这令她想起海明威在《乞力马扎罗的雪》的题记里提及的豹子:

> 乞力马扎罗是一座海拔19711英尺的高山,山顶终年积雪。其西高峰叫马塞人的"鄂阿奇-鄂阿伊",即上帝之庙殿的意思。在西高峰的近旁,有一具已经风干冻僵的豹子的尸体。豹子到这样高寒的地方来寻找什么,没有人做过解释。

或许,陆羽川就像这只豹子,孤独地寻找,即使冻死在高寒的山顶也在所不惜。那么,自己呢,放弃原本稳定的生活,一切归零,这到底是在追寻什么?又是在渴望什么?如今,连她自己也说不清楚。

第四节　托莱多

Toledo

探寻失落的力量

每个人在这个世界上都有一个自我的位置,这是我们对自己的思想、情感和行为的认同,因此,我们要寻找这个生命的支点和位置。

我们的心灵渴望怎样的慰藉?

"马德里附近有两个非常值得去的古镇,我要去转转。有没有兴趣一起?"临别时,陆羽川邀请她到位于马德里 70 公里外的托莱多(Toledo)古城和位于马德里以北 100 公里处的塞哥维亚(Segovia)。

她决定同行。

托莱多属于西班牙卡斯蒂利亚 – 拉曼恰(Castilla – La Mancha)自治区,位于西班牙的中部。一路上是一望无际、延绵起伏的平原,偶尔点缀着路途风景的风车、橄榄林、葡萄园和中世纪的小村庄,令视觉不至于疲惫。

这是一座有着 2000 多年历史的古城,自古位置险要,是古代兵家必争之地。历史上,罗马人、西哥特人和阿拉伯人曾先后在此定都,犹太教、基督教和伊斯兰教在这里共同存在,因此孕育了不同的文明,号称"三种宗教文化融合的城市"。中世纪的托莱多更是西班牙的首都,也是欧洲重要的政治、文化、商业和手工业中心之一。

西班牙人的性情中有多少来自摩尔人,又有多少属于伊比利亚人?有多少犹太人的味道,又有多少吉卜赛人的风格?这个国家的身上留下了太多来自异族的足迹。

这是一座喧闹的小城。马车经过鹅卵石路面发出嗒嗒声,自行车驶过的叮零声,游人们兴高采烈的喧哗声,鸟儿叽叽喳喳的鸣叫声,偶尔透过窗子飘出的钢琴声……这些声音混合在一起,极富生活气息。

城中的街道很狭窄,有的地方连车都通不过,而且七扭八拐的,石子路经过几个世纪的行走被磨得极为光滑。古老的墙面上镶嵌着突出的阳台和窗子。

他们穿梭在蜿蜒的巷子里,周围的建筑在凝重中散发出穿越千年的气息。几乎每一段历史,都可以在小镇的建筑中找到它的前世。

午后,教堂里传来风琴温情脉脉的声音,好似某种召唤。他们随着声音,信步来到托莱多大教堂(Catedral de Toledo)。这是西班牙最大的教堂之一,建筑主要以哥特式风格为特色,同时也融入了一些阿拉伯元素,形成西班牙独具的穆德哈尔(Mudéjar)混合风格,可以说是一座各种建筑艺术风格相结合的庞大建筑群。其中三座尖拱门——"免罪门""审判门"和"地狱门"被赋予繁复的雕饰。

走进里面,富丽堂皇,承载了千百年来沉积的历史与信仰。唱诗班在吟唱赞美诗,牧师在喃喃地祷告,几个老妇人坐在椅子上,也有几个人正跪在过道上祷告。

教堂中的冥想可以令人感受到天国的纯净,忘记身边的琐事。她不禁问自己:"我们的心灵希望在这里寻求怎样的慰藉?"

"古人相信天神更接近真理。你这样认为吗?"陆羽川问道。

她点点头。自古,人的精神世界就富有创造力,这应该顺应了宇宙的气息吧。或许,由心生的神灵让内心更容易自我反省,更接近生命的真理。

走出教堂,陆羽川抬头仰望了教堂的塔尖好半天,略带凝重的神情说:"我第一次走进教堂,是外婆去世的那天。她是虔诚的天主教徒。我祈求上帝给我指

引,让我的心可以安宁下来。我一直跪在那里,直到骨头好似要散架了。"

"这就是教堂存在的意义吧。世世代代的人都在寻求心灵的安宁,将自己投身在某种信念中,这里无疑是心灵的避难所。"说到这里,她停住了。心灵的安宁,这何尝不是自己在寻找和渴望的。每个人都在寻求心灵最终的安宁,可是太多时候,我们并不了解自己。怎样才能得到真正的心灵安宁?

《堂吉诃德》引发的思考

走累了,他们开始走街串巷地寻找美食。这几天,气温很低,她不禁打了个寒战,陆羽川把自己的衣服轻轻披在她的身上,这一细小的举动,让她觉得很暖心。

这是个狭小的街道,两边竖着旧式的灯,在落日的余晖中,透出历史的凝重。某间屋内飘来低沉的男中音,歌声飞出房间,与空中旋转的鸽子一同飞转。他们随便聊着天,空气中凝聚着一种相知的快乐。虽然,身边的陆羽川对她来说还很陌生,可她的内心已产生某种微妙的情感,即使,她深知他们只不过是旅途中短暂的邂逅。

他们按照旅游网站的推荐,找到一家小酒馆。

店内灯光昏暗,摆放着木质的桌椅,棚顶拉着一排排小小的灯。吧台的后面堆放着酒馆主人用来招待客人的一桶桶啤酒,天花板上悬挂着洋葱、辣椒、香肠,还有被誉为西班牙骄傲的伊比利亚火腿。

吧台边上立着一个堂吉诃德的造型。在托莱多几乎到处可见堂吉诃德的造型。她拿出手机拍了好多张堂吉诃德的照片。酒馆老板热情地示意要给他们合影,见她会说西班牙语,就滔滔不绝地讲起一个关于堂吉诃德的故事。

有一天,路易十四问他的一位大臣:"你懂西班牙语吗?"大臣说:"不懂,陛下。但我可以去学。"他满怀欣喜地以为国王打算派他出任西班牙宫廷的大使,他因此学得格外卖力。过了一段日子,他胸有成竹地对国王说:"陛下,现在我已经完全掌握西班牙语了。""非常好,"国王回答,"那么你就可以读原版的《堂吉诃德》了。"

"可见,能读《堂吉诃德》是件多么了不起的事!它不仅对我们西班牙人而言很重要,对法国人也是啊!"说罢,酒馆主人拿起吧台上的吉他,边弹边唱起来。酒馆内一派欢乐气氛。

酒馆主人的幽默和精彩的口才,让她感受到西班牙人身上快乐而激情澎湃地沉溺于生活的特质,那或许跟他们的祖先发现世界的勇敢和激昂不可分割。

"看过《堂吉诃德》吗?"陆羽川问道。

"大学时看过。可据说,塞万提斯不那么光彩,他靠他的姐妹和女儿出卖肉体来获得利益。"

陆羽川摇摇头:"很多时候,我们对他人的评判中包含着太多的偏激,我们在心中打造一个高尚的形象,用它去衡量他人。"他喝了一口杯中的马蒂尼,"我一直认为这世界上的任何一个人,没有一个人具备绝对的真、善、美。"

她点头承认。或许就像毛姆所说:"那时我还不了解人性多么矛盾,我不知道真挚中含有多少做作,高尚中含有多少卑鄙,或者,即使在邪恶里也找得着美德。"

我们每个人都具有这样矛盾而复杂的人性吧,只是在于我们用什么样的视角去评判。

美食哲学

头一道菜是色拉,绿色的生菜叶上覆盖着一片片薄如纸的伊比利亚火腿,上面撒着意大利帕尔玛干酪的碎屑,四周是金黄色的橄榄油。主食是西班牙著名的海鲜饭 Paella。不得不说,西班牙因受到阿拉伯人几个世纪的统治影响,在美食上融合了地中海和阿拉伯的特色。Paella 中的鹰嘴豆、藏红花,都体现着阿拉

伯的特色。

"这味道好极了。"她举起叉子吃了一口,称赞道。

"说到吃,我还是觉得中餐最具有创意。中国人在吃上真是极具智慧。从山珍海味到野菌虫蚁,都能够化腐朽为神奇。就连土豆在中国都有上百种做法,比起西方单一的土豆泥、薯条真不知丰富多少倍。就连随手可得的食材都能雕琢得可以荣登大雅之堂。"陆羽川发表着他对于吃的见解。突然,他停下手里的刀叉,注视着坐在角落里的一个用餐者,盯着看了半天,然后,不紧不慢地说:"喏,你觉不觉得那人有点像这个堂吉诃德的雕塑?"

她看过去,那是一张瘦弱的骨感的脸。的确有几分相似。

"我喜欢看油画中的人物,或是寻觅某个文学作品中的形象。这成为我旅行中的一大乐趣。"

"还有这种怪癖?"她笑他,可心里却觉得陆羽川真是太有趣了。

用过餐,他们沿着塔霍河边漫步,塔霍河是伊比利亚半岛最大的河流,它缓缓地从城墙底部流经古城的东、西、南三面。天空呈幽蓝色,没有一丝云彩。黄昏中,河面上笼罩出肃寂,远处的山丘上覆盖着绿色的植被,在夕阳下发出柔和的黄绿色。当日光的最后一抹余晖消失在山顶时,月亮就在这河面中露出了头脚。此时,托莱多小镇呈现出柔和、静谧的淡雅。

兴致使然,陆羽川唱起了歌。可是他的声音高低不一,引得她笑得前仰后合。

"唱歌一定要空着肚子才行,得给丹田流出来发气的通道。我今天吃太饱了,饭都顶到嗓子眼了。见笑见笑。"

此时,她觉得他简直有趣极了。她从他们琐碎的聊天中找到很多共鸣,从一些小事中感觉到他存在的惊喜,更从他的幽默中感到与人为伴的乐趣。一个人如果能够通过读书、旅行的方式来了解人类的智慧,那他必定是个有趣的人。陆羽川此刻在她的心里就是如此。

能跟一个有趣的人同行,一路都是风景。

思想的漫步

托莱多三面环水，阿尔坎塔拉桥（Alcántara Bridge）是进入托莱多城的东边入口，圣马丁桥是其西边的必经之路，河道边种植着矮小的灌木丛，不仅是自行车爱好者和慢跑者的乐园，也给情侣们提供了谈情说爱的好地方。晨光的照耀下，河面就如同一条波光粼粼的锦缎。

河道边的马路上停着一辆小型的皮卡，一只狗在车里旺旺叫着，它的主人坐在旁边的快餐厅吃着三明治。当地的居民悠闲地溜达过来，买上一份本地的报纸，碰上熟人就大声道早安。

这地方真不错。大城市的人情是疏离的，可这种小地方大家都熟悉，有一种无处不在的温情。她觉得自己身上的每个细胞都很放松。这是来到西班牙几个月来，她第一次觉得心情愉悦。

这里到处是光线、色彩。他们沿着河道行走，感受着这座小镇的气息。她喜欢这样的行走。当贴近鸟鸣鱼跃的时候，总有一种与这个世间融为一体的感觉。对她而言，行走不是单纯的散步，更能带给灵魂自由的滞缓，特别是当心中充满各种各样复杂的感受时，行走总会令她获得平静。每到这时，她总会任凭思绪天马行空。

这个世界上，有些人活得没心没肺，从不浪费脑细胞，可有些人从童年开始就在思考，比如，我是谁，我要去哪里，生命是什么。她便是这种浪费脑细胞的一族。她自幼喜欢看哲学类的书籍，在她看来，两千多年来，哲学家是最能认真思考人生大事的，虽然很多人认为哲学毫无用处，只是庸人自扰，可她却认为哲学才是对生命意义和终极价值的探寻。任何一个人都应该对自己的人生反省。而行走，恰恰可以带给我们这种反省。就像梭罗走进大自然去冥想，卢梭在行走时获得灵感一样。

经过一大片鸢尾花，在阳光下，这种蓝紫像海岸边天空的色彩，又泛着微波粼粼的光泽。它们如同凡·高画笔下描绘的那般，随风而动、摇曳生姿，线条细

致而多变。她喜欢所有蓝紫色的花,无论是勿忘我、紫罗兰、铃兰花,都能够给予她视觉上的满足。只可惜大自然太吝啬给予这种颜色了。

心身耗竭综合征?

"大自然是悲悯的,人在大自然中会得到充分的理解和同情。"陆羽川打破他们的沉默,"习惯了这种小镇的滞缓,反而会觉得大城市令人焦躁不安了。"

的确如此。在那个只求快、只求速度的环境中,她不再去关注生活品质,也很少有时间去享受时光,甚至是早餐也很久没有好好享用过。这段日子以来,慢节奏的生活几乎为她开启了一扇窗,不需要刻意去追求某种情调,生活无时无刻不是宁静而安逸的。

"过去,从伦敦到纽约又到上海,我一直努力想要证明自己的优秀,可身上的标签越来越华丽,心却越来越疲惫了。"他说。

她又何尝没有同感。忙忙碌碌的日子,一不小心就忽略了自己,无法在周围的事物中感受内心。

"每次回到家我都特别累。想找人说话,翻开电话本,一个合适的都没有。有段日子,我经常走在喧闹的街道上,望着身边匆匆来往的没有表情的面孔,觉得他们应该跟我一样孤独。"他继续说。

都市里忙忙碌碌的男男女女,抛开人前的光鲜,各自在夜幕下数着低落……在熙熙攘攘的闹市区、在拥挤不堪的地铁站,甚至在人头攒动的夜店,都无法将人从孤独中抽离,这已经是一种都市病了吧。有时在人群中看到那些木然的面孔,似乎麻痹他们的不是周围的环境,而是他们自己在挣扎中开始沉睡。

"那时候的我,工作就是我的朋友,工作就是我的爱好。"他有点嘲笑自己,"我概叹工作带给我的压力,却又乐在其中。因为除了工作,我无事可做,好像也没什么朋友。"

他还说,那段时间,他总是处在一种忧心忡忡的情绪中。会议总是开不完,各种事总是谈不完。每天似乎都在跟时间赛跑,被塞满各种事情,充斥各种情绪,压力和焦虑如影随形,不免身心俱疲。

如今医学界和心理学界发现一种现象——"心身耗竭综合征"。是说因工作感到筋疲力尽,对任何事兴趣缺乏。尤其是有成就的男性,更是习惯独来独往。他们承受着内心的痛苦,已经逐渐忘了如何在工作以外的世界中生活。或许,当年的陆羽川就是如此吧。

"你有没有类似的经历:赖在床上,懒得动脑子,手拿着电视遥控器把所有的频道播一次,可就是没有想看的。最终锁定一个频道,却还是看不进去?"

她点点头。很多时候我们明知道在虚度时光,却什么也干不进去。

"有一年的圣诞节,我独自一个人在云南大理的一个小旅馆度过,每天只是不停地切换电视频道。这是一种内心很受折磨的状态……"

她能理解他那种情绪低落、无法集中精力的状态。她想象着他点一支烟,在晚霞中眺望窗外的天空,吟诵着孤独。

"那你对现在的状态满意吗?"她问道。

"比起过去心态是好多了。至少,不用献媚谁,也不去讨好谁,不用向他人证明自己。我就是我,你就是你,大家平等交流。我其实受魏晋时代文人的影响比较大,他们那种抛弃名利财富,安居于深山,只为了求得内心宁静的生活态度,对我很有影响。"

"别说,你身上还真有魏晋文人那种狂傲不羁的气质。"

不得不说,陆羽川经常会流露出一种高冷的眼神,那或许是一种将很多事情不放在眼中的狂傲?

塞万提斯曾在《堂吉诃德》中写道:"我情愿在角落里无拘无束地啃黑面包和洋葱,也不愿在别人的餐桌上吃火鸡。因为在那,我还得细嚼慢咽,不能豪饮,还要不断把嘴巴擦干净,也要尽力克制咳嗽和喷嚏,更不能做那些在自由中和单独时随便做的事。"

这也是陆羽川的心声吗?或许吧。

"一壶小酒,几颗花生你是否就能独酌一个晚上?"她调侃道。

"是的。以酒明志,癫狂人生!"他抬高声音,故作醉酒状。

"历史上,很多文人墨客都是在女色和酒精中寻找着心灵的慰藉,过着一种放浪形骸的生活。那么,你的情史是怎样的?"不过,这话说出口后,她立刻后悔了。怎么就问起他的情史来了?毕竟他们还不算熟悉。她吐吐舌头,轻声说道:"算了。不聊这个。"

他似乎没有在意她的问题,而是继续着自己的话题:"我们来到这个世上是为了生活,可还未曾真的生活过就要死去吗?我身边好多人刚过 30 岁就开始盼望着退休,希望退休后可以做一些自己想做却没时间做的事情,这挺可悲吧?"

必须承认,她在陆羽川身上找到了几乎和自己相同的特质。当而立之年,拥有了稳定的生活,周围的人的话题开始围绕孩子的教育时,他们却辞掉工作,远走异乡。这种不期而遇,似乎是一种久违的柳暗花明⋯⋯

"高濂的《遵生八笺》是我最近的心头爱。他所提及的人应该过一种艺术化的生活还真是调理身心的好方法。如今,对我来说最想做的事,就是得到心灵的自由。"

"那么,你得到了吗?"她问。

"还没有⋯⋯"他的语气中带着一丝遗憾,沉默了一会儿后说,"我很崇拜歌德。他含蓄内敛,过着简单朴实的生活。其实,自古以来,那些离群索居的人,看似孤僻而闭塞,可实际上他们是大隐隐于市,他们心里装着世界。我其实渴望这样的生活。"

小隐隐于野,大隐隐于市,这是此刻她眼中的陆羽川。

对陆羽川而言,旅行或许是一种寻找自我的方式,是一种追求内心安宁,给生命做减法的人生态度。虽然,这个世界上的人有着千万种的生活方式,可他跟她以往接触的人有着那么多的不同。他似乎挣脱了欲望的捆绑,回到最单纯的生命状态。

此刻,在异国他乡的水岸边,她与一个投缘的人有着聊不完的话题和共鸣。这就像在燥热夏天里的一杯冰凉的柠檬茶,在冬日的冰雪中的一盏火把。无疑,这是一种美妙的感觉!

在画作里感悟生活

绕过几条巷子,他们来到格列柯之家,这里收藏了大量埃尔·格列柯(El Greco)的作品。其中,《托莱多风景》吸引她驻足观望。

画面上,乌云密布,阴暗的天穹闪烁着银色电光,阳光穿透涌动着的云彩无力地洒在托莱多城的上空,整座城如同陷入暴风雨来临前的静寂。教堂和城堡有种无力感,似乎任由天命。

"从他的画中可以隐约看见一种神秘的东西。据说,他是个神秘主义者。"望着这似乎陷入世界崩溃的画面,她说。

"你我又何尝不是神秘主义者?"陆羽川随口回应道。

神秘主义者?她从未想过自己算是神秘主义者,可从儿时迷恋的神话故事,到长大后对星座的探究,甚至对命运的占卜,再到日常生活中对宗教的信仰,这不都是一种对未知世界的感知吗?在这个宇宙中,我们对自己认识甚少,经常生活在对未知的恐惧中,会有某种程度上的心灵不安,对神秘主义的迷恋似乎可以弥补我们内心对未知的恐惧,令我们在心灵上得到某些安慰。

这么说自己的确算是神秘主义者。于是,她回应道:"对神秘主义的追求可以为我们提供平静、信心和力量。是这样吧?"

"我总觉得我们周围还存在一个隐秘的世界,这个世界是用肉眼无法看到的。"

"你如今满世界地走,是不是就是想将这个未知的世界转化成可以感受和观察的已知世界?"此刻,她有点好奇他的世界观了。

"算是吧。每个人不是都试图寻找某种内心的安宁吗?"他眼神专注地望着她,似乎在寻求她的认同,"可是……"他停下来,望着眼前扭曲着的画面,这画中充满幻象,似世界末日的到来,"当我走在中东战乱后的废墟上,看到世界充斥着混乱和冲突,我心想,哪里又能寻觅到安宁呢?"

是啊。哪里才是心的栖居地?我们怎样才能寻找到内心的安宁?陆羽川的

这番话令她沉默了。

"过去那些年,我参加了无数的学术会议,写了不计其数的论文,拜访了很多高人,我觉得我应该做一个特别牛的人,可当我一步步实现少年时的抱负时,我的生命却开始处于一种不稳定的状态……我感到生活里很多事情都是遗憾,而且,无力……"

千百年来,人类的科学技术突飞猛进,我们创造出许多祖先们想象不到的东西。然而,我们对世界的探知远远超过我们对自身的探知。当我们盲目地投身某个事业,以为这是可以安身立命的根本时,我们却总是质疑自己。那么,我们的心到底寻求的是什么?

"3年前,外婆去世了。那一刻,我才知道老人比小孩更依恋生命。"他略带沉重地说,"人的一生都在为了生存而努力,可当生命结束时,却发现一辈子辛苦换来的一切,在闭眼那一刻都得放弃了。一切都无法带走!"

身份的焦虑

黄昏,他们爬上山顶,看着夕阳下的托莱多城。

塔霍河三面绕城,成为天然的护城河,山脉在眼前绵延,陡峭嶙峋的山崖立在河流边,一些高大的橡树长在陡峭的山坡上,山坡上呈现出青绿色。在太阳金色的余晖下,整个城市变成一片金黄,绵延的城墙和圣马丁桥在暮色中无声无息地定格了历史。大教堂、修道院、城堡,凸显着中世纪的王朝气派,令人有种敬畏之情,又似乎有种历史尘封的神秘感。这一切不遥远,却又遥不可及。一切在暮霭中暗淡,似乎有悲伤,同时也诉说着美好,诉说着历史的本来面貌。

想象、相信是文明的基础。眼前,她的视野里空无一人,透过夕阳下的静美,仿佛看到了旧时的这座城。

有人擦肩而过,有人孤独寂寞,有人打着招呼,有人甜蜜相拥,有人悲伤痛苦,有人闲散,有人奔波,有人富足,有人饥饿……她仿佛看到城堡中一群贵族在钓鱼的乐趣中度过上午,在赛马和射箭的竞赛中打发午后的时光,在迷醉和艳情

在一个陌生的地方，不追求任何结果，一切都是无限……

中消磨长夜……

流淌的河水述说着古今。在历史的长河中,谁又比谁更迷茫?

钟声响起,大地变得沉静,像是绽开某种沉思。让人不只是面对自己,也面对历史和人类的命运。

"塞万提斯笔下的'永恒之城'从来都是兵家必争之地。占领了这里,就等于控制了整个塔霍河流域。"陆羽川打断她的想象。

她眼前又浮现了古时候战争的场面。虚幻,又真实。

勇士们驾驭着沉重的战车、骑着战马,在泥泞中跋涉,士兵脚上的系带鞋裹满了泥巴。盔甲和各种武器散落四周。成千上万的阵亡者,有的正拖着残肢断臂奋战着,有的倒在成河的血泊中……

"好恐怖啊。"她不禁感慨,"这座城到底经历过多少战争与毁灭后的重生?"此刻,这片城似一片沧桑。战乱、眼泪扑面而来。

"战争……很可怕。"陆羽川望着远处说,"我的祖辈就经历了战争带来的苦难……你知道那种在中西方文化夹缝中生存的一代是多么痛苦吗?"

"东西方文化?难道你是混血儿吗?"她望着他的眼睛猜测地问。初见陆羽川,她倒是觉得他的轮廓颇有立体感,尤其是深深的眼窝,但没想过他会是混血儿。

时光中游走的身影

20 世纪 30 年代初,陆羽川的爷爷去英国留学,在一次学校的舞会上,清纯、美丽的英国姑娘 Michile 以好奇的目光注视着这位来自东方的男子。在 Michile 的眼中,他充满了神秘的东方气息。她主动邀请他跳舞,又在舞后主动约他见面。就这样,他们相恋了。可两人的恋情遭到笃信天主教的 Michile 的家庭的反对,但 Michile 爱得执着,坚决随她爱的男人来到中国。

然而,他们的婚姻在那个年代困难重重,即使婚后的 Michile 像传统的中国

女人一样过着深居简出的主妇生活,可还是得不到他的家庭的认可。在那个年代,按照中国的传统观念,娶洋人为妻是有辱祖先的,而他们的孩子在当时被认为是血统不纯,绝不允许进入家族祠堂。

Michile 是个对任何事情都要想得明明白白的人,对于这种固化封建的思想她无法接受。她看到自己的丈夫是如此懦弱,根本无力保护她和孩子们,无法让他们避免街坊四邻像看怪物般的奇异目光。最终,抗战爆发后,Michile 坚决带着 3 个孩子返回了英国。那年陆羽川的父亲还不满 1 岁……

楚桐听着,深深叹了口气。文化的冲突、时代的局限,总会令一部分人经历骨肉分别的痛苦。"后来呢?你有没有见过你的爷爷?"她着急地想知道后面的故事。

"后来,"他咬了咬嘴唇,"后来,我的大伯在抗战结束后坚决要回到中国寻找爷爷。可是……"他眼睛里充满了黯淡。

"是没找到吗?"

"不,找到了。可爷爷是典型的知识分子,自尊、克制,骨子里又有一份懦弱和矜持,他始终没勇气主动见孩子们,直到大伯回去……那时,他们分开了整整 8 年!"

"思念一定会把一个人折磨得很苍老吧?"她听着,心里隐隐作痛。骨肉亲情的离散、不得相见,应该是人生最痛苦的事情。

"那时候,奶奶已经改嫁给了一个德国医生。大伯坚持要留在中国。可'文革'期间,大伯得了抑郁症,后来自杀了……没过多久,爷爷也得了重病,去世了……"说着,他长叹了口气,"虽然,我没见过爷爷和大伯,但你知道这种血缘关系……很痛心……"

人生的无力之处,也许就是事情到了最后不得不认命!谁又能不向命运低头呢?

不被理解和祝福的婚姻,东西方文化上的差距,时代和历史的局限,一切又能如何呢?她随之叹了口气,眺望着四周起伏的群山和远处的城堡,这似乎象征了命运波动之后的止息。纵观整个人类的历史,总是有那么多生命,用尽毕生的力量,推动着人类文明的前进。有些人运气好,得以名垂青史,而更多的人,就像尘土一样随风散去。

人有时就像一粒飞沙,渺小脆弱但同时又富有顽强的生命力……

★★★★★★

过了好一会儿,陆羽川打破沉默:"不聊这么沉重的话题了。你知道吗?我小时候很淘气的,小学四年级就开始经常逃课,一早背着书包出门,可是并不去学校,而是跑到家旁边的公交总站坐上一辆大巴到终点,然后在快要放学的时候,再坐回来,按时回家。"

"不上学老师不会找家长吗?"

"当然会,我爸会阴着脸狠狠地打我,我妈则会一边骂我不争气,一边流泪,觉得我爸打我太狠了,可她又不敢劝他。有时,我爸嫌打得不够,就把我关进不开灯的厕所里检讨,还不让吃晚饭。"说到这里,他嘿嘿地笑了,"我淘气吧?"

"那你为什么还总溜出去坐大巴,不好好上学?叛逆?"

"我父母那时候处于创业期,根本没时间管我。我姐那时正是花季,我爸妈富养女儿,总是给她很多零花钱,她就偷偷塞给我一些。我又没有地方花,就去坐大巴了。不过,说实话,那种坐在大巴上晃晃悠悠地望着窗外的感觉真是不错,觉得外面的世界真是自由自在。"

"看来,你从小就喜欢离经叛道。难怪你会放弃那么好的前途,辞职周游世界。可是,你要一直这样流浪下去吗?"

流浪,似乎是很多人心中的梦想,可以摆脱束缚,摆脱压力,去远方,在天地间自由自在地驰骋。这不正是陆羽川的生活姿态吗?

"流浪?嗯,这是个很浪漫的概念。"他笑了起来,"四海为家,天马行空,没有羁绊,随性自由。这是多少男人的梦想啊!"

她点点头,又摇摇头:"这种生活或许缺少点安稳,是不是少点安心?"

"在我看来,人生每天都是一场旅行。闭眼,是旅行的终点,醒来,又是一个起点。何来安稳?"

远处的夕阳慢慢殷红天际。他们不再言语。

此刻,在她心里,陆羽川是那种在平静的水面下会涌动暗流,在喜悦中会含着愁绪的人。她突然对他心生一种同情,觉得他的内心是如此孤独,那似乎是种与生俱来的孤独,与这个世界的疏离,似乎他唯有这样不停地走下去,才能抵达内心的美好。

如果说悲悯是我们生命中不可或缺的情愫,此时她对陆羽川就有了这样的情愫。是像张爱玲说的那样"因为懂得,所以慈悲"?

或许吧。

第五节　塞戈维亚

Segovia

万物都跟爱有关

我们都在时间的皱褶里,感受欢愉与孤独,爱欲与悲苦。

我们的心是一座城堡

塞哥维亚(Segovia)位于山峦起伏的石灰岩山脉谷地。他们开着租来的车子,经过幽静的小道,来到一个山脚下的小屋,大自然的景色在眼前铺展开来。林荫道上耸立着挺拔的云杉,这小屋在林荫中呈现幽暗的色彩。这是他们在Airbnb(爱彼迎,全球民宿预订网站)上找到的当地的民居。

周围安静得只能听到鸟叫的声音,树叶正贪婪地吸纳着日光的精华。屋子的一侧,是围着羊群的石围墙。房东是个70岁左右的独居妇人,一间自住,其余的房间用来出租,这样既可以增加她的收入,也可以帮她打发寂寞的时光。

住的地方离阿尔卡萨城堡(Alcazar de Segovia)不算太远。安置好住宿,他们来到这座建于古罗马时期的城堡。

城堡修筑在小镇的制高点,地势险要,三面环绕着护城河,由一座吊桥与城内连接。据说,迪士尼的城堡就是以其为蓝图设计的。不过今天看到的城堡,是经过修复的。

城堡有很多窗子,有些极为狭小的窗子镶嵌在隐蔽处,从外面很难发现,而

内部也只有微弱的光能透入。她透过这一扇扇窗,看着塞戈维亚美丽的田园风光,却不由得慨叹:"我们的内心何尝不是一座城堡,里面藏着很多隐秘的窗,外人无从发现,我们自己也忽于探寻。"

城堡里挂着绘有伊莎贝拉女王加冕的场景的油画,这令她的脑中浮现出几个世纪前的画面。西班牙国家广播电视台曾拍摄过一部名叫《伊莎贝拉一世》的历史剧。为了学好西班牙语,她不止一次地看过这部剧。

1469年,西班牙重要的两个王国,阿拉贡王国王子斐迪南二世同卡斯蒂利亚王国王位继承人伊莎贝拉一世在塞哥维亚的阿尔卡萨城堡举行婚礼。他们的结合为西班牙的统一奠定了基础。而伊莎贝拉一世正是当初资助哥伦布横渡大西洋的女皇。

无疑,伊莎贝拉和斐迪南是政治联姻,可斐迪南却是实实在在地打动了伊莎贝拉的芳心。在伊莎贝拉的眼中,斐迪南风度翩翩、精神饱满、精通剑术。可以说,是伊莎贝拉自己选择了这桩婚姻。

而在事业上,他们是政治同盟也是事业伙伴。虽然,他们所属的两个王国各自独立,但他们大多数的决策是共同商议后做出的。1492年1月2日,他们联合率军征服了阿拉伯人在伊比利亚半岛上的最后一个强国——格拉纳达王国,划定了西班牙的疆域。

这样的爱情可谓一代佳话吧。究竟什么是爱情?有些人的爱情寻求的是心灵的契合,是精神的交流;有些寻求的是肉体的交融,是身体的满足;还有些寻求的是外在的契合,是某种物质的需求。可无论哪一种,只要最终能经得起时间的考验,都是真爱。就像伊莎贝拉和斐迪南,虽然是政治联姻,或许起初他们只是寻求政治盟友,却在共同执政的25年中,彼此信任和尊重,成就了一段爱情。

有历史记载,在公开场合,作为国王的斐迪南对伊莎贝拉表示绝对的尊重,甚至向她的意见让步。要知道那是个男权的社会,而他们对外的身份是平等的,这背后的代价就是他要牺牲自己的历史名声。

这无疑就是爱情啊。

信任、尊重、忠诚。当你垂垂老矣,我也风华不再。据记载,伊莎贝拉曾说:"感谢上帝赐予我的一切幸福,可令我最快乐的就是我这个丈夫。"

★★★★★

她思绪飞跃,沉默地走在陆羽川身后,如果不是他示意他们已经参观结束,她可能会一直这样跟在他身边走下去。

"在想什么?一句话都不说。"他问。

"爱情……"她一本正经地回答。

"爱情?!"他笑了,"这可是不可名状的东西。如果你能想明白什么是爱情它就不是爱情了。好啦,"他的手指在她的额头上弹了一下,"让大脑休息休息吧。"

"你的爱情是怎样的?有没有深切地爱过?"她不想从刚才的思索中走出来。

"我?有过那么一个很爱的人。"

陆羽川正要讲下去,却被她的电话铃声打断。

"桐,你在哪里?"是艾芊芊打来的电话,声音听起来有些嘶哑,"我在马德里了,酒店说你退房了!"

"嗯,我在塞戈维亚……"还没等她说下文,艾芊芊就在电话那头急切地说,"你等着我,我现在就过去找你。"芊芊说完便匆匆挂断电话。

楚桐一头雾水,心想,真是个我行我素的女孩。

古罗马引水桥下的倾吐

阳光明媚而温暖,空气湿润而清爽,古巷中弥漫着咖啡和烘焙的芬芳。教堂里传出悠远的钟声,广场上鸽子起舞,伴着街头艺人的小提琴声。他们来到位于两千年前的古罗马引水桥(Roman aqueduct of Segovia)边一家名为 Mesón de Cándido 的餐厅用餐。这是家以烤乳猪闻名的餐厅,坐落在阿索格霍广场(Plaza

Azoguejo）上，已经有数百年的历史。

这座引水桥建于古罗马图拉真大帝时代。当时建造的目的是将18公里外的弗利奥河水引入城内饮用，至今仍在引导流水。

古迹总能让人感受到光阴的真实感。

他们在露天的位置坐了下来。一边欣赏气势磅礴的公元1世纪时期的历史古迹，一边品尝美食的感觉很美妙。餐厅门庭若市，很多游人慕名而来品尝传承几世纪的烤乳猪。

这西班牙烤乳猪最大的特色是用盘子来切割的，并且切割后老板会将盘子摔碎。或许，对于吃而言，很多时候仪式感和心境要胜过食物本身。不过，这家餐厅之所以享誉海外，引得很多食客前往，跟西班牙国王胡安·卡洛斯一世曾到此用膳也是不可分割的。

当服务员将半只刚切好的乳猪端上餐桌的时候，邻座的一个外国妇女用一种怜惜的眼神望着服务生手中的餐盘，不禁撇撇嘴。不过对于中国食客来说，乳猪的味道还是熟悉的。

"嗯，这乳猪的味道还是不错的，皮脆肉松。"

"都说女人每天基本上就是逛、吃、胡思乱想，看来真不假。"陆羽川望着她吃东西的样子，揶揄道。

"你难道能否认爱和吃始终围绕着人类的生存吗？爱可以让人类繁衍，吃能够让人类存活。这是我们生存最基本的渴望。不对吗？"她不服气地说道。

"好啦，吃吧吃吧。别那么多理论了。"他用叉子将一块脆皮放到她的餐盘中，"吃可以堵上嘴巴。"

楚桐将一块猪肉蘸了芥末调料放入口中，然后一本正经地说："你发现没有，凡是领导人光顾过的地方，都会自成招牌，门庭若市。就像我们的'庆丰包子铺'。"

他笑了，说道："的确如此。不过这个卡洛斯一世可是个像唐·璜一样风流的猎艳高手。情人至少有1500个，私生子也相继曝光。这点来说，还真符合你那个繁衍是我们生存的最基本的渴望的理论。"

对于出轨这件事,似乎是都市人心照不宣的秘密,君王也无法逃脱。

看来,欲望不仅会让人冲动,也让人欲罢不能,一旦陷入其中,恐怕谁也难全身而退。那么,陆羽川呢?他那种嬉笑言谈的方式,定也是长期风流形成的吧。她心里估摸着,故作平淡地问道:"刚才还没听到你的爱情故事呢。现在讲讲吧,那个你说你曾经很爱的人的故事。"她始终不忘对他过去的打探。

他依了她,讲了那段故事。

★★★★★★

18岁那年,他随父亲去英国看望奶奶。没想到,这场旅行让他遇到了初恋。这一天,在大英博物馆门口,情窦初开的他看到一个专心看书的亚洲女孩,那是个秀发如云的女孩,眉宇间浅藏了些许忧伤。她的眼神温柔而专注,坐在石阶上聚精会神地看着书。她时而微笑,时而露出思考的情绪。那一刻,他被她吸引了,想走进她的内心,想知道她的微笑和忧郁。

"那个时候,我哪好意思开口!心就一直在那里打架,寻思着是不经意地坐到她的身边,假装落下东西离开,让她主动叫住我?还是请她帮忙拍照再开始交流?……就在我内心剧烈斗争的时候,她突然把书合上走进博物馆了。她好像一直在思考什么,根本也不在意周围的世界,更不可能注意到我在看她……我就在那远远地望着她的身影消失在人群里。她身材非常棒,而且高挑……"

听陆羽川这样一说,她禁不住笑了起来。每个人谈到初恋的时候,总是满心回味,哪怕是暗恋,也会念念不忘那种初探内心柔软的触碰。

"后来呢?以暗恋告终了?"她以为他只是随便讲个暗恋的故事。一次不期而遇,一次怦然心动,没有告别,没有心伤。这样的爱情总像是黑夜中的光亮。或许,有些爱情美好而耐人回味,正是因为只有开始没有结束。

"当然不。"他表情认真,"为此,我好几天都没睡好,满脑子都是她的身影。可又不知道哪里能够找到她。我非常后悔,觉得自己没能勇敢一点,主动一点。

我以为这辈子再也遇不到她了。"

这个世界上,除了邂逅,还有重逢。或许,缘分就是这样莫名其妙。那些渴望的,有时兜兜转转又会重新出现在你的面前。后来,陆羽川去英国读研究生,没承想,竟然在校园遇见了她。她大他3岁,但这并没影响他们相爱。他们度过了一段甜蜜的时光。

陆羽川回忆起他们的过往,言语间竟还有几分无法忘怀。

我们都是如此吧,那些曾令我们觉得再也不会提起的往事,总还会在不经意间怀念。那些细碎而美好的时光,总是或深或浅地写在我们的生命里。

然而,他们遇见了校园情侣们最常见的问题,那就是不得不面对毕业后的分离。毕业后,女孩坚持要回国发展。于是,隔着手机的问候成了维系他们感情的纽带。

"我那时节衣缩食,不管长假短假,都会飞去看她。哪怕就待几天。"

"她怎么不考虑先在英国找份工作,等你毕业?"

"她曾说可以为了我放弃一切,可一说到辞职,她就说要等等⋯⋯"

"可能是她比你年龄大,心里缺少安全感,顾虑比较多吧。"

"不完全⋯⋯"他沉默了一下,"那几年,她竟背着我跟三四个男人交往过⋯⋯但我还是一次次原谅她⋯⋯"

她不承想,陆羽川竟也曾是这样一个痴情的人。对于爱情,有时,我们痛心疾首,却深陷于纠结,任凭时间飞逝,迟迟不能给自己一个答案。有时,明明已经看清了事情的本来面目,还是要自己欺骗自己。可这就是爱情,谁又能逃得过呢?

人一旦动了感情,就很难放得下,至少,要走过很长一段路之后才能慢慢看开。我们都在爱中沉沉浮浮,在希望和失望中徘徊。终究,爱情就像四季般自然流转。不经意之间,一切都改变了。恋恋红尘,有些感情输给了时间,有些输给了距离。最终,两个人的协奏曲变成了一个人的独奏曲。

★★★★★

"去过泰国吗?"他突然问。

她摇摇头。

"泰国有个四面佛,很多人都去朝拜。这四面分别是求平安、财富、情感、事业。可你知道吗?人们在情感这面停留的时间是最长的。"

"是啊。感情是人生最大的困扰吧。"

"跟她分手的那一年,我特意去拜了这四面佛。虽然,我知道她是回不来的……"

每个人都渴望一场坚贞的感情,却总是要经历心酸和悲观。爱情这东西究竟有没有永远?

"其实,我能理解她。那个时候的我前途未卜,又比她小,她为了自己的幸福……嗯,怎么说呢,我其实能理解她。"

"现在,你还会想她吗?"她问。理解、仁慈或许就是真的爱一个人的诠释吧。无论是背叛还是失望,却始终抱有理解。

"现在?想得都想不起来了!"他半开玩笑半认真地回答,"曾经的我们,就像两条直线,慢慢地撞在了一起,如今错开了,也就越走越远。说实话,我现在连她的样子都记不起来了。"

想象有时要比现实更让人幸福

片刻工夫,艾芊芊已经到了广场,像是搭乘火箭来的。陆羽川去小镇闲逛。她们则找了一家酒吧坐了下来。

服务生为她们倒了两杯香槟。她还没喝,艾芊芊就将杯里的酒一饮而尽。接着,又拿起楚桐的酒杯,一口喝完。随后向服务生招手,要他再给倒上。当艾芊芊要第三杯香槟时,楚桐劝道:"别再喝了。这是渴了吗?"

"这酒味道好极了。"艾芊芊一饮而尽,示意服务员再倒上。

"你醉了。"她再次试图阻止。

艾芊芊冷冷一笑:"宁可喝醉。"

"芊芊,你到底是怎么了?"她知道艾芊芊千里迢迢来找自己,应该是遇到什么不开心的事了,极有可能是跟男朋友吵架了。

"人总是会刻意掩饰自己丑陋、卑鄙的一面,却还要给自己立个高尚的牌坊。"艾芊芊说着,冷笑了一声,又喝光了杯中的酒。

"每个人都习惯美化自己。这是人的天性吧。别太在意。"她安慰。

"桐,你知道吗,我总喜欢在心中构想幸福的画面,以为我就该是那样幸福的。"艾芊芊挂着下巴,眼神空洞地望着她。

这或许是女人的通病,总是幻想着一种理想化的生活。毕竟,想象有时要比现实更让人觉得幸福。

"梦中的幸福没人可以打扰和破坏。"艾芊芊喝干杯中的酒,她已微醺,"可梦醒了,意识到自己的境遇,就开始觉得难过了。"她的声音开始哽咽。

艾芊芊已经醉得一塌糊涂,楚桐只得将她扶回住所。一路上,艾芊芊喃喃地念叨:"曾经那个甜蜜的梦破灭了。我以为他是爱我的。可事实上,就是狗屁!"

原来爱情触手可及

她将艾芊芊安顿睡下,来到庭院后面的小树林中,陆羽川正在这里等她。此刻,他正站在老胡桃树和白蜡树中间,望着松鸡在那里忙着求偶。

"你看这丛林中的鸟,所有雄性几乎都好斗。松鸡是一雄多雌的奉行者,它们往往进行战斗向雌性献媚。有时候会斗得羽毛飞扬。"陆羽川说。

她心想,或许这动物界跟我们人类一样吧。雄性为雌性斗得面红耳赤,都只是为了一个本能而已。

老妇人家的门前有条河,叫作埃雷斯马河,河岸边停靠着一艘小木船。老妇人说,这是特意为客人们准备的。

闲来无事,泛舟水上也是不错的选择。

水鸭在岸边嘎嘎叫着,黑色的松鸡在云杉里低鸣。她和陆羽川屈膝对坐,两人不约而同地望着老妇人的身影渐渐在小径上远去,老妇人的脚步略有踌躇,速度却不慢。河岸边的矮树丛不时出现男男女女的身影,他们也在小道上匆匆走过。小路给人的感觉是宽敞的大道不能比的。这种通往村舍的小路总是会在某个房门前戛然而止。这何尝不是一种归家的情感?人类的足迹让小径也变得有了生命吧。

"回家是每个人心中的渴望吧。"望着小径上匆匆走过的人,她说。

"或许吧。有时候,我看到年迈的老太太总能想起外婆。"陆羽川望着老妇人的背影说,"外婆是我这一生最爱的人,甚至超过爱我妈。她对我几乎是溺爱。不管我犯什么错,只要父母惩罚了我,她都要数落他们。"

他这句话她深有体会。都说隔辈亲,老人对孙辈的疼爱可能远远超过对儿女的。

"外婆很喜欢烫头发,银色的发卷总是整齐地绕在脑后。她那种气韵,现代很多的女孩都比不了。只可惜,她的一辈子太多磨难了。"陆羽川流露出对外婆深深的情感。

突然,岸边的丛林中传来一声尖利的鸟叫声,打破了他们的沉默,这声音听得人汗毛都竖起来了。她下意识地寻向声音传来的密林深处,却不经意间使得两人本就紧挨的脚靠在了一起。

午后的日光,总是有种氤氲的诱惑味道,洒落在每个人的瞳孔中。

他的手掌划过她的手背,绕了半个圈,最后紧紧扣在她的掌心。她的手心不禁冒出汗来,她绯红着脸没有作声。

他笑了:"怎么这么紧张?不过,爱害羞的女人很勾引人。"

"胡说。我没有勾引你。"她迅速抽出手,并在他的胳膊上用力掐了一下。

"竟然还用暴力,是想让我更进一步?"他笑着说,语言直接而具有挑逗性,令她心跳加速。这是她想要的气息。心动在邂逅的那一刻迸发,璀璨如烟花绽放。

这是可遇不可求的相遇吧。可这相遇注定短暂,过了今天就要面临分别,那又何必执着?

"才不要。好了,我们回去吧。我要看看芊芊醒了没有,不知道她今天是怎么了。"她暗藏着真实的内心。对她而言,爱情若不能安心地开始,即使瞬间叩击灵魂,也宁可不要。

欲望是生命中的刺青

艾芊芊还在昏昏沉沉地睡着。楚桐便也回房睡去,这一觉醒来,阳光已透过窗缝溜了进来。她觉得口渴,准备去厨房喝点水。

厨房的窗帘都还紧闭着,微微透着些许光亮。

她走到冰箱前,想拿点果汁,却不知被什么软软的东西绊了一下。她心一惊,害怕是野猫或者老鼠之类。可顺着光亮一看,竟然是艾芊芊的腿!只见艾芊芊头发凌乱地靠在冰箱门上,周围是一地的酒瓶。

她晃醒浑身酒气的艾芊芊,将她扶到沙发上,打开窗帘。

"叫醒我干什么?我不要醒来!拉上!"艾芊芊推开她,又坐到地上,"让我睡!我不要醒来!"继而哭了起来!

这完全不像平日的艾芊芊,那个看似有着完美人生的女人。年轻、貌美、富有、众星捧月,怎会有这般不如意和萎靡的一面?

"这是怎么了?"她再次将艾芊芊扶上沙发。

"桐,你是不是觉得我是个令人羡慕的女人?"艾芊芊的眼中含着泪水,可怜兮兮地望着她,渴望着肯定。

她点点头。一个活得如此精彩的女孩怎能不说是让人羡慕的?

"可那是因为你不了解我!"艾芊芊冷笑了一声,"你看到的都是我光鲜的一面,可这世界冷暖自知!"艾芊芊的情绪很激动,一脸哀怨,"遇到这样的人,是我运气不好!"

运气不好?或许吧。我们已经习惯了把一切归于运气,如今,就连爱情也归为运气。失恋或离婚是爱情运不好;一直单身是大运犯了孤辰或寡宿星。总之,一切似乎都逃脱不开命运的安排。

"我鄙视他,恨他。曾决心再也不见他,但是,只要他一来电话我又会接听……"艾芊芊已经泪流满面,"这是不是一种病态!"

有一种悲伤的无奈,你相信他的谎言,也相信他的承诺,你恨他,却还深深爱着他。爱情,总是能将我们画地为牢,我们在内心的矛盾斗争中,渐渐没了自我,得到更多痛苦和悲伤,却什么都改变不了。

"我的心很痛,可只要一跟他分开就失魂落魄……很多次,我期待着跟他一生一世,可我深知这不可能……"艾芊芊已经哭得歇斯底里。

她望着艾芊芊,心疼地给她递上纸巾。又能怎么安慰她呢?这世间的情本来就是令人欢乐,令人痛苦的。

"桐,你知道他是谁吗?"艾芊芊抹了抹眼泪,望着她。

她摇摇头,会是谁呢?自己跟艾芊芊的生活圈子未曾有过交集,似乎没有什么共同认识的朋友。

"张、海、龙……"

什么?听到这个名字,她张大嘴巴,简直无法相信自己的耳朵。这怎么可能?!据说,张海龙跟妻子青梅竹马,他妻子是高干子女,张海龙事业的成功离不开他妻子的扶持。而且,他们人前人后都表现得非常恩爱,据张海龙的秘书透露,逢年过节,张海龙经常让他订购鲜花送到妻子的办公室。他们的一双儿女都在美国名校读书,据说成绩非常优异。这样的家庭是令多少人羡慕的完美家庭啊!

艾芊芊边流泪边苦笑:"想不到吧? 我爱了他三年,也痛了三年……"

★★★★★★

那一年,艾芊芊28岁。他们在一个酒会上相遇。

艾芊芊总是精致无瑕的样子,没有一丝凌乱的头发,永远涂着明丽的唇膏,化着细致的妆容,踏着精美的高跟鞋优雅地走步。像她这种时尚、性感、妩媚、活力四射、举手投足充满着艺术气息的女子无疑是耀眼的。

他对她一见钟情。整个酒会上,他的目光未从她的身上离开过。他要了她的电话,并在第二天约了她见面。

"他说,28岁是女人最美丽的年龄……他说,没想到他到了这个年纪还会有心动的感觉,会时刻在人群中寻找我的身影……他说,我是老天赐给他的天使……"艾芊芊流着泪,诉说着。

正当年纪的女孩总会爱上大叔。大叔会带给女孩一个她所憧憬的世界。他们风度翩翩,懂得你不懂的一切,有你渴望的见识、渴望的阅历,更知道用什么方式讨你欢喜。在艾芊芊的眼中,张海龙有着所有她渴望的男人的一切,成熟、绅士、事业有成,还充满柔情。虽然,她知道他有家庭,可他却说:"我感谢她为我生儿育女,照顾父母,但是我不爱她,我们就是亲人,从未幸福过。"

对于男人出轨这件事,有些人说,当初是为了结婚而结婚;有人说,生活在一起才发现缺少共同语言;有人说,婚后生活缺少激情;还有人说,家里的老婆就像个保姆,何来爱情……总之,会有各种各样的不幸福的因素。但有一点几乎是所有出轨男人一致的心声,那就是,男人身体上渴望亲密的程度要远远大于心理上的。

而对女人而言,总会因为跟一个男人的性爱关系而日渐依恋对方,感情越来越痴缠。到了一定时间,就开始渴望稳定而长久的关系,会向对方逼婚。艾芊芊正是应验了这一规律。

"起初,我只是迷恋他,没想过要跟他有将来。可慢慢地,我渴望他的承诺……也有好几次下决心要离开他,可过不了几天就受不了了。我知道我爱上他了,害怕失去他。"艾芊芊哭诉着。

每个人都在满足和欲望中重新定位自我。有时,就算我们明知执迷的是虚妄,仍会深陷。可这就是女人啊,心理上渴望亲密的程度随着时间会远大于任何物质上的需求。她理解艾芊芊的心情,正如赫胥黎所说:"我们可以自由地实现欲望,但永远不能自由地选择应该有什么样的欲望。"

"他说他爱我,为了我可以放弃所有。他曾在我的车上装了跟踪系统,起初,我很不高兴,可后来觉得他这样做是真的很在意我,怕失去我。那我也不要什么名分了。"

就这样,过了两年。可突然有一天,艾芊芊接到一个女人的电话,她威胁艾芊芊必须离开张海龙……

原来,张海龙还有个私生女,电话是那个孩子的母亲打来的!

艾芊芊哭红了眼睛,眼神中充满着痛楚。对于一个女人来讲,还有什么比跟别人分享爱更让人绝望呢?

"他流着泪对我发誓,说对孩子的母亲没有感情,只是喝醉了不知怎么就有了这个孩子。他说男人的爱和身体是分开的,他爱的只有我一个。可你知道吗?按照这个孩子的年龄,他跟那个女人在一起的时间应该是在认识我的前后!"

正因为这件事,艾芊芊执意要来西班牙读书。

"那你这又是怎么了,是又想不开了?"她有点疑惑地望着艾芊芊。自古以来,居于优势地位的男人就拥有多个妻子。君王、贵族、上流社会的男子更是妻妾无数,子嗣无数。这似乎是一种雄风和优势的体现,凸显男人在经济、权力和性能力上的竞争力。而女人们,有时也甘心跟其他女子分享一个优秀的男人。按照判断,这件事应该并未影响艾芊芊和张海龙的交往,她应该是接受了这样一种角色,因为就在几天前,艾芊芊还是一脸幸福地等待张海龙的到来。

"他就是一个信誓旦旦的骗子!"

原来,艾芊芊来巴塞罗那这段时间,那个女人闹到了张海龙妻子那里,张海龙不但跟妻子离了婚,还给那个女人买了套高档公寓,并且,与她领了结婚证!

"他还在骗我!说这只是男人的责任,是为了孩子的健康成长,但绝不会跟他们母女一起生活。他依然发誓说这辈子只爱我一个!可是,他如果真的爱我,会让我在海外漂着,而为了那个女人离婚?!"艾芊芊将脸埋在双手间,歇斯底里地哭着。

此时,楚桐的心情随着艾芊芊的眼泪辗转,心中感慨着。

有些爱,只不过是缺少理性的欲望,这种欲望最终变成了伤害对方的武器。终究,欲望是一回事,而爱情是另外一回事。此时,张海龙在她的心目中不再是那个高不可攀的大人物,而是个灵魂卑微的人。他曾是多少女人理想的伴侣形象。可是这样一个看上去顶呱呱的好男人,背后却是如此这般伪善,不免让人觉得震惊。从外在看,他有那么多值得炫耀、让人羡慕的东西,可心理上却有着某种无法填补的沟壑。

琐碎的欲望那么常见,却令人性沉沦。或许,人类就是一个个不完美又复杂的个体,每个人都是忠诚和欺骗、慷慨和自私、宽容和计较、悲悯和残忍的复合体。

离别在时间的彼岸

就这样,短暂的小旅行结束了。陆羽川继续踏上他的旅程,他要跨过海峡去对面的非洲。临别时,陆羽川给了她一个拥抱。他站在月台上,望着车窗,挥着手,微笑着。

或许,对他而言,那只不过是一个西式的道别。可她却感到一丝忧伤。

人生似乎就是要面临不断的告别,从陌生到熟悉,再从熟悉到陌生。或许,有些相遇就像是美丽的泡沫,在阳光下看到它的色彩,却是不切实际的虚幻。抑或,只是特定时间的沉迷。

第二章　旅行与发现

生活是绵延不绝的渴望,生命是喜忧参半的往复。

为了追寻内心的光亮,我们踏上漫长的旅途。

好在生活不是一个假象,它总是存在意想不到的转机……

如果,我们能够尝试跟生活讲和,用心去感受和观察,总会发现,那些细碎而美好的时光藏在平静的生活里……

第六节　赫尔辛基

Helsinki

逃出心中的围墙

虽然,孤独和失望总围绕着我们,但熬过去,就是感恩了。

所有的瞬间都成为永恒

回到巴塞罗那,她在一家二手书店找了一份工作,每天又是工作又是学习,很充实。

书店老板 Antonio 是个脾气暴躁、眉头紧蹙的老头,他的世界基本就是这些书。没有客人的时候,她跟 Antonio 就各自捧着书进入自己的世界。偶尔,遇到客人来讨价还价,这老头就会一把抢过对方手中的书,很生气地说:"你还没有读这书就来跟我讲价钱？这里的书每本我都读过,不值得看的不会在这里!"继而,他会缓和地说一句,"你可以先买回去看,看过后你若觉得这书不值这个钱,再给我送回来,我把钱都退给你!"

光顾书店的人不是很多,木书架上充满着斑驳的印记,泛黄的书页散发出陈旧的气味,与店里面的咖啡香气混合着。在这样的环境里工作,让人心里充满宁静,甚至可以修复灵魂。书店里面的书都是 Antonio 精心挑选的,且每本他都看过,有的甚至看过了几遍。Antonio 总是亲自一本本抹去书上的浮灰,很多时候

她都显得无事可做。不过,他经常抽着烟斗,摸着额头上那些深深浅浅的皱纹,跟她讨论文学。这令他们之间形成了一种默契,也让他们产生了一种超过雇佣关系的忘年友谊。

Antonio 常说自己缺少归属感,很孤独。或许这跟他的经历不无关系。他出生在意大利的那不勒斯,爷爷是居住在奥地利维也纳的犹太人,他在斯洛文尼亚的卢布尔雅那读完小学,在德国的柏林读完中学,又随父母移居到法国的巴黎,后又去英国的爱丁堡读了心理学学位。最后加入了西班牙籍。

Antonio 很喜欢卡夫卡的作品,说从他的文学中能感受到自己。他说自己和卡夫卡都有着边缘化的人生。因为卡夫卡是个出生在捷克布拉格的犹太人,奥地利籍,又讲德语。而卡夫卡终生与犹太人的宗教和习俗保持着距离,这造成了他冷眼旁观世界的态度。

Antonio 不喜欢灯红酒绿的生活,不喜欢眼花缭乱的世界,他经常沉默、静思,似乎他的快乐就是在内心深处静静地梳理他的见闻和思考。可突然有一天,Antonio 说要将这个经营了快 30 年的书店关了,因为他要去西西里找他最爱的女人去了,那个曾经风情万种的意大利女人上个月刚死了丈夫。他说,他们错过了近半个世纪,他不想再错过,要去陪伴她的余生!

他的这个举动跟平时的那个 Antonio 简直大相径庭!她无法相信这是那个看似理智、孤僻的老头会做出的决定。

这是他第一次跟她聊起他曾经的生活。

"那是我第一次对一个女人有了想要占有的心情。Cecilia 站在我的诊室里,像朵娇艳的玫瑰……"Antonio 回忆起和 Cecilia 的相遇,他那张经过时光雕刻的面庞似乎散发出了一种被爱环绕的舒展。

那一年,Antonio 刚从英国的爱丁堡大学医学院毕业不久,到西班牙从事心理医生的工作,Cecilia 是她的女病人。

"她穿着碎花的裙子,脸上露出一丝羞涩的绯红。我知道,那一刻,我的脸定是苍白的。她真的是太迷人了……"Antonio 沉浸在往事中,"可是,她已经有了丈夫,并且过得不幸福。"

原来,Cecilia 的丈夫是个严重的酒瘾者,经常会喝得酩酊大醉后对她谩骂侮辱,事后又会痛哭流涕,忏悔万分。Cecilia 的精神因此备受折磨。

自从诊室里的惊鸿一瞥,Antonio 就彻底地臣服于 Cecilia。他对她有同情,有爱慕,有欣赏,更有依恋和守护。他的心里、脑海里无时无刻不出现 Cecilia 的影子。那一年的冬天,Cecilia 再次遭受丈夫的暴力,她痛哭流涕地打电话给 Antonio。于是,他带着她来到了大雪封山的山林,他们在孤寂的深山里烤着篝火取暖,在满是浮冰的湖泊中钓鱼,他们喝着炽烈的威士忌,谈着彼此的人生……

爱情有时候是无奈的,有些人的出现只是为了让你感受到从未有过的幸福,又悄然离去,留下你一个人意犹未尽却心生伤感。Cecilia 必须要回到她的家庭,她的丈夫需要她的照顾。几个月后,她随丈夫回到了他们出生的地方——意大利的西西里岛。

或许,这辈子若没有遇见 Cecilia,Antonio 的人生会是另外的样子,他会是名出色的心理医生,会有爱他的妻子、可爱的孩子……可那惊鸿一瞥的对视,那心有所属的挂念,他的整个人生也随之改变了。那以后,他放弃了医生的职业,经营起这个二手书店。

"我连她的问题都治不了,还继续做这个职业有什么意义?!"Antonio 如是说。

就是这种情愫令 Antonio 在半个世纪里难以寻找到任何一个能够取代 Cecilia 的人。他就这样单身了大半辈子,心甘情愿地等待了 30 余年,直到两鬓斑白。

"当你看到你的爱人面临痛苦的时候,你比她还难过。唯有对方快乐时,你才会觉得安心……"Antonio 猛吸了几口烟斗,脸上的神情已没有了往日的那种紧蹙,"不过,我对她一直保持那种纯洁的爱,可我的心里却是遐想过很多次她的身体……"他露出老男孩般略带腼腆的笑。

Antonio 对 Cecilia 是一种纯粹的精神上的恋爱。这种爱源自他内心的感受,

这种感受伴随他半辈子,让他为爱情执着地守候。

有种感情,不曾说爱,却从未忘记……有种爱,连同命运,伴着沉沉浮浮的流年。尽管,这场关系里只有一个人。

听了 Antonio 的故事,她沉默不语,没想到 Antonio 暴躁的外表下竟然会有这样一颗细腻、柔软的心。

"你们亚洲人很多都信奉佛教。你信吗?" Antonio 放下烟斗,问道,"佛教中有一个词是'无常'。我们身边的所有东西都会改变、都会消失,爱或恨,好或坏,美或丑,成功或失败,一切都只是暂时的,我们终究也会死去。所以,活着就要面对生命中的每一样事情,把握今天……"

是啊。从时光里走过,生命是如此无常。我们不能确定将来会发生什么事,我们的境遇会改变,我们的容颜会改变,那些起初不能在一起的人,命运可能会被再次谱写。那些矛盾的情绪,终究会随着岁月而清晰。

"虽然,孤独和失望总围绕着我们,但熬过去,就是感恩了。" Antonio 意味深长地说。

爱情的几个阶段

接下来的日子,她的生活又闲下来。除了上课的时间,她基本会在不同的咖啡馆里看书、温习。

咖啡馆或许是一座城市最有灵魂的居民聚集地。午后,经常有女子精心打扮过后,来到固定的咖啡馆里喝咖啡,她们或是寂寞而沉默,或是安静地读一本书,或是会朋友,或是默默地看着窗外,抑或等待着一场相遇……也有些男士会聚在咖啡馆高谈阔论、传递着资讯和思想;还有些独自静坐,一小口一小口地喝着咖啡,略有所思……也会有一些游人,在某些咖啡馆里追寻某些怀旧的记忆……更有些自由职业者,在安静的角落里埋头创作……

不过,据她观察,咖啡馆里最多的还是一群独自居住的孤独的人,就像此时的她。

四月的下午,她沿着兰布拉大街最南端的海岸行走。沐浴着阳光,吹着海风,突然对陆羽川有种莫名的想念。这种萦绕心头的情愫让她无法抑制。不能否认,陆羽川具有一种吸引她的特质,一出场就带动她所有的好感。

他经常会在社交网站上发一些图片,那是他行走在世界各地的足迹。她偶尔会在下面留言称赞,但他基本没有回复。然而,就在几个星期后的一个明媚、安静的清晨,她接到了他的信息。

他像旋风一样在五月的一天回来了!

"睡得好吗?梦到你了。"

"你好吗?"她回复。

"要不要一起去北欧?初夏的北欧,万物复苏,是一年中最美的季节。"

清晨的阳光透明而有力量,窗外的郁金香在光线下更是艳丽。她心中掠过一丝涟漪,当然要去!她是多么渴望再见到他。可她并没有这样回复,而是说:"可以带着 Grace 一起吗?"

女人的情感就是这样复杂。她渴望见到他,却又怕他们单独出行会破坏一些平衡。虽然,她跟艾芊芊是南辕北辙的两个人。一个约束,一个随性。可经过这半年的相处,她们俨然已经成了闺密。

"好。就这么约定了。那么,我在赫尔辛基的机场等你们。"

★★★★★

说到旅行,艾芊芊自然非常乐意前往,她可谓旅行、时尚达人,微博、Facebook、Twitter 这类社交网站上都有她活跃的身影,上面基本上是她各种精致生活的展示。衣着华美出席各种派对的、盛装出席音乐会的、顶级餐厅用餐的、世界

各地度假的……她总是精心打扮着自己,哪怕只是一个随意的街拍,她都要找到自己最美的角度。总之,她每次更新都会是视觉享受的大片,引得一群粉丝的关注点赞。

此次旅行,艾芊芊拉着一个32寸的Rimowa,里面满满当当地放着几十件衣服,各种搭配的大包小包,款式不一的墨镜,各种护肤品、化妆品,连鞋子也有高跟鞋、平底鞋、运动鞋、沙滩鞋等多种款式,还有各种维生素和保健品。

"做女人一定要精致。旅行也一样。"艾芊芊已经从失恋的低落走了出来,再次恢复到那个明艳迷人的状态。

通常说,人的失恋会经历三个阶段。第一阶段是最痛苦的,会茶不思饭不想,觉得对方只要回来什么都可以妥协。第二阶段,基本接受对方离开的现实,但在夜深人静时偶尔会思念对方,甚至会咒骂对方的离开。到了第三阶段,对方的事情已经跟你毫无关系,或许连对方的样子也已想不起了。对艾芊芊来说,她似乎已经彻底进入了第三个阶段。爱了,痛了,此刻,她似乎完全忘记了。

在途中遇见爱情?

"桐,你有没有想过一个人旅行的乐趣。比如,邂逅……"飞机上,艾芊芊问道。

这可能是内心有着浪漫情愫的人共同的期待吧。在异国他乡,遇到一种久违的心动,然后,一起在陌生而美丽的国度里欣赏风景。不过,这种邂逅听起来很美,却多半是无果而终。这样一想,她说:"这种艳遇还是不太靠谱。"

"哪有那么多靠谱的事情?你不觉得那种在旅途中心动的瞬间很浪漫吗?我渴望那种触动心房的快感,那种令心跳加速的感觉真是太美妙了!"艾芊芊闭上眼睛,沉醉地说。她的睫毛又密又长,这令她看起来楚楚动人。

"看不到结果的恋爱要它干吗?"她否定着。

"古板!生活讲的是感受,是经历,是回忆!你要学会去体会一种激情,那种让你能够感受到沸腾的状态。人一定要跟着感觉走。不过嘛……"艾芊芊带点坏笑,扬了扬眉毛,"依我看,你跟这个陆羽川就能沸腾起来!"说着,调皮地吐了吐舌头。

"他四海为家的,不稳定,谈什么感情?"她边看杂志,边漫不经心地回答,可嘴上虽这样说,心里却渴望艾芊芊说的是事实。

"艳遇又不等于爱情。你不会还没'艳'就先想结果吧?都什么年代了,如今讲究的是Feel(感觉)!明白吗?Feel!"

"可在我看来,爱情始终要走心的,那种不走心的艳遇要它干吗?"

"小姐,我觉得你应该生活在古代。你看古时候那些深闺中的姑娘长期不出门,偶尔遇到个异性都会觉得小心脏就要跳出来了,想不走心都难呀。这现在的人啊,随便上个聊天软件、相亲网站什么的都能轻松认识个十个八个的,哪还那么容易走心啊!"

艾芊芊说得不假。这是个频繁遇见又迅速分别的年代,很多时候短暂的都来不及走心。如今太多的邂逅只因为外貌或欲念的吸引,有时在连对方的身份都还没有搞明白前就迅速打得火热,可用不了多久就进入了冷淡期,沉默着成了过客。还有一些人,在尚未有感情基础的时候就匆忙结了婚,可过不了多久又迅速地闪离。是这个世界发展太快了吗?是人们的心灵开始跟不上自己的脚步了吗?行色匆匆的人们,忙工作、忙社交、忙生活,有几个人愿意用时间去了解你的性格,你的内心?又有几个人有耐心陪你走过一段心路历程?

"你理想的艳遇是那种受长相、气质、性格、才学等外在条件限制下的邂逅。既有心灵的共鸣,又有情感的相惜,还要有精神的相依,又愿意耐着性子陪你一段马拉松式的交往,最好,还能一生一世!对吧?"艾芊芊忽闪着似会说话的大眼睛,那双眼睛充满了灵气。

她笑而不语。艾芊芊哪里会知道,如今对她,或许更渴望一个懂她又温暖的男人。

"男人都渴望一个冰洁玉清又性感妩媚的女人,就如每个女人都渴望一个帅气多金又无微不至照顾自己的男人一样。"艾芊芊一边戴上蒸汽眼罩,一边漫不经心地说。

她笑了。这话倒不假,几乎说出大部分人的心声。不,几乎是所有人的。

心中的那份光亮

飞机抵达赫尔辛基机场时,已是傍晚九点钟,可这里仍旧天色清亮,暮色全无。一出机场,她就看到陆羽川挺拔地站在那里。他的目光依旧透着睿智,高挺的鼻梁令他看起来轮廓分明。他好像晒黑了,整个人看起来更加结实、健美。

看见她们出来,陆羽川笑盈盈地迎了过来,接过她推着的行李车。他的笑容总似充满希望,又带着某种坚定,而他那种漫不经心的酷酷的气质和温和的绅士范儿令他看起来充满了味道。就在交换推车的一刹那,她感觉到脸像发烧了一样,她知道此时自己的脸应该已经泛着绯红了。

"怎么会这么紧张?他一定看出我脸红了。真丢人哪。"她心里嘀咕着,极力想控制这种紧张的情绪。

她们随陆羽川来到一台白色 VOLVO(沃尔沃)越野车前。

"Grace,你的面子大呀!因为你同行,Ben 租下这车,费用也全付好了,油钱他说事后也给报销!"陆羽川说道。

"噢,真的?!他事先没有跟我讲,没想到这么细心。"艾芊芊露出惊喜的微笑。

"他在美女面前做事总缺少逻辑。"陆羽川将行李扔到后备厢,为她们打开了车门,"女士们,上车吧。我们的愉快旅行开始了。我的任务是给二位小姐做好司机兼保镖!"他一副绅士的样子说道。

★★★★★

赫尔辛基濒临波罗的海,坐落在一个三面环水的半岛上,有三分之二的陆地面积为森林和绿地。他们到达酒店已经接近晚上十点,空气里散发着凉意。他们住的酒店邻近德勒湾公园。树木葱郁,芳草如茵,林中点缀着浅色的建筑,充满着北欧风情。海面的雾气令空气中泛着水润。

这里,温润的空气,满目的青翠,让人感觉到生机和活力。不过,由于酒店服务员的失误,艾芊芊房间里面竟然安排了住客,这令她心烦气躁起来,找到酒店的管理人员大闹了一场,结果酒店同意给她免费升级套房。

"你们觉得我会接受这样的事情吗?"艾芊芊不依不饶。最终,在她的闹腾下,酒店竟然给她免了一晚的房费。

"看到没?很多事情都是自己争取来的。"艾芊芊对这个结果看起来相当得意。

不得不承认,艾芊芊似乎总能通过她特有的方式得到她想要的东西。虽然,这会令站在旁边的他们觉得挺尴尬。

办理好入住,他们来到位于顶层的餐厅用餐。

天空泛着红晕的金色,透过层层的松木可以望见远处的波罗的海。玻璃窗外的景色令人忍不住想要拿出手机拍照。这种特别的夜色,她从不曾见到,兴奋感令她的饥饿瞬间消失。

餐厅的餐桌上摆着一个形状不规则的透明花瓶,里面盛满了清水。花瓶里随意地插着几朵淡雅的鲜花。透过灯光望去,这花瓶的形状就如同一个湖泊。她对着花瓶凝视,灯光正好映照在这些花儿上,看起来那么生机勃勃。

"这花瓶叫 Savoy Vase(皱叶甘蓝瓶),是芬兰著名的设计大师阿尔托(Alvar Aalto)设计的。"陆羽川看见她对这个花瓶很感兴趣,问道,"你喜欢吗?明天给你买一个?"

她不置可否,只是轻描淡写地说了句:"难怪都说芬兰的设计享誉世界。"可心里涌过一丝温暖。如果有一个人会因为你的目光驻足而关注你的喜好,是不是一件温暖的事?

与幸福指数有关的一切

赫尔辛基的空气和建筑凸显着北方的气质,充满惊喜。

冰雪初融,万物复苏,令赫尔辛基的一切看起来都那么淡雅、清净。这里没有嘈杂的人群,没有拥堵的交通,只有温润的空气和满目葱绿。此刻,行走在街道上,一切都很安宁。

市中心很紧凑,南码头广场的一边是总统府和市政厅。走过市政厅,穿过几条狭窄的街道就来到赫尔辛基大教堂。这座建于 19 世纪绿顶的教堂是赫尔辛基的标志。教堂外部有 5 个绿色的炮塔、无数希腊柯斯林柱式(Corinthian Order)的白色柱子,屋顶上有一些能喷水的小雕像。走过教堂,就来到南码头广场,码头上停靠着北欧著名的诗丽雅号(Silja Line)及维京号(Viking Line),这些渡轮会开往俄罗斯和瑞典。广场上有个露天市场。在欧洲,这种露天市场总能透露出这座城市的气质。市场里一片闲散、轻松的生活气息。在色彩缤纷的小棚子底下出售着各种新鲜的蔬菜、水果、海鲜及熟食,还有芬兰刀、驯鹿皮、挂毯、陶瓷、首饰等各种传统工艺品。更有色彩艳丽、五彩缤纷的鲜花。她一直喜欢这种有着本地人的市井生活的市场,这里总能让人触碰到生活的质感,看到生活的纹理。

陆羽川随手递给她们一盒黑白相间的糖果。

"喏,尝尝。这可是当地人最爱吃的糖果——Salmiakki。"

艾芊芊一把接过来:"我最爱糖了。饭后一块糖,甜蜜一整天。"可她刚将这种黑色的小糖块放入口中,就做了一个特别痛苦的表情,马上吐了出来,"啊呀!

这东西,什么味道呀!"

他一脸坏笑地说道:"甘草味的而已。就知道你们不喜欢。"

赫尔辛基的很多设计都跟自然息息相关,带着浓郁的芬兰气质。芬兰人擅长利用自然资源达到设计目的。岩石教堂(Temppeliaukion Kirkko)就体现了芬兰人的人文思想和对大自然的向往。

这个教堂建造在掏空的岩石中,远处看就是一块巨大的岩石,看不到一般教堂所具有的尖顶和钟楼。内部的岩壁与碎石浑然一体,墙面凹凸不平,每隔50厘米左右就有一条垂直的钢管凿痕,保留着开凿时的原始状态。

"发现没有,芬兰的很多建筑在外面看起来几乎找不到窗户,可进去一看光线却很充足。"

听陆羽川这样一说,她仔细观察起来。

紫铜天顶上方有180扇呈放射状的玻璃天窗,阳光从上面慢慢照射下来,既柔和、充足,又不会刺眼。自然的光线与岩缝中渗出的水滴浑然一体。

"这跟北欧的地缘有着密不可分的关系。如果在这样的环境里采用那种透明的大玻璃,看起来会令人觉得很冷。可这样的实体建筑就会让人消除冰冷的感觉。采用高窗并且放有隔扇,这样既有光线进来,又不会刺眼。"陆羽川专业地评述着教堂的建筑设计,这令她对陆羽川萌生了些许仰慕之情。

★★★★★

午后,他们穿过绿树成荫的滨海公园来到了繁华的商业区。公园两侧商店、餐厅林立,阿拉比亚(Arabia)的餐具,依塔拉(Iittala)的玻璃杯,玛丽梅科(Marimekko)的纺织品,阿泰克(Artek)的家具,这些享誉世界的芬兰设计品牌都可以在商业区寻找到踪影。芬兰的设计大都呈现简洁、实用的设计风格,做工精美,材料优质。

"都说芬兰这地方幸福感全球第一。可我怎么不觉得生活在这里幸福?"艾芊芊东瞅瞅西望望,发表着观点,"你们看,放眼望去,这里没有高楼大厦的都市感,吃的东西也单调,大家穿得也不时尚。一路上更没看到什么好车。竟然连个CHANEL(香奈儿)的专卖店都没有!活脱脱一个大农村!这幸福感从哪来的?!"

还没等他们说话,艾芊芊又指了指Kamppi购物中心旁一个简约的全木制建筑嚷着:"看那个小木屋。走,我们过去看看。"

这是一个外观精致的小教堂,跟周围的喧闹比起来,显得朴素宁静。走进去,简约的木质结构令人顿时感觉到安宁。小教堂没有任何宗教服务,似乎就是让在喧闹中过往的人们放慢速度,享受内心片刻的宁静。

人的心灵在一种似醒非醒的状态中,往往想躲避喧嚣,在某个静谧处,沉默、静坐。教堂的这扇门关上,就是一个超凡脱俗的世界,把一切欲望关在了门外。

他们在小教堂中安静地坐下来,各自思考着、静默着。

什么是幸福感? 幸福感从哪里来? 如果像艾芊芊刚才所说,这个国家一切看起来很朴素,没有繁华、缺少都市感,晚上7点后路上几乎没有行人。那么何来幸福感?

芬兰处在东西方交汇的边缘地带,跟俄罗斯接壤,相对于西欧的中心又很边缘化,加上历史上长期受瑞典和俄国的统治,因此,在过去的几百年中,芬兰一直在寻求自己的声音和身份,并为此进行斗争。那么,对于这个国家来说为何还会幸福指数高?

根据《全球幸福指数报告》,衡量一个国家的幸福感的标准包括教育、健康、环境、管理、时间、文化多样性和包容性、生活水平等。是因为国家所给予的一切才让生活在这里的人获得了较高的幸福感吗?

就这样静思了半天,她没想出确切的答案。

你不必有浪迹天涯的决心,但要有追寻充盈内心的步伐。换一种眼光,去认识世界,了解自己……

居心巨测的边缘化

陌生的城市总是让时间走得飞快,安静的街道、稀疏的行人……他们一路走到西贝柳斯公园。

西贝柳斯公园坐落在湖滨,公园内绿树成荫,环境雅致。这座公园为纪念芬兰音乐之父西贝柳斯而建。公园内建造了西贝柳斯纪念碑,旁边有由600个钢管组成的抽象的巨型管风琴。银制的简约线条和周围的自然景色浑然天成。

"音乐最能反映出一个民族的气质与性格。"学习音乐的艾芊芊发表着她的见解,"西贝柳斯生活在浪漫主义后期,浪漫主义的旋律多半是抒发自己内心的情绪,乐句结构比较自由、不规整。"

听艾芊芊这样一说,原本看起来冰冷的管风琴似乎燃起了生命。

"还挺专业的。"陆羽川也对艾芊芊表示称赞。

"那当然。我当年不仅是校花,专业课成绩也没出过前三名!"艾芊芊自豪地回答着。

不得不说,通过跟艾芊芊几个月以来的交往,楚桐发现她的确不是个空洞的白富美,在音乐、舞蹈方面有一定的造诣,而且对电影和文学也略知一二。

"我一直觉得女人用美貌可以得到男人辛苦奋斗得到的东西,特别是又漂亮又有内在的女人。"

"你这话什么意思?我听不出来是夸我还是损我呢。难道漂亮的女人就不能靠自己的实力获得成功吗?"艾芊芊表情极为严肃,"我如果只靠美貌,现在估计都是上市公司的老板娘了。我花的钱可都是靠自己努力挣来的!没管男人要过一分钱!"

陆羽川笑而不语,为了缓解气氛,他转移了话题:"你们看,西贝柳斯那个年代的很多音乐家、建筑家、文学家的民族感都十分强,他们在音乐、绘画、建筑、文

学中,都表达着强烈的爱国主义情感。这跟曾处于东西方文化夹缝中的国家取得独立后在该以怎样的姿态面对世界的问题上的迷茫不无关系。"

"越是边缘化越要证明存在感?"她突然想起了Antonio曾说过他是个边缘化的人,因此,极度渴望拥有一种归属感和存在感。

"或许吧。"陆羽川说,"先不说国家,就说我的父辈们在东西方文化冲突的夹缝中成长,就曾有很强烈的弱势感和边缘感。不过,到我们这一代已经好了。"

这时,一个吉卜赛小男孩过来向他们讨钱。

"这些吉卜赛的小孩经常偷东西,有时来讨钱撵都撵不走。我们快点躲开。"艾芊芊警觉地捂住包包,示意大家赶紧离开,以免小孩靠近偷东西。

可望着这个脏兮兮的吉卜赛小孩,楚桐却心生怜悯。记得在巴塞罗那,她曾途经吉卜赛人居住的区域。这个区域街道看上去很脏乱,建筑也灰灰旧旧的,墙上多是涂鸦。他们居住的房子看起来十分破旧,男男女女似乎总是无所事事地坐在门口闲聊,小孩们也穿得很邋遢,走街串巷地相互打斗着。这跟那些在电影和纪录片中常看到的贫民窟的情景几乎没有区别。她不由得慨叹,这种边缘化的人生会令人产生怎样的一种心态呢?

记忆在某个瞬间扑来

艾芊芊穿着高跟鞋,脚已经走不动了。陆宇川主动请缨回去开车过来接她们。他说,他将跑步回去,半个小时准回来。

她们走到湖边的长椅上坐下来等待。

湖面上停泊着一排排私人游艇。艾芊芊用手机播放了一曲西贝柳斯的小提琴协奏曲,空气中回荡起一种充满忧郁的曲调,而且是浓浓的忧郁气息。听着听着,艾芊芊突然叹了口气。

"刚才说到边缘化,我一直没有出声。可是你知道吗?我其实很能体会这种情感。我这么努力,就是因为……"

"是你对自己的要求太高了。演艺圈里的人觉得你应该是艺术圈的,太缺少商业化;而艺术圈的人认为你是搞商业的,因为你把学校经营得风生水起;而搞商业的又以为你是时尚圈的,因为你是网红。你这种跨界的身份当然会有种边缘化的感觉。"

不得不说,艾芊芊的身上顶着很多令人羡慕的标签。先不说她从小练习钢琴和舞蹈的艺术气质,只说她在微博的认证中标注的"艺术学校经营者""北大毕业""时尚博主",几个标签就足以让人羡慕不已。

"不是因为这个。"艾芊芊停顿了一下,"其实……我……是个私生女。"

艾芊芊从未提起过自己的家事,楚桐一直以为艾芊芊是个富二代,那些看起来顺风顺水的一切应该是得益于父母。至于说当初跟张海龙纠缠在一起,萝莉爱大叔这似乎是种潮流吧!或许,能唤起艾芊芊这样优秀的女孩心中爱火的男人也想必要有呼风唤雨的能力,跟家室无关,跟年龄无关。

"这个我谁都没说过。别看我异性缘很好,可我从小到大几乎没什么能交心的人。"艾芊芊从手机里找出一张照片递给她看,"我妈年轻时候很漂亮吧?"

那是一张面容清秀、长相甜美、柳叶弯眉、眉目含笑的脸,而且新潮时尚,优美的身段穿着紧身的碎花裙,一头大波浪披在肩头。

"我妈年轻的时候是个昆曲演员,她从小喜欢戏曲,小学一毕业就考入了艺校,后来又以优异的成绩进入了剧团。她不但声线具有穿透力,而且还经过西方舞台表演艺术的训练。那时,她的天赋和造诣已经远远优于剧团里面的其他人。我妈经常在家唱《牡丹亭》。她可以把那种昆曲的唯美、细腻、灵动表现得淋漓尽致。"

艾芊芊用手机播放了一段她妈妈的唱腔。那声音如晴云出岫,如溪回曲涧,意蕴无穷、余音绕梁。

"只可惜,我妈不像杜丽娘那样有一个大团圆的结局。"她轻叹口气,声音有些低落,"我妈年轻的时候心高气傲,身边的那些追求者她都不放在眼里。她觉得自己跟剧团的那些人是不一样的,因此,总是显得特立独行。可她的人生从遇

到那个男人以后改写了。"

原来,艾芊芊的母亲因情而痴,又因痴而孤单了一辈子。

★★★★★★

那一年,大艾芊芊母亲20岁的享有盛誉的作曲家闯入了她的生活。他那种洒脱不羁的个性、忧郁的眼神吸引了很多女粉丝。机缘巧合,他成为她的声乐老师。

那时,她漂亮、活泼、独立、有见解,能够带给他更多创作的灵感。而他博学多识,见多识广,能够给她精神上的引力。她看到这个男人的才华横溢,她崇拜他、仰慕他,从心底敬佩他。

那些有着朝阳般青春的女孩,眼神如同清澈而未被污染的海水。她们甜美的微笑、丝缎般的皮肤,总是会引起大叔的垂青。大叔会被年轻女孩的青春美貌吸引,更会为那些充满灵气的女子心动,特别是那些浑身散发着艺术气息的女子,更是美得如同一件精心雕琢的艺术品,激发了他们的占有欲。

那一夜,漫天飞雪,他们靠在火炉边的钢琴旁一遍又一遍地亲吻。她沉醉于他的眼神,痴迷于他的才华。她感觉到疯狂。然而,她知道自己只会是他的一个情人。他是那样才华出众,引得无数女人投怀送抱,又怎会为她而停留?

爱情,有时候就是飞蛾扑火的勇气,是内心滋生的欲望,是水火交融的纠缠。即使她担心这会是一场没有结局的爱情,可仍旧爱得执迷不悟。他有过一段婚姻,生了两个子女。前妻婚后发现自己是个同性恋,他不想用婚姻套牢对方的幸福,跟前妻离了婚。他对她坦白,因为这次失败的婚姻,他不会再进入婚姻状态,他很享受这种自由自在、没有束缚的人生。

是的,艾芊芊的母亲只是他的一个情人。她也不确定他们在一起的日子里,他有没有同别的女人交往。她也不想问,只想傻傻地在他的身边待一天是一天。为了有更多时间陪在他身边,她干脆辞掉了剧团的工作,放弃了自己的梦想。她觉得只有能够照顾他的生活才有可能留住他的人。

"他本性就是花心,他只是想在年轻美貌又有才气的女人身上找到创作灵感。其他的女孩都知道这后面的潜台词,可我妈却以为那就是爱,还生下了我!"艾芊芊的语气开始激动。

听着艾芊芊的讲述,楚桐不禁叹了口气。年轻女子跟大叔感情纠葛的故事,似乎总是以流泪收场。那一朵朵的爱情花,瞬间绽放又迅速凋零。或许,那并不是真的爱情,只是生命中的激情。历史上,那些有艺术才华的人往往活得风流快活,诗人、画家、音乐家、文人总是浪漫而多情,可女人偏偏又不能抵抗他们的才华和浪漫。

他们的关系一直维持到艾芊芊出生。

女人对于爱情总是抱有幻想,或者说,对于一段不会有将来的感情还是想豪赌一把。那一年,艾芊芊的母亲难产了,作曲家没有在医院守护,甚至一直没有出现。当她抱着还没满月的艾芊芊回到家中的时候,却发现他正跟另外一个女人赤裸裸地躺在床上。

"他根本就是个自私又不负责任的男人!对于他来说,有没有我妈的存在,他都依然按照自己的轨迹生活。可对于我妈而言,失去他,整个人生就彻底改变了!"艾芊芊的语气里有着愤怒,"有时,我在电视上面看到他,当别人把他誉为德艺双馨时,我的心里觉得特别恶心!他那些对外的德高望重,只不过是一个乌托邦式的世界!他的生活就是片荒芜的沼泽,根本不值得任何人尊重!"

我们生在一个情感的世界里,唯有通过和别人分享故事,我们才能成为自己。每个人,终究需要倾听者。此时,楚桐专注地倾听着,感受着艾芊芊的心情和悲伤。

"桐,你知道吗?我小时候常常被小朋友们排斥,他们都不爱跟我玩,说我是野孩子。就算我委屈自己,向别人妥协,还是被排斥。我的童年一直处在不被接受的边缘化的世界里。你知道那种感受吗?"

我们每个人身上都被赋予了家庭属性,我们小心翼翼地在别人的眼中生活。作为一个私生女,艾芊芊孤单着、寂寞着、恐慌着。这是多么让人心痛啊。此时,湖面吹来一阵风,丝丝凉意,让人不禁打了个寒战。就如同艾芊芊的故事带着寂寥、讽刺,让人伤感。

"我妈她特别要强,从来没管那个男人要过一分钱!所以,我从小到大也没花过任何男人的钱!有时候,我觉得我自己很不幸,有着这样的悲剧身世,可有时候,又觉得自己挺幸运的,如果不是这样的身世,估计我也不能这么自立。"艾芊芊注视着湖面,深深叹了一口气,"从小到大,我真的是不敢让自己停下来,生怕一停下来,就会被边缘化。有时候,我总是在问自己,我存在这个世间的意义究竟是什么?"

或许,我们每个人终其一生都在寻找着自己,渴望知道存在的意义,这或许也是我们每个人心中最大的疑惑吧。

湖面上蒸腾着雾气,朦朦胧胧,却又清晰可见。

命,我们都无从选择。艾芊芊作为一个私生女,童年是被漠视的、被边缘化的。可她渴望爱、渴望肯定、渴望尊重,她如此寂寞却又如此热烈,努力用自身的热量将生命焐热!

第七节　萨翁琳娜
Savonlinna

美好不是完美无瑕

我们习惯去羡慕别人,却忘了自己也值得被别人羡慕……

不要忘了信任

芬兰的湖区是欧洲最大的湖区。据说,那里森林葱郁、山峦起伏,有许多波光粼粼的湖泊,去那里旅行,就可以感受到芬兰的民族精神。虽然,夏初遇到极光的概率没那么高,但一定会看到没有黑暗的极昼。

他们决定前往萨翁琳娜(Savonlinna),这里是芬兰首屈一指的湖区旅游胜地。

微风拂过原野,烟尘轻舞如梦如幻,广袤深邃的森林昭示着生命的丰盛。眼前的一切美好如斯。

一路上,他们摇头晃脑地跟着音乐节拍大声地唱歌。她的心里有一种难以说清的愉悦,或许是因为陆羽川的存在。

他们开着一台有 GPS 系统的车辆在原始的腹地驰骋,然而现代技术有时似乎并不能给人带来便捷的帮助,而会失误地指错路。他们原本沿着 E75 高速路前行,却被 GPS 带到一条狭窄的山路上。显然,他们已经偏离了路线,又找不到

指示牌,只好沿着山路前行。

"我就说沿着刚才的路继续行驶,你非得要拐到这个山路来!"艾芊芊开始烦躁了,言语间透露着指责。

"女人带路通常不可靠。我可不敢相信你。"

"至少不用迷路……"

陆羽川嘴巴微微动了下,想说什么,又忍了回去。他显然不想跟艾芊芊争吵,可表情很不悦。就在这时,楚桐突然惊叫起来:"鹿,鹿!快点,不,慢点,减速!"她紧张地喊着,有点语无伦次。

"什么?"还没等陆羽川反应过来,小鹿已经冲到了车前方。他持续按着喇叭,可小鹿似乎受到了惊吓,一动不动地望着他们驶来的方向。车子以此时的车速已经不能在这么近的距离紧急停下来了,眼看就要撞到它了!

"啊!不要撞死它!"她紧张地捂住了眼睛。只感觉车猛地急转弯,砰的一声,撞到了什么。

"完了,完了,这下完了。"她心里咯噔一下,以为撞到了小鹿,可睁开眼睛,小鹿已经没了踪影。原来是撞到了树上!

大家慌张地从车上跳了下来。幸运的是,车身问题不大,只是轻微的刮碰,可轮胎却因轧在路边的锋利的石头上,爆胎了。

"怎么办?"艾芊芊焦急地问道,刚才的那种火药味荡然无存。

"不能再开了。不过,你可以脱了高跟鞋,优雅地走回去。"陆羽川已经多云转晴,而且看起来并不紧张。

"这情况你还能开出来玩笑!你有没有心哪!"艾芊芊嘟起嘴。

"我们该怎么办?你会换轮胎吗?"楚桐也显得很紧张。

"会不会都得试试。"还能等陆羽川说话,艾芊芊已经不由分说地脱下了高跟鞋,扔在了路边,准备大展拳脚。

他们从后备厢取出备用胎。陆羽川用力踩在螺丝钳上试图将轮胎抬起,然而几次尝试后,他们傻眼了。已经折腾快半个小时了,轮胎竟然没有任何松动的迹象。他们气喘吁吁,大汗淋漓,面面相觑,几乎绝望了。

"先叫拖车,然后看看能不能拦到顺路车。"陆羽川放弃了尝试。

"Hitchhiking? Are you kidding me?！(搭顺风车？开什么玩笑?!)我不干这种事！为什么要占别人的便宜呢？这也太卑微了吧！"艾芊芊表示不愿意尝试这种蹭车的行为。

"我们别无选择！这荒郊野岭等拖车过来恐怕要几个小时。"陆羽川耸耸肩,表示没有更好的办法。

幸运的是,正好一辆蓝色的小轿车经过这里,看到他们的情况主动停了下来。司机竟然是个中国人！

"你们去哪里？我送你们一程,这条路很少有车经过的。"他很友好地打着招呼,示意让他们上车。

在异国他乡,在这荒郊野岭,竟还能遇到同胞,这无疑是老天派来的天使！一路上,他们聊起来,像是老朋友一般亲切。

他叫彭笑天,从事清洁技术行业,是中国分公司派到芬兰总部工作的工程师。按照芬兰的雇员合同,他可以享受为期四周的假期,此时正是他的假期。巧合的是,他也准备前往萨翁琳娜,去看望他的前上司 Mikael。

"那个大个子先生上个月刚退休,从赫尔辛基搬到湖区颐养天年。"彭笑天介绍说,他从事的这个行业是目前芬兰增长最快、最有前景的行业,此前他已在泰国和德国进行了为期一年的海外培训,7月底将返回国内。

艾芊芊凑到楚桐的耳边,悄声嘀咕着:"他比我们大不了几岁,可怎么看起来像我们叔叔。"

我们对陌生人的印象产生往往就是一瞬间,会以貌取人。彭笑天的确看起来不是他这个年龄段该有的样子,笑起来鱼尾纹很多,还有些许白头发。人比较瘦,戴着灰色金属边的眼镜,说话的语气和神态也很是老成。这一切都令他看起来颇为成熟。不过,他身上有一种职业化干练的气质,透着书卷气的文雅。

"人不可貌相。"她小声回应着艾芊芊,生怕被彭笑天听到。

"没事。很多人都觉得我长得太着急了。"彭笑天听到她们的对话,不介意地回应着,并说道,"你们如果愿意,可以同我一起前往 Mikael 家。他可是个热情好客的老伙计,对中国人格外友好。"

旅行中认识的人总是远离功利,同行,或许只为了相惜。他们决定一同前往。

芬兰一家人

茂密的森林一直延伸到水边,这些树木经过长达几个世纪的干旱、火灾、风霜、雨雪,如今,高耸又苍劲有力。这里的森林以云杉和雪松为主,有些树干上缠绕着灰白色的松萝。

森林里点缀着星罗棋布的湖泊。沿着湖泊绕过几个弯,就看到一栋漂亮的白色灰顶原木别墅,其外表朴实无华,以重石为基底,采用自然木头材料。这个房子是典型的北欧风格,在设计上擅长做减法,会摒弃一切不必要的装饰,这样看起来更贴近自然。

"喏,我们到了。"彭笑天将车停在木屋的门口。

男主人 Mikael 热情地迎了出来,给了彭笑天一个大大的拥抱。见到笑天带来三个陌生的面孔,Mikael 一点没显得意外,反倒是热情地拥抱他们。楚桐本以为芬兰人因为气候寒冷的原因,人也会压抑严肃,甚至是冷漠寡言,可 Mikael 的热情着实颠覆了芬兰人在她心中的印象。

整个庭院和木屋被森林和湖泊包围着。在庭院里,有一间桑拿房,并且有菜园和花园,还种植了果树。森林的某处,长着娇艳的野玫瑰。

"这里的景色真是美得令人窒息。"她不由得称赞道。

"住在这里有很多妙处。摘浆果、狩猎、滑雪、钓鱼、划船,还能随时跳进湖里游泳,冬天在冰冻的湖面上溜冰实在是太棒了。"Mikael 略带得意地说。他身高接近 1 米 9，身材保得很好，看起来很时尚，耳朵上还有耳洞。

房子内部宽敞明亮，有着松木横梁和砖面的高壁炉。而装饰壁画、彩色毯子、雕刻的木制家具无不显现着北欧风格。波浪形的天花板和旋转的楼梯则令室内充满了动感。

Mikael 的夫人 Signe 精心准备了丰富的芬兰菜肴招待他们：香浓的奶酪、一种名叫帕沙（Pasha）的奶油色布丁、黑麦麦芽面包、苹果和草莓制成的新鲜果酱、胡萝卜焙盘、新鲜腌制的鲑鱼、卡累利阿馅饼、土豆制成的零食、新鲜的苹果汁，还有芬兰特色的热葡萄酒——格鲁吉。

"这格鲁吉可是芬兰的特色，来，尝尝。"Signe 热情地将酒倒入每个人的杯中。

格鲁吉是带有香料的葡萄酒热饮，据 Signe 介绍，她将黑加仑汁、苹果汁、香草豆、丁香、小豆蔻籽、塞维利亚碎柑橘皮、八角倒入葡萄酒中，以小火慢煮 30 分钟，然后过滤。

艾芊芊很贪杯，口口声声说好喝，一不小心已经微醉。

晚餐在愉快的氛围里进行。Mikael 与 Signe 无论从哪个角度看，都是恩爱的伴侣。他们从事相同的行业，有着共同的爱好——滑雪和音乐，还有三个儿女。如今，他们已退休，大部分时间待在湖区的度假屋里，一起看看书、钓钓鱼，周末会回到赫尔辛基的宽大的公寓，跟孩子们一起吃个饭，再去听场音乐会。

有些润物细无声的情感一点点沁入人心，最终形成默契、信任、心灵深处的共鸣，以及责任、迁就、呵护与承担，或许，还有对彼此的精神寄托。

这样的感情对于单身的他们来说，无疑令他们充满了羡慕，或者，无限向往。

内心的两匹狼

晚饭后，楚桐跟陆羽川来到附近的林间小道散步。

远方的群山高低起伏,线条在浓雾里显得极为柔和。

虽然是初夏,芬兰的夜晚还是缺少暖意,她呼出一口气,可以看到哈出的气在空气中打着卷。她将围巾拉高盖住下巴。陆羽川看到她寒冷的样子,将自己的外衣脱下披在她身上。他们肩并肩地行走着,几乎可以听到彼此呼吸的声音。

四周的山林长满了榛树、橡树、山茱萸。狭长而蜿蜒的峡谷中,潺潺的溪流掩映在郁郁葱葱的灌木丛之下,只能听见汩汩的响声,却难以觅到它的存在。她用力呼吸着空气中弥漫着的野花和橡木所散发的馥郁芬芳,觉得整个人都充满了灵气。

"告诉我,你心中理想的伴侣是什么样子的?"陆羽川打破他们的沉默。

"这……喜欢就好吧。"

"喜欢?"他笑了,"等于没有回答。"

"那你呢?自从那个女孩后,这些年有没有交过女朋友?"

"女朋友?嗯,让我想想。"他故弄玄虚。

"这有什么好想的?就是有没有谈过恋爱?"

"女朋友跟谈恋爱可是不同的,女朋友有过,恋爱没有!"他确切地回答。

要不要这么坦白?!她暗自想。难道这就是大家常说的滥情?这样的男人岂不是很渣?

看到她的眉宇露出一丝局促,他笑了起来:"是觉得我滥情?"

"没,怎么会?"她从嘴角挤出一丝笑,可心里却如遇冰霜。

"怎么说呢……也并非没有遇到过动心的人,只是……这些年,在感情上我习惯了退缩。好像激情过后,更渴望一个人的清净。"他袒露着心声,"我这样是不是太不成熟了?"

"这不是不成熟,而是,不!负!责!任!"她一字一句地说,语气中带着批判,心想,有些男人万花丛中过,片叶不沾身,这陆羽川恐怕便是如此。

"不要把我想得那么坏,我其实很重感情,也想要认真谈一场恋爱,可是谈恋爱是要花费时间的。过去那些年,几乎都在工作,随时都会出差,哪能正儿八经地去建立一段关系。而这几年又居无定所地漂泊……"他的眼神中露出一丝无奈,"不能给对方将来,又干吗要耽误人家女孩的青春,是不?"

"别说得自己好像很仁义一样。"她撇撇嘴,"这就是为自己的花心寻借口!"

"不,这可不是花心。"他否定着,"或许我是个不婚主义者?也是心里缺少安全感。"

"那你说说,什么样的人才会令你有安全感?"

"一个能随时聊天的人。哪怕婆婆妈妈,净说废话,但可以在任何时候发个信息给她,问'你在干吗?'的人。"

"这种人很难找吗?"楚桐嘴上虽这样说,心里却不得不承认:茫茫人海中,一个可以交心的人可遇不可求。谁是你在开心的时候最想说话的那个?谁又是你在低落的时候最想倾诉的那一个?我们的灵魂渴望被了解,然而,我们孤单,却很难为孤单找个依托。

四周是崎岖的山崖,覆盖着巨大的山毛榉和松木。山上不断传来猫头鹰的尖叫声,这时,她隐约听到松林中传出了动静。

"听,那里有声音。"她很紧张地拉了拉他的袖子,"会不会是狼?!"

"哪里有什么声音?我怎么没听到。"陆羽川四处张望了一下,"如果是狼,你会在幽暗处看到一对犀利发亮的眼睛注视着你!目不转睛!"他吓唬她。

"真的有声响!你听!"她非常紧张。

他们屏住呼吸,只见,在松林的隐秘处,一个矫健的影子迅速地从一侧的树林蹿到另一侧。

"鹿!是头鹿!又是头鹿!"她指着迅速蹿入松林的影子,长舒了一口气,"吓死我了,还以为遇到了狼。"

"哪里有那么多狼!不过,你身边倒是有一匹来自北方的狼。"他嬉笑着,效仿了一声狼嚎,"嗷……"

"狼是没有感情的。你会是狼吗?"她冷眼看了他一眼。

"不要胡说。你见过这么帅的狼吗?"他笑起来,"不过,男人是要有狼性的。"

"什么样的狼性?"

"你看,狼总是目光凌厉,时刻警觉,且嗅觉敏锐。面对猎物从不轻举妄动,而是沉着冷静,有组织有纪律,伺机而动,不会因小失大。这正是一个男人应该具备的品格。"

"可狼是冷血的。难怪女人总是被伤。"

"又是胡说八道。狼是一种忠诚的动物,对它的家庭以及群体非常负责。你知道吗?在东非大平原上生活着一种名叫黑背胡狼的狼种,它们个头较小,长得很像狗,奉行'一夫一妻制',公狼和母狼结成伴侣后就终生相伴,厮守一生。"

"好吧。说得你好像真是它们的同类。"

"其实,我们每个人内心都有两头狼,一头代表无情、凶残、贪婪、猜疑、攻击性强。另一头代表勇气、坚韧、耐力、自知、责任。我属于后面一种。"说罢,他笑起来。

美好不是完美无瑕

"没有什么比桑拿浴更能代表芬兰的传统和文化了。我喜欢在这里冥想。"Mikael 指着院落里的桑拿屋说,"芬兰谚语说:先建桑拿,再搭房屋。可见我们对桑拿的热爱。"

这间桑拿室是用木材建造的,使用的是太阳能板发电,炉子用木质颗粒燃料加热,这样设计很环保。

Mikael 邀请陆羽川和彭笑天到这间被加热到将近 70 摄氏度的小房间里一起蒸桑拿。过了一会儿,他们大汗淋漓,赤裸着上身走了出来,然后一起跳进门口的湖水里。

"这桑拿蒸得舒服!"陆羽川大声对着岸上的她们说。

"这里的感觉真的太好了。等我老了,也找个这样的地方来过日子。"艾芊芊望着碧绿的湖水,悠悠地说。

"冬天的时候 Mikael 经常会在冰封的湖上凿个洞,然后跳下去游泳,尤其是在桑拿过后。他很享受那种一下清爽的感觉。"Signe 望着湖里游泳的 Mikael,充满爱意地说,"你看他 60 多岁了,身材多棒!"Signe 的眼睛中写着深情。

"你一定好爱他吧?你们是怎么相爱的?"艾芊芊开始八卦。

"这并不怎么难。我们是大学同学,一毕业就结婚了。"

"就这么简单?"艾芊芊追问。

"就是这么简单,世界上的爱和被爱从来不会太难。"Signe 微笑着说。

"可爱情对我而言为什么那么艰难?我怎么就不能像你们这样简单地相遇,幸福地相伴?唉!"艾芊芊嘟嘟起嘴,轻叹了一声。

"幸福并不是没有瑕疵,也不是你想得那么完美。"Signe 微笑着,语气中透着平和,"当初,我也想过要离婚。"

听 Signe 这样一说,她们面面相觑。难道真的是验证了那句,无论多么幸福的伴侣一生中也有无数次想要离婚的冲动?

Signe 微微一笑,讲述了一段往事。

★★★★★

毫无疑问,Signe 有着令人羡慕的婚姻。Mikael 不但高大帅气,而且风趣幽默。他们曾是大家口中的天作之合,不但兴趣相投,而且很有默契。大家都觉得他们命中注定要在一起,她也一直以为自己就是他的唯一。可再幸福的婚姻似乎也会涌动着暗流。

那一年,Mikael 刚被提升为公司的技术部门负责人,Signe 去 Mikael 的办公室等待他的会议结束,再与他一起去听音乐会,却无意间发现了夹在抽屉缝隙里的一封信。她原本以为这信是掉进缝隙里的,不承想拿起后,里面掉出无数

相片的碎片。她好奇地将它们拼合起来,发现那竟是 Mikael 和一个女人亲密的合影!

照片里的那个女人身穿比基尼,身材婀娜,性感火辣,她健美而修长的大腿正柔软地缠在 Mikael 的腰间。

"那真是一种揪心的痛。"Signe 回忆说,"当你看到比你年轻、漂亮、身材好的女人跟你的丈夫在一起的时候,你会觉得自尊心是被深深践踏的,整个人好像瞬间跌入了冰洞。扑哧一声,找不到自己了。"Signe 耸耸肩,撇了撇嘴。

可那天晚上,Signe 像什么也没有发生一样,平静地跟 Mikael 一起去听了音乐会。直到一周后的一天,两人在晚餐后遛狗,她轻描淡写地说发现了那些照片。她平静地向他打听那个女人,就像跟一个好朋友聊别人的事情一般。起初 Mikael 很紧张,支支吾吾不肯说,后来看到 Signe 的态度很平和,就坦然地说:"任何人都渴望有人为自己着迷,她很崇拜我,而你总否定我!"

"你是怎么做到当作一切没有发生的?"楚桐跟艾芊芊异口同声地问。

Signe 笑了起来:"我心里一度咒骂他,心想他这样一个上厕所连马桶都不冲的邋遢男人还会有外遇? 除了我,哪个女人还能忍受得了他! 我恨不得马上跟他离婚,从此老死不相往来!"Signe 的手在空中划了一下,做出一个斩断的动作,"可我还是被理智克制住了! 毕竟,我相信,他是爱我的,那个女人的存在并不会破坏我们的关系和家庭。"

或许,我们都曾不自信,都曾有嫉妒,都曾失望、沮丧。可一旦情绪失控,就会产生严重的后果。有时候,深入了解对方的内心,要比那些发泄更能解决问题。

"我后来想明白了,那个女人只不过是小插曲,当他愿意坦白时,他其实是心怀感激和信任的。那就随他去吧。"

Signe 的洒脱令楚桐想起胡兰成和张爱玲之间的故事。张爱玲知道胡兰成不乏女友,可她偏偏想得通,即使胡兰成"狎妓游玩,她亦不会吃醋"。这是怎样一种大度和随缘?

"婚姻就是如此,有些瑕疵,却还是愿意走下去。所以说,美好不是完美而无瑕,而这些瑕疵让人更加懂得珍惜。"说罢,Signe笑了。

是啊。或许人生也是如此吧,尽管有失落、有偏离,可只要有爱,结果便值得期许。

存在感抑或安全感

芬兰人的做事效率不高,却很严谨。第二天一早,车修好了,按照地址送了过来。楚桐他们告别Mikael一家人,继续旅程。

彭笑天正处在假期,他希望能够与他们同行。

"像你们这种专程的旅行,我还从来没有过。我一般就是出差时顺便转转。"

这两日,大家跟彭笑天相处得很愉快,他们已经混得像老友般熟悉。他是个随和的人,也可以说几乎没什么鲜明的个性,很好相处。自然,大家对彭笑天的加入表示欢迎。就这样,一行四人搬到了租的木屋别墅小住几日。

木屋别墅是典型的芬兰式度假屋。芬兰人喜欢在人迹罕至的树丛中建这种小木屋,这与北欧的自然环境和北欧人的性格不无关系。北欧的冬季高寒而漫长,因而夏天显得格外珍贵,这种木屋满足了人们对夏天的期待。同时,北欧人喜欢离群索居的自在生活,因此度假屋也满足了他们远离喧嚣的渴望。

小木屋坐落于湖边,全木结构,房前院后皆有松林小径。屋内设施齐全,设有烧木柴的传统桑拿屋。在小木屋的长廊上贴着一个"luonnonsuojelu"的标语,彭笑天说,这是"自然保护"的意思。

屋子周围的草坪刚修剪过,院子里种着玫瑰。花儿开得很好,与院子边缘的松树相得益彰。楚桐把所有房间的窗子都推开,一股混合着芳草和玫瑰花味的微风吹进来,潮湿的森林气息扑面而来。她推门走向后花园,蝴蝶绕着她飞了几圈。闭上眼睛,听到树叶被风吹动的唰唰的声音。这里的一切都那么与世无争,

可以将烦恼与忧愁融合掉。

善于烹饪的艾芊芊嚷嚷着要为大家做一道巴蜀菜肴,说那才是真正的滋味。

"还是算了,没有足够的调料和炊具。"楚桐估量着困难。

"当然不能算了。中国城里什么都有。"艾芊芊坚持着自己的决定。

"这些东西都要买? 然后呢?"

"扔了呗,或者留在这小木屋里给别人用。难道还能带着? 总之我说去就去。我要请大家吃,钱算我的。"艾芊芊任性地回答。

拗不过艾芊芊,为此,他们特意开车几十公里去了趟市中心的中国超市,买了炊具、油、淀粉、酱油、醋、盐、白糖,还有葱姜蒜,更有干辣椒和花椒。

"管它们能不能用得上,我做饭一定要备全材料。"

"我似乎都能闻到你炒菜的香味了。"彭笑天说。

"那是当然了。一会儿你尝尝就知道了。"艾芊芊自豪地说,"我一直觉得,漂亮的没我聪明,聪明的没我漂亮,又聪明又漂亮的呢,没有我贤惠。"说罢,她眨眨那双迷人的大眼睛,像一汪秋水一样,令人沉醉。

只见,艾芊芊将鸡肉切成丁,同干辣椒和花椒爆炒。"鸡肉一定要用鸡腿肉,这样不但嫩滑还有劲道。"

片刻工夫,一桌色彩艳丽、香味浓烈的菜肴就好了。

"嗯,不错,肉质鲜嫩,麻辣够劲。"陆羽川称赞道。

彭笑天显得挺激动:"很久没吃到这种正宗的川味了。芬兰的中餐厅做得都不够味。"他说着,大快朵颐起来,又补充说道,"忙碌的生活中,还有什么比吃上这样一顿家常的美味更让人激动的!"

得到赞誉,艾芊芊的嘴角一直上扬着,突然,她大叫了一声:"坏了! 忘了拍照了!"这样,大家很配合地放下了筷子。

"让我来吧。"彭笑天拿起了相机,啪啪拍了几组照片后,将图片传到了电脑,"来,看看满不满意。"

当他们看到他电脑里面的图片库时,不禁惊呆了。

"你一个搞技术的,怎么摄影这么好?! 这完全就是专业水平! 我去看那些摄影展,很多作品还不如你的好呢。"看到彭笑天拍摄的照片后,艾芊芊啧啧赞叹。

他嘿嘿一笑:"我平时不舍得花钱,但在摄影器材上我还是舍得的。这些照片,都是这些年出国培训时候拍的。都是设备好。"他的语气中带着谦虚。

"这些图片明显后期修得也到位。"她们看着照片称赞着。

"我那个时候为了谋生就学习了photoshop,这样下班后可以兼职做网页设计和平面设计。也是为了多挣点钱。"

"这个是你画的吗?"艾芊芊浏览着图片库,指着一张小山村的铅笔画问道。画面里是一个大山深处安静的小村,小河围绕着村庄,两侧是云雾缭绕的高山,如同世外桃源一样美妙。

"嗯。我把记忆中的家乡画出来,怕有一天想不起儿时家乡的样子了。先拍下来保存着吧,想念的时候就看看。"

除了摄影,彭笑天的绘画也令人称叹。他说,他没上过专业的培训课,小时候家里穷也买不起画笔,就用树枝在土地上临摹在废品站拾到的画册。

"我觉得你好神奇呀!"艾芊芊的眼神中透出一种欣赏,心直口快地说道,"你一个凤凰男竟然这么内秀?"

彭笑天看起来有点不好意思,推推眼镜,嘿嘿一笑:"虽然我不太喜欢这个称呼,可'凤凰男'的确也是对我们这种一脚扎在泥土,一脚伸向城市的人的一种褒奖。"

"这绝对是称赞。你看现在社会上有抱负的一群人,很多都是乡镇出来的。你别说,多数对文学或者文艺还都有一种偏好。你一路走来挺不容易的吧?"

彭笑天点点头:"大城市里没有同情,你只有强大,才能生存。我的生活肯定跟你们是不同的……"

★★★★★

彭笑天出生在江西的小山村,童年过得贫寒,可他勤奋刻苦,终于以优异的成绩考入了名牌大学,然而,他的父母却为了他的学费发愁地直哭。后来,姐姐好容易管亲戚和邻居借了钱,他终于带着全家人的希望和梦想离开了那个祖祖辈辈没离开过的小乡村,来到了北京。

为了生活费,他一上大学便开始做家教,把省吃俭用节省下来的钱寄给乡下的父母,供弟弟、妹妹上学,也可以还欠下来债务。为了挣更多的钱,他课余时间在街头摆小摊卖电话卡,有时一天只吃一顿饭,喝着过期的牛奶,吃着发霉的面包,还要时常躲避城管的驱逐。有一次,他去郊区的一个别墅给一个孩子补课后,为了省下坐车的钱,他决定走回去。那是相当于15公里的路程。当时,他饥饿难忍,便偷了路边果园里的苹果,结果被园主发现,拿着棍子追着他跑。情急之下,他跳进河里。可是他水性并不好,差点淹死。

"脱离险境后,我哭得一塌糊涂。"彭笑天回忆着,"我狠狠地咬自己的嘴唇,一遍遍问自己,你在这座城市里到底有什么用?"

大家安静地听着,眉头紧锁。一个人与城市的距离感无疑是令人痛苦的。

"毕业后,我最多一个月搬了5次家,还睡过一段时间别人的地板。"彭笑天推推眼镜,眉宇中流露出不服输的坚韧,"当时,与我合租的一个拉货车的大哥可怜我,就让我先住在他租的房子的地板上,等他出去跑活儿,我就睡在他的床上,这样过了好几个月……那时候,穷似乎把我的骨头和梦想都一起碾碎,能有个床睡就是我全部的心愿……"

彭笑天的话,使他们三人都沉默了。人的心理防线,可以在一瞬间就瓦解。楚桐更是听得鼻子酸酸的。曾经,在她的理念里,人的贫穷是因为自己懒惰,或者不去努力。可此刻,她意识到:我们总以为自己所了解的就是生活的全部样子,那其实只是自己见识太少了。比起彭笑天的境遇,自己曾经对生活上的那些不满是多么无病呻吟。

"从小算命先生就跟我妈说,我是个福气很好的人,将来能有出息。说实话,我这一路走来运气还真不差。我也一直相信有了福气才会有运气,运气不好的人总是白忙活……都说寒门无贵子,对于今天得到的一切,我已经觉得很满足了。"彭笑天的语气中透着一种知足常乐的笑意。

一个女人的精致

清晨,阳光明媚得让人几乎睁不开眼。楚彤下楼走进厨房,想泡杯咖啡,却见艾芊芊围着炉灶好像在做什么。

"没多睡一会儿,这么早就起来做饭?"她有点惊讶。

"哪有。我在炖燕窝呢。"艾芊芊摘下耳麦。

"竟然千里迢迢带了燕窝和炖盅?!"她看到锅里的炖盅惊讶地瞪大眼睛。

"是啊!旅途比较劳累嘛,不保养怎么行。一定要补充胶原蛋白,这样才能保持皮肤的光滑和弹性。"艾芊芊用指尖在脸上轻轻弹了弹。不得不说,艾芊芊的确是皮肤光亮,几乎看不到毛孔。

"连冰糖都带了?"只见,艾芊芊从一个小盒子中夹出几块冰糖放入炖盅里。

"当然。这炖燕窝一定要用冰糖的。红糖比较燥热,虽然可以补血但不适合用来炖燕窝。而白糖则容易生痰,也不适合。唯有这冰糖才滋补、润肺。来,我们一起喝,我特意带了你的那份。"

加好冰糖,艾芊芊将燕窝一分为二,递给她一碗。

跟女伴一起旅行,可以从生活的细节了解对方。这几天跟艾芊芊的同行,足以看到她的精致。

她们端着碗,坐在门口的台阶上。此时,听着虫鸣鸟唱,享受清晨的静谧。

"认识你以前,我还没见过像你这样精致的女孩。"

不得不说,艾芊芊用极高的标准对待着生活。无论起来多早,她都会化了妆

才出门。眼妆总是清爽干净,根根分明的浓密睫毛让眼睛看起来像会说话。面膜,是每天要敷的,洗脸的水也是瓶装的饮用水。即使那些不展露在外人面前的部分也不怠慢。按照艾芊芊的话说:"一个女人在脱下外衣时仍然要精致。这不是诱惑而是爱自己。"

艾芊芊莞尔一笑:"精致得有点不接地气了吧?有时候,我也觉得自己有点太追求完美了,几乎苛刻。"

"你的很多细节,我都很难坚持做到。"

"跟我的经历有关吧。我一直属于早熟的那种人,从小就懂得克制约束自己。而且,我妈对我要求也多。"

对艾芊芊来说,单亲家庭的背后是母亲不幸的经历。母亲在独自抚养她成长的过程中,将自己的梦想灌输给幼小的艾芊芊。母亲时刻要求她的言行,甚至有些偏执,她从小就被要求遵守各种礼仪,夹菜不允许连续超过三次,吃饭不允许出声音,走路要挺胸抬头,坐着不允许叉开腿,更不允许抖腿……总之,从吃饭,到走路,到坐姿,事无巨细得被要求着、管制着。同时,艾芊芊对自己也是苛刻的。她的美丽外表不是一蹴而就的,而是经过千锤百炼长久坚持得来的;挺拔身材是长期坚持脚跟靠墙端站着而塑造的;为了让腰线优美,她一度穿着塑身内衣入睡;而她优雅的步态则是用头顶着书本,脚踩着高跟鞋走路练出来的。

纯真的渴望

距离住的木屋不远是 Fly Fishing 区,这个区域鱼种丰富,有鲈鱼、梭子鱼、鳟鱼等等。陆羽川和彭笑天打算去钓鱼。在芬兰钓鱼需要办理钓鱼执照,他们两人为此前往镇上去买渔具并办理执照,而楚桐跟艾芊芊则留在木屋的院落里晒太阳。

阳光正暖,空气清新而充盈着淡淡的花草香气。她坐在长廊的躺椅上听着音乐,闭上眼睛,任凭音乐的气氛萦绕在空气里。

"来,桐,给我拍张照片。"艾芊芊打断她的想象。

只见艾芊芊穿了一件闪亮亮的坠有金色圆片的飘逸长裙,脚下是一双Chanel 的茶花凉鞋,戴着一顶白色的大草帽,一幅巨大的 Dior 眼镜遮住了半张脸。她优雅而缓慢地走到湖边,跟这周围的风景相映成趣。

拍了照片,她们返回长廊坐了下来,静静地感受湖光山色。这季节,正是水仙花盛开的季节。湖岸边的黄水仙,美得让人窒息。它们在阳光下怒放着,充满着生命力。

艾芊芊一边用美图软件修照片,一边自言自语般地说:"我经常会问自己,长大到底能带给我什么?自信?成熟?唉,岁月真的太残酷了,如果这些照片不修简直没法看。"

"你看起来也就二十出头的样子。"她安慰着。

"那有什么用?!这照片中的眼神早已不是当初的模样了。"艾芊芊泄气地说,"说实话,我觉得现在的自己越来越世俗了,原有的那份纯真都找不见了。"

或许,艾芊芊说得不假。每个人的内心深处都想保持自己最初的纯真,可烦恼却悄然写在岁月赋予的细纹中。

"'有些时候,我总怀疑自己一路走来的路是否正确。谨慎行走,生怕一不小心就跌入黑暗。可生命总是充满阳光,于是,我微笑着面对每一个黎明和黄昏。'亲,我将这句话配这张图片怎么样?"艾芊芊在发微博前征求意见。

不过,还没等她说话,艾芊芊已将文字和图片发了出去:"就这样吧,我发了。适当地流露些心里的黑暗,更会引得大家的关注。"说罢,艾芊芊用纤细修长的手指拿起餐台上的橙汁杯,却看到满头大汗的彭笑天跑了回来。于是,她善解人意地将杯子递到了彭笑天的手里。

"喏,这个给你,着急什么呀?"她冲彭笑天温柔一笑。

"忘了拿、拿驾照了。"彭笑天略显紧张地接过杯子,却不经意地触到艾芊芊的指尖。

啪的一声,杯子摔落在地上。

"我……"他脸上露出大男孩般的腼腆和尴尬。

看着这一幕,楚桐在一旁偷偷地笑着,心想:都快大叔年纪的男人见到美女还会紧张成这个样子。不过不能否认,艾芊芊的漂亮、精致、性感、温柔流露出来的吸引力,是无论男人或者女人都无法抵抗的。

第八节　斯德哥尔摩
Stockholm

忧虑是一种停滞

这世上没有任何欢乐不伴随着忧虑,没有任何幸福不隐藏着缺陷。

像动物一样简单

几日芬兰的时光之后,他们从赫尔辛基乘坐塔林客诗丽雅游轮(Tallink Silja Line)前往瑞典的首都斯德哥尔摩。游轮上有各式餐厅、酒吧、舞厅、游泳池、桑拿店、商店等,还有各种娱乐设施和表演。吃过晚餐,艾芊芊拉着彭笑天去跳舞,楚桐则和陆羽川到甲板上吹风。

在地平线的边际,聚集着一片紫红色的云彩。阳光不时透过云朵的缝隙倾泻下来,洒在海面上,大群的海鸥在海面上空拍打着翅膀。此时,天空、大海、陆地交融在一起,天际被渲染成朦胧的蓝紫色。深蓝的海面波光粼粼,带着微咸味道的海风拂过面颊。

他们站在甲板上,迎着风。

她喜欢看海。海,深不可测却又触手能及,时而巨浪滔天时而风平浪静,咆哮的海浪昭示着生命的不息,平静的海域流淌着平和。就像人的命运,捉摸不定。

"和你一起,感觉心里很平静。"陆羽川扭过头,注视着她说道。

"这是不是说明我比较容易被人看穿?"

他的嘴角露出一丝坏笑,说道:"这个嘛……我喜欢动物的简单,它们的智商没人类高,因此不复杂,没什么心计。"

"难道你是觉得我像动物吗?"她蹙起眉头,瞪了他一眼。

他哈哈笑出来:"不假。你现在这个样子像只小海豚。"

海面已经呈现蓝红相间的瑰丽色彩。海上的空气格外清晰,海浪打在船上,激起白色的浪花。他们在甲板的长椅上坐下来。

"这个世界的发展太不平衡了。你看,北欧这块土地安宁而富裕,非洲却充斥着暴力和贫穷。"他望着海面,表情略显凝重,感慨万千地说道。

"还没聊聊你在非洲的见闻呢。那里很美吧?见到了很多野生动物吗?它们有趣吗?"

"我喜欢那里的动物。当你被动物围着的时候,觉得什么烦恼都没有了。人与人之间有时很不真实,看到动物倒是觉得一切简单了,不用去猜它们的心思。"

他用手机给她看那些在非洲拍的动物照片。有温顺的大象,奔跑的羚羊,高傲的长颈鹿,凶猛的猎豹,笨拙的黑猩猩,还有交配的狮子……

"喏,这只狮子叫扎非,你看它多乖,多听话。"

照片里,这头霸气的狮子偎依在他的身边,看起来就像巨大号的猫咪一样温顺。

"比起人类,动物真的是太简单了。只要掌握它们的习性,就能驯服它们,不像人类这样复杂多变。"他说。

"动物们活得也很自由自在呀。"稍做停顿,她又说,"就像,现在的你。"

"你是在报复我吗?"他笑了起来,"不过,说实话,如果一定要用动物形容自己的话,我过去一定是匹优雅的骏马,精心地保持着所谓的格调。那时,我总是用空余时间去听场音乐会,或者去看个艺术展,也会自己在家听着黑胶唱片,喝红酒。"

听他这样一说,她轻轻吐了下舌头,心想,从他现在的外表可一点看不出这种迹象,现在的他倒像个西部牛仔。

"现在我说自己是一匹粗放的狼。说实话,如今我反而觉得活得自在了。特别是去年,当我独自走过西藏的冰原,觉得自己渺小得就如同宇宙中的一粒尘埃。当时,我头晕得几乎要昏过去,却看到群狼留下的脚印……后来我被藏民所救……再回上海后,突然觉得曾经那些看起来高大上的生活,很多时候只不过是为了证明自己人生的优质,并不是因为真的需要……"

我们想要征服这个世界,却总是无意间被这个世界征服。或许吧。

生活在规划中

次日清晨,船停靠到了斯德哥尔摩港口。

这个被誉为"北方威尼斯"的城市,位于梅拉伦湖与波罗的海交汇的14座岛屿上,70余座桥梁将这些岛屿连为一体。空气中的雾气还没有完全退去,这座北欧城市的典雅风情从街角的各个角落随着日出慢慢溢出,升腾到空气中,连呼吸都能感受到这个城市的气质。

彭笑天是个典型的理工男,做事周密、严谨、一板一眼,自从加入他们,他通宵达旦地做了详细的旅行计划,日程安排就如同旅行团那样周到,连几点用早餐都有明确的计划。彭笑天说自己是个习惯安排时间的人,自从工作以来,不但有年计划、月计划,连每天也有明确的规划。

"你这样不累吗?"艾芊芊显然无法接受他这种严谨的生活模式,这跟她随性的生活方式形成强烈的反差。

"目前还没觉得累,没了这些规划反而觉得生活失控了。"彭笑天回答,一如他行事风格的严谨。

当然,这些旅行计划也只是针对彭笑天自己,一起旅行终究大家还是彼此迁

就,不能忽略差异化和人性化。

早听说瑞典肉丸很有特色,可是,艾芊芊建议一定要先去尝一家名叫 Kajsas Fisk & Restaurang(鱼餐厅)的瑞典传统鱼汤店。为了这家店,艾芊芊还特意在笔记本上画了一个线路图。

在霍特哥特广场旁边的鱼市场的地下一层,他们好容易找到了这家隐藏在角落中的店铺。他们一人点了一碗鱼汤,鱼料量很足,而且配有免费的面包和沙拉。他们啧啧称赞着鱼汤的美味。

到了瑞典,全世界最大的摄影艺术博物馆之一的斯德哥尔摩摄影博物馆(Fotografiska Museet)是一定要去的。吃过鱼汤,作为摄影爱好者的彭笑天就迫不及待地提出前往。

梦想很遥远?

摄影博物馆坐落在水岸旁,是一座红砖结构的黑顶建筑,远看像一列奔腾而来的火车。这里定期会举办摄影展,此时正在展出的是英国的生态摄影师 Nick Brandt(尼克·勃兰特)的摄影作品。

照片展示着各种非洲的野生动物孤单地站在废墟、垃圾站和被破坏的环境里。摄影师将这些动物的照片放大至 1:1 大小固定在画布架上,并将画布架放置在那些它们本应该生活的家园上。

照片的场景是震撼人心的,动物们的无助与周遭被破坏的自然环境和人类的漠视构成了一种悲凉的对比。

"动物回到那个本该属于它们的地方却找不到原有的家园,那会是怎样的绝望和孤单?"艾芊芊叹口气,"看得好揪心!"

"如果有一天,我们的生存环境也像这些动物一样,该是多么可怕!"楚桐也随之叹了口气,"人类的生存也会像这些动物一样面临考验吗?"

"有些东西在不知不觉中已经改变了,又岂止是人类对自然的破坏?也包括对人类自己。"陆羽川说。

"的确如此。人类的私欲与贪念也正在摧毁我们自己。"彭笑天赞同陆羽川的话。

"哎呀,好啦!咱们别聊这么沉重的话题了。搞得我心情都不好了。"艾芊芊阻止大家讨论下去,"我看做个自由摄影师挺不错的,能够通过图片引发大家的思考,传递正能量。"她冲彭笑天眨眨眼睛,"你摄影那么棒,为何不做个专职摄影师?"

"不瞒你说,我特别想成为一名自由摄影师。可理想在现实面前,有时就得妥协。"他略显无奈,"都说要忠于理想,可如果为此坚持,我将一无所有!"

"也是。升官发财,这可能才是最重要的人生理想吧,反正我周围的朋友都这样。"艾芊芊表示理解和认同。

"倒不是说要升官发财。我家庭负担重,活得不轻松,有房贷得还,又没啥积蓄,更没攒好养老钱,达不到期望的财务安全感。理想、自由、爱情这些都是需要用金钱来支撑的,哪能由着性子。"彭笑天如实说,透着无奈。

都说,要在浮躁的世界里始终如一地为自己的理想而努力。然而,周遭的世界并不是我们的理想国,有时候,当现实的际遇不能烘托人生的理想时,一切只能向现实屈从。

成年世界里的我们,似乎都听见过梦碎的声音。生活就是如此吧,如果活得毫无追求,就像行尸走肉。可如果一定要做个理想主义者,又会深受其苦。

那么,如何能够坚持初心,又不被这世间的虚荣、浮躁干扰?

"也别说得那么悲观,王尔德不是说过:'我们都在阴沟里,但仍有人仰望星空。'所以,要勇于做那个仰望星空的人。兄弟,别放弃。"陆羽川拍了拍彭笑天的肩膀,鼓励地说。

过于完美，反而易碎

斯德哥尔摩的博物馆众多，历史、文化、艺术、科技、摄影……数不胜数。

彭笑天对艺术没什么兴趣，总是跟在最后面，时不时地打着哈欠，或者干脆站在那里等着。陆羽川对艺术反倒有种特别的钟爱，这跟他曾学习建筑不无关系，他似乎能在光和影的互动中发现画中的奥秘，总会盯着一幅作品看上半天。而艾芊芊似乎并不真的关心作品本身，她总是偷偷地躲过管理员的注视，以某些著名的作品作为背景，乐此不疲地自拍着。

因在朋友圈上放了几张博物馆的照片，楚桐收到了大学室友乔书雅的留言："来了都不跟我见个面？你够不够意思！"

书雅是楚桐大学时候无话不说的好友，毕业后就嫁给了瑞典男友 Carl，随 Carl 移民到了斯德哥尔摩。他们通过网络认识，结婚之前只见过三次面，一直靠电话和网络传递着感情，因此，能完成跨国婚姻在同学里引起了不小的轰动。当初，书雅爱得痴缠，信誓旦旦地说，如果不嫁给 Carl 定会终生遗憾！他们那段爱情一直是大学同学聚会时津津乐道的童话故事。如今，他们已经有了两个可爱的孩子。

最近一次见到书雅是两年前，那时她特地带着刚满 8 个月的小儿子回来跟亲戚朋友们见面。时间总如白驹过隙，一晃两年就过去了，既然来了斯德哥尔摩，定是要见书雅的。

她们约在了斯德哥尔摩的老城区见面。

老城区位于城堡岛上，楚桐决定乘坐地铁前往。她从蓝线的 T-centralen 站开始乘坐。一进站台，她便觉得耳目一新。这里的月台和铁道从岩石中凿开，绘制着海底和巨型树叶变换的壁画，凸显着一种宁静而祥和的生命力。

从 Gamla Stan 站走出来，她沿着铺有鹅卵石的弯曲的街道走着。这里的街道最宽处不过五六米,两边是日耳曼风格的彩色建筑。狭窄的街巷显示出中世纪的风貌。金碧辉煌的瑞典王宫、气势不凡的斯德哥尔摩大教堂、闻名于世的诺贝尔博物馆都聚集在老城区。

Gamla Stan 老城曾经是斯德哥尔摩最有风韵的文化中心,也是欧洲保存最好的古老城市之一。行走在用圆石头铺成的街道,望着这些有故事的房子,宛如时光倒回。街道两旁是各式店铺,里面出售着各式各样的手工艺品,还有很多令人惊喜的小画廊。

透过这些色彩艳丽的像火柴盒一样的房子露出的空隙,可以看到教堂的钟楼和蓝得几近透明的天空。

"北欧清透的空气和安逸的生活状态一定会令生活在这里的人倍感幸福吧。来这里生活近十年的书雅,一定对自己的生活很满意。"她心想。

约会的地点是一家叫作 Chokladkoppen 的餐厅,位于斯德哥尔摩老城中心的 Stortorget 大广场上。从那些幽幽的小巷走出来,她找到了大广场。鹅卵石铺砌的广场并不大,中间是喷泉池,昔日热闹的街市,此刻悠闲静谧。行至初夏,花木扶疏。

在红黄的房子下面,她望到这间咖啡厅。一推门,就闻到空气中氤氲的咖啡香气。书雅已经到了,见她进来,兴奋地站了起来。

"亲爱的,你跟嘉良什么时候结婚?"还没等坐稳,书雅就迫不及待地问道。书雅向来说话直接,这反倒令人觉得舒服,避免了不必要的寒暄。

"我们分手了。"她拉起椅子,坐下,淡淡地说。

"不会吧?我觉得你们非常靠谱,肯定是要结婚的。"书雅一副大惊小怪的样子,"上次我回国,你们还说要准备结婚的事呢。"

"没缘分吧。"

她用"缘分"总结了跟嘉良的结局。有时,我们用最平常的几个字平淡地道出结局,可是,那些你为此所经历的煎熬,也只有你一个人最清楚。没有人能够

感同身受,那又何必多解释呢。

"是你移情别恋了?还是他?"书雅继续八卦。

"都没有。就是平静分开了。"

"亲爱的,婚姻这事可真得考虑好。不瞒你说,我去年出轨了。"

有些人天生不会隐藏自己,总是将自己暴露在明晃晃的日光下,你只要跟他有短暂的交流,就会了解他的来龙去脉,甚至何去何从。书雅就是这样一个人,从不隐瞒自己的一切,并且会将一切和盘托出,甚至有些尚未发生的事情,她只要动了念头,也会毫不隐瞒地说出来。

听书雅这么一说,楚桐知道这一定不是开玩笑的话。

"你们看到我好像生活得很幸福,可我的苦你们根本不知道。你了解我的,我大学时就喜欢浪漫,可 Carl 是个很古板的人,没有任何爱好。"书雅开始吐苦水,"这些话,我以前不想跟你们说。既然你们都觉得我过着童话般的日子,我也不想让大家在背后议论我……"

★★★★★★

书雅的内心一直涌动着对生活的热情,她喜欢写诗,更喜欢声情并茂地朗诵拜伦和莎士比亚的诗,为此她在大学时还特意成立了诗歌协会,将校园里那些爱诗歌的文艺青年聚集在一起。他们经常在校园的小公园里点着蜡烛,穿着隆重地秉烛朗诵。

虽然,在跟 Carl 恋爱的时候,书雅就发现他是个没什么生活情趣的男人,可 Carl 那种北欧男孩特有的阳光和健康的形象让她深深着迷。用当初书雅的话说,就是"只要能够拥有一个让自己痛彻心扉爱着的男人,便不会在意他给的感受,只要他在那里就足够了"。

不过,现在对书雅而言,这个曾令她痛彻心扉爱着的男人却成了她的苦水,

放缓生活步调、让时间与心灵调和,从美中获得内心的宁静。即使一个人的旅途也要不负光阴……

似乎少女的梦想还没有点燃就已经熄灭了。

"我的日子过得根本就没有灵魂,特别是二宝出生以后,我每天都是为了他们而安排自己的时间。这种日子已经没有自我了!而且,瑞典的冬天一来就是半年,在这样的天气里,连寂寞都会被放大。"

直到有一天,书雅遇见了帮她治疗牙齿的牙科医生。

因为治疗,他们频繁地约见,相谈甚欢。他们相互调侃,聊最新的电影,聊浪漫主义诗人。她觉得他们读懂了彼此,有着真正精神上的交流。在书雅的眼中,他帅气而风度翩翩,幽默又富有情趣。她越来越渴望见到他。

只不过,他们各自都有一个看起来幸福的家庭,却各自有着暗藏的烦恼。他直言他的妻子从不欣赏他,总是对他的爱好冷嘲热讽,他们因此经常吵架。而书雅何尝不是呢?这个浪漫型女人,对婚姻的期望过于文学化,Carl 却理智冷静,做起事来一板一眼,总是对她的需求很迟钝,这令她内心的激情一直被压抑。

"他的眼睛太迷人了,有一种充满了理想的炯炯目光。我从他的身上看到了社会责任感,还有对生活的热爱,这些都是在 Carl 身上得不到的。"书雅评价着她眼中的牙医,"跟他在一起,我总有心跳的感觉。"

在平静的生活外,我们总是有一颗不安分的心在跳动。对书雅而言,内心涌动的浪漫思绪令她已经无法安于生活的现状,终于,她开始频繁地跟牙医约会。

当我们面对尚不熟悉的人时,总是会把自己最美好的一面呈现给对方。他们每次约会时,书雅都会特意去做个发式,穿上性感又漂亮的衣服,还会用上被她束之高阁多时的香水。而精心打扮、秀发香衣的书雅,每次都会得到牙医的称赞,并会给她一个充满惊喜的甜蜜拥抱。他对书雅说:"我喜欢害羞的女人。你脸上的红润让我觉得特别心动。"在他的面前,书雅仿佛变了一个人,她会羞涩地低头,会温柔地说话,会撒娇地讨他的欢心。

这种惊喜和浪漫的情感让书雅觉得生命开始变得多彩,似乎重新活了一次。她用幻想去填补对牙医的未知,越陷越深。

"我总是期待着他的信息,想要见到他。见不到他的时候,我饭也吃不下,也忽略了照顾孩子们。我甚至讨厌他跟他的妻子亲昵!只要我一想到他碰她的身体,我就有种要喘不上气的感觉。那段日子,我知道我的整个生活失控了。"

有种感情,像波涛汹涌的大海,好像要把你整个吞没。可生活中有些美,只在于打破宁静那一刻,时间久了就变成了束缚和压力。渐渐地,书雅开始在酒精中寻求解脱,只要一想到对家庭的背叛,她就总是要喝上几杯。直到有一天,她开始害怕了。

"有一天,我在噩梦中醒来,梦见自己一无所有。我好害怕,怕失去已经有的一切,怕踏上没有归途的路。"

家庭的责任感和道德感约束着书雅内心的情感,她开始挣扎而痛苦,觉得背叛了家庭,卑鄙而醒龊。最终,她为了家庭选择压抑情火。

"那以后,我没再见过他……"书雅喝了口咖啡,轻声地说,"可是,我还是会经常梦到他。那种令我燃烧的激情,恐怕这辈子也不会忘记……"

缘是镜中花

楚桐回到酒店时,已是下午四点。这一天,大家分开行动,并约好六点半一起吃晚餐。艾芊芊已经提前订好了一家非常不错的瑞典餐厅。

他们住的酒店在设计上融合了时尚和音乐的元素,令人耳目一新。加上得天独厚的位置,可以欣赏到优美的自然风光和人文景观。她推开阳台的窗子,站在露台上俯瞰这座城市。

这是一座既有古典风貌又有现代都市气息的城市。造型各异的桥将不同的岛屿连接在一起,游船在河道上穿梭,配着蓝天白云。不过,她眼睛虽然欣赏着风景,心思却停留在跟书雅的对话里。

不得不说,都市中的大部分人都对自己的感情生活存在不满。没结婚的难遇良缘,频繁相遇又频繁分别;已婚的缺少激情,不得不面对平淡、乏味的柴米油盐。几乎人人都渴望一场充满心动的艳遇,打破原有的生活的僵局。可一旦真的打破了,又要面对随之而来的烦恼。

幸福似乎永远没有终点。

守住一份感情要比得到一份感情艰难吧,因为我们始终无法将对方看穿,也无法将自己看穿。

我们在婚姻中孤独,在单身中焦虑。我们的生活里,除了别人,好像从没有自己,我们想从外部世界中得到满足,却对自己的内心并不知晓……

这时门铃响了,打断了她的思考。推门一看,只见陆羽川捧着一束玫瑰笑盈盈地站在门口。

"跑步回来的路上经过一家花店,看到这花开得正好,买一束给你。就当旅途中添点色彩吧。"他的眼神温柔而炙热。

这花新鲜娇媚,丝绒般娇嫩的花瓣透着露珠的晶莹,馥郁的香气中糅合了陆羽川身上清淡的古龙香水味,这令她很着迷。此时,她觉得全身有一股热流流淌,心跳加速,脸色泛着红润。这种感觉她从未有过。

浪漫可以捕获任何芳心,撩动你的心弦,让平静的心变得波澜壮阔。然而,她压抑心中的惊喜,只是微笑着说了句:"谢谢。它们看起来好美。"

她有担心,有疑惑,她不敢踏前一步。陆羽川过去曾交往过很多女孩,他游走世界,不想安定下来,或许,他也只是想寻求一场旅行中的艳遇。没有将来的感情,又何必放在心里。

"我们可以走了吗?"他问。

"嗯?去哪里?"她回过神,"我们要去哪里?"

"去跟你闺密接头啊。难道,这你都给忘了?还是因为有我,你开始重色轻

友了?"他玩笑地说。

他这一说,她才恍然醒悟,看了看时间,眼看就要到跟艾芊芊约定见面的时间了。她随手将花放在写字台上,随他急匆匆地奔向电梯。

我们都曾忘记爱情的模样

夏天的斯德哥尔摩沉浸在金色的阳光里。餐厅坐落在一座开放式的花园中。中间是一座喷泉,空气中弥漫着水雾。花园里种了上百棵果树,还有一片华丽的玫瑰。

美食,永远是旅行中不能辜负的风景。

这是一家有情调的餐厅,餐厅的菜每道都很精致。烟熏三文鱼配着腌渍过的洋葱,鲜嫩多汁的烤鸭腿搭配新鲜的树莓和坚果,并用秘制酱汁调和口感。尤其值得称赞的是汤。芝士奶油汤中央浮着煎烧好的海鲈鱼肉,鱼肉经过煎烧,松软而有弹性。汤用香草碎叶提味,并加了黑胡椒。鲜甜的口感令他们啧啧称叹。

在花园里面用餐自然是一件惬意的事。赏心悦目的葱绿、修剪整齐的草坪和清风送来的阵阵花香令人心旷神怡,充满惊喜。

"这里的环境好适合约会。只可惜没有恋人。"艾芊芊放下手中的汤勺,环顾四周优雅而宜人的用餐环境,感慨地说。

"嗯。我都怀疑爱情这种东西是不是真正地存在。"彭笑天回应着。

"爱情?!"艾芊芊的口气中有点嘲讽,"我最近发现凡是我热烈期盼的,最后都是失望。"

或许,他们都是对的。那些受过情伤和曾为情所困的人,心灵都会慢慢穿上一副铠甲,时间久了,也就忘了爱情的模样。

沉浸在六月温暖的阳光里,他们要了苹果酒,还有餐厅的特色甜品。这里一共有八种口味的冰激凌做的甜品。

"我们选哪种?"她指着菜单问艾芊芊。

"你想吃哪种? 我都可以。"艾芊芊心不在焉地回答。

"那我们就在草莓和杧果里面选一个吧。你想吃哪个?"她将选择范围进一步缩小。

"那我要吃巧克力的!"这不按常理出牌的方式是典型的艾芊芊风格。她总是可爱却不做作,美丽中透着狡黠。

"草莓和杧果都没有什么不对,只不过人家选择了巧克力的。别怪它们,只是没有人想要它们。"陆羽川这一说,把大家都逗笑了。

此时,每个人的脸上都挂着心满意足的笑容。

忧虑是一种停滞

吃过晚餐,大家来到一个满是粉红色霓虹灯的小酒馆消磨时光。这里聚满了人,有打扮时尚的年轻女孩、穿着西装的男人、交谈的朋友、独自饮酒的寂寞的人……片刻工夫,夜晚欢愉的气氛开始了。乐队拿着曼陀林和吉他,演奏着欢乐的曲调。男男女女开始围着乐队欢快地跳舞。

自幼学习舞蹈的艾芊芊自然加入了他们。今天,艾芊芊抹着艳丽的唇膏,带着同色系的发带,还打着绚丽的眼影。她穿着紫色的紧身长裙,胸脯微露,泛着光泽的浓密卷发将美丽的颈部向后拉长,这令她的曲线看起来很迷人。

腰肢,从古至今都是体现女性曲线美最重要的部分,也是线条上最富有变化的部位。艾芊芊的一抹细腰,轻柔如烟。袅娜多姿,娇柔百媚。她随着音乐旋转,时不时还会露出光亮迷人的长腿。她一直在那里跳,汗水混合着她的香水味,在空气中弥散。

看艾芊芊跳舞简直就是一种享受,就像温庭筠诗中描述的:"抱月飘烟一尺腰,麝脐龙髓怜娇饶。秋罗拂衣碎光动,露重花多香不销。"楚桐看得出神,心里暗自想:如果能有芊芊这般美丽和才华,如今的生活会是怎样的呢?

"想跳个舞吗?"陆羽川问她。还没等她回答,他便不由分说,拉起她走进了舞池:"跳舞只要装作会跳的样子就行了。"

吉他手弹得越来越快,音乐的旋律越来越热烈,他们的舞步也越来越痴缠,亲昵的情绪也越来越浓……舞曲结束,她像逃跑一样回到座位上,心跳加速着。

"我要出去透透气。"她有点逃跑似的走到室外的庭院里,不承想,陆羽川也尾随她走了出来。

"怎么?跳得激动了?"

"不,不是。里面太热,我想吹吹风。"她掩饰紧张的情绪。

"当年我奶奶就是跟爷爷相遇在一场舞会上。他们就像我们刚才那样一直跳,一直跳,然后,就订了终身。"

"那个年代的女人跟现在的女人还是有很多不同的。而且,你奶奶不是外国人嘛。"她装傻地回应。

"这跟哪个国家的人有什么关系?全世界的爱情都是一样的。你不觉那个年代的人情感反而更单纯,更从一而终,不像我们这个年代的人给爱情添加那么多的砝码。"

"这倒是。那么你呢?你会从一而终吗?"她随口溜出了这句话,却意识到不该这样问。

"这个问题嘛……"他笑了起来,"还记得我给你讲的关于狼的事情吗?我一直觉得我骨子里是有狼性的。遇到合适的人,我定是从一而终的,只是,这些年一直没遇到啊。"

这里到处散发出花开的气息。这时,她看见一只夜莺立在枝丫上睡着了。它耷拉着脑袋,脖颈优雅地弯着。

"你说,它这样睡,脖子会不会酸?"她小声地对他说,生怕打扰到它。

"你每天都站着行走,腰会痛吗? 一样的道理。"他嬉笑着。

"夜莺每天都欢唱,它们会唱些什么?"她轻手轻脚地走到树干的另一边。压低声音说,同时示意让陆羽川轻声,以免打扰夜莺。

"它们会唱:我要做个优雅的夜莺,连睡姿也要优美。"他学着鸟鸣般叽叽喳喳地说。

她咯咯地笑起来:"鸟类会这样在意自己的姿态吗?"

自从遇到陆羽川后,总有一种无以名状的情感像涓涓细流流入心田,快乐和惊喜总是无处不在。她的笑声惊醒了夜莺,只见它乏力地拍拍翅膀,飞到了另一个枝头。

"看来,我们打扰到你的休息了。真对不起了。"她冲着夜莺说。

"得了,它可不这么觉得。走,我们在那里坐会儿。"陆羽川指着湖边的一个长椅说。

他们在长椅上坐下来。看着湖面中城市的倒影,听着夜莺的鸣叫,岸边幽幽的灯光透着迷离的暧昧,映着微醺的月色。

"你使我想起了某个人。"他看着她的侧面,很专注。

"谁?"

"一个演员。你们长得有点像,可我想不起名字了。"

他们坐得很近,此刻,她感觉到他的膝盖已经碰到她的腿了。她觉得气氛很暧昧,心里不禁小鹿乱撞。这时,他突然探过身子来亲吻她。他的唇炽热而温柔,她快被激情给淹没了,她有点喘不上来气,这令她的身子开始颤抖,脑子一片空白,突然,她脑中不知怎么浮现了艾芊芊说的一句话:"当某人对你拥有强烈的性冲动时,你很可能误以为那就是爱情。"她迟疑了一下,离开了他的嘴唇。

"怎么了?"他眼神中露出质疑,"你是不喜欢我?"

"不,不是。"她很紧张,双手也开始冰冷。

空气中有着丝丝凉意,清冽的空气让人突然格外清醒。

第二章 旅行与发现

125

"傻姑娘,我有狼性,可不是色狼。"他笑着站了起来,"走吧,我们回去。他们可能在找我们。"他脱下外衣给她披上,拉起她走回小酒馆。

是成熟让我们变得胆子小了吧,很多时候都是观望、憧憬,却不敢向前迈出半步。因为考虑得多,宁可循规蹈矩地从事一份无聊的工作,而不敢换种方式生活;因为结果未知,宁可对喜欢的那个人保持距离,而不敢向前尝试。说到底,成长令我们成熟了,却伴着焦虑和忧虑,反而让我们失去了勇气。

她任凭他挽着自己的手,心里忐忑地思考着,目光不时地瞥着他侧面的轮廓。

第九节　阿比斯库
Abisko

可不可以把一切留在身后？

奋斗的路从来不平坦,现实总会拖住我们。这条路带给我们满足,也带给我们失望,带给我们认可和成就,也带给我们空虚和孤独。或许,我们每个人都如此,一路努力,一路跌倒;一路追求,一路孤独……

探寻北极圈

北极圈可谓北欧最具吸引力的地方。那里有关于萨米人的古老传说,有原始的冰川雪原,有绿色、紫色、红色的光影在天空中舞动,有驯鹿追逐着北极光……虽然,北极圈内的冬天更令人期待,可夏天也有它独特的魅力,每年5月下旬可以看到午夜太阳。

他们决定一路北上,去瑞典最北部的小镇——阿比斯库(Abisko)。这个小镇位于北极圈以北约200公里的拉普兰(Lapland)地区,这个地区跨越挪威、瑞典、芬兰境内,有嵌入大海达数百米深的群山、美丽的原始森林、清新纯净的空气、森林中的小湖、冰雪尚未融化的山峦、北极光和午夜太阳。

男人对荒野徒步总是很热衷,这似乎可以凸显他们的勇气和耐力。陆羽川建议沿着著名的国王小径(Kungsleden)徒步。艾芊芊也是满怀欣喜地嚷嚷着要

前往。荒野徒步的时尚大片,无疑可以展现她的另一面,为她增添粉丝的点赞率。

他们在通往北极圈的入口——瑞典北部北博滕省的首府吕勒奥(Lulea)短暂停留,购买了完善的徒步用品:背包、冲锋衣、保暖防水裤、中帮防水鞋、雨衣、睡袋、帐篷、登山杖、指南针等等,加上各种食物,这样算下来每个人的背包几乎都有10公斤左右的重量。

毫无疑问,艾芊芊是个无论做什么事情,准备工作一定要全面到位的人。望着这一堆完善的行头,她的脸上露出了心满意足的笑容,那好像是已经完成了整条路线穿越后的得意笑容。而楚桐则望着沉重的背包,心里嘀咕:背着这么重的东西,走那么远的路可怎么吃得消!

阿比斯库附近的山峰并不突兀,看起来浑厚而荒凉。车沿着E10公路行驶,越往北越是人迹罕至,天气也越发诡异,起初头顶是又浓又厚的云,可转个弯就是一片蔚蓝。一路上,没有红绿灯,前后没有车辆,看不见人烟,只有无限的空旷。车就这样在一望无际的天地间行驶,似乎世界上只有他们四个人。

初夏季节,大自然苏醒,冰河融化,树木吐新,但车外的温度却仍低至1度。当车子开到冰雪覆盖的区域,经过结冰的路面时,楚桐总是紧张地死死扶着门上的拉手,生怕一个不留神车子就会跌入山谷中。

爱着的人会是另外的样子?

傍晚时分,他们抵达阿比斯库国家公园(Abisko National Park)。夏季,太阳在北极圈以北地区从不落山,阳光每天照射24小时。此时,天空呈现出不同的奇幻的彩色。

他们选择住在露营区。为此,他们特意在超市买了驯鹿肉和三文鱼。陆羽川负责劈柴,彭笑天负责生火。

烤驯鹿肉的大餐即将拉开帷幕。

用这种火烤肉的速度很慢,可这种接近原始的烹饪方式,也增添了很多乐趣。肉在火上刺啦啦地响着,烤肉的香气已经慢慢飘进鼻子。

"其实,今天,是我 35 岁生日。这些年过生日都是自己一个人煮碗面。"彭笑天已经喝得微醺,开始倾吐着心声,"年龄越大越不喜欢过生日,每到这天就觉得特别孤单。我是个挺孤僻的人,几乎没什么朋友。在大学里,其他人总是三三两两地出去玩,而我总是一个人待着。工作之后,也不善于搞人际关系,因为总猜不透别人想什么。今天跟你们一起很知足,开心!"他一口气喝光瓶中的酒,露出憨笑。

"你都 35 了还不结婚?难不成你风流成性,不想稳定?"艾芊芊的问话方式很直接,令彭笑天略显尴尬。

"我……不瞒你们说,我有过一段不到两年的短暂婚史。如今,离了 3 年了。"借着酒劲,他又说,"不怕你们笑话,这 3 年来,除了工作往来,我都没单独跟女人吃过饭。"

在艾芊芊的追问下,彭笑天讲起了他的婚姻。

那一年,他 30 岁,家里的老老小小开始逼他结婚。此时的他,事业发展还算顺利,已经贷款在北京买了一套小户型的房子,具备了结婚的基本条件。

"我们是大学同学,在一次同学聚会上再次相遇。我其实上大学时就暗恋她。可那会儿,她在我的眼里就是个家境优越的公主,我哪里配得上人家。万万没想到,那次聚会后,她竟然主动与我约会,而且交往 3 个月就主动提出结婚。这令我又惊又喜。"

"你因为她的家庭条件好而娶她?!"艾芊芊的眼神中露出一丝蔑视,给了他一个白眼,心直口快地表达着自己的看法,"你难道想通过娶个好老婆少奋斗 10 年?!"

"不不不,你误会了,我没那么龌龊。"彭笑天急忙解释,"她也不是什么富家

女,只是父母都是公务员,不像我,从小就没有稳定的生活环境。"他用眼睛的余光窥探着艾芊芊的表情,看她神情舒缓了,才接着说道,"你不知道,恋爱那会儿,她特别善解人意。我忙,她就来家里帮我收拾屋子,做好饭等我回来。我工作上有压力,她就开导我,说她什么都不需要,只要我能一直陪着她就够了。那时候,我们从来不吵架。我觉得我命真是太好了,竟然还遇到灵魂伴侣了。"

灵魂伴侣?几乎每个人都渴望一个能够跟自己精神契合的人。他或她似乎就是另外一个你,深知你心。同时,你也可以对他或她的过去感同身受,对他或她的未来深有共鸣。"得之我幸,失之我命。"这是多少人梦寐以求的?可是,为何他遇到了灵魂伴侣还离婚?

艾芊芊似乎也有相同的疑问,摆出一副咄咄逼人的架势问道:"是不是你婚后在外面搞三搞四了?"她将一片烤驯鹿肉放进嘴里,"这男人啊,得到了就不珍惜了。"

"不不不。"彭笑天又开始急忙解释,"婚后,她像变了一个人。"

或许,最初让我们坠入爱河的并不是那个真实的对方,而是被我们想象出来的、符合我们要求的另一半。有一天,我们会惊讶地发现,原来我们爱着的人会有另外的样子。尽管,我们不愿相信。

结婚前,她经常会跟他的同事们一起聚餐。可婚后,她反对他与这些人私下多接触。在她看来,他应该把时间放在能够帮助他升职或者赚钱的人身上。结婚前,她支持他搞摄影,一到周末,两人就去附近的景点拍照,她总是小鸟依人地摆着各种姿势做他的模特。可婚后,他所有闲暇的时间都被要求陪她逛街、购物。有时候,同样的东西一买就是两个,他不能反对,如果反对,她就会没完没了地闹情绪。偶尔,他在家里玩玩摄影器材,她会冷嘲热讽一番:"就你那水平,也搞不出什么名堂,还不如好好工作,多挣点钱。"结婚前,他喜欢看文学书,婚后也经常会买一些,但都被她给扔了,她认为他还没有看闲书的资格,有看这种文学书的时间不如多看看财经杂志和成功学,学学那些商业人物是如何创造财富的。

"最严重的是,我如果忙,没能及时回她的信息或接听她的电话,她就会一遍遍打电话过来,然后,不管我周围有没有人,都会大吵大闹一番。"彭笑天喝着酒,一声叹息,"我好不容易觉得在北京找到某种归属感,可没承想婚姻会搞成这个样子。我起初不想离婚,一直压抑自己、忍耐她的种种行为……"

对于爱情,我们不想委曲求全,不想用臣服的方式来换得一世安稳。可是,在满足伴侣的要求和忠于真实的自己之间保持平衡,并不是一件容易的事情。为了这段婚姻,彭笑天一度用佛家的智慧来获取心理解脱,来压制内心对婚姻的烦躁。然而,长久稳定的关系终究是一场平衡,如果出现了失衡,终究会瓦解。

此刻,这天空是一片瑰丽的颜色,山腰处围绕着紫色的雾气,一切好像是在云雾里,朦朦胧胧,却又清晰可见。太阳还在那里,看起来显得沉寂而又与世无争。这里,手机没有信号,也没有电视,甚至没有任何现代化的科技。在这样的空间里,在世界的边缘,他们喝着啤酒,吃着烤肉,聊着真心话。

周围的世界无限安静,如同这世界上只有他们四个人。

北欧式的行走

次日,大家起得很早,装点完毕,准备启程。

Kungsleden 这条徒步路线全长 440 公里,是一条规划到位的徒步线路。当地旅游局在整条路线上搭建了 21 个小木屋可供徒步者休息,并提供杂货交易和基本的食宿,也可以自己烹饪。但小屋之间的距离长达 10 到 20 公里。

他们在官网上找到关于 Kungsleden 各个路段的介绍,最后选择了最受欢迎的从 Abisko 到 Nikkaluokta 这段,达 110 公里。

"不,这绝不可以,在荒郊野岭让我住上一周,我会疯掉的!"艾芊芊坚决否定走下全段路的计划,完全没有购买徒步设备时候的兴奋。最终,大家达成一致,以身体状况决定行走的距离,只要有两个人体力不支就立马返回。对于这个决

定,楚桐跟艾芊芊相视而笑,这两个人无疑指的就是她们。

"伙计们,我们开始北欧式的行走吧。"彭笑天抡起拐杖,一副英雄的姿态。

"不就是手握登山杖步行嘛。"艾芊芊对这种噱头表示不屑,"还什么北欧式的行走!"

"嗯。你说得对。其实就是徒步。"彭笑天嘿嘿一笑,他似乎很顺从艾芊芊。

"在北欧这种得天独厚的自然环境里。我们要迈开步子,走个浑身舒畅。"陆羽川显得很兴奋,动力十足。对男人来说,户外运动似乎是种狂热信仰,仿佛可以凸显他们的男子气概。

"北欧这地方真的特别适合户外运动。你们看我来这一年,减了10斤。"

听彭笑天这样一说,艾芊芊上下打量了他一番:"嗯,别说,你还真是穿衣显瘦,脱衣有肉的身材。这胸肌,腹肌都有。"

听到这话,彭笑天显得极为不好意思,表情变得拘谨,笑得皱起了鼻子,仿佛就是个爱害羞的大男孩。这跟他看似老成的外表形成鲜明的反差。

"小时候我的身体差、毛病多,我妈经常抱着我去镇上看病,一走就是十几公里。我爸差点都把我给扔了。我懂事后,知道自己体质弱就开始注意锻炼,这些年确实没什么毛病了。"彭笑天边说边推推眼镜,那似乎是对自己的肯定。

分享时光

阿比斯库国家森林公园是瑞典最原始的国家公园。这里不仅有山峰、峡谷、平原、森林、湖泊,还有各种动物栖居,猞猁、熊、麋鹿、狼、金鹰和稀少的北极狐都在这个方圆70多公里的公园内自由自在地生活。

四人结伴的旅行恰到好处,既可以分享时光,又可以两两为伴。他们分享着彼此的经历和生活,有着共鸣,也有着些许不理解。

"哥们儿,你这种潇洒的生活方式真让人羡慕。"彭笑天对陆羽川说。

我们每个人都会跟别人比较,特别是面对跟自己年纪相仿的人,看到别人拥有比自己更多的才能、财富或者自由时,我们心里会表现出羡慕之情,甚至会萌生一种自我否定。

"这个地球上有70亿人口,就会有70亿种活法。我只不过是其中一种。这没什么好羡慕的。"陆羽川回应道。

"你可以按照自己的想法生活,可是像我们这种人,真是很难为自己而活。"彭笑天的语气中透着一种无奈,"父母需要我养老,二弟在老家也马上要结婚了,等回国,我还得给他买个房子。"

"你弟结婚,房子还要你买?"艾芊芊质疑道。

"没房子咋娶媳妇? 这不也是为了父母嘛,免得老人着急上火。我平时又没什么花钱的地方,能给家里就给吧。"彭笑天说得实在。

"你们全家都靠你养?!"艾芊芊再次质疑。

"父母的养老金微薄,二弟又刚大学毕业,工作还不稳定。我不是家里大哥嘛,什么事就多担待一点,30多岁的人了不能那么自私,得为了家人活。"

"那你岂不是压力很大?"艾芊芊露出一丝怜悯。

"这人哪,从生下来就不公平! 有些出生就富贵,锦衣玉食,有些就在穷乡僻壤,食不果腹。像我们这种人如果不努力连饭都没得吃,哪还有选择?"彭笑天语气略有沉重,"我其实挺羡慕你们的,至少可以自己吃饱全家不饿,可我不行。"

"你一定是你们家的骄傲吧?"艾芊芊问。

"骄傲算不上吧,"彭笑天嘿嘿一笑,"可我每次回去,远近的亲戚和邻居都会带着孩子们过来看我。他们觉得我能在首都买了房、买了车,还经常出国工作挺有本事的。不过,这有啥用?"他话锋一转,"我挺没幸福感的。不瞒你们说,刚工作那会儿,我都曾想过不活了。从小到大没有稳定的生存环境,为了谋生,心里压力真的挺大的。"

他们不再言语,怀抱各自心中的旋律,在斯堪的纳维亚的山谷间前行。

这奋斗的路从来不平坦,现实总会拖住我们。这条路带给我们满足,也带给

我们失望,带给我们认可和成就,也带给我们空虚和孤独。或许,我们每个人都如此,一路努力,一路跌倒;一路追求,一路孤独……

物我两相忘

在拉普兰这个遥远而纯净的地方,充满了神秘感,传说这里有精灵们生活在森林的深处。森林里覆盖着各种莓子和蘑菇,更有厚厚的苔藓,踩上去软绵绵的。只是,楚桐呼吸和脚步越来越沉重,只能一步步拖着沉重的身体向前。

行走无疑是摧毁肉体的。走着走着,一件悲催的事情发生了。艾芊芊的鞋开始磨脚,本以为贴上个创可贴就没事了,可没承想,脱下鞋却发现大脚趾处已经被磨出了红色的血泡。大家决定停下来,在山的腹地安营扎寨。

他们买的帐篷是坚固耐用的 Hilleberg Anjan 2。这个帐篷非常轻盈,也容易搭建。片刻工夫,一个色彩明丽的橘色帐篷就搭建好了。他们围着帐篷席地而坐。

对于第一次远足的他们来说,无疑是疲惫的。望着肿胀的小腿和生血泡的脚,艾芊芊嘟起嘴,委屈地说:"估计明天走不了路了!"

"要不我帮你揉揉吧。这样睡一觉就好了。"彭笑天望着艾芊芊,眼神中充满了关切。

"嗯。"艾芊芊毫不客气地将腿伸向他,略带撒娇地说,"这里,又酸又痛。你帮我揉揉。不然,明天真的不能走了。"

彭笑天揉得很认真。艾芊芊不忘指使他将背包递过来,并拿出背包中的坚果分给大家。有核桃、杏仁、栗子还有松子仁。

"你什么时候把它们也塞进背包了?背着多重呀!"楚桐惊讶地问道。

"这坚果营养价值极高,富含蛋白质,特别是我们旅途这么劳累,更要吃!累点算什么!《本草纲目》中说这核桃可以补气养血,润燥化痰。这杏仁对心脑血管系统有很好的保护作用,而这栗子可以调理腰脚不适。正适合徒步中吃。"说罢,艾芊芊将手中的坚果一口吃掉,并建议道,"哎,我说,咱们生个篝火吧。"

"好。我这就去拾点枯枝回来。"彭笑天立马答应道。

片刻工夫,他们从附近拾回一大捆枯枝,堆得高高的,然后撒上酒精,点燃。瞬间,枯枝中蹿出一簇簇红色的火苗。借着火光,大家又挑了一些枯树枝和树皮扔到火中间。渐渐地,熊熊火焰越来越旺,把附近都照得红通通。

这是山脚的腹地,四周人看不到炽热的火焰,这反而令楚桐觉得很担心,要知道,这四周都是空旷的山野,万一引发火灾怎么办?

"放心吧,这季节,地面潮湿得很,根本不会起火的。"陆羽川安慰地说。他似乎总能读出她的心思。

火舌迸射出耀眼的火星,在空中飞舞。火苗不断上蹿,艾芊芊兴奋起来,用手机放起音乐。她播放的是萨米族歌手 Sofia Jannok 的歌。

在萨米人的音乐中频繁出现"啊啦""鲁鲁"这样的音节。他们称这种音乐为"约伊克"(Yoik)。也就是一种原始的吟唱,据说,Yoik 源于一种使驯鹿保持安静,同时驱赶野兽的方法。但是,当大家聚在一起时,它就是一种娱乐方式,即使没有伴奏也可以哼鸣。

艾芊芊随着音乐舞动起来,彭笑天也加入,笨拙地扭动着。随后,大家也都跟着放肆地跳了起来,并高声大叫。这方圆几里,只有他们四个人。天地间,他们忘我而尽兴。炽热的火焰在彼此脸颊上掩映出玫瑰色的光辉。

大城市还是小乡村?

跳累了,大家干脆四仰八叉地直接躺在地上。

"躺在这里,仿佛穿越到了远古时代。"楚桐头枕着胳膊,望着天空,似乎,他们已经进入了另外一个世界,一个远离人群、远离现代化的荒芜的世界。

"我小时候特别喜欢这样仰望天空,经常会躺在田间看星星,那些星星好像随手就可以摘下。不过现在很少这样看天空了。城市里很难见到星星了。"彭笑天说。

不能否认,由于污染,城里很少能够见到清澈的星空了。日月星辰曾诱发我们的祖先对哲学和艺术产生灵感和探讨,如今,这种伸手可得的快乐却变得不易。

"就算乡下能看见星星,我也只喜欢都市的生活。这国贸一个年薪30万的白领,和一个县里做买卖的老板赚30万能一样嘛!对我而言,时尚、美食、派对才应是生活的样子。"艾芊芊毫不掩饰自己对都市生活的流连,却又将话锋一转,问道,"等你退休了,会回老家养老吗?"

"这个嘛……"彭笑天想了想,"应该不会。说实话,现在我每次回去,总觉得我不属于那里。这些年,我已经觉得我的空间在北京了。不过,我倒是经常梦到家乡门口的小河,怀念儿时的小伙伴。"

据彭笑天讲,他出生的小乡村仿佛是被现代社会遗忘的角落,那里地理位置偏远,村子里的人们每天过着单调而重复的日子,除了一天天老去,一切几乎没有任何改变。居住的房子也是几十年前的样子,有些腐朽,甚至苍凉。那里人口流失严重,年轻人在外面找到工作后,几乎不再回去,只有年老的人们继续守着没有生气的家园。

"我们那里,表面嘘寒问暖、和气一团,背地里却是绵里藏针的算计,大家为强者和金钱是从。大城市至少相对公平。"

说起离乡漂泊,几乎世界各地的人口都会从农村涌向大城市,各自带着一种寻梦的情怀。大城市灯火通明、承载着各种资源,有着更多的工作机会、更多样化的生活方式和相对包容的文化氛围。尽管拥挤、生活成本高,可这里只要有梦想就可以过成你喜欢的样子。或许,对彭笑天来讲,家乡还是那样,有熟悉的亲人和朋友,他们的牵挂未曾改变,可是他的世界却已经改变了。即使那里的空气仍弥散着儿时熟悉的味道,即使儿时的伙伴们早已结婚生子,跟父辈们一样过着波澜无惊的生活,可是他的志向却已经不在那里。

"邻居们经常跟我父母说,让我回家乡,然后把北京的房子卖了,再在镇上盖个楼,这样一家人可以过得很舒服。"

"你回不回去跟那些人有什么关系?我最烦有些人试图用自身的高度来判断别人飞翔的能力,用刻薄的眼光挑剔着别人的生活。"这种邻里邻居知晓你家所有芝麻大点的事情,并爱出谋划策地用他们的观念圈住你的思维的方式,引起艾芊芊的批判。

"我们那地方太小了,邻里邻居的事都像自己家的事。他们也是为我好,北京的压力确实大。我每天除了工作以外几乎没自己的时间。有段时间,我都觉得自己对周围世界的敏感度降低了。"

不能否认,大城市总是冷漠的,人与人之间联系缺失。小镇倒是人和人之间互动频繁,可是这种相互熟识却构成无处不在的闲言碎语。他们虽不是你的亲人,却谈论着你的未来,对你的一切了如指掌。

★★★★★★

"现在的人,越忙越显得自己有价值。人前的笑,人后的寂寞。可悲。"陆羽川突然冒出了一句。

"我那是真的忙,周六周日都得去办公室加班。"彭笑天以为陆羽川针对自己,忙解释。

"兄弟,你误会了。我不是说你。"

是啊,陆羽川怎会是针对彭笑天。他的那句"可悲"无疑是对自己过去生活的一种唾弃。当一个人的思想进入你的头脑时,你总会站在他的角度去思考,不仅看见听见那些你未曾亲自经历的场景,还会走进他的心灵,了解他的态度和反应。此刻,陆羽川对楚桐便是如此。

"我有时候挺敏感的,你们别笑我。我嘴巴也笨,不太会表达。"彭笑天说得很实在。

"没事没事。现在的社交都依赖手机和网络,连谈恋爱也是对着手机,语言功能退化也正常。"艾芊芊安慰彭笑天。

"是啊。我的工作基本不需要什么社交,大部分是对着电脑完成的。每天的工作与人交流也不多,说实话,有时候,我挺自卑的。但生活要继续。不努力,又有何办法?"彭笑天流露出一种自卑感。

"你也很内秀,你看你画画、摄影多棒呀。这点来说,好多人比不上你呢!"艾芊芊鼓励他。

他嘿嘿一笑:"我也就靠这些图片来得到一些满足感了,特别是将照片放到旅行网站跟驴友们分享的时候。"

"得到很多赞誉吧?"

"是挺多的。他们还挺羡慕我的工作的,觉得我总是游山玩水,可是他们哪里知道这工作的枯燥和压力。有时候说出差就出差,连行李都来不及收拾。唉,如今,大家都在网络上和朋友圈中美化自己吧。可这冷暖自知啊。"彭笑天说得意味深长。

是啊。如今我们的生活几乎分为两个世界,一个是朋友圈的世界,另一个是现实的世界。无论现实世界中我们经历多少不如意,朋友圈的世界却总是绚丽多彩。

……

他们一直聊着。这种没有黑夜的日子,令人觉得拥有的时间似乎也多起来,太阳给了他们更多动力,时间已经变得不重要了。如果不是看表,根本不会察觉已是凌晨1点钟。

萨米人的微笑

第二天,有一小段山路。山谷被植被覆盖,宁静、原始、空旷……这种置身自然的状态,就像在遵循一种召唤。

陆羽川走在队伍的第一个,楚桐紧随其后。望着他矫健的背影,她有点百味陈杂。人都有情愫,难免会对跟自己有相同频率的人动情。可是,人又是理智的,到了一定的年龄,就会主动避免伤害。

这里天气很多变。清晨还是晴空万里,转眼就是细雨加飞雪,气温也一下降到了5摄氏度。气温巨大的变化,说穿了只不过是大自然的规律,可当你置身漫天雨雪中,不免觉得荒凉和孤独。

一路充满碎石和泥泞,雨使得脚下的路面很滑,他们深一脚浅一脚地走着。起初,冲锋衣和裤子还能应付这雨势,可没承想雨越下越大。而此时,一条溪流挡住了他们。水面上布满零零星星的乱石,那些大大小小的石头在雨中露出冰冷的寒光。

"看来,我们得蹚水过去了。这条溪水可能因为下雨变宽了。"陆羽川观察了一下地形,又看了看地图,确切地说道。然后,他回头望着楚桐,问道:"你可以吗?要不我背你过去?"

她目测了一下这条小溪,十米左右宽,水也不深,估计最多到膝盖,于是肯定地拒绝道:"我自己能行。"

"来来来,我走第一个,我们女人有时也可以是汉子!"艾芊芊站了出来,并迅速脱掉鞋子,挽起裤脚,蹚进水里,"哇,这水好凉!快快快,谁来扶我一把,我要站不住了。"还没等迈出步子,艾芊芊就嚷嚷道,"天哪,这水不是一般的凉。"

"确定不用我背?"在过溪水前,陆羽川再次问她。

"嗯,真的不用。"她肯定地回答,心想,过条十米宽的小水沟能有多难?

然而,不得不说,这水的确寒冷刺骨,且水流很急。他们彼此搀扶着,小心地

蹚着水。

"哎呀。"她的脚不知踩到了什么,应该是块石头,可是太滑了。冰水冻得她脚底发软,几乎失去知觉,根本站不稳!慌忙间,陆羽川想扶稳她,却扭了她的胳膊。她整个人顿时失去了重心,扑通一下栽倒在了水里。

大家慌忙扶起她。彭笑天摘下她的背包,背在胸前面。陆羽川的目光里显露出一种怜爱的光芒,背起她,小心翼翼地蹚到对岸。

楚桐浑身湿透了,可是,没有退路。必须要走到小木屋,才能生火烤衣服取暖。休息片刻后,她只好硬着头皮继续前行。大概走了1个小时的山路,终于,看到半山腰出现了一个帐篷。

"看,那里有个萨米人的帐篷(Kota),赶紧过去把衣服烤干,这样湿着容易得病。"陆羽川指着一个用木棍和帆布搭起来的像金字塔一样的圆锥形的帐篷说道,并拉起她的手臂快步向前。

"不要去了。我没事。"她撇开他的手,放慢脚步。其实她心里有种恐惧,对异域少数民族的祭祀和巫术心生畏惧。

"你是怕被活人祭祀吗?"陆羽川说出了她的担心。

"以前看电影,总有这样的镜头:几个游人迷路了,误闯入某个部落,最后是绝命逃亡。"她喃喃地说着,声音没什么底气,虽然心里也知道这种担心没必要。

"是不是会把我们都吊起来,然后刨开胸膛取出活蹦乱跳的心脏?或者用火烧,直到慢慢死亡?"他吓唬她。

"啊! 不要说了。"她皱起眉头。

"傻瓜,不要再发挥你的想象力了。"他再次拉起她的手,加快奔向帐篷的脚步。

正在门口劈柴的萨米人见到他们,热情地邀请他们进去帐篷。见到她浑身湿透的样子,萨米人在炉子里开始生火,示意让她烤干衣服。萨米人不会英语,大家只能相互点头微笑。

火炉在帐篷的中央,他们拘谨地围着火炉坐了下来。生火的地方对着帐篷的尖顶,顶上有个空隙,这样可以让烟从上面散出去。

"不要生活在自己的恐惧中。人家是很友好热情的。对了,据说,他们的一年是从5月开始的,因为这个时候正好是驯鹿幼仔出生的季节。给你个跟萨米人增进感情的机会,你问问他们,是不是这样?"陆羽川低声地对她说。

"逗我呢吧,难道让我用驯鹿语跟他交流?"她一边抖动着手中的衣服,希望衣服能快点干起来,一边蹙眉回应着陆羽川。

陆羽川笑起来:"你绝对有这个能力,擅长各种动物语。你不觉得自己像小动物吗?人类走路可不会这么不稳!"

听他这样一说,彭笑天和艾芊芊也笑了起来。这时,萨米人看大家都在笑,也跟着笑起来,虽然他不知道究竟为什么而笑。

这时,楚桐才真正注视萨米人的脸。那是一张长相跟亚洲人有几分相似的面孔,没有特别鲜明的特征,笑容却是那样单纯,完全发自内心,令人心中流过暖流。

在这样一方净土,现代文明反而显得像异类入侵。这里的人对着天地自由地歌唱,不为给他人观赏,只为心中的自己。他们还没学会尔虞我诈,不会为了取得身上华丽的标签而费尽心机。他们笑得那样自然而然,贯通着天地。这令她不由得为自己起初的担心而感到惭愧。

攀登,为心灵开拓

衣服烤干了,他们谢过萨米人继续前行。接下来,是这一天最难的一段路。他们朝着半山腰走去,视线穿越了森林、雪原,一直蔓延到远处的雪峰顶上。大自然苍凉而丰富。这里的森林以云杉和雪松为主,这些树木经过风霜、雨雪、干旱、火灾,如今,更加苍劲有力。

这回,男士在攀爬的时候,发出嘶喊,似乎找到一种纯粹的力量。一路登山,这个地势令楚桐心跳加速,呼吸开始沉重。

"有没有觉得这就象征着我们人生的攀登?"陆羽川说道。

她抬头看看远处的目标,那峰顶似乎高不可攀:"如果这爬山真的像人生攀爬,恐怕走到一半有人就气馁了。"

"如果一个人的目标只是专注于终点,那很有可能半路就轻易放弃了。如果将它们划分成许多小而确切可行的步骤,走起来也会容易一些。我们走到前面的石头上休息一会儿。"他说着,快速爬上去石头边,回头望着她,"怎么样?要不要休息一下?"

"也许吧,人生有些目标需要分解。"她加快几步追上他,气喘吁吁。

虽然,这种行走并不能让我们和真正的自己相遇。可是行走本身却令思想随着眼前的景色驰骋。

走到一个悬崖边,他们停了下来。天空蓝到发紫,太阳试图穿透云朵,将耀眼的光线照在他们的脸上。此时,眼前是瑞典最高的山峰,海拔2111米的凯布讷山(Kebnekaise)。冰雪覆盖着山巅,峡谷壮阔,高山湖泊泛着纯净的蓝色光泽,大片的如絮般的野花像繁星般点缀着山谷。大地呈现原始的色彩。

虽然,冷风令她不禁打了个寒战,但眼前的一切,都是值得的。或许,人生便是如此,尽管会有失望、有落空、有偏离,可是只要有付出,结果便值得期许。

可不可以把一切留在身后?

拖着沉重而疲惫的身体,他们好容易下了山,却被一个湖挡住了去路。按照旅行指示显示,他们需要划小木舟渡过湖面。在湖的对岸有可供休息的小木屋。

此时,岸边只有一条船。这意味着他们需要先划这条船到对岸,然后带一条船过来,再划过去,以方便后来的人。

湖面中间的风比想象的要大,船在水面左右摇晃,而方向总不是他们渴望的那一边。大约行驶到湖中心时,浪更大了。

"风这么大,翻船怎么办?"她显得很紧张,害怕这么小的船只顶不住强大的水流。

"会游泳吗?"陆羽川笑着问她,可就在这时,船身随风一晃,他手中的桨掉到了水里,"糟了……"

还没等她反应过来,他已不由分说,跳下湖了。她呆呆地望着湖水中泛起的涟漪,当她回过神,船桨还漂在水面上,陆羽川却不见影子。她一下惊慌起来。这湖水究竟有多深?他怎么还没上来?她拼命地喊他的名字,艾芊芊也大声呼喊着。这时,船轻轻晃了几下,陆羽川从湖里露出头:"你们要不要下来试试。真的是透心凉。"继而,发出哈哈的笑声。

他这一笑,却令她鼻子一酸,差点哭了出来。可她强忍住不让眼泪夺眶而出,假装被风眯了眼睛。

★★★★★

这是个六人间的小木屋,庆幸的是,里面没有人。

一进屋,陆羽川就迅速拾起放在火炉边上的箱子里的木材,准备生火,这样可以让他潮湿的衣服快点干起来。他的头发已经扁扁地贴在了前额上,可他根本顾不上发型,一边甩着额头上的水珠一边专心地点着火。彭笑天则麻利地用煤气炉开始烧水,他想为大家煮点热汤面,这样总还是能驱驱身上的寒气和潮气。不得不说,方便面这种万能食品总是能受到各个阶层、各个年龄段、各个地域的人的欢迎。艾芊芊则一屁股坐到了床上,麻利地脱掉鞋子,瞪着大眼睛望着长满血泡的脚趾,她试图将血泡弄破,可每次一触碰,就发出"哎呀"一声尖叫。起初,艾芊芊的叫声引起大家的强烈关注,生怕她遇到蛇或者什么危险的生物,可两次过后,她的尖叫声再也换不来任何理睬。

傍晚,红火的霞光温暖了一天的惊险。楚桐与陆羽川临湖并肩坐着。一天的远足跋涉,她已经困意很浓,眼皮一直在打架。

这里没有黑夜,午夜时分天空还泛着红光。她坐在湖边,感受着太阳金色的光辉,迷迷糊糊,晕晕乎乎,半睡半醒,这是一种奇妙的感觉。

"今天我害怕再也见不到你了。"她轻声地说,胳膊肘拄在膝盖上,手臂有气无力地托着昏昏欲睡的脑袋。

"水太凉了,腿差点抽筋,我当时还以为自己要完了。"

"那一刻,你在想什么?"

"胡思乱想这么私人的东西,怎么可以随便说出来?"他诙谐地说道。

"告诉我。我想知道人在最危难的一刻,心里都在想什么。"

"你总是充满好奇心。"

"嗯。说吧,在想什么?"

"我在想……我们今生的缘分,也许……就到这里了。"

"胡说。"她猛地挺直身子,几乎毫无困意,"不要胡说。"

"嗯……我就知道你舍不得我。"他笑盈盈地望着她。

走在荒芜空旷世界边缘的孤独感总能激发心底深处的渴望。她在他的眼中看到一丝闪动,那是可以穿透心底的目光,直抵她内心深处最柔软的地方。她觉得时间静止了,除了他们对视的双眸外,一切都停顿了。

夜幕总会撩起所有的温柔。他轻轻地搂过她的肩膀,开始亲吻她。她聆听到他的心跳,这几乎是她听过的世间最美的声音。

可不可以在爱情里选择做一个勇敢的人,哪怕会被伤害?可不可以不再躲闪,哪怕带有疑惑?可这就是爱情,带着内心的悸动,瞬间有了烟花般的璀璨,虽然,带有不安,可无论你多么克制,最后爆发的那一刻,一切还是无法控制……

或许,爱情就是一场心动的冒险,没有理由,又顺理成章。

第十节　罗弗敦群岛
Lofoten Islands

总会有人与你心意相通

或许，我们都想掩饰过往的伤疤，活出骄傲的模样。

时光会记得

　　罗弗敦群岛（Lofoten Islands）是接下来的目的地。结束了为期一周的 Abisko 的徒步，他们沿着 E10 公路向挪威境内驶去。

　　她对罗弗敦群岛的最初印象，源自挪威当代水彩艺术家斯琼伯格（Torgeir Schjolberg）的水彩画作品。挪威北部的罗弗敦群岛几乎是他作品中不变的主题。虽然，他的画看起来寂寥，却呈现一种光影的变化，能让人感受到横贯天地的纯净。

　　开往罗弗敦群岛的路全程 460 公里。无数的湖泊散落在公路两侧，湖面反射着峡湾的壮美。他们穿过大片云杉森林和一片开阔的灌木丛，眼前的美景随着拂过的清风被极速驶过的汽车一并抛在身后。曲折的公路延伸在葱绿中，一辆红色的老爷车出现在视野里。眼前的景色就像一幅优美的画卷延展。她几次试图用手机抓拍这亦动亦静的景色，可由于车速太快，画面就像轻舞的尘烟漫过的痕迹，似乎还未真正观赏到它们，视线就已经移开了。

有时候,我们像是在欣赏,又像什么也没看到。

罗弗敦群岛可谓一派渔村的景象。在形状各异的山峰下,一排排的小红木屋构成了一个个迷人的小渔村。当地的居民几乎都过着自给自足的日子,沿着一条峡湾地带,耕种,放牧,捕鱼。海岸线为挪威提供了丰富的鱼类资源,鲱鱼、鳕鱼、鲑鱼、青鱼、比目鱼在这里非常常见。很多家的房屋外挂着用盐腌制的鳕鱼,这是挪威的主要出口产品。

同时,墨西哥湾暖流使这里非常有利于畜群的放牧。羊群在山坡上自由自在地吃着草。森林的某处生机盎然、静谧柔和,动物们在这里繁衍生息,石楠、莓果、苔藓像地毯一般覆盖着大地。丰富的蓝莓、蔓越莓、云莓、野草莓、覆盆子如同大自然的礼物。

生活的诗意

他们住的地方是山脚下一间依湖面海的两层小木屋。在挪威,全国有超过四分之一的家庭拥有这种度假屋,被称作 Hytte,也就是建立在山林、溪谷和峡湾上的小木屋。由于挪威冬天白日短暂,且气候恶劣,因此人们格外珍惜夏天的时光,这种 Hytte 也就成了挪威人们追求简约舒适生活的避难所。

这木屋散发着麝香的味道,簇拥在小栅栏上的蔷薇几乎爬满了各个窗子。小木屋的屋顶由厚重的石板构成,还用了绳索固定在地上,以防被冬天的强风吹走。

入夜,她躺在床上,透过窗子,望见远处的雪山,在暗淡中发出美妙的光辉。

千年前居住在这里的人们,他们的部落一定会经常面对突发的暴力,人们会生活在一种持续的恐惧中,在那个海盗猖獗的年代,海面上的每一片帆船的影子都可能预示着他们被奴役的厄运。而如今,这里是一片安静祥和的气氛。

她胡乱地想着,忽然,外面响起吉他的声音。

在这样的一个世外桃源,庭院中传来拨动吉他的声音,伴着悠悠的歌声,让人不免心生惊喜。抑或,是极致浪漫的感受。

她跑了出去。

是陆羽川!他正抱着房东挂在客厅墙上的吉他演奏着。望见她出来,他笑成了一个孩子。

"这是我最喜欢的歌。*You Raise Me Up*(《你鼓舞了我》)。"他说。

天空出现一抹红晕,霞光映在水面上,泛着蓝紫色的光影。山的底部覆盖着细草,鲜嫩的绿色就如同榨出的果汁令人垂涎欲滴。树叶在风中轻柔地响着,鲜花布满山坡,随风而舞。水鸭在岸边欢愉地叫着,黑色的松鸡在云杉里低鸣。

此情此景,她激动得哭了出来。她没想到这么短的时间里可以遇到这样美好的幸福。就在来北欧之前,她还觉得爱情也许是这辈子不会经历的渴望。

爱情的诞生就如同黎明破晓的阳光,只是这光芒从心中升起,充满了惊喜。如今,她感觉和陆羽川的相遇是冥冥中的宿命。不早不晚,只在她最期盼的那一刻。

★★★★★

没有风风火火的工作状态,阳光温暖,她将森林中采来的野花插在矿泉水瓶中,这种漫不经心的诗意,跟周围的风景恰如其分地融合。

午后,她慵懒地蜷在沙发的一角,听着惬意的音乐,看着书。偶尔,和陆羽川说些无关痛痒的话。他们亲手做的果酱点心随手可及,用的是他们在森林中采摘的莓果,他们将这些莓果捣成糊状,制成果酱,又将这些果酱抹在面包上放入烤箱,然后用刀把面包割成手指大小的长条放到盘子中。

亲密的关系总是琐碎的,彼此慢慢渗透,一起慢悠悠地雕琢时光。幸福的笑意写在她的眉眼。本想收获一缕春风,却遇见整个春天。这真是田园牧歌般的

日子!

这些天,她觉得有种闲散到骨子里的放松,内心深处萌生一种幽静,这是她不曾体会过的情愫。记得李渔有一部作品叫《闲情偶寄》,在李渔看来,一庭一院,一石一木,一饭一茶,似乎都是有生命的,可以消沉解闷。

"人只有在心闲下来的时候才会更加投入自己的角色吧,就连恋爱也有了不一样的心境。"她暗自想着,脸上露出心满意足的笑容。

寻找失去的存在

晚饭前,陆羽川接到 Ben 的电话。陆羽川似乎不愿意跟 Ben 有更多的互动,言语中透着一种不得已的勉强。聊了几句,便挂断了。

"他很关心你。"她对他说。

"我知道。"

"你好像对他有敌意?"

"事情比你想得复杂。"他开始沉默,不想多说其中的原委。可过了一会儿,他突然说,"给你讲段外婆的故事吧。"

陆羽川曾多次提起他的外婆,每次的语气中都充满着感情。想必他的外婆是对他影响很大的人。楚桐心想。

"外婆叫苏,因为出生在苏州,父母为她起名字时就带了'苏'这个字。"外婆的往事陆羽川娓娓道来。

苏从小住在一座很大的宅院里,衣食无忧,受过良好的教育。她是家中唯一的女孩,父母对她宠爱有加,加上家族和睦,这使得她心地纯洁、善良。但她却有着少女们普遍的叛逆心和好奇心。同时,情窦初开的她对爱情充满了向往。

直到有一天,苏遇到了一个来家里制衣的小裁缝。他给她讲了大上海的灯红酒绿、歌舞升平,并对她表达了深切的爱意。苏如湖水水面般平静的生活开始暗涌波涛。在中国传统的爱情观念里,女性始终处于被动的地位,就算暗生情愫,也要克制和矜持。可苏却是个大胆追求爱情的女子,哪怕伴着闲言碎语,也要随爱人去天涯海角。

那一年,她15岁,不顾父母的反对,执意跟随小裁缝去了上海。

这次远行,令苏的人生发生了天翻地覆的改变。她的生活从"书画琴棋诗酒花"的雅致,变成了"柴米油盐酱醋茶"的琐碎。不过,苏具备了中国传统女性的三从四德,她不曾抱怨,而是把丈夫照顾得无微不至,甚至是打水洗脚这样的事,也会心甘情愿去做,更会顶着微弱的灯火为他缝制鞋子、棉衣。

那段日子,虽然他们生活得拮据却很幸福,加上苏的母亲经常偷偷汇钱给他们,生计上不成问题。

那个年代,富商、贫民、知识分子、农民、工匠、主妇,各行其是,本来他们按照自己的人生轨迹生活也可以乐在其中。然而,战争爆发了!日本入侵中国,苏的父母在战争中相继死去,小裁缝也几乎没了收入来源。战后,很多人拥往香港。小裁缝也跟随他的师傅前往香港挣钱。可这一去,就再也没了消息。

那以后,为了仅存的一点希望,苏经常跑去码头,苦苦等待,看着来来往往的行人,希望看到他归来的身影,有时,一等就是一天……

"那时候,我妈还不到1岁。外婆因为营养不良,没有奶水,只好把野菜捣碎,把野菜汁喂给我妈喝,那些野菜吃得我妈妈排泄出来的都是绿色的……冬天,没有棉被,外婆就捡一些破布填到衣服里,可那东西怎么可能抗寒!有个冬天,特别冷,她冻得几乎糊涂了,甚至找不到家……"陆羽川声音很低沉,"那些年,外婆一个人带着三个孩子。她不得不在工厂里一个人做着两个人才能干的活儿。最困难的时候,连搬运麻袋、砖头这种体力活都抢着去,可还是入不敷出。"

情感具有感染力。我们会在他人的情绪中笑,也会在他人的情绪中哭,更会同情他人的境遇。此刻,苏的际遇让楚桐心情沉重。

每个人都向往幸福的人生,可那个年代的人们,个人的努力往往抵不过历史和命运!当生命面对战争时,当爱情面对生计时,一切美好变得脆弱和不堪一击……

"外婆就这样自己过了一辈子?"她着急地想知道接下来的事情。

"是的。在外婆的理念里,爱是善始善终。她一辈子没再嫁。"

"那外公呢?他后来回来了吗?"

"在外婆中风后,他带着金玉满堂的财富出现了。"他语气中带着嘲讽。

"那他为何几十年都没回来找外婆?"

"他又娶了别的女人。"

原来,小裁缝辗转到台湾,没过多久娶了一个台湾女孩。后来,他继承了女方家的财产,加上他勤勉努力,生意越做越大。直到台湾女人去世,他才又回到大陆来找寻苏。

"Ben 是不是外公的什么人?"她试探地询问,直觉告诉她,陆羽川对 Ben 的敌意很大程度上跟外婆的经历有关。

"对。他是那个人的孙子。"

他们开始沉默,一股风不知怎么像是穿过了脊梁,让她不由得浑身起了鸡皮疙瘩。我们这个时代的人,虽然生活有不尽如人意的地方,但还能选择、改变。可他们那个年代的人,一切都只能认命。

"外婆过去经常跟我说,生活给她什么,她就接受什么。她从来没有怨天尤人,跟邻里的关系相处得非常好,逢年过节总有老邻居过来看望她。"

"能感觉到你很爱她。"

"不只是爱,更是敬重。敬重外婆的自尊和骄傲、积极和乐观。"

是啊。苏即使在那样的人生境遇下,依然有享受贫穷的勇敢,蔑视苦难的洒脱,接受命运的从容,和来自心底深处的平静。必须承认,像苏这样的女人灵魂

尽管会有失望、有落空、有偏离，可是只要有付出，结果便值得期许。

里渗透着优雅,或许,这也是每个母亲的伟大之处,将善良和平凡写到了灵魂里。

★★★★★★

沉默了好一会儿,陆羽川继续讲接下来的事情。

人们常说,好事成双,祸不单行。这两点在那一年同时应验在陆羽川的身上。陆羽川28岁那年,顺利地评上了副教授,他是整个学院最年轻的副教授。与此同时,他又跟他的博士生导师成立了一家咨询公司,好几个非常牛的企业都成为他们的客户,可谓前途无量。然而,就在同一年,他的父亲却因投资失利欠下了巨额债务,又牵扯上了司法纠纷被判了刑,而外婆急火攻心,得了中风。就在那一年,失踪几十年的外公突然找了回来!

在苏的病榻前,小裁缝深深地忏悔,许诺要弥补一生所有的过错。他给了他们一张大额的支票。这笔钱足够偿还他们一家所有的债务。

"当我发现这张支票时,那个老头一家已经离开了。"

年轻气盛的陆羽川不管母亲的苦苦哀求,拿起支票追向机场。在去机场的路上,他拦住了他们的车。陆羽川当场撕毁了支票,留下目瞪口呆的他们,可就在他怒气冲冲要离开时,转弯处突然冲出一辆大货车,那一刻,Ben冲了过去……

这次事故,陆羽川仅仅是刮伤了腿、擦破了脸,Ben却被撞折了几根肋骨,差点因肋骨压迫心脏而死亡。

"现在Ben的肋骨那里还是凹进去的……"说到这里,陆羽川一脸的歉疚,"其实,他们那家人也算挺不错的。"

"既然如此,你也别怪你外公了。那个年代的人的命运,自己的确无法掌控。"

"别跟我说命运!都是那老头自私、不负责任。外婆吃了一辈子苦,就那么苦苦地等……"

她没再说下去,而是用手摸了摸陆羽川的脸。

我们每个人的心中都有一种不能释怀的情感,那是我们自己给自己设置的障碍。有些时候,我们心中的人性本源让我们无法做到心存宽恕,哪怕明知对方并无恶意。

他将她的手背放在嘴边轻轻吻了一下,又接着讲了下去。

后来,他们还是接受了外公的经济帮助,可这件事情令陆羽川跟母亲产生了分歧,他无法理解母亲为什么要接受这笔钱!在他的心里,这就是用钱来买外婆的谅解,这违背了他从小被教育的做人原则。在他的理念里,做人不食嗟来之食,那老头仰仗自己钱多就可以为错误埋单绝对是一种讽刺!

那以后的日子,陆羽川进入了人生的消沉期。他开始同一帮留学时相识的公子哥混迹于各大夜店。那段时间,他几乎处在一个分裂的状态。白天正襟危坐,是受人尊敬的年轻学者,可夜里,就变成夜店小王子,过着迷醉的生活。

然而,喧闹并不能给人归属感,觥筹交错也不能给人亲密感。

"即使参加无数狂欢的派对,在喧闹的人群中我仍旧感到寂寞,而当拖着沉重脚步在午夜回家,我更加寂寞。"陆羽川说着摇了摇头。

★★★★★

苏虽然得到了最好的治疗,还是没能活过第二年的春天。

"外婆去世后,我独自在她的墓地前跪了很久。我突然意识到人生太过短暂了,我体内好像敲响了一个生命的警钟。"

就在苏去世半年后,小裁缝也病重了。临终前,他呼唤陆羽川去医院。陆羽川虽不情愿,可还是去了。

病房里只有他们祖孙二人。

老人对他说:"我知道,你认为我作为一个男人,不负责任,也不是称职的父亲。我不想为自己找借口……我的确对不起他们……你没走过我们的年代,不会明白……没人,没有一个人能抵抗历史的洪流,你外婆和我都是如此……只有坚持对生活的信念才能走下去……

"她的父亲有恩于我,临终前将唯一的女儿托付于我,我不能拒绝……选择是痛苦的,坚持也是艰难的……这几十年来,我的心中筑起了厚厚的墙,躲在里面不愿出来……我不知道究竟应该坚守什么。我也不是没想过要找你外婆,但我害怕见到她,更害怕同时伤害两个女人,害怕辜负他们家的信任和恩泽……

"我知道,我对不起你外婆,对不起孩子们……我一直在跟世界对抗,在跟命运对抗,也在跟自己对抗……可所有的挣扎都是无力的。现在想来,我这辈子从来不曾为自己的人生种下过一朵花……我不祈求你们的原谅。

"我叫你来,是想对你说:不要像我,孩子,学会跟自己讲和……学会接纳生活……"

就因为这样的一番话,陆羽川毅然决然地辞去了工作,开始了云游四海的日子。

逃出心中的围墙,为自己播种花种。波兰诗人米沃什有句诗:"我不想成为上帝或英雄,只想成为一棵树,为岁月而生长,不伤害任何人。"这或许是这几年陆羽川寻求的吧。

极限运动爱好者

在罗弗敦群岛,他们认识了同样来旅行的 Sissel 和 Alexander 夫妇,他们是土生土长的挪威人,是一对极限运动爱好者,来这里是为了悬崖跳水。

"我们是在冬季冲浪时认识的,就在罗弗敦群岛。"Sissel 说,"在北极冲浪可是一种特别美好的体验,冬季狂风大浪非常刺激。可是,这一海域有很多的杀人鲸。"

"我就喜欢她身上这种冒险劲儿。"Alexander 摸了摸 Sissel 的头发,"罗弗敦群岛的暖流让这片海域全年无冰,因此,这里会吸引众多极限运动爱好者前来。

尤其是冬天。可是，女人喜欢极限运动的并不多，我非常幸运能够遇到 Sissel。"

挑战极限似乎就是他们的信仰。他们一起攀登结冰的瀑布，在北极划皮艇。前年，他们为了北极计划接受了严格的训练，在一艘猎海豹的船上待了整整一年。他们把时间用在研究这些生活在北极的爱斯基摩人和计算磁极上。去年，他们终于成功地到达了北极极点。

Sissel 兴奋地介绍着他们的经历。他们这种与生俱来的冒险精神或许来源于他们的祖先。斯堪的纳维亚人的祖先中出了很多海盗，这似乎形成了他们骨子里的探险精神。

大家对 Sissel 和 Alexander 的悬崖跳水表示出强烈的好奇心，希望能够亲自去现场助威。得到允许后，他们相约次日在 Reinebringen 山的崖边相见。

★★★★★★

Reinebringen 山的登山口在雷讷村南的路边，这是一条没有登山路的观赏点。

一条小溪从山顶慢慢流过，溪水的两岸装饰着雏菊、莎草。微风的低音，昆虫的鸣叫，无不令人心醉神怡。潮湿的地上长满了苔藓，草地上长满了莓果，他们会随手采一些放进嘴里，这莓果冷冰冰的，带着森林的味道。

走着走着，他们走到了一个断壁残垣的围墙边上，这里长满了高大的灌木，灌木上还缠着褐色的荆棘，根本无法从这里通过。

"咱们好像是走错路了。他们应该是那边那个方向。"陆羽川指着四十五度角方向的山顶小教堂说，"他们说见面的地点在那个小教堂的左手边，现在我们走到右手边了。"

"不会吧！我已经没有力气了！"艾芊芊脸上露出了不悦，"你们怎么不好好看路！"

"好了好了，我们只是走错了路，这一路的风景还是很不错的。"楚桐安慰艾芊芊。

"嗯。我一直觉得眼前的风景很不错,就没太关心路线。"彭笑天解释道。

"你是说某人的背影吗?"陆羽川调侃一直走在艾芊芊身后的彭笑天。

"不不,"彭笑天急忙否定,"我是想说,咱们跟那些百年前的旅行家比起来还是好的,他们当时的路况那么恶劣,还要面临劫匪,住的环境也是跳蚤、臭虫、虱子众多,我们只是走错了路,不算什么的。"彭笑天有点驴唇不对马嘴地回应着。

他们返回,绕路而行。终于,在走了1个多小时的冤枉路后,山脚下的E10公路出现在他们面前。

"看,他们在那里!"艾芊芊兴奋地大叫,完全忘记了刚才的疲惫。

他们是准备从这里跳进海里?楚桐不禁捏了一把汗,心惊胆战地走到崖边,低头向下望去。一片茫茫的海域,深不可测。

"天哪!这高度,会不会摔死?"她赶忙缩回身子,"这简直让人望而生畏。"

"这的确很危险。"Alexander看出了她的害怕,"我最近一次跳下的是30米高的悬崖。悬崖跳水最危险的就是巨大的冲击力,稍有不慎,就可能会头骨碎裂,当场毙命。"

国际悬崖跳水联合会规定,悬崖跳水高度一般为男子23至28米,女子18至23米。而这次的高度有35米。

"危险又何妨?"Sissel拍了拍Alexander的胸膛,"生活总不能僵化到死!我们会在世界的各处玩遍极限运动。这是我们的梦想!"

从他们身上,她看到一种不一样的生活方式,那是一种不将就、不屈从的生活态度,与活出自我和勇气的人生姿态。

反差的吸引

告别了这对爱好极限运动的夫妇,他们向最高点攀去。

山间的天气总是变化无常,一阵蒙蒙细雨过后,天空又转晴。脚下的路变得不好走,他们小心翼翼。经过4个多小时的攀爬,眼前浮现出人与自然共同绘制的夺人心魄的至美画卷。

山谷间碧蓝如镜,渔船浮动,村落散落,飞鸟盘旋,奇峰群立……

"我喜欢这样的攀登。你有没有觉得此刻好像拥有了全世界?"陆羽川说着拉起她的手,放在嘴边吻了一下。

"或许吧。这似乎也是人们自古就追求向上的原因。"她将头轻轻靠在他的肩头,望着眼前的秀丽和隽永。

爱情如此温润幸福,有着跨越天地的欢愉。

★★★★★★

脚下就是600米悬崖,但是,风景无边!

风中摇曳的树叶似泛着涟漪的绿色波浪,露珠吸纳着日光,泛出五颜六色的光泽。

为了拍照好看,艾芊芊换上一袭红色的长裙。只见,她的手势舒缓,保持着她跳舞时那种曼妙的体态。她轻柔地扭动着丰润臀部上纤细的腰肢,贴在身体上的红色莫代尔长裙与她白嫩的皮肤形成鲜明的对比。浓密的发卷衬托着她修长的颈部,贵重的钻石耳坠随着她的走动在两耳旁晃动着。山上的风不时吹动她的裙边,勾勒出她修长的腿。

这几天,彭笑天是艾芊芊的御用摄像师,他认真而专注地拍着艾芊芊,不厌其烦。彭笑天镜头中的艾芊芊总是透着妩媚和柔情,充满着少女般的欢快。或许,对于彭笑天来说,艾芊芊就如同香气四溢的花束。按照他的话说,他过去从未想过能跟艾芊芊这样的女子成为朋友,还能一起旅行。

艾芊芊是个骨子里透着浓郁的文艺气息的姑娘,又有着强烈的自我意识。虽然,自幼母亲对她严加管教,可几乎还是有求必应,很多事情最后还是遂了她的心愿。她就这样肆无忌惮地成长着,形成了感性和随性的个性。不过,恰恰因为这样的个性让她显得很特别。

艾芊芊在众人的眼中绝对属于小众群体。先不说她毕业于著名学府,也不说她多才多艺,更不说她在网络上的人气,只说她那珠光宝气的白富美打扮就跟彭笑天完全是两个世界的人。

对艾芊芊而言,手腕上几条奢华的手链是她每天的最低配置。在巴塞罗那顶级的时装店,店员可以叫出她的名字。她每年会跟一帮同样奢华的朋友去国外的海岛度假,住在当地最贵的酒店。女人们会穿着爱马仕的沙滩装,坐在泳池边上翻阅杂志,而男人们谈论着生意和政治。艾芊芊完全生活在一个高端人群的社交圈里,而彭笑天工作单调,几乎没有社交,经常穿着折扣店买来的廉价衬衫,加班几乎占据了他的半个生命。他的朋友只有工作的同事和大学的同学,聊天的内容始终围绕着跳槽、房价、养老这些过分接地气的话题。

正巧,一缕阳光照在艾芊芊的身上,她对着彭笑天的镜头做出一个玛丽莲·梦露般的大笑。

"身材真好。"彭笑天情不自禁地称赞。

"这曲线可不是天生的,是靠毅力修炼的。女人如果放弃自己的外表,就是放弃了全世界。来,给我看看。"艾芊芊说着抢过相机。

不过艾芊芊看到照片显然不满意:"你怎么把我鼻梁拍得这么低?哎呀,我鼻子如果再挺一点就好了。"

"你已经很漂亮了,哪有那么完美的人?"彭笑天说。

"你懂什么!那些心灵鸡汤灌输什么'心灵美比外在美重要''女人要优雅地老去'。可事实上,别人看你的时候还是在意你的年轻和容貌。如果容颜可以永驻,有几个女人愿意去做优雅的老太太?!"

艾芊芊说得不假。岁月残酷,再美丽的女人也抵不过时光,这是谁也不能否认的事实,就像莎士比亚说的那样:"时间会刺破青春的华美精致,会把平行线刻

上美人的额角，它会吞噬稀世珍宝、天生丽质，没有什么能逃过它横扫的镰刀。"只是，女人们对于容颜的在意是男人们永远不能理解的。

旅行也要刷存在感？

拍够了照片，艾芊芊嚷着要下山。她这话一出口，引起了陆羽川的不满。

"小姐，这一路我就看你没完没了地自拍，然后修图，眼中根本没有风景。"陆羽川想在山顶多待一会儿，不同意这么快离开，"沿途的风景不可复制，需要静下心来感受。"

"我不想待了，太累了，这山上风太大了。"艾芊芊任性地回答。

"你这是晒朋友圈累得吧？"陆羽川有些不悦，不留情面地说道，"旅行是为了取悦自己，不是为了告诉别人你去过哪里。"

或许，陆羽川没错。旅行绝不是到此一游，不该是为了让所见所闻成为炫耀的谈资，旅行的意义更应该是忠于自己的内心。不过，他的语气太过生硬，使得气氛很紧张。

"我欣赏够了，想回去，难道不行吗？"艾芊芊的脸紧绷着，眼神中充满了敌意。

"你这么在意照片好不好看，不如在网上下载几张大师的作品，再合成上你美颜过的照片好了。难道你只关心如何能把自己的美丽'修'出来，只活在他人的'点赞'中？"陆羽川毫不客气。

"这碍着你什么事了吗？!"艾芊芊的语气已经极度不耐烦了。

陆羽川却毫不留情面地继续说道："你长得算美，可你活得太空虚。"

"胡说！我哪里空虚？我生活不知多丰富多彩，有那么多粉丝关注我！我会空虚吗？!"艾芊芊睁大眼睛，不服气地反驳道。

"那都是表面的。你内心空虚！"

"别以为我们相处了几天，你就看透了我！"她噌地一下从坐着的石头上站了起来。

"我最讨厌女人的公主病,更看不惯那些做作矫情的人。这种只为了拍照、疲于赶路的旅行方式,有意义吗?"

艾芊芊的个性自然容不得别人批评,她僵着脸,准备自行下山。不承想,由于刚下过雨,裸岩上的苔藓让岩石表面变得格外光滑。她这急着转身,一个趔趄,整个人趴在了岩石上。瞬间工夫,还没等大家反应过来,她又自己站了起来,可更糟糕的事情发生了。

艾芊芊背着香奈儿的金属链挎包,包链却挂住了悬崖边灌木丛的一根树枝。她倔强地用力拉包链,试图将包从树枝上分离。可没承想,她这一用力,包链竟然断了,而由于惯性,她猛地向后一滑,一条腿滑向了悬崖边!

彭笑天一个飞步冲过去,紧握住艾芊芊的手臂,将她拉了过来。可她的脚却被树枝狠狠划伤了,鲜血直流。而彭笑天的手臂也被艾芊芊的手指甲划出了长长的血痕。

大家大惊失色。要知道,如果不是彭笑天反应迅速,艾芊芊极有可能会跌落悬崖。陆羽川也冷静下来,意识到自己不该跟艾芊芊争论,主动提出要背她下山,可是遭到拒绝。

没有谁过得真的比谁好

夜晚,艾芊芊静静地坐在门厅的台阶上独自抹泪。

女人总能用眼泪得到更多的同情和关心。看到艾芊芊哭,彭笑天有点坐立不安,一会儿站起来,一会儿又坐下,又不知道该怎么安慰。

"别哭了。"待了好半天,他终于说话了,却说了句,"你可能一切太顺利了,容不得别人批评你。"

这话无疑是火上浇油。"你会不会说话!"艾芊芊擦擦眼泪,狠狠地瞪了他一眼。

"我没别的意思……"彭笑天一脸无辜,"可能我嘴太笨了,不太会说话,你别生气啊。"

"不会说话就闭嘴!"

彭笑天一脸尴尬,忙解释:"我是想说,生活就是得忍受……甚至是各种不公和委屈。唉,可能我是习惯了忍受各种人的各种态度,忍着忍着,也就习惯了。"他试图用自己的经历安慰艾芊芊,可又前言不搭后语的,"唉,我是太不会说话了。其实,我是想说,Leo 也只是脾气急,他不是故意针对你。"

"我不想跟你说话。你进屋!"艾芊芊对彭笑天大声嚷嚷道,似乎将下午心里的怨气都发泄到了他的身上。

"好好……我进屋,进屋啊……那你别哭了,行吗?"彭笑天束手无策,安慰着,又对楚桐说道,"你陪陪芊芊,我先进去啊。安慰安慰她,别让她哭了。"彭笑天嘱咐着,三步一回头地进了小木屋。

★★★★★

"今天吓坏了吧?"楚桐肩并肩地坐到艾芊芊身边。

"你们是不是都觉得我特别虚荣?"艾芊芊一把鼻涕一把泪地说道,眼睛已经哭红了。

"什么时候开始介意别人怎么看你了?"她劝慰道,"陆羽川也是一时脾气急,你别跟他一般见识。"

"也许……他是对的。我确实很空虚,只是……不愿面对。"艾芊芊低声地说道。

"别听他瞎说。你是多少人心中的女神呢。而且你那么多朋友,大家都很关心你的,空虚什么!"

"不,我没有朋友!"艾芊芊轻声否认着,"大家都觉得我像 Social Butterfly(交际花),可我从小到大都没有可以交心的朋友。别人觉得我有神秘感,那仅仅是因为我害怕被人看穿底牌!"艾芊芊越说越低落,"我并不是想在网上炫富,只是,那些照片能够让我获得更多的关注。这样我会觉得我是被人在意的。你能理解吗,桐?"艾芊芊的眼睛中透露一种渴望,那是急切渴望得到认可的眼神。

她点点头:"就像歌中唱的那样吧,越长大越孤单。懂自己的人更是寥寥无几。"

"你真的觉得我过得很好吗?那只是别人眼中的。"

"你呀,就是对自己要求太高了。"楚桐递上一张纸巾,"快擦擦鼻子吧。你这么好,怎么还对自己不满意呢!"

艾芊芊是一个集年轻、美貌、才华、财富于一身的女子;一个人人向往的一流学府毕业的女子;一个开着名贵跑车、出入名流派对的女子;一个锦衣玉食、奢华粉饰的女子;一个不用朝九晚五,可以有一场说走就走的旅行的女子,在如今这个社会怎能不说是令人羡慕的?

"不,你不了解我。我的内心特别自卑。经常觉得自己什么也不是,我对自己总是很失望。那些在别人生活中看起来理所应当的事情,到了我这里总是会变得很困难。"

"你那么优秀,要是再自卑,别人还怎么活啊!不说别的,就说这北大,全中国有几个人能考取呀。"

"我……"艾芊芊的嘴角微微抽动了几下,"其实……我……并不是北大正规毕业的……只不过……自费去北大读了总裁班,拿到了个结业证。"

"哦,这样啊……"楚桐无言以对。如果说制造假学历属于仿单,那么艾芊芊这种行为应该算是跟单吧,至少还算是原厂出来的,冒充一下也无可厚非。谁也不应该站在道德的制高点去评判别人的行为,因为我们谁都可能因为虚荣犯错。只是,我们是否只有在他人的羡慕的目光中,才更能取悦自己?

我们害怕不能自信地出现在众人面前,因此经常给自己的身上贴上光鲜的

标签。有时,会借着某些人来抬高我们的身份;有时,会借着某些平台来抬高我们的声誉。这是源于我们对自己的不认可吗?是因为我们太在意别人对我们的看法吗?

★★★★★★

"别把我想得那么虚荣,好吗?"艾芊芊用央求的眼神望着她,"你知道我多怕别人知道我的出身吗?怕别人知道我的不如意!一直以来我在努力扮演一个优秀的角色,我要把一个没有瑕疵的自己展现给别人。可是我的内心呢,总是在自我否定,对未来担心害怕。我只想做自己,却从来也做不好自己!"艾芊芊又哭了出来,声音颤抖着。

"不会的,不会的。"她抚慰着。

人们都说这是一个在网上刷存在感的年代。大家把自己的生活细节和人生感悟发到网上,尽力展现自己美好的一面、精致的一面、体面的一面、智慧的一面,希望得到别人的认可和赞美。可孤独的仍旧孤独,空虚的仍旧空虚,不曾拥有的仍旧不曾拥有。或许,我们每个人都是如此吧。现实世界是焦虑而迷茫的,朋友圈却是繁花似锦的。是否每个人都在一个精心包装的完美形象下,暗藏着一颗不安和自卑的心?如何才能让自己有着真正的自信和心灵上的归属呢?

"我上大学的时候,经常幻想自己是那种大明星,而我的白马王子是个高富帅。我们一见钟情,从此过着幸福的日子。就像电影里那样。可现实呢,我总是跟已婚男人纠缠不清,在追求艺术这条道路上止步不前,爱情也变得越来越渺茫……"

"在别人眼中,我开跑车、拿爱马仕、出入豪华场所,看似过着高大上的生活。可我经常为了应付各种关系,大半夜躲在被窝里偷偷地哭!别人以为我很轻松地有了一个像模像样的艺术培训学校,可我经常为了员工的工资而东挪西借!别人看到我住在市中心的高档公寓,事实上,我的房子早就抵押给银行了,只要公司稍有闪失,我将一无所有!"艾芊芊一只手抹着眼泪,一只手用力地攥着拳头,似乎是想控制自己的负面情绪。

我们总试图控制我们自己身上那些负面的东西,包括我们那些负面的想法。可是,越是试图压制,我们就越痛苦。此刻,艾芊芊毫不掩饰自己的一切,哭得歇斯底里。

或许,越是沉浸在为自己勾画的美丽人生中,越是不愿意面对现实的疲惫和艰辛。我们似乎都对未来有某种恐惧,内心深处或多或少有着不安全感。我们隐藏着自己的内心,害怕有些秘密被人戳穿,害怕被别人辜负,害怕韶华的逝去,害怕孤独终老……年纪越大越怕输,越怕失去……我们拼命想要创造出一个不同以往的世界,现实却总是拖住我们不放。那些人性的高贵与悲劣、宽容与自私、真诚与虚伪,情感的真挚和虚假……令我们一次次看到希望,又一次次面对失望。

"我的生活中的大部分时间都是悲伤而寂寞的。无论我多么努力,还是无法达到我理想的样子。我根本无法掌控我的生命!没有人能懂我。过去没有,将来也不会有。"艾芊芊悲伤地说,似乎已经看到了未来的落寞气息。

霞光映红了整个天际,一只红色的小船依靠在湖边,看起来孤零零的,衬托着此时的气氛。偶尔,鸟儿啄起枝丫从她们身旁飞过。

已经是晚上十一点多。草地上传来云雀的曲调,听起来悦耳却忧伤。艾芊芊抹着泪,落寞又哀伤,像是在寂寞的黑夜里盛开的花,冰冷似乎浸透了她的光阴。

有些人敏锐的直觉是与生俱来的,别人的情感总能触及他们的心灵。楚桐就是如此。此时,她随着艾芊芊的低落伤感着……

有多少人,快乐的外表下埋藏着一颗敏感和脆弱的心?或许,我们的人生就是一场表演,而我们对自己的展示永远都有选择性。楚桐当初认识艾芊芊,总觉

得她是个活泼、开朗、乐观、自信的女孩,只是,偶尔会有种疏离的气质,与人保持着不温不火地距离。起初,她以为那只是艾芊芊的社交之道,如今,却承认,每个人都习惯了用微笑对待他人,却将悲伤留给自己。

对艾芊芊来说,她从小渴望肯定,渴望爱,可她的世界却始终孤单和寂寞。曾经的那些汗水和泪水,却暗含着繁华背后的苍凉。这个世界上任何一个人的背后都有不为人知的喜怒哀乐。或许,我们都想掩饰过往的伤疤,活出骄傲的模样。

美丽如她,寂寞如她。

第十一节　峡湾
Fjord

看得透？　看不透

有时,当我们坚定地前行,义无反顾,
却发现前方的风景不是我们想要的;
有时,我们以一腔情书写未来,却发现结果已经注定。

伤害我们的是我们对事情的看法

挪威可谓巧妙地将秀丽与荒蛮融为一体。寸草不生的荒芜之地与疏松肥沃的平原共生,雄壮突兀的山脉探秘着幽深的峡湾。这里有澄澈的阳光、辽阔的原野、弥漫着百里香的村庄。他们一路向南,前往峡湾深处。然而,面对如此景色,大家的情绪却显得低沉。陆羽川和艾芊芊始终没有交流,气氛一直很尴尬。

峡湾是海水侵入高山形成的水域,其形成可以追溯到冰川时期。当他们行驶到著名的"大西洋之路"时,路况盘旋复杂。这条路呈"之"字形,蜿蜒延伸于岛屿和礁岛之间。有一段路十分不好开,一个转弯接着一个转弯,好像一不小心就会驶入海底。

陆羽川静默地驾驶着。这时,对面过来几辆大货车,眼前是一个下坡,接着又是一个急转弯。突然,车子像失控一样向大货车滑去。

他们大声惊叫!

陆羽川迅猛地扭转方向盘。车子急剧震动着冲向公路外侧的山体,嘭的一声撞在了岩壁上。

车内的空气凝结了。

呆坐了好半天,楚桐用左手用力地掐了掐右手。"还活着!"她长舒一口气,继而,大脑一片空白地望着驾驶座上的陆羽川,眼泪簌地流了下来。

惊恐过后的眼泪总是令人百感交集。

陆羽川也吓呆了,手死死地把在方向盘上,脸上写着木然。片刻,他缓过神儿来,慌张地跳下车,仔细地查看车身。"居然完好无损?!"他质疑地望着车子。

"不能吧?!简直太不可思议了!"他们面面相觑。

"会不会有内伤?"艾芊芊一边嘀咕着,一边绕着车转着圈,她已经吓得脸没了血色,看起来就像精致的蜡像人。

原来,在死亡面前,每个人都是如此恐惧。

"估计它脑震荡了!你还敢继续坐?!"陆羽川打开机器盖,认真地检查着。

"敢,有什么不敢!"艾芊芊嘟哝着嘴,脸上渐渐恢复了血色。

"我继续开,你不怕?"

"这次我们能活着都靠你。要不是你反应快,估计我们现在已经去另外一个世界了!"艾芊芊说出了大家的心声。

"可不嘛。"楚桐赶紧撮合他们和好,"那别斗气了,咱们这回可是生死之交呢。"

"我向来大度。"艾芊芊将头微扬,露出女王般略带高傲的神情。

"承蒙您公主大人有大量!"陆羽川也顺水推舟地表达了歉意。

"这样才好!"楚桐原本紧绷的脸上也露出了笑意。

生活总是这样奇妙吧。某个机缘可以让陌生人相爱,某个时间的节点可以让心结怨恨的人达成和解……世间的万物总是在无形中改变,由不得我们,却又跟我们息息相关。

对生命最美好的理解

在生死的边缘走过,大家自然聊起关于死亡的话题。

"死亡好可怕。"艾芊芊说。

"是啊。顷刻可能一切都与自己无关了。"她后怕,要是稍微有一点闪失,可能真的一了百了了。

"你们说,哪种死亡最可怕?"陆羽川开始探讨关于死亡的方式。

"哪种都可怕!"她们异口同声。

"在遗忘中死去最可怕。"彭笑天半天没出声,估计他一直没从惊吓中缓过劲儿。

"你说的是老死吧,谁不是越老越糊涂?这不算最可怕的。"艾芊芊否认着。

"不,是得阿尔茨海默病的人。就像我爷爷那样。"

彭笑天回忆起老人得病后的事情。

"有一次,我回老家给他买了香蕉,他舍不得吃,将它们放在床头,直到快变黑了也没吃一根……我要拿给他,他跟我急了,说那是留给素素的。素素是我大姑的乳名,可大姑已经去世了好多年了……那时,他什么都不记得了。不记得为了给女儿看病,大冬天走了几十公里的路去远方亲戚家借钱,回来冻得人都僵硬了……不记得背着儿子,趟着河流,送他去县城上学,最后因为凑不上学费,差点哭瞎了眼睛……"

车内一片沉寂,只听见耳畔呼呼吹过的风声。

记得一部公益广告中,一个年迈的老爷子将饺子放入口袋,对陪伴他吃饭的儿子说:"这个带给我儿子,他最爱吃饺子。"可他的儿子正坐在他的面前,他却不认识。当时那句广告语是"他忘记了一切,但从未忘记爱你",令人泪奔。

我们的一生,就好比一个舞台,我们兢兢业业地扮演自己的角色,可舞台谢幕,却不记得演过了什么!是啊,这世上有什么比遗忘更可怕?遗忘的不单单是过去,也有现在,不单单是记忆,还有自己……那些有爱相伴的日子,那些亲情、友情、爱情,那些快乐幸福的时光,那些奋斗、那些艰辛……统统都不记得。活到最后,遗忘了关于自己的一切!

想到这里,楚桐深深地叹了口气。我们都曾经理解过生命,却在辗转的生活里,不知不觉地遗忘了当初的理解。如果能跟相爱的人永远记得彼此,直到生命的尽头,这是不是人间对生命最美好的理解?

每个人都会死亡,最终会遗忘,也会被遗忘。当爱的能力被剥夺,或许,唯有爱才会拯救爱。

刚刚好的尺度

"我看我们该立马成立一个哲学学习小组。"陆羽川打破压抑的气氛。

"为什么?"她们不解地问。

"你们看,哲学的词源是爱(philo-)和智(-sophia),也就是爱智慧的人。如果我们好好学习了哲学就可以变成智者,智者会战胜死亡引起的恐惧。因此,我们必须抓紧成为哲学家!"

他这一说,大家都笑了起来。沉重的气氛渐渐消散了,大家又开始天南海北地调侃起来,恢复了起初那种欢愉的状态。

对于秦楚桐来说,自从认识陆羽川以来,一切都变得很有趣。他性格外向,语言幽默,总能引发她的笑点。虽然,他们看起来是南辕北辙的两个人,在过去的时光里,他喜欢喧闹的派对、动感的音乐,喜欢跟一群人觥筹交错;而她从小到大只喜欢安静的氛围,喜欢思想的交流,喜欢可以走进彼此内心世界的三五知己的小聚会。可如今陆羽川的存在,令她感受到内心涌动的活力,这是她在以往的日子里不曾感受到的。

沈从文写给张兆和的情书中说:"我行过许多地方的桥,看过许多次的云,喝过许多种类的酒,却只爱过一个正当最好年龄的人。"而对楚桐来说,陆羽川何尝不是这样一个正当最好年龄的人？这一切都是上天的安排吧，如果不是执意来西班牙读书，又怎能遇见如此美好的心动？

我想和你一起生活，在某个小镇

这几日，他们住在位于松恩-菲尤拉讷郡（Sogn og Fjordane）地区的松尔达（Sogndal）的一家民宅，这是坐落在湖岸边的白色木质小屋。在这个山谷中散落着无数这样五颜六色的木质房子，深红、米黄、淡绿、湖蓝……有的隐藏在森林和山丘间，有的坐落在水岸边。色彩鲜艳的小船总是静静地斜倚在岸边。

房间里充盈着绿色的植物和鲜花。桌面上，留有一张小卡片，上面写着：

> 希望这些鲜花和植物能让你们感受到欢迎的气氛。如有任何问题，请给我打电话（电话号码）。

这细微的举动，令人心生暖意。真心是这个世界上最温暖的语言，也是最好的表达吧。幸福感无疑是来自心对世界的细小感悟。

清晨，楚桐在水池边洗早餐的碗碟，陆羽川从背后环住她的腰，轻轻吻着她的肩膀。她从窗子上看到他们的影子，她的嘴角扬起幸福的笑容，转过身，用满是泡沫的手摸他的脸。

"坏蛋女人。"他把她拉进怀里。

柔和的阳光透过云朵倾泻下来，洒落在地上。此刻，阳光将他们的影子拉得很长。

每个人在阳光下都有一个影子，可当另一个人走进你的世界，影子就变成了两个。

"看，我们的影子。"她指着影子说。

"是的。我们的。"他轻轻吻在她的额头上。

在自然界,光和影总是会赋予景色以生命力和情感。有些人的出现会带动你所有的感受,他总是以你喜欢的方式与你交流,能够契合你的所有心跳。此刻,在她的小世界中,装满了他的影子和声音。

花香弥漫。眉目流转间,尽是千言万语。她觉得找到了幸福,心底开出曼妙的花,无限温柔地延展……那是6月的情愫迸发出的明媚。

傍晚时分,稀薄的青烟从某座隐身在山谷间的小木屋上空袅袅升起,萦绕在树林里。羊群懒散地在山腰的平地上吃着青草。雪山被落日的金光笼罩,天空始终呈蓝色,傍晚的蓝比起白天更加深沉和冷艳。当太阳躲到山后,雪山呈现粉紫色。

这几日,陆羽川总会在晚饭后绕到镇上为楚桐买一束鲜花。她会在傍晚的时候依偎着他在岸边散步。在一片片野花之中,在湖光山色之间,鸭子和鸥鹭都跑到岸上歇息,她会追赶着它们,看着它们不时地梳理着羽毛,三三两两地潜入水中。

"你是什么时候对我有意的?"她打探着。女人总是渴望知道男人是不是对自己一见钟情,这似乎能够增加内心的自信。

"听过'绿鹅'的故事吗?"他说道。

"嗯?"她疑惑。他似乎总是答非所问。

"那我讲给你听吧。"

古时候,有个老基督徒,为了把儿子培养成一个纯洁无欲的人,特意把儿子放在一个荒无人烟的地方。儿子长大后,他才带儿子回到城里。儿子看到许多新鲜有趣的东西显得很兴奋,对身穿艳丽服装的姑娘尤其感兴趣,就问父亲:"这是什么?"老头怕儿子产生欲念,就撒谎说是"绿鹅"。儿子就一再央求父亲买一只"绿鹅"回去,说这比天使画像要美丽可爱得多。

"看到没。男人对女人的追逐是本性使然。所以说,我们在一起是自然而然。"他在她的额头吻了一下,抱紧了她。

余晖照遍全身,伴随着海风拂面,整个空气中都弥漫着水润的气息……他们旁若无人地亲吻着,在日月同辉的光影中感受着甜蜜。

没有刻意地雕琢,没有条件的匹配,只有绽开的笑容和温柔的对视。这应该才是爱情原本的样子吧。

我们每天与无数人擦肩而过,却不知道跟谁能演绎出无法预料的故事。在遇到陆羽川之前,她处在人生的岔路口,对自己的选择充满了疑惑和否定。可遇到了他,她坚信一切都是生命赋予的礼物。她开始对生活充满了憧憬。此刻,她愿意挽着他的手臂,忽略全世界。

★★★★★★

然而,人与人之间只要建立了亲密关系,就一定会出现矛盾。每个人都有自己的世界,两个世界很难完全融合。

他们来到一条狭窄的溪流前。夜里刚刚下过雨,溪流的水位颇高。陆羽川走在前面,她在后面跟随,从一块石头跳到另一块石头,可是她的脚一滑,差点栽到水里。

"看到没有,就算你跟着智者过河,还是有失足的可能,因为你忽略了步骤。"他略带一点嘲讽。

"什么步骤!就是脚下滑了一下而已。"她不服。

"跟着过河还会跌倒,不是笨是什么?"

她心里不悦,开始毫不相让地与他争论。最后,她干脆甩开他,自己径直走着。

"这里有许多山妖,你走这么快要当心啊!男山妖会把你带进山洞的。"陆羽川在后面大声喊着,"如果让又矮又丑、满头乱发、大肚皮、长鼻子、尖耳朵、牙齿参差不齐的山妖抓住,你就只能留下做山妖夫人了。别怪我没提醒你。"

"人家挪威人将山妖视为国宝,它们可是善良得很呢。少吓我!"

"黑夜里,不是你一个人,还有猫头鹰、蝙蝠、狼……啦啦啦啦啦……"陆羽川自己哼起小调,自编自唱着,"姑娘啊,你莫要回头,大胆往前走,走,走吧……"

她心里不免觉得好笑,心想,哼得还挺有味道。可是,走着走着,后面不再有任何声音,甚至是脚步声。整个山林中,似乎只有她一个人在行走。她停了下来。回过头,后面竟没有人!

"陆羽川呢?!"她不觉心一惊,"莫非这里真的有山妖?"

她开始紧张地大声喊他的名字,几乎要哭出来。

这时,只见陆羽川扛着一根又粗又长的树枝从树林里走了过来,径直走到她的面前,将树枝插到前方的地上,双手交叉抱在胸前望着她。

"这是什么意思?"她一头雾水。

"因纽特人有一个习俗,遇到人愤怒时,就让他笔直前行,直到他怒气烟消云散,在终点插上一根树枝,以见证愤怒的力度和长度。"

"竟然选择这么粗的一根树枝!"她瞪大眼睛。

"为了证明你刚才怒火中烧的程度!看我扛得多费劲儿!"

听他这样一说,她笑了出来。陆羽川看似漫不经心,却能感受到她情绪的变化,这或许是他温柔又有点坏的一面。可这样的男人,哪个女人能抗拒呢。

看得透?看不透

"你有几分我妈妈年轻时候的神韵。脾气也很像。"回去的路上,他说道。

男人似乎都有恋母情结,对待长相跟母亲接近的人会萌生更多的好感。她暗自想。

"我妈大学一毕业就嫁给了我爸。我爸当时从伦敦调到上海工作,长得很帅,很多女孩子追求。可我妈还是让我爸死心塌地娶了她。"

陆羽川讲了一段他父母的往事。

他从小生活条件优越。母亲在高校从事生物研究,父亲在他出生后不久开始做国际贸易和物流生意,一直顺风顺水。他还有个大他 8 岁的姐姐对他宠爱有加。然而,生活永远充满变数,在陆羽川 28 岁那年,他的父亲因轻信了别人,被牵连陷入司法纠纷,最终被判有罪,服刑十二个月。

"那以后,我妈很焦躁,觉得命运对她不公平。她幼年得不到父爱,中年又遭遇家道中落。"

"人生最怕的就是大起大落吧。从苦日子过好日子容易,从好日子再过苦日子就难了。她是不是将全部的希望都寄托在你身上了?"她问道。

"她的确希望我可以重振家业。我妈过惯了富太太的日子,在我爸刚出事那段时间,她也习惯性地去品牌店买最新的服装,出门必须坐头等舱。可我们家那时的经济状况已经不能维持从前的生活标准了。"

"那你如今这样,她岂不是对你很失望?"

"何止是失望,简直是深恶痛绝!我俩基本一见面就要大吵。好在,Ben 一直在经济上照顾我妈,她还可以过上从前的舒服日子,也不至于太过失落。"

"经历这些后,你将一切都看得很明白了吧。"

他摇摇头:"反而糊涂了。"

"为什么这么说?"她不理解地问道。都说经历会令人成长,他没有理由不更加成熟。

"不知道你听说过没有,古代神话里有一种人,能够通过梦境来预见未来。可这种人却活得很痛苦,因为他们无力改变结果,也无法阻止时间的流逝。一切只能按部就班按照它们本来的轨迹运行。所以,活得明白又怎样?反而找不到快乐!"

他们安静地走着。

第二章 旅行与发现

173

"我小时候经常去我妈的实验室。我特别喜欢看显微镜,每次去都会盯着看半天。不过那个时候的技术有限,有些细微的地方看不清楚。后来,显微镜越做越好,我也长大了,基本不再去实验室了,可有一天,我妈突然对我说:'这宇宙间的东西,看得越细,知道得越多,反而越不明白了。因为有些东西的后面还藏着奥秘。'过去,我是个将什么事情都要想得明明白白的人,可这两年的行走之后,我发现,生命永远是想不通的。你越想掌握一些东西,就越糊涂。"陆羽川说得意味深长。

是啊。人世间的事情我们总是无法想通。有时,当我们坚定地前行,义无反顾,却发现前方的风景不是我们想要的;有时,我们以一腔热情书写未来,却发现,结果已经注定好。

"其实,这两年到处走,见了很多人、很多事,我开始能理解我妈为什么会接受那老头的钱了……她用了半辈子的时间等待父亲的消息,终于等到了,还有什么理由不原谅呢?"

此时,陆羽川的眼睛,依旧深邃,却透着一丝默然。那是洞悉一切的冷漠,还是猜不透生命的糊涂?她也说不清楚。

记忆躲在某处

在挪威,坐船已经从出行的交通方式,变成休闲方式。夏日的松恩峡湾(Sognefjorden),船只点点,构成了一幅生动的山水画。

他们乘坐游船在曲折的峡湾中游走。

峡湾的水域由深蓝色过渡到浅蓝色,再到绿色,浅绿色,接近岸边的几乎成了透明色。飞鸟拍击着翅膀掠过水面,飞向白雪皑皑的山头。眼前如同一幅碧蓝的画卷,干净而透彻。

她朝山谷望去。阳光正好洒到一片片的水仙花田上。在一片翠绿的山谷间,这水仙花就好像有着油画般的色彩和质感。水岸两侧群山环抱,树林、草场、色彩缤纷的小木屋点缀在山谷中,羊群慵懒地在水边散步。蔚蓝的水域、绿色的森林、姹紫嫣红的草坪、各色的小木屋像是混合成一道彩虹。一些果园和农田分布在山间较平坦的地方。如此景象书写着大自然的生机,更有诗情画意。

旅行真的是一场生动的地理课。记得,初中时候的地理考试,她从来没有及格过,连赫尔辛基是哪里的首都都背不下来。但如今,各种地貌特征也略知一二了。

这时,一个年轻漂亮的中国女孩吸引了她的注意。女孩正倚靠在一个可以做她父亲的男人的肩头,男人不时抚摸着女孩的腰部和大腿,时不时还亲吻女孩的嘴唇。他们表现得非常亲昵,并无心欣赏眼前的风景。

"我现在是看明白了。这女人呀,年轻时候如果爱上一个穷小伙子,等他发达了定是会开始找小情人的。你看,这不是典型带着小的出来游山玩水了嘛!当男人有钱的时候,陪伴他们的女人青春就不再了,他们就开始蠢蠢欲动了。这不就是。"艾芊芊显然也发现了这对情侣,轻声对他们说。

"怎么把男人说得都好像十恶不赦的样子。你知道有多少男人是被女人伤的吗?"彭笑天回应着。

"有吗?我怎么没听说过!就算有,被甩的也是那种不思进取的小白脸!女人不怕跟男人吃苦,但怕男人是扶不起的阿斗!"

"你了解生活吗?"

"没人比我更明白这样的事!"艾芊芊抬高嗓音。

"在动物界,雌性螳螂总是凶狠地对待她的追求者。它们会接受多个伴侣的殷情,最后会一口接着一口地吃掉它们。有时候,雌螳螂还会迫不及待地进食,把正忙于交媾的雄性的前半部分吃掉。所以,男人有时也是受伤害的一方。"彭笑天想说服艾芊芊。

"得了吧。少拿动物来说事。我就从来都没听说过有被女人抛弃的好男人!"

彭笑天没再争论,只是将手扶在船杆上,嘴巴微抿,注视着远方。他似乎是

个情绪极少表现出来的人，总是用冷静和理智驾驭情感。

四周的群山上笼罩着厚厚的雾气，给人神秘，甚至冷酷的感觉。海鸥时而飞过头顶，时而拍着翅膀掠过海面。这时，一只鹰正一边撕扯着一只鸥鸟，一边冲向山间！这是多少次在电视中看过的画面，此刻真实地出现在眼前。那只鸥鸟已经只剩下半个身子了！

"天哪！好恐怖！"艾芊芊大惊失色地叫了起来。

"动物界弱肉强食，我们人类何尝不是如此。"彭笑天淡淡地说，"婚姻也是这样一场弱肉强食。"沉默了片刻，他突然说："我离婚真正的原因……她找到了一个有钱的男人……而且，已经怀了孩子……"

听到这话，艾芊芊义愤填膺地说道："还有这么恶心的女人？！"

"别这么说她，她也不是不好，可能就是虚荣心太重了。"

"她对你们的生活很不满意？"

"应该是吧。别人出国旅行她会不开心，别人换了大房子她会不开心，从前的女同学在老公的安排下换了高薪的工作她还会不开心，然后，莫名其妙地跟我发脾气，抱怨我没能给她那种优越的生活环境……唉，也是我自己没本事……不说了，免得打扰你们欣赏风景的心情。"说罢，他独自走向船头，手握围栏望着狭长的水域，水面上是船驶过留下的冰冷的水痕。

对于任何一个家庭而言，都会出现忠诚和背叛、精神和物质、欲望和道德的冲突。一旦有一个可以带领他们进入更高平台的人，心中定会激起千层浪。或许，这一切要归于物质化的追求。

此刻，纵然眼前的景色犹如世外桃源，可彭笑天独自站在船头遥望远方的场景，令她觉得风景里多了几分凄凉之感。

每个人似乎都有一段放不下的过去，即使努力地将这段记忆封存，偶尔还是会从心底冒出来搅乱心绪。终究，男女同样会为情苦，同样会面对爱人的不忠和背叛，同样会痛了黯然地舔舐伤口。对于彭笑天来说，似乎从出生开始就要面对接踵而来的问题。走出大山的问题、生存的问题、父母养老的问题、兄弟姐妹的生活问题,甚至婚姻背叛的问题。他努力地工作,终于为自己换来了一份生活的保障,可又似陷入一种自我压抑中。

相遇是另一种离别

在峡湾除了游船外,一定要坐弗洛姆(Flam)的小火车。弗洛姆隐藏在雪山环拥的松恩峡湾的分支——艾于兰峡湾的尽头。弗洛姆铁路(Flamsbana)是世界上最险峻的铁路路线之一,穿梭在狭窄的山谷间。

能够深入峡湾的腹地欣赏飞鸟起舞、雪山倒影、森林浅滩,这无疑是令人兴奋的。虽然,这个小镇商业气氛浓郁,映着湖光山色却也是别有一番味道。

他们在服务中心的餐厅随便点了些吃的东西。不过,味道实在不怎么样。

"这东西可真难吃。"艾芊芊点的是牛排配土豆泥,她只吃了一口就推到了一边。

彭笑天毫不嫌弃地接过她的盘子:"我吃了吧。别浪费了。"

"这么难吃的东西你也吃得下?"

"这已经挺不错了。我小的时候如果能吃上一碗热腾腾的白米饭再配上一勺酱油就觉得是人间美味了。那时候,米粒我都一粒粒细细品尝,生怕浪费了香气。"彭笑天说着,吃下艾芊芊盘中的食物。

在等小火车时,艾芊芊跟站在旁边的一个来自英国的帅哥聊了起来。他带有明显的伦敦口音,说话时会轻微吞掉辅音 r,这种口音通常可以表明一个人的出身背景。他的声音低沉,有点沙哑,声线很有魅力。当他得知艾芊芊来自重庆时,立刻表现出一种献殷勤的神情,两眼似乎放光,发出赞叹。

"重庆女人漂亮!"他用蹩脚的中文说着。

原来他前几年曾独自去过中国,北京、上海、广州、武汉、重庆这些大城市他

都去过,凤凰古镇、乌镇、丽江这些地方也去过。他说,重庆是他认为中国美女最多的地方。

艾芊芊咯咯地笑起来,她很喜欢听这种称赞。

"我曾在北京租了几个月房子,我弟弟还过来住了两周,我带他去颐和园、故宫、长城,他玩得特别开心。我还学习了中文,为了去饭店吃饭方便。中国的菜实在是太好吃了,我最喜欢重庆火锅。中国古代文学,像《庄子》也特别吸引我……有机会,我很想到中国去生活,太喜欢那里了。"

他乐此不疲地介绍起他在中国的生活,时而夹杂几句中文,可以看出,他对中国的兴趣很浓厚。

火车一直沿着山间行驶,80% 的路段是山坡,隧道更是长达 6 公里。呼啸而来的瀑布从峭壁飞下,清澈的溪流被山谷拦腰截断,茂密的森林与白雪皑皑的山顶相映成画。

艾芊芊似乎无心欣赏窗外如画的景色,她始终跟英国帅哥聊得不亦乐乎。当火车行驶到终点时,英国帅哥介绍自己说:"By the way,I'm Jason.(顺便介绍下我自己,我叫杰森。)"随即,问艾芊芊是否单身,当得到肯定的答复后,他露出一幅满意的神情,"Me,too!(我也是!)"然后,掏出手机要留艾芊芊的手机号码,说晚上请她到镇上喝一杯。

艾芊芊正要报出号码,却被彭笑天阻拦:"不能去,你又不了解他,太危险了。"

"我也不了解你,不是也在一起玩?"艾芊芊瞪了他一眼,报出了手机号码,表示愿意接受邀请。

"不,这不一样。我们……"他正要往下说,被艾芊芊拦住:"你少管我的事。我愿意跟谁约会不需要你批准!"

晚上,艾芊芊打扮得时尚而性感,准备去赴 Jason 的邀约。

"你能不能有点修养! 陌生男人约你也去?"彭笑天阻拦住她。

"修养？何为修养？难道赴约就是没有修养？"艾芊芊将头微扬,似乎窥探到彭笑天的心情,"你是在吃醋吗？"

彭笑天脸上露出一丝窘意,又有一丝惊慌:"没有！行,我不跟女人争论。你想去就去吧!"

恋爱不是结婚的必要条件

午夜时分,艾芊芊终于回来了。

"你可算回来了。"楚桐一直没敢睡,看见艾芊芊回来,迅速迎了上去。

"这桃花总是赶在一起开。"艾芊芊有点微醺地说,"我最近桃花运有点旺。你瞧,今天又遇到一个。美好的夜晚……"

"他吻了你!"听到艾芊芊讲到这里,她几乎叫出来。

"嘘嘘……"艾芊芊压低声音,"别让他们听到。"

"他吻了你,"她又重复了一遍,"还有别的吗？"

"没啦。哎呀,别大惊小怪的了,只是一个道别吻而已。"

"你才跟他见过一面,你了解他吗?!"

"你简直是天真到不可救药,见一面怎么不能接吻？楼上那个我们还上床了呢。"艾芊芊指指棚顶,醉意十足地说。

"谁？彭笑天？"她有点不相信自己的耳朵。

艾芊芊点点头,淡淡地一笑,身子陷入了沙发里。

"什么时候的事？"楚桐惊讶地瞪大眼睛,问道。

"昨天你们出去散步的时候。"

"你喜欢他？"

"不,我有点同情他。"

"以后你们怎么办？"

"有什么怎么办的？都是成年人了。"

"他会对你认真的。"

"不要天真了！你难道没听说过'Making love doesn't make it LOVE'（爱不是做出来的）？"

"彭笑天不一样，他渴望爱情。"

"爱情?!"艾芊芊停顿了一下，略带讽刺地说，"每个人对自己故事的讲述都是主观加工过的。你还真相信他离婚都是那女人的错？相爱时，会甜言蜜语地诉说着对方的好；分开时，又会恶言恶语把对方说得一无是处。虽然人还是那个人，只是，这欣赏的角度变了！"艾芊芊特意将'变了'这两个字拉长声音，继而，又补充说，"再说了，你觉得我还会相信爱情吗？我妈不就是爱情的受害者。如今，我觉得只有钱才可靠，才令我有安全感。"

对一个至情至性的女子来说，到底这份冷漠是来自内心的自我封闭，还是来自家庭的阴影？此时的艾芊芊，令她想起《蒂凡尼的早餐》里面奥黛丽·赫本饰演的Holly。Holly周旋在多金的男人之间，坚持着钓金龟婿的梦想。她却不令人觉得世俗，反而怜爱。村上春树曾评价Holly："纯洁的放荡是她的羽翼"。对于艾芊芊而言，似乎也是如此吧。时而世俗，时而单纯，时而浓艳妖娆，时而静默如莲……

也许，这是人自私的本性。又或许，我们每个人都具有Holly一样的多面性，因为我们谁也逃不过在生活中沉沉浮浮。

"我的心太累了。你觉得这样的我，还会相信爱情吗？鲜花和爱情没什么是永恒的，灿烂过后终还是凋零……还不如好好爱自己。"

看到艾芊芊的样子，她不由得想到古希腊神话中有个美少年纳西索斯。纳西索斯生得风度翩翩，却对所有前来求爱的女人都无动于衷。原来，他爱上了湖面中自己的倒影，终日顾影自怜。这应验了那个咒语：愿他只爱自己，永远享受不到他所爱的东西！难道，这是爱的咒语吗？对于艾芊芊这样一个至情至性的女子,没有了爱情,难道不会诚惶诚恐于未来吗?

"桐,不是我不提醒你。男人的恋爱和婚姻是两码事。陆羽川也许并不想跟你结婚。你也不要太深陷了。"

"结婚?我们这才几天呀。我还不够了解他。"

"不要以为你真的会了解一个人,人是会变的,今天他可能喜欢麻辣小龙虾,明天可能就不喜欢了。"艾芊芊强调着她的理论,"再说,这会浪漫的男人多半不靠谱。这世间有百媚千红,没人会独采一枝!"

"难道浪漫的人就没有真爱吗?"在楚桐的心里,自己跟陆羽川就是真爱,虽然还不够了解对方,可他们会去慢慢了解,"或许,有些真爱的发生不该纠结于相遇的长短。"她自说自话,表情无比认真。

"你简直是天真到不可救药,你都多大年纪了,还幻想这样的爱情?你觉得他可能吗?!告诉你,很多时候,两人的关系走到结婚这一步,男人只是被动地配合。有些女人为了实现结婚的愿望,甚至用怀孕来逼男人就范,要不你也试试?"

"才不要。"她嘴上虽然这样说,心里却开始疑惑。

我们的内心如同一个战场,现实中的自己和理想中的自己不断交锋,有时清醒,有时糊涂。偶尔,她会构想跟陆羽川的未来,觉得日子很美好,有爱、有期待。可有时,她又否定了自己的想法,觉得他们只是刚刚建立关系,还不够了解对方,如何将未来交付给对方?

此刻,艾芊芊一句玩笑的话,却在她的心里生根发芽。陆羽川是想跟自己以结婚为目的地认真交往,还是,仅仅只是一场随心的艳遇,随时可能会分手?

第十二节　奥斯陆
Oslo

外向者的孤独

我们不能选择命运的结局,却渴望灿烂地绽放。

《爱的礼赞》（Salut d'Amour）

峡湾小住了几天后,他们起程前往奥斯陆。

艾芊芊和彭笑天看起来仍旧随意地谈笑风生,即使,在艾芊芊心中,他们的关系只是旅行中的逢场作戏,可楚桐发现,彭笑天却经常用热忱的目光注视着艾芊芊,那目光中饱含着一个男人的柔情,即使,艾芊芊浪漫、随性的个性跟他的含蓄孤僻、做事有板有眼、为人处世循规蹈矩的性格形成很大的反差,无疑,彭笑天是被艾芊芊吸引的。

与此同时,楚桐跟陆羽川渐入佳境。

泛红的太阳慢慢从湖岸升起,房间沉浸在温柔的光线里,挂在窗前的白纱窗帘随风而动,色彩鲜亮的地毯上出现窗棂的影子。服务生敲开房门,推来餐车。陆羽川把推车接过来,小心地关上门,生怕发出声音吵醒在房间睡觉的她。

他把小车推到可以看到花园的窗户旁,铺上台布,摆上刀叉,将各种食物摆

所有人的内心深处都藏着一颗花的种子,光阴里总会有阳光的射入,一旦时机成熟,就会开花并结果。

好,又将客厅中某个角落的插有玫瑰花的花瓶摆放到餐台上。一切就绪,他准备去叫她起床。

这一切都被她偷偷看在眼里。她迅速地跳回到床上,装作还在睡觉,可心里却是满满的甜蜜。

阳光刚好,爱情刚好。

★★★★★

在挪威,家家户户都有旗杆和国旗,遇到芝麻大点的事都要升国旗,哪怕只是为证明屋内有人居住。这几天,正赶上挪威的仲夏节(Midsummer Festival)。这是北欧人民的传统节日。到处都是一片热闹的景象。

陆羽川是个爱热闹的人,一路上,如果遇见街头艺人唱熟悉的歌曲,他会凑过去哼几句。有时,遇到载歌载舞的艺人,他也会加入扭几下。此时,在沙滩的篝火晚会上,他因极强的乐感得到了酒店里吧台的服务生 Rolf 的称赞。Rolf 非常善于社交,这或许跟他的行业有关,每天从早到晚说着客套话。

他们从喝酒聊起。

挪威人的生活受地形和天气的影响极大。由于北欧寒冷的气候,漫长的冬日令生活在这里的人们形成爱喝酒的习性。陆羽川吹嘘自己千杯不醉,Rolf 则不甘示弱地说自己是个捕鱼能手,可以赤手捕到鲑鱼。陆羽川觉得他是说大话,决定跟他出海去见识一下。

清晨,陆羽川跟着 Rolf 出海了,她不想去,一个人在酒店附近的沙滩上漫步。

此时,正在退潮。

她喜欢看退潮,每次海潮退去时,沙滩上总会留下一个有着无数海底生物的美丽世界。她从海滩上拾起一枚枚贝壳,放在耳边听它们的声音,似乎通过贝壳也聆听到自我的声音,那是女性细腻情感的留驻,是 6 月的情愫迸发出的爱恋的

喜悦。

走累了,她躺在沙滩上晒太阳。这时,她接到妈妈挂来的电话。

电话里,是妈妈的牢骚声:邻居王阿姨家的女儿又怀孕了;旧同事李叔叔家的女儿嫁给了某高干的儿子;爸爸战友的孩子今年给老两口在三亚买了套度假房。当然,她还提到嘉良,说他刚晋升了正处级,并交往了一个刚从美国毕业回国的比他小7岁的女孩。

接过电话,她的心情十分低落。

如果说,父母对子女的感情体现在望子成龙上,可谁能说这不是因为在意儿女呢?为了父母的面子而活,可谓是每个子女尽孝心的一种形式。

我们绝大多数人会自我同情,总是跟那些我们认为比自己更加幸福快乐的人相比。比起妈妈刚提到的那些别人家的孩子,自己是不是很失败?本该是三十而立的年龄,却仍让父母为自己操心。今后何去何从?毕业了要回国吗?回国做些什么?会不会应聘到的工作还不如原来那个?这么一想,她竟然有了一种负罪感和失望感。

或许,我们的心灵都带有某种伤口,被困在形形色色的烦恼中,不想与人倾诉,也得不到任何治愈。

★★★★★★

回到酒店,秦楚桐沉默地坐在明亮的大堂里。头顶上是玻璃的天花板,地面用白色的大理石铺成。在靠近窗子的角落里还摆放着望远镜。

大堂有个书吧,书籍散落在沙发上,正中央的空地是一架三角钢琴,钢琴师正在演奏舒缓的乐曲。她蜷在铺着鹿皮靠垫的沙发里,静静地望着窗外的海岸线。然而,此时的阳光照在她的脸上,却没照进她的心里。

这时,陆羽川出海回来了,手里拿着两个玻璃杯走过来,杯子里面盛满了蓝色的鸡尾酒,上面还插了一把色彩艳丽的小伞。

"这是 Rolf 送我们的。他可真是不得了,竟然真的赤手空拳捉了一条鲑鱼!真不可思议。"他兴致勃勃地说着,看到她一脸低落地坐在那里,问道,"怎么这副表情?是想我想得吗?"

她充满委屈地望着他,突然对他产生一种强烈的依赖感。这段日子以来,陆羽川无疑已经成了她最亲密的人,他们交流着对这个世界的看法、对生命的看法,他们找到彼此共同的厌恶和喜好,她倾听他过去的故事、分享他曾经的喜怒哀乐,这使得他们之间的感情迅速升腾。

当你哭泣时,他送来温暖的拥抱;当你摔倒时,他伸来搀扶的手臂;在你不知所措时,他给你轻声的抚慰……这种从未有过的亲密感,让她觉得陆羽川就是她一直渴望遇到的那个人。在他的面前,只有亲近,没有疏离;只有随心,无须刻意。遇见他,她无疑是心中充满欢喜的……

"没人比你更亲近了。"她依偎在他的肩头,抹着眼泪,吸着鼻子。

"好啦。"他坐到她身边,轻轻抚摸着她的后背,吻了一下她的额头,就像安慰一个孩子。

此时,钢琴师正在演奏英国作曲家爱德华·埃尔加的《爱的礼赞》(*Salut d´Amour*)。旋律深情,曲调温婉,打动人心。

这首曲子是埃尔加送给新婚妻子爱丽斯的新婚礼物。他们的婚姻曾受到作为贵族的爱丽斯的家庭的反对,但爱丽斯依然选择嫁给埃尔加,并帮其达到了事业的巅峰。

爱总是能够带给人慰藉和力量,就像这首曲子的创作初衷。此刻,她在旋律中融化,在音乐的代入感中沉醉。

现实总是不完美

这酒店哪里都好,就是隔音效果一般。清晨,隔壁房间住的漂亮女人跟丈夫突然大吵大闹起来,似乎是丈夫昨晚背着她去了色情场所,今早才回来。昨天,

他们与这对夫妻同坐电梯去餐厅用早餐,从外表看,这对夫妻并不般配。

"漂亮女人又如何?还是会担心丈夫把自己换掉。"艾芊芊略带讽刺地说,"尽管她丈夫个子比她矮,还秃顶,可还是得忍受丈夫的不忠。所以,还有什么爱情好相信!"

"别这么悲观。"她安慰艾芊芊。

"这不是悲观,是现实!任何婚姻都会令彼此产生倦怠。我觉得女人有时候挺可怜的,年轻的时候全心全意地支持丈夫,可好容易等到丈夫成功了,他们就开始跑到外面拈花惹草。有些男人按兵不动只是没有勇气,害怕付出代价,可内心也是骚动的。"

"好啦,别像个情感专家一样研究人家心理了。走吧,我们去国家美术馆,欣赏艺术要比分析爱情容易多了。"

临出发前,彭笑天手里拿了几瓶碳酸饮料准备分给大家。

"你买这个干吗?渴了再买呀。"艾芊芊不解地问。

"我这几年总出差,所以有酒店的白金卡,酒店送了 welcome wine(欢迎酒)和巧克力,房间里的各种饮料也都随便喝。我就全部打包了。反正我们也会渴,这样省得花钱买了!"

"真是土包子。"艾芊芊轻声地嘀咕了一句,"你还是留着自己慢慢喝吧。"说着,随手将手里的可乐塞给了彭笑天。

★★★★★★

奥斯陆国家美术馆是挪威收藏艺术品最多的地方,收藏了众多挪威艺术家的作品,其中,最著名的莫过于爱德华·蒙克(Edvard Munch)的名作《呐喊》(Skrik)。

从古至今,几乎没有一幅画作不蕴含着画家的情感。蒙克的作品多反映出一种对未来的焦虑和恐惧,这或许跟他一生的曲折不无关系。家庭成员长期处于病魔和死亡的阴影下,这种无力感令他的身体和心灵遭受打击。加上挪威曾被丹麦和瑞典统治了几个世纪,他的作品也表现出一种对被奴役的祖国的前景的担心,呈现出压抑和悲观的情绪。

当我们面临无法选择的人生际遇时,是不是真的一生无法逃脱某些感觉的纠缠,也终究会决定我们看待世界的颜色?

"一个人的经历会决定他的整个世界。"她望着这幅画,那画面充满了令人战栗的恐惧,变形扭曲的面孔诉说着无限的孤独。云彩是血红的颜色,生命发出无助的尖叫。

"似乎是这样。"陆羽川回应,"恐怕我们每个人的内心都有过这样的孤独和忧郁。"

艾芊芊一直自顾自地走着,却在这幅画前驻足了很久,她上下打量着这幅作品,说道:"其实,我一直也很想学画画。可总没机会拥有一间画室。"

"人生不像做菜,要把所有材料都准备好才下锅。不是做什么事情都需要先把设备备齐了。很多事情不是有了才能做,而是做了才会有。"彭笑天略带教育意味地说。

艾芊芊瞪了他一眼,没出声,继续往前走。

彭笑天觉得说得还不够透彻,又补充:"不是练习绘画就需要一个够大够明亮的画室。就像你练习弹琴,也不一定要先有一个布置优雅的琴房,而我学习摄影也不用一开始就长焦短焦地准备齐全。如果总是想将很多事情准备完善后再进行,也未必能静下心来。"

彭笑天是个分析力和逻辑性很强的人,这应该跟他从事研究工作有关。另一方面,他喜欢观察事物,又善于总结。此刻,他试图用引证来说服艾芊芊。

"行了!你是唐僧吗?!可真啰唆。"艾芊芊不悦,"咖啡厅见。"说完,径直走向出口的方向,留下大家面面相觑。

★★★★★★

在随后的行程中,艾芊芊一直对彭笑天不理不睬。在维格朗雕塑公园(Vigelang Park),彭笑天几次主动提出给艾芊芊拍照,可她看起来很不配合。

整个维格朗雕塑公园的主题是"人生、生命和生活",共有192座雕像和650个浮雕,全部是挪威著名雕塑家古斯塔夫·维格朗(Gustav Vigeland)的作品,生动地展现了人从生到死的过程,似乎在告诉人们快乐、痛苦、奋斗、停滞是终究都要经历的生命的轮回。这里的每件雕塑都是无名无姓的裸体。

不过,雕塑虽惟妙惟肖,上面却留着很多斑驳的鸽子粪,时间久了,混合了风雨的痕迹跟雕塑融为了一体。"这看起来就像偷吃了糖果却没擦干净嘴巴的孩子。"她为此偷偷笑了起来。

陆羽川看了她一眼,没问她为什么发笑,而是略微深沉地说:"这才应该是人的本来状态,不管是达官贵人还是平民百姓,脱光衣服终究都是一样的。自由和平等才应该是人类社会的价值追求。"

她知道,在陆羽川的观念里,人生而平等的理念根深蒂固。这似乎也是这些年来,他满世界寻找的状态。

"这不正是这几年你所追求的吗?"她的表情变得一本正经起来,回应道。

"旅行可以摘掉身上所有的标签,算是一种自由平等的状态吧。"

"对于世界我不知道,但对于我,你永远是没有标签的。你就是你。"她拉拉他的手臂,轻声地说。爱上一个人的本来样子,而不是他的身份、地位、金钱,或者跟外物有关的一切,这不正是这些年她所渴望的吗?

"哥们儿,你说得太对了。不过,现在社会强调精英化,在众人的目光下凸显自己的各种标签才是年轻人向往的。"彭笑天听到他们的对话,说道。

彭笑天说得不假。楚桐记得有一次接待一个客户,那人名片上有数十种社会头衔,当时很自豪地说:"都是朋友们叫加入的,那就加呗,多多益善。"

标签化的人生,一切都驱使人们向外求名。如今,社交中大家都是根据你身上的标签将你归类。所谓"雁过留声,人过留名",身上的标签越华丽就越受人尊敬,别人也就越愿意跟你结交。

"你这是典型的吃不到葡萄说葡萄酸。有本事你当个精英试试,也搞几个光鲜的标签!"艾芊芊毫不留情地反驳。

"我不会趋炎附势,也不懂得钻营,就是按部就班地做事,所以很难被重用。我在国内的上司就很懂得为自己营造氛围,让大家觉得他人脉亨通,其实,他还真没有。"

"胡说八道!没哪个老板会重用一个毫无能力的人!这是拍马屁能拍出来的?!那些取得了成功的人都是旁门左道?难道那些富豪都是靠坑蒙拐骗?你这种说法就是想解释你的平庸是因为自己的正直和老实,他人比你有成就是因为人品不好、谙于权术?"

"我不是那个意思。你误会了。"彭笑天忙要解释。

"你就是那个意思。你这种人我见多了,认为别人的成功都是靠某种非正当手段谋取的,认为自己的平庸是因为坚守了道德底线……"

"我……"彭笑天一脸尴尬。

"不知道你们听没听过一个笑话?"艾芊芊的表情紧绷,一点没有要讲笑话的放松,"一个男人问一个女人为了 100 万美元是否愿意跟他睡觉。女人说愿意考虑。接着男人问,为了 100 美元她是否愿意考虑。女人气愤地回答:'你以为我是什么样的女人?'男人回答:'我们刚才已经达成共识了,下一步只是讨论价钱而已。'"

"这个笑话告诉我们,不要坚称自己是什么样的人,有时候你所谓的高尚可能只是伪高尚。所以,不要试图通过否定别人来抬高自己,你所谓的正直只是因为你没有机会苟且。"艾芊芊咄咄逼人。

"你误解我了。你的想法都是你自己想象的,并不是我说的。我是想说……

无论是大人物还是小市民,只要有一技之长就不存在谁比谁低一等。一个男人,得靠真本事,堂堂正正地活着!我不愿意去争什么名分,只想认真做好自己的事。"

"你这样一辈子没啥大出息。人活一辈子就得创造出人生的价值。你说说你对社会有什么价值?"艾芊芊语气强硬。

"人生的价值也不应该换成身份的标签来计算啊。"

"你这种就是不思进取!"

"如果眼睛永远只是盯着比自己过得好的群体,无论怎么努力,也不会感觉到幸福啊。"

"行了。跟你聊不到一起去。桐,你陪我过去那边走走。"艾芊芊拉起楚桐的胳膊,不由分说地向前走去。

光影匆匆,流年依旧

她们走过一片草坪,金色的阳光挥洒一身的温暖。草坪上有几个瑜伽爱好者正在练习瑜伽,他们姿态轻柔,与周围的环境恰如其分地融合;还有几个学生,在老师的带领下正围坐在一起,他们看起来正在野炊,每个人手中都捧着塑料餐盒。

她们身边走过几个谈笑的北欧女孩。女孩们衣着看起来极为随意,只是简单地穿一件休闲T恤,下身是一条紧身裤,脚穿一双平底鞋。可她们多半身材匀称,双腿修长,加上墨镜的点缀,令她们看起来阳光又充满活力。

"我在国内对自己的身材还挺自信的。可看到这些北欧女孩就不自信了。你看人家腿多长,屁股多翘。"艾芊芊对路过的女孩们评头论足,并自我挑剔着。

我们渴望外界的认可,如果一切达不到预期,就会自我否定。低价值感几乎隐藏在我们每个人的心里,这往往令我们对自己挑剔。

为什么我们总是在听到别人称赞时获得极大满足,而在受到别人否定时心情沮丧?为什么我们总是看到比我们优秀的人而心生羡慕?是因为太在意周围人的眼光,在意别人怎么看待自己吗?或者,某些烦恼不是因为外界,而是因为内心缺少自我认同?

路过一间咖啡厅,她们坐了下来。

她喜欢静静地看那些坐在咖啡厅里的人,他们的表情上挂着他们的世界。她有个有趣的发现:咖啡厅中的男人多半是为谈工作而来,而女人大多数是在聊情感。或许,自古以来,男人不断强大自己,他们的世界是事业;女为悦己者容,她们的世界是爱情。这个结论在咖啡厅里也得以诠释。

突然,艾芊芊的脸怔住了,像是受到了某种惊吓。只见一个亚洲面孔的男子站了起来,朝她们的座位走了过来。这男子看起来风度翩翩、器宇不凡。

"你还好吗?"男子笑盈盈地对艾芊芊说。

"我……很好。"艾芊芊的声音很微弱,显得很紧张。

"结婚了吗?"

"嗯……去年结的。"艾芊芊竟然说了假话。

"那就好。那是我太太。"男子指了指座位上一个衣着优雅、亭亭玉立的女子说。

那女孩正微笑地望着他们。她长得很漂亮,鼻子高挺、睫毛卷翘、皮肤水嫩、轮廓紧致,看起来明显比男子年轻很多。

"我知道。听说过。以前也是我们乐团的。"

"消息还挺灵通的。"男子笑笑说,"听到你结婚我就放心了。他是做什么的?"男子关切地问。

"他……"艾芊芊有点支支吾吾,"在央企,是个……高管。"

"那不错。你嫁得好我就放心了。"

"哦,对了,忘了介绍,这是我小姑子。我们一起来北欧度假。"艾芊芊紧张地拉了拉楚桐的手臂,示意她不要说话。

"嗯。我过来谈个项目。后天回去。要不,我们晚上一起吃饭?"

"不,不用了。我们还有别的安排。"艾芊芊推辞,显得很慌张。

"那好。祝你们玩得愉快。"男子礼貌地告辞,回到他的座位上。

"我们不要在这里了。走吧。"艾芊芊不由分说地拉着她离开,连道别也没有对男子说。

这世界总是说大不大,说小不小,异国他乡能遇到旧识,真是缘分。可艾芊芊对这名男子说了假话,显然,她是希望让对方知道自己过得很好、很幸福。

身边不时传来水鸟的叫声,一排排的游艇停靠在水岸旁。不得不说,奥斯陆的水岸风景非常迷人,依偎着曲折迂回的奥斯陆峡湾,背靠着巍峨的霍尔门科伦山,大小湖泊星罗棋布,水鸟自由欢叫,绿树鲜花相映生辉。而此时的艾芊芊眼中无任何风景,只是一直低着头,静默地走着。

沿着水边走了好一会儿,艾芊芊终于说话了。

"好怀念以前的那个我。那时候多单纯啊,相信这世间有真爱。我曾经真的好爱好爱一个人。"说着,艾芊芊的眼泪开始在眼眶里打转。

奥斯陆的街头露天咖啡店众多,正好又经过一家。她们坐了下来。

"刚才那人,是我的初恋。"艾芊芊情绪低落地说道。

低价值感

那一年,艾芊芊还是大三的学生,纯情而矜持。她受邀请参加了一个公司年会的钢琴演出,在那里遇到了一个令她心动的男人。

她希望他会注意自己,却又躲避着他的注意。她表现得心不在焉,眼睛却一直专注地跟随着他的身影。终于,她眼神中那份半掩饰半流露的渴望引起了他的注意。那一天,艾芊芊正好穿了她最喜欢的红色长裙,戴了孔雀绿的耳环。这种浓艳的色彩令她在人群中格外出众。

他们开始约会了。

艾芊芊不仅能歌善舞,还会模仿电影里面各种人物的神态和表情。她经常为他弹奏他最喜欢的莫扎特《D大调奏鸣曲》,他会听得如痴如醉。而他风度翩翩,谈笑有鸿儒,往来无白丁。他带她出入高级餐厅、听音乐会、打高尔夫、买明星们用的护肤品和时装,偶尔,还会从世界各地给她带来让她惊喜的礼物。

对艾芊芊而言,唯有这样的男人能带给她思想上的引领,让她有精神层面上的满足。那些同龄男孩在她看来是幼稚而乏味的,他们大多还在为了前途而担忧发愁,还在关心那些看起来无聊的一切。

不过,每个人都有某种程度的自卑,特别是面对心仪的爱人的时候,总是害怕自己不够好。艾芊芊因此而萌生了一种情感上的卑微。

他经常会带她出入一些名流雅士的聚会,可她总觉得自己无法真正融入,甚至显得底气不足。每个人的内心都渴望拥有一段纯美的爱情,只是,有时对这种情感的需求还会加入某些社会需求。于是,艾芊芊渴望身份地位上的对等,而唯一可以成就这种对等的,就是成为他的妻子。

然而,当她计划跟这个大她十五岁、家境殷实的长子结婚时,却受到了他母亲的强烈反对。

他的母亲对她说:"我相信你是爱他的。可我不相信当他没有这一切的时候,你这样的女孩还依然会爱他!我的儿子我了解,他出生太过优越,一切来得都太轻松,因此将一切都看得很淡泊,根本不在意女孩是不是因为钱而跟他在一起。但作为母亲,我在意。

"我知道,嫁给我儿子是你的人生梦想,可你这样的女孩,梦想里包含了太多的需求。我也相信你是个好女孩,不会为钱出卖自己,可你的出身,让我无法相信你有纯粹的爱,至少对我儿子不会。"

艾芊芊的手紧紧地捧着咖啡杯,身子轻靠在椅背上,似乎这样可以缓解她此刻悲伤的心情。

人生的初遇,总是会带来所有美好的想象,激发内心所有沉睡的幸福,可当一步步走近时,那些美好却成了幻象。原来,这世间的爱情,不是有情就可以。

在这个世俗的社会里,门当户对还是被重视的。

尽管艾芊芊深深爱着他,可心里充满了斗争。由于人生经历的特殊,艾芊芊有着不同于同龄人的成熟,懂事得近乎隐忍。她有自尊、有骄傲、有固执、有理性、有倔强,即使会受伤、流泪。最终,她选择了离开。

★★★★★

爱过的记忆那么深刻,一点一滴都那么清晰,回忆起来就像发生在昨天。此刻,艾芊芊的眼神里是一种空洞的落寞。

"从小到大,我学会了忍受,弱化自我,对那些成长道路上的苦,我可以做到没心没肺,可对他,却无济于事……比起这情感的伤,生活的磨难是小事,我都能挺得过去。只是,这感情……"

越是华丽的表象背后越是痛彻心扉的痛楚。往事在记忆中翻转,那些信誓旦旦的曾经,终是昙花一现的芬芳。

"桐,你知道那种感觉吗?突然间,被你视为一个整体的人没有了,而且你要亲手割断你们之间的一切……就像你自己活生生把自己给分割了。那种感觉,就像死过一回……"

那以后的春夏秋冬,艾芊芊几乎没有一天不想他,有时经常会在梦中梦见和他依偎。他的面孔总是那样清晰地出现在她的记忆中,他的表情,甚至是笑起来眼角的皱纹……

有些爱,不会遗失在记忆里,不会被时光磨灭,即使那个人永远消失在你的生活里……正如佛洛姆所言:"这个世界上,再没有一种行为或情感像爱情这样,以一种如此巨大的期待与希望开始,又以一成不变的失败告终。"

她怎么也没想到艾芊芊会经历过这样心酸的情感,难怪她的眉宇间偶尔会透着一种冷漠,原以为那是源于她孤傲的气质,可这一路,楚桐渐渐走进芊芊的内心,才发现,原来她瘦弱的肩膀上承载着如此多的情伤。或许,女人就是这样被爱情滋润,被爱情禁锢,最后又被爱情无情地烧毁。

说到底,独醉的人总是孤单。

艾芊芊面无表情地呆望着奥斯陆的海岸线,心情不得而知。或许是在惋惜青春年华,或许是在慨叹命运,抑或,为曾经深爱的人不能在一起而深深痛心……

一切,终是叹息中的寂寞。

"那时候,我特别想去一个没人认识我的城市生活,想过一种吃了今天,不想明天的日子。"艾芊芊在手机中找出一张照片,递给楚桐看。

照片上的女孩子看起来圆圆的脸,身材臃肿,穿着一身运动服,小腹微突。这难道会是艾芊芊?

"这是那年的我。"艾芊芊冷笑了一声,"想不到吧。"

人生最灰暗的日子就是自己放弃自己的那一刻。在分手后的大半年,艾芊芊从北京回到重庆老家,每天浑浑噩噩,身上的积蓄花光了,人也胖了20多斤。

"也是机缘吧,8个月后的一天,从前的老师突然给我来了电话,说要排练一场歌舞剧,她认为我非常适合演女配角。"

人生可能总要经历一段沉沦的岁月才更懂得把握机会。就这样,艾芊芊又再次走到人前。

"这个世界上的任何人都可能离开你。你的世界永远都只有你一个人在战斗。把期望寄托在别人身上,不如让自己坚强。我发誓,一定要出人头地!我甚至想,等我有钱就一定要收购他们家的公司,让他母亲一辈子后悔!"艾芊芊说得咬牙切齿,那似乎是一种挫伤自尊后的反击。

艾芊芊的话,不知怎么令她联想起瑞士剧作家迪伦马特的《老妇还乡》。贵妇克莱尔在少女时代曾深深爱着一个叫作伊尔的男人,可伊尔当初背叛了她,害得她远走他乡当了妓女。数十年后,克莱尔继承了丈夫的巨额财富,怀着复仇计划荣耀还乡,她决定杀死这个她曾深深爱着又深深伤害她的男人。在金钱的诱

惑下,小镇上的人们开始趋向克莱尔,最终伊尔死去。克莱尔却为他准备了最精致的棺材,葬在面向地中海优美风景的墓地。

越是在意一个人越是无法接受他在你身上布下的刺。你忍受着剧痛拔出那些刺,以为很快会恢复,不承想,这锋利的刺刺破的不只是皮肤的表层,更留下了深深的瘢痕。说到底,那个对我们有着最大杀伤力的人,终究是我们最在乎的那一个。

面对生活,我们要不断地适应,有时,需要适当地妥协。只有让自己变得更强大,才能与人生的际遇对抗。这之后的几年里,艾芊芊开始有目的性地去寻找自己的舞台。

"离开他后的几年里,我整个人好像都死掉了。不想再去爱任何人,我觉得我没有爱人的能力了。直到遇到张海龙……"

爱情是宿命吗?注定会在何时遇到什么样的人,对谁产生情愫?我们都曾在这条寻爱路上蹉跎。每次带着些许期待,带着某些失望,一次次投入爱情的怀抱中。

爱上一个人,忘记。再爱上,再忘记……

"桐,你别把我想成那种爱钱的坏女人好吗?我没有为了钱跟不喜欢的男人睡过。我也是真的想嫁给张海龙的。"艾芊芊的目光中期待着认可,"我那时正处在人生的路口,需要一个能在精神上指引我的人,而他总是不厌其烦地给我需要的一切帮助。当我决定做艺术培训学校时,都是他一路支持我。那几年,他给了我很多鼓励和帮助,让我觉得生活还有希望。"

她点点头。对大部分女人而言,人生最大的运气就是有人可以带你走向更高的平台,能够拓宽你的眼界,进入新的世界,而这个人恰好又可以陪你一生一世。

阳光照在桌台角落的干花束上,在明亮的光线中,可以看到尘埃在阳光下起舞,起起落落、上上下下。它们似乎执着而不懈,像是用尽生命的力量起舞。可过了一会儿,随着光线的游移,它们也改变了走向,甚至看不到踪影。

这不像极了艾芊芊嘛!

拼命地起舞,不管结局,终究是为了绽放生命的色彩,虽曾颓败萎谢,但仍要活出精彩纷呈的人生。

在这苍茫的宇宙中,我们谁又不是这样一粒微尘呢?我们不能选择命运的结局,却渴望灿烂地绽放。

★★★★★★

"他娶的那个女人我认识。当初比我晚几年进乐团,是个假面女。"

"她整容了?"

"难道你没看出来?据说,她以前谈了十几个男朋友都没成,自从整了脸,不知道怎么把他给迷惑了,竟然还娶了她!据说是奉子成婚,所以那老太太也就认了!"艾芊芊的语气中透着几分醋意和不甘。

自古以来,美女们都有着天真无邪的笑容,大大的眼睛,精巧的鼻子,尖尖的下巴,这几乎是追求美的人们无法逾越的审美。必须要承认,这是个推崇美女经济的社会,正因为大众对颜值的追求,也促使一夜之间出现很多面容相似的"完美"容颜。

不过这婚姻终究还是讲缘分,容貌也最多只是个敲门砖。于是,楚桐说:"可能是人家缘分深厚吧。"

"什么缘分深厚,他们早晚会离婚的!"艾芊芊喝了一口咖啡,一脸不屑的表情,"我听说,他们结婚初期,她总怀疑他在外面有了别人。后来趁着他出国谈项目的一个月里,把胸也给做了。据说,她从上到下大概弄了十几项。而且,我还听说,他每次带她出去时,她都不敢说话,就怕别人觉得她胸大无脑。"

不能否认,外表可以增添我们的自信,头衔可以增添我们的自信,可是我们的内心真的自信过吗?

在都市中的我们,因为竞争、因为压力,总会习惯性地否定自己,用批判的眼光看待自己,或是羡慕别人的状态。我们总会从别人对我们的看法里感受到自我价值,从别人的赞扬中增添自信。可是内心的低价值感却无法因为外表的提升而消失。

如何能够发掘自己的价值,获得自我认同?如何能够将低价值感从生活中撤离,提升真正的自信?

甜蜜的忧伤

"我们今天看到一个整容的女孩,弄得还挺漂亮。"回到酒店,楚桐对陆羽川说道。

"这没什么。现在的女孩子都应该去调整调整自己的脸,越早弄就越有优势。"陆羽川说着将脸转向她,"不如,你也去吧。"

"你是认真的?"听他这样一说,她不免心里一惊:这算是他对自己的不满意吗?

"当然。漂亮总比不漂亮好。"听那语气似乎不像在开玩笑。

爱美之心人皆有之,这无可厚非。可如果这种要求从自己的恋人那里听到,无疑是难以接受的。难道喜欢一个人仅仅因为对方的外表?人都有缺点,终究都会老去,为了外表而在一起的人如何经得起风雨?始终会有人比你更漂亮、更年轻,因美貌而带来的短暂安稳如何能换得一世的幸福?

她一脸伤感。此时,虽然他们离得近,她能感受到他的温度,却猜不透他的心。或许,每个人都是一座神秘的花园,隐藏着自己的真实,即使对于亲近的另一个人,也是隐秘而未知的。

真正能走入我们内心的不是刻意雕琢的精致和唯美,更是贴近自然的简约和诗意。

第十三节　哥德堡
Goteborg

没有百分之百的生活

　　生活总会被一些无关紧要的事情搅得很复杂,不过,总有一天,我们会学会泰然处之。

跳蚤市场里的古董耳环

　　经过哥德堡(Goteborg)乡村,出现一个"loppis"的标志,这是瑞典语"跳蚤市场"的意思。自驾的好处就是可以走走停停,跟随路标调整行程,轻松地融入当地人的生活。

　　正是周末,跳蚤市场里人头攒动。很多卖家自己开车来到这里,货物放在车后备厢。这里的小玩意可谓琳琅满目,塑胶唱片、旧书、家具、古玩……只有想不到的,没有找不到的。人们在这里吃着热狗、喝着咖啡,拖家带口地讨价还价,一片热闹的生活气象。

　　"你看,在欧洲的这种集市,每个摊位的主人都显得很享受,即使他们多半也是为了生计。可从他们的眼神中你可以感受到快乐。"陆羽川说道,"只有在平等的状态下,人们才会感觉到幸福。"

　　"这才是生活本该有的样子吧。"她回应。平等、自由似乎是陆羽川骨子里追求的状态。

★★★★★★

每到一个地方,艾芊芊都会为自己买一对耳环。在这个跳蚤市场,她看上了一对青金石的耳环。老板故弄玄虚地说这对耳环非常有来头,戴上它就会遇到真爱。

"我不需要爱情,或许,需要一个孩子。"艾芊芊拿起耳环反复地看着。

"也会带给你。它会给你带来好运。"老板仍旧神秘兮兮。

"看到了吗?世界各地的小贩们为了卖东西都用这种小把戏。不过,我喜欢。买了。"艾芊芊将耳环戴好,对着镜子仔细地照了照,平淡地说道。

想着想着心就乱了

瑞典是个刚柔并济的国家。这里有连绵的山脉,积雪的山峰,岩壁上的紫色石楠。同时也有田园牧歌式的草海朝着波罗的海的蔚蓝无限伸展着,草地上热闹地生长着各种各样的莎草,还有洁白的五叶银莲花。

四周就如同一个大自然的调色板。

楚桐依偎着陆羽川坐在苹果树的树荫下。太阳已经升到了树冠,阳光正好洒到一片片的水仙花田上,一只土拨鼠正在周围摇摆起舞;溪流中,一群鳟鱼在嬉戏;小丛林里,一只兔子正匆忙穿过。

气候怡人,微风轻抚。她靠在树的枝干上,抬头看着微亮的树叶,又透过缝隙,看看天空中飘浮着的几抹云彩。

"这儿的景色好美。"她由衷赞叹,"就像油画般美丽。"

"的确如此。"陆羽川回答。

"等我们老了,找个这样的地方生活吧,你觉得呢?"

他不置可否,只是轻轻在她的额头上吻了一下。

为何他不愿说出让她心里充满安全感的话?旅行即将结束了,他们的关系何去何从?他还是要天马行空地走在这个世界上吗?那么,她呢?

爱情的不稳定会让人产生一种焦虑,加上女人总是天生敏感、想象力丰富,这种想象力让她对事情的认知有着充分发挥的空间。

这世上的人,有些,爱得激情而勇敢;有些,爱得沉默而卑微;有些,爱得浪漫而虚幻;有些,爱得隐忍而克制;有些,爱得执着而悲情……而她,则爱得谨慎而纠结。

她突然想到了他的前女友,那个他曾深爱过的女孩。犹豫了一下,她问道:"如果你的初恋女友现在没有结婚,你会不会跟她在一起?"

"不知道。"他几乎没有思考便回答道,"假设那些不存在的事干吗!"

不知道!这是多么含糊其词的回答。或许,他的心中始终有那个女孩,他的回答就是一种委婉的肯定。既然这样,他跟自己岂不只是玩玩?女人总会以想象的东西作为评判对方的标准,特别是还处在不算稳定的关系里时。

我们的心总是渴望永恒,渴望那些美好能够持续下去。可这种延续的欲望也在腐蚀着我们的心灵。我们为此变得不纯粹,变得患得患失。跟这世界上所有人一样,她怕在爱情里心碎,怕对方的转身,怕自己明珠暗投。虽然事情并没有发生,可想着想着心情就不好了。

于是,她起身返回出租屋去找艾芊芊聊天。

生活总有意外

艾芊芊正坐在房间的露台上。只见她把高跟鞋踢到一边,盘起腿,一手拿起一大杯葡萄酒,另一只手夹着香烟。

"怎么还抽起烟来了?"她原本想得到安慰,却看到这样一个颓废的艾芊芊。

艾芊芊露出一种伤感的笑,挤出一个字:"闷!"

"又怎么了?"她纳闷地问道。艾芊芊过于多愁善感,这是又陷入某种情绪了吗?

"桐,你后悔过自己的选择吗?"

后悔? 谁没后悔过呢? 我们选择了一条路,必然会错过另外一条路,当我们不能得到满意的结果时,难免会后悔。后悔那些没说出的爱,没说出的歉意,没说出的告别……那些与我们失之交臂的人和事,总会令我们在某个时间的节点,悔过当初。

如果当初不出来读书,现在也许已经跟嘉良结婚了吧? 日子平淡却也安心。而如今呢,跟陆羽川究竟会是怎样的一条路? 曾经深切渴望的爱情带来的究竟是满足还是烦恼? 或许不出国,生活几乎没什么大的波折。而如今,不确定感、担心和焦虑的程度要远远大于曾经。

那么,后悔吗? 没有答案。

"我其实很羡慕你的生活。经历简单,家庭简单,而我不同。"艾芊芊低落地说。

每个人似乎都不满意自己的人生,羡慕他人的生活,可殊不知别人也一样羡慕我们。在楚桐的心里,艾芊芊就如同一只飞翔在天空中的鹰,虽然经历风雨,却也阅尽世间美景。而自己就如同一只笼中的小鸡,一路走来按部就班、平平淡淡。

或许,我们的幸福总在别人眼里,而偏偏自己视而不见。

"我怀孕了!"艾芊芊突然说。

"什么?"她吓了一跳,不相信自己的耳朵,"不会吧! 难道这个耳环真的被施了魔法? 这是谁的孩子? 彭笑天的? 不可能呀,这才几天? 难道是张海龙的?"她有点语无伦次地猜测着。

"别猜了。"艾芊芊摇了摇头,轻描淡写地说,"是 Ben 的。"

"Ben?！怎么可能！"她再次目瞪口呆。

"在来北欧前,我始终对张海龙又恨又想,心情很不好,就找 Ben 陪我喝酒,结果醉得一塌糊涂……"

"那现在怎么办？Ben 知道了吗？"

"我不会让他知道的！我的孩子跟别人没有关系。你也不要跟 Leo 讲,我自己会处理。"

抚慰是否有良方？

傍晚,艾芊芊坐在湖边发呆,手下意识地轻轻抚着肚子,尽管她的肚子还是那样紧实平坦。

"什么？她怀孕了！要留下这个孩子?！"当彭笑天得知这个消息时,几乎从椅子上跳了起来。他奔向湖边,一把拉起艾芊芊,激动地说:"你仔细考虑过这意味着什么吗？"

"我不要考虑那么多。"艾芊芊甩开彭笑天的手臂。

"这样你一辈子都要跟那个人捆绑在一起！"

"我不会让他知道这个孩子的。孩子是我自己的,管谁是父亲干什么？"

"你这是对自己和孩子不负责任！"彭笑天情绪很激动。

"我知道自己在做什么！你是我什么人,用得着你管?！"

"对不起。"彭笑天摘下眼镜,又戴上去,看起来他是想让自己冷静下来,"我只是觉得你不适合生下这个孩子,而且对孩子来说也不。"他认真地、一字一句地说。

"你好自私！你觉得我不生下这个孩子就会跟你在一起吗？"

"自私？我这是为了你好！一个不能认父亲的孩子身心能健康吗？你想过这些吗？"

这话似乎刺到了艾芊芊的痛点,她冷笑了一下,激动地说:"我比任何人都

懂！不需要你来提醒我！我会让我的孩子有个很好的未来！"

"不要谈未来,只有珍惜了今天,才配有美好的明天。"彭笑天语气激动。

艾芊芊又是冷笑一声,不紧不慢地说:"你有看到我浪费时光吗?我的生活质量可比你高多了吧！"

"这跟生活质量没有关系。给孩子一个没有父亲的家庭,就是浪费时光。今天种下的果,会给你带来余生的痛！"他的脸上写着一种忠厚与倔强,有些局促的眉宇更加拧在一起。

"你有完没完?"艾芊芊说着,猛地推了彭笑天一下,他一脚没站稳,坐到了地上,"都说了,不用你管。你以为我们睡过一个晚上,你就成了我的什么人?你对我而言,只是路人,路人！旅行结束了,我跟你连朋友都不是。你有什么权力管我的事?!"

彭笑天愣住了,坐在那里沉默了好一会儿,突然一反以往那种斯文的形象,几近咆哮地吼道:"我知道你期待遇到一个有钱有势的男人,但让你失望了,我只是一个普通打工的,还离过婚……可我是真心的……我不希望你这样毁了自己的余生！"说罢,他从地上跳了起来,头也不回地走向小屋。

艾芊芊似乎被震住了,先站在那里一言不发,继而,放声大哭。

过了一会儿,彭笑天提着行李出现在她们面前。"我先走了。祝你们接下来玩得愉快。"然后,头也没回朝着门口走去。

从彭笑天的眼神中,楚桐读出了痛心和失落,正要追上去,却被艾芊芊拦住:"别去,让他走。大家只是过客,缘聚缘散很正常。"

彭笑天似乎听到了这句话,离去的脚步更加迅速。在楚桐看来,彭笑天是个理智得可以压抑情感的男人。此刻,是理智让他具有了舍弃的力量。艾芊芊则一言不发地坐在沙发上,表情中没有任何内容。这或许验证了在两个人的关系中,不在乎的那个掌控最多,而在意的那个总是受伤。

★★★★★

"真的要生下这个孩子?"

"我不年轻了,过了生日就 32 了。我不想孤独终老,生下这个孩子,至少老了还有个伴儿。"

女人总是缺乏安全感,随着年龄增加,这种不安全感会更加强烈,更会多一份对未来的焦虑,以及对年老色衰的恐惧。

"你会嫁人的。不会孤独终老的。再说你妈妈也不会同意的。"

艾芊芊冷笑了一声:"你觉得我会嫁给谁?男人没一个好东西!"沉默了一会儿,又从嘴里挤出几个字,很微弱,"我妈……她……在前年……就过世了。"

怎么可能?!听艾芊芊这样一说,她感到自己身上的汗毛都竖了起来。艾芊芊经常会在社交空间上提到"妈妈说",根本没有任何妈妈不在了的迹象。而且楚桐认识芊芊也快一年了,更不曾听她提起过这事儿。

"我不想让任何人知道我不如意。日子还得往下过,没有选择。"艾芊芊的眼中噙着泪水,脸上有一种令人窒息的绝望,"前年,妈的抑郁症更严重了,她开始拒绝吃东西,没多久就去世了。"

原来,芊芊的母亲自从生了芊芊就一直靠亲戚的接济生活,在亲戚们的白眼中拉扯着她,这令她的母亲变得敏感和精神紧张。年轻的时候就一直伴随着严重的抑郁症,一直靠药物维持,但强大的母爱令她一路挺过来。那是怎样一番痛苦的较量,恐怕只有她自己最能体会。

北欧的夏天,不知为何风这样强烈,楚桐不禁打了个寒战。她无法想象,艾芊芊竟然是孤单一个人活在这个世界上!更没想到那个看上去无忧无虑,过着岁月静好的日子的艾芊芊,内心书写着如此多的哀伤。

脆弱、孤独、悲情……此刻,眼前的艾芊芊的话就像天空中掠过的海鸟,留下空荡荡的一片蔚蓝。

★★★★★

"那一年,我觉得我的世界天崩地裂了。一个人哭到没有情绪、没有表情,不想见人,不想吃饭。幸好,还有张海龙在我身边。我害怕我生命中唯一的依靠也离开我……"

楚桐的心随艾芊芊的眼泪而颤抖。那种悲情和孤楚的心境让芊芊怎能不忍气吞声,祈求一世的周全? 如果不是艾芊芊身上那种生命的张力,又怎么能把自己打造成花一样?

"在外人眼中,我是一个有着几十万粉丝的时尚博主、有着董事长名头的励志妖精,是个有着精彩人生的白富美,可那并不是真实的我! 我这几年把培训学校做得风生水起,本来应该是充满成就感,应该是自豪的,可我心里是凄凉和悲哀的。这一路走来的艰辛和痛苦,只有我一个人知道!"艾芊芊哭花了妆容,"我只是个私生女,从小没有得到过父爱,无数次被男人伤,经历过无数次谎言、欺骗,没有了妈妈,没有人真的爱我……

"这么多年,我学着放下、学着释怀、学着接受,接受被别人误解、接受努力得不到回报……我努力为自己创造彩虹和芬芳,我不再向任何人妥协,但我仍旧患得患失……真的好累!"艾芊芊泪如雨下,那期盼得到爱的眼神让人心痛。

这时,太阳被一抹乌云遮住,似乎随时可能凝结成雨水,就像,我们每个人的眼泪。

"算命的说,我命中注定要做别人的妾室,换句话说,不是嫁给一个离过婚的男人,就是做情人。我始终不相信我是小三命,可每次让我动心的男人偏偏都是已婚的。"

或许,一个人出生的生日就如同宇宙间的密码,我们的人生都已被锁定,任何变数也都含在其中。起初我们总是抗争,想反抗命运的安排,可直到有一天,我们开始悄然顺从。

"我不想再周旋于跟男人的游戏中。我不想让任何男人再来伤害我！生下这个孩子,至少在我老的时候还有个人做伴。桐,你能理解我吗？你会支持我,对吗？"

爱做梦的女孩恐怕自己会错过生活、错过爱,最终,怕得到、怕失去,唯恐被辜负。女人的感情总是因为懂得而更多了份理解。楚桐用力地点了点头。在爱中的孤独,任何安慰都无法填满内心的空缺。

艾芊芊的内心深处有冰山和火焰同时存在,虽然,她看起来一幅对感情收放有度的样子,可事实上,却总是爱得很真,也伤得很深。此时的艾芊芊就像大地上燃尽的枯叶,仿佛没有力气恢复当初那种爱的能力。

这茫茫人海中的人,有几个不是如此呢？在寻爱中孤独着,希望得到一份不变的安稳。

追问与沉思

原本四人的同行,如今只剩下三人。人的关系如此脆弱,一切还来不及道别,就散了。这令她更加担忧起跟陆羽川的将来。

酒店的早餐种类极为丰富。烟熏鲑鱼、腌制鲱鱼、五谷杂粮、各种坚果,应有尽有。良好的自然环境造就了瑞典优质的食材,水果和蔬菜都极为新鲜。可她并没有什么胃口。

"我们的关系将来会是怎样的呢？"她按捺不住内心的焦虑和担心。

"你好,我就好。"

"那我们会不会永远在一起？"

"我们现在不谈这个问题好吗？我要去出海,你昨天不是也嚷着要一起去吗？那么,快,我们吃完,准备出发了。"

"回答我！"她不满意陆羽川的应付和催促,一定要个答案。

"未来的事谁说得好呢。我们现在不说这个行吗？那帮伙计在等我们！"他

显得有些不耐烦。

按照原计划,他们这一天要在早饭后去哥德堡的南部群岛(Southern Goteborg Archipelago),那里可以进行很多户外活动。陆羽川提前在网上约了驴友们一起划皮艇。

如果说,女人在恋爱中想的都是将来,男人似乎想的只是现在。陆羽川的话令她心生不悦,她决定让他自己一个人去出海,而陪艾芊芊去哈加区(Haga),至少两个女人走走逛逛,可以相互倾诉。

★★★★★★

Haga 属于哥德堡的老城区,鹅卵石的地面,有很多不错的咖啡馆和各种特色的小店。她们转悠了一会儿,在一个咖啡厅坐了下来,点了咖啡和瑞典特色传统甜点——肉桂面包卷(Kanelbulle)。

在这里,她们邂逅了一个拥有西班牙和斯堪的纳维亚血统的女孩 Elsa。Elsa 听说她们在西班牙读书,顿时像个老朋友一样跟她们亲切地聊了起来。对陌生人倾诉似乎更能让人心里舒服,艾芊芊毫无顾忌地对 Elsa 说出了自己未婚怀孕的事情。

"爱情美丽而危险,可孩子会令你有安全感。"Elsa 表示艾芊芊应该生下这个孩子,单身妈妈并不算什么,对于艾芊芊的年纪来说,这无疑算是个好的选择。

"我很怕陷入爱情。如果有一天会对一个人念念不忘,那真是灾难。"Elsa 说道,同时,毫不顾忌地讲了自己的故事。

自从大学开始,Elsa 一直在构建恋爱关系,可同时又害怕陷入被爱情套牢的关系里。

"长期的承诺是束缚人性的。我怕自己无法承担那些婚姻中必须承担的责任。我只想保持恋爱的欢愉感,只要对方提出结婚相关的话题我就会选择回避……"Elsa 表示。

之前,Elsa 通过社交网站认识了一个男人,每周五约在一家固定的酒店共度良宵,他们享受着彼此身体带来的愉悦。本来 Elsa 只想跟他玩一玩,没承想她却对他日久生情。

"结婚意味着责任,意味着承诺。这会令我觉得很恐惧,所以,我要在爱意刚刚萌芽的时候,将这个火焰浇灭。"

于是,在最后一次缠绵后,Elsa 删掉了对方的号码。

在分别的那个晚上,Elsa 也依依不舍,可她对他说:"你我都知道我们是不可能的,一开始就知道!"

他回答:"是的。我们都知道我们不会在一起!"

同时,Elsa 强调,如今,越来越多的人弱化婚姻制度,与过去恋爱、结婚的模式不同,现在很多人以自己的方式建立关系。有些人会选择长期同居的方式,不以婚姻来约束彼此。还有些人会选择开放式的关系,不要求伴侣间的绝对忠诚。这些都是源于害怕亲密的人会背叛,害怕爱得太深被束缚。

Elsa 的话令她陷入沉思。

有种感情,遇见就一见倾心,可过了今天,却很难保持相同的热度。或许,这世界上有很多人外表浪漫,而内心忧伤,不想去爱上任何人。或许,人类对于一切陌生的领域总是充满了好奇心和征服欲,对爱侣也是如此。命运中的际遇,千回百转的宿命。那些短暂停留的爱欲,终如烟花一瞬的灿烂,男欢女爱后,留不下任何痕迹。

曾经,在她的理念中,恋爱就是要以结婚为目的。婚姻可以给人以家庭为单位的情感上的归属,同时婚姻也是个约定,人们总是渴望以这个约定来弥补心理上缺失的安全感。婚姻终归是亲情的保障和家庭的归属。

然而,这大半年林林总总的事情,让她看到了世界的另外一个样子。爱情是一回事,而婚姻是另外一回事。激情的碰撞并不需要持有一颗对未来坚守的心,欢愉可以跟任何人,没有责任、没有负担,而婚姻是生死相依的承诺,是为了彼此

付出漫长的一生。那个可以与你并肩作战、一同面对生活的人，需要的不仅仅是决心，还有对未来共同的预期，更要有责任和义务。

那么，如今跟陆羽川要走上的究竟是怎样一条路？

有没有百分之百的生活？

酒吧中，人来人往，他们坐在角落里。昏黄的灯光下，氤氲着微醺的味道。酒吧中的乐师总是能弹奏出带有某种微妙情绪的曲目。

轻声细语中带有某种忧郁的曲调，环绕在空气中，触碰到内心最柔软的地方。空气中有种淡淡的哀愁。

短短一天里发生的事情，令她的情绪开始波动。

对于一个男人和一个女人而言，需要极大的智慧才能做到彼此包容，又不被对方支配。而此时，她显然是在意他们的关系多过恋爱本身。对于大部分人来说，模糊、不确定的未来会给他们带来焦虑，他们会担心不如人意的结果。是的，她惧怕他们会分别。

"旅行结束后你会去哪里？"楚桐望着陆羽川的眼睛，渴望着答案。

"还没有计划。"他向后靠到椅背上，"我自由惯了，想去哪里就去哪里吧。"

"是吗？"她的眼睛里闪过深深的失望，"我的课程要到年底结束。"她的心里多么渴望他会说，你去哪里我去哪里。

"哦。那你要好好学习吧。"

"我们还没有好好了解彼此，就又要分开了。"她有点迫切地渴望他的承诺。

"你想了解什么呢？"他笑着说，摇晃着手中的红酒。

她的情绪明显低落了。

相爱的人难道不应该相守吗？他为何不肯说出他们的未来？或许，自己并不是他想寻觅的理想的伴侣？爱情的最初总是全情投入，浪漫而美好，渐渐地，却开始有了猜忌和混沌。我们总是期望获得更多，连对爱的需求也是如此。当我们飞奔着入了爱情的怀抱,却随时可能被伤成碎片。

桌子的角落摆放着一只红色玫瑰,而对面的台子上恰巧摆放了一束白色的玫瑰。这令她想起了电影《红玫瑰与白玫瑰》。是不是他的心中始终住着不同色彩的女人,因此不想安定?

"你看过《红玫瑰与白玫瑰》吗?"她问他。

"嗯!怎么?"

"男人渴望女人冰洁玉清,可这样的女人又缺少风情和诱惑。那种浪漫多情的女人往往又会被很多人惦记,会红杏出墙。"

"电影是电影,生活是生活。"

"每个人都羡慕那些暮年还可以相互牵手的老夫妻,渴望那样有爱的终老。"

"是的。"

"可现实中究竟能有多少这样彼此相爱,又能扶持到老的爱人?"她顿了顿,低声地问他,"我们会吗?"

"未来的事谁又能说得好呢?想那么多干吗?"他慵懒地蜷缩在沙发上有点昏昏欲睡,没精打采地回答道。

此时,斯堪的纳维亚的夜晚就如同一朵灰色的玫瑰,半明半暗的月光里,透着白色的光亮。

★★★★★

回到房间,她怎么也睡不着,打开电视。

电视里正在播放20世纪50年代的老片子 Summertime(《艳阳天》),电影讲述了凯瑟琳·赫本饰演的女主角从美国到威尼斯旅行,她的眼中和镜头中都是那些甜蜜的情侣。当她一个人寂寞地在圣马可广场喝咖啡的时候,发现一个风度翩翩的意大利男人正在注视自己。恰巧,她在一间古董店又遇到了这个男人,他是古董店的老板。两人相互吸引,可他已婚有子。最终,她只是威尼斯的过

客。在渐渐开动的回程火车上,她看见他手持她最喜欢的栀子花飞奔而来。没有告别,只有泪水浸润的双眼。威尼斯,留下她爱的余香,却带不走爱情……

楚桐看着看着,泪水禁不住流了下来。

旅行中的爱情,或许注定是随着风景留在记忆中,仅此而已。她想,也许,在陆羽川的心里,根本没想过要跟自己有一场走到终老的爱情。也许,有些爱情注定没有结果。

她披上衣服走到庭院,已是清晨四点。天空没有一丝云彩,湖面上笼罩着一层白色的薄雾。

爱情真的这么复杂吗? 就像这雾气笼罩,连清晨的轮廓都看不清楚? 从前跟嘉良的交往简简单单,从相识就是为了结婚,在她的概念里从来没想过还有爱情会跟婚姻无关。曾经,她也看到周围的人陷入复杂的情感纠葛里,而自己的世界向来是那么清净,没有半点波澜。而如今呢? 难道一切随着这场旅行的结束就终结了吗? 就像彭笑天和艾芊芊那样,从此人海两茫茫?

或许,这世间没有百分之百的爱情,就像没有百分之百的生活。

第十四节　哥本哈根
Copenhagen

万般皆虚幻

如果,爱情是浮华的烟云,我们偏偏在意这浮华。即使,内心充满不安,还是不愿放弃心中绝美的光芒。

万般皆虚幻

艾芊芊已经无心继续旅程,楚桐决定陪她一同返回巴塞罗那,他们在哥本哈根只做一天的短暂停留。

正好赶上了丹麦的毕业季,学生们戴着白顶的帽子,站在大卡车上,在主要的街道上游行。车上的扩音器大声地放着音乐,他们一路亢奋地高喊着口号。

穿过街心广场,到处是欢乐、嘈杂的人群。来来往往的人也在这种欢愉的空气中尽情地狂欢。小孩们围在母亲的身边,闹着吃撒下的各种糖果;也有些坐在父亲的肩膀上,以高出人群的角度去看热闹;还有些聚集在一起,看路边玩泡泡的人吹出的泡泡在空中变换着各种形状。

空气中偶尔飘过咖啡的香气。

一个魔术师的四周聚集着人群,他戴着黑色的高帽子,穿着笔挺,用神奇的手法表演着。只见,他手握一只鸽子,然后在空中一挥,那只鸽子就在众目睽睽

下消失得无影无踪。魔术师面无表情,绅士地脱下高帽,向一头雾水的观众们致意。

"世上的东西什么都可以是假的,我们用眼睛能看见的总是虚幻。"艾芊芊低落地说。这几天,她的状态一直不佳。

"或许如此吧,就像爱情,混杂了真情与虚假,使我们真假难分,迷失方向。"楚桐回应。这几日,她心中的爱情已经没有了当初的纯粹。

原来,爱情,总是在不经意间就没有了最初的美丽。

"现在对我而言,就是要有钱。钱总会比男人的甜言蜜语靠谱!"艾芊芊一板一眼地说,眼神中流出忧伤和坚定。

我们都会经历谎言、欺骗,会陷入幻象,当虚幻的东西和谎言接踵而来时,令我们内心会产生恐惧,耿耿于怀往的曾经。虽然艾芊芊表现得刻薄而世俗,但在楚桐的心中,她仍是美丽而纯洁的,即使她不得不用浓烈装点着自己。

古代民谣中有一种鸟叫斑鸠。它们从不喝清水,而是先用爪子将水弄得浑浊,这样更贴近它多愁的习性。混杂了哀愁的生活,反而令人满意。这或许像极了艾芊芊。在生活的夹缝中,在渴望爱却得不到爱的境遇里,她只能用这样的方式挣扎。

楚桐心疼地望着艾芊芊的背影,这几日,芊芊明显消瘦和憔悴了,也没有化妆,头发随意地披在肩头。《诗经》中说:"岂无膏沐?谁适为容!"此刻的艾芊芊就是这样一种心情吧。天赋和努力为她带来光环与掌声,却不能为她带来一个普通人所渴望的平凡的幸福。

怜惜、心疼……楚桐却不能用只言片语去安慰。初遇艾芊芊,那美丽的身影就像是日光下明媚的珍珠,自带熠熠光彩。可不承想,这个被很多人视为女神的励志妖精,被众人以为是上辈子拯救了银河系的女子,却是尝尽了生活的辛酸。

自古以来,中国的那些才女都曾经抚琴弄月,曼妙了一世光阴。她们令女人羡慕,令男人爱慕。可一旦走进她们,却发现惆怅萦绕在她们的心绪中。是命

我们看待世界的方式，构筑了我们的世界。当我们不再渴求生活上的轰轰烈烈，不再固执地与世界纷争，终将找回平静、自信与充满安全感的自己。

运吗?

在哥本哈根清凉的空气中,她似乎听见艾芊芊心碎的声音,那是一个长着自由翅膀的心灵在这个婆娑世界里天马行空地飞翔时,被打击后怅然若失的心碎的声音。

不放过我们的是我们的想法

哥本哈根是个不用特意去寻找风景的地方,大街小巷都是惬意的景色:大片的绿地、古老的建筑、美丽的喷泉、鲜艳的花朵、五颜六色的房屋、安静的港口。

秦楚桐独自一人沿着海滨路静默地走着。

在丹麦,随处可见骑着自行车代步的人们,环保在这里俨然是一种时尚,运动的健康理念贯穿着他们的生活。街头的咖啡店里,三五成群的老妇人围着圆桌谈笑风生,北欧的简约风格从她们的打扮上就可见一斑。老妇人的笑容融入周围的风景里。

然而,在这个被誉为世界上最幸福的国家里,面对着来来往往的人们和他们的笑声,此刻,她却找不到内心的幸福感。

对大多数人来说,对未来的不确定会引起焦虑。无论不确定的方向是好的一面还是坏的一面,不确定感会令人觉得坐立不安。她跟陆羽川的未来此刻已经成了她的心头结。

这段旅行,理智和激情同时上演。纯粹的爱情,不纯粹的人生。如今,随着旅行的结束,是不是一切又要回到原点?

海面上,一艘白色小帆船独自行驶着,渺小而孤单。此刻,这海面的孤寂几乎激起了她的决心。她终究停止不了自己的胡思乱想,决定向他挑明。和所有女人一样,她要的是男人的态度。难道要这样没有未来地继续下去吗?就算他不想跟自己有未来,也要有个明确态度。

我们总是对爱迟疑,唯有能被证明的爱才相信那是真的爱,否则就会陷入恐

慌。特别是女人，生性爱怀疑，会对对方的一些行为悲观失望，又总是对接收的信息发挥想象力，并结合经验来进行分析、组合，最后，用戒备之心，将爱推远。

"你是不是从来没想过要跟我结婚？"

爱情开始的时候总是不管不顾，可到了一定阶段就开始变得理智。她原本以为，在爱情里，只要能够遇到一个懂自己又能让自己感到温暖的男人就够了，而如今她却更渴望有安全感和稳定感的关系。

我们都会这样期盼那些目前不属于自己的幸福吧。

"结婚？！"他愣住了，继而笑起来，"这是在逼婚？"

"不以结婚为目的的恋爱都是耍流氓！"

听她这样一说，他更加笑不拢嘴："我还真没想过这是耍流氓。来，让爷亲一个。"他凑了过来，却被她推开。

"你这样就是在浪费我的情感。"

"怎么说浪费？喜欢就在一起是合情合理的事。"他严肃起来，坐到一旁。

"你根本就不想跟我结婚对不对？"她逼问着。

"未来的事谁又能说得好？"他表情凝重，"但我是真的喜欢你。"

我们总是凭借自身的心情去解读他人，凭借自己的想象去判断他人，更会根据自己的经验去分析他人。当我们心怀抗拒时，我们的眼睛是被遮蔽的，心是反叛的，即使我们聆听了他人的解释，可内心却始终将这种声音屏蔽。我们按照自己的思维判断着他人的意图，揣测着对方。此刻，在她的心里，他就是个浪子。

女人会有一种天生的焦虑，生活在自己的想象里，很多时候会萌生一些原本没有的想法。特别是恋爱中的女人更爱胡思乱想，去想一些破坏心情的事情，然而想多了，就会产生逃离的闪念。

情到浓时离别是不是最好的结局？大家不曾看到对方的缺点，不曾倦怠对方的存在。只是，这幸福来得太快，又消失得太快。

或许,他只是跟我玩玩。那么,我不要在这场关系里了!

于是,她想表示一种大义凛然的决绝:"既然这样,我们结束吧。"女性就是这样,赌气般表达自己的情绪,内心却并不是这样想。"他如果在意我应该会来哄哄我的。"这是她说出这句话的时候心里的意愿。

他愣了一下:"你是认真的?"

"是的。"焦虑感往往会加速我们的决定,将事情推向我们不想要的一面。

"好吧。随你。"他起身离开,砰的一声关上了门。

她独自坐在那里,泪水浸湿了眼睛。

年轻的我们不懂得忍耐,恨不得将自己的心思完全透明地展现给对方。那些情绪化的发泄,不计后果的恩断义绝,最后反而都变成了自己的枷锁和牢笼。终究,你还是怕失去那个人的,即使那一刻是那么信誓旦旦。

既然爱了就不要离开,好吗?

我们每个人都处在矛盾中,内心永远是一场没完没了的斗争。理想的那个我总跟现实中的我对立着、挣扎着。

她向房东太太借了自行车,奋力地骑着,她想要寻到他的身影。她怕今生再无他的消息。很多时候,我们的个性使然,会将一些人和事越推越远,即使事后会后悔。可那一刻,我们的语言终究出卖了我们的心。

道路两旁的山毛榉高大地生长着,枝繁叶茂,缀满像板栗一样的果实。空气中已经有了暴雨将至的低沉。

真的就此结束了吗?她心中充满烦躁、低落的情绪。全世界最幸福的城市?可为何这种幸福的气息没有传递给自己?

难道人与人的相遇如同两条渐渐并入的轨道,却在某个岔路口分离,各自在天地间延伸吗?

最终,在周围的苍翠和湖泊间,她黯然而疲惫地返回小屋。小屋的前面是一

片草场,一条蜿蜒的小路通向四周的房屋。她推着自行车,一脸沮丧地走着。

这时,迎面走来一个喝得醉醺醺的男人,脸几乎红成了腌肉色。他笑嘻嘻地望着她走来。她本能地想躲过这个醉鬼,避免跟他迎头撞上。她准备骑上自行车快速离开。

"Chinese? Chinese!(中国人?中国人!)"他笑嘻嘻地迎着她走过来,露出发黄的牙齿。

她心里慌了起来,紧张感随之而来。那人看出她的紧张,这令他更加嚣张而兴奋,快步靠近她,拉住她的包不让她上车。

她大声叫起来,拼命护着包,自行车也倒在了一边。

"Stop!(住手!)"只听见身后大吼一声,一只有力的胳膊将她拉到了一边。

是陆羽川!他竟然像英雄一样地出现了!

那醉鬼见到高大强健的陆羽川,嘴里嘀咕着什么,晃晃悠悠地自己离开了。

她抱住他伤心地哭了出来。惊恐、委屈、害怕……如果不是他及时出现,不知道接下来会发生什么。

"好啦,别哭了。没吓坏吧?"他摸摸她的头,将她揽入怀里。

她在他的怀里抽泣着,似乎与他经历了半个世纪的离别后又重逢。

哥本哈根,这个小美人鱼的故乡,那个为情而伤的姑娘永远让人黯然神伤,可生活中的人们,每一分每一秒又经历着多少离别和重逢?也许,这才应该是爱情本来的样子,在等待中惊喜,在眼泪中前行……

听见梦碎的声音

陆羽川和她们一起返回巴塞罗那。可他却开始刻意疏远她。回来一周,他始终没有联系她,也没有见面。

"这些天怎么没理我?"她忍不住发了信息。

"这几天特别忙。"他回复。

特别忙？他会为何事而忙？这不是敷衍的话吗？或是,他想用这样的方式来疏远自己？

"借口。你是不是不想跟我在一起了?"她发信息质问他。女人总愿意用不满诉说着情感,渴望得到对方肯定的爱意。

可他却没有回复。

感情,无法预知,无法招架……

这些天,她心情极度不佳。茶不思饭不想,盼望着陆羽川的出现,哪怕只是他的一条信息。

当你望着那个手机,渴望着对方的电话和信息时,时间过得如此缓慢,焦躁中却仍看不见那手机有任何动静……

如果我们不想改变自己迎合谁,只能在迷茫无助的时候,独自舔舐伤口。她随手拿出冰箱的牛奶,喝了一口,立马吐了出来。牛奶还是去北欧前买的,显然已经过期很久了。

"每个东西似乎都有一个保质期,这个世界上究竟有什么东西是不会过期的?"她沮丧地问自己。

终于,在第二周,陆羽川一身酒气地来到她的公寓,这是她期盼了整整一个星期的身影。可他却说:"我知道你爱我……但,你的爱让我产生了焦虑,我害怕被束缚的生活……对不起。"

一阵寂静,她站起身,走进房间,砰的一声关上门。隔着门,她故作平静地说道:"我知道了,你走吧!"然而,人的语言是具有欺骗性的,并不能反映内心。我们总是用负气的言语掩饰内心。对她而言,纵然心里念他千百遍,嘴上还要装作不在乎。可是,就算在乎又能怎样呢？难道还能卑微地去挽留吗？

她眼神空洞地望着天花板。过了好一会儿,听见外面的关门声。

是的。他走了。

她迅速跑到窗口,眼神中是一种失落的专注,她望着他远去的背影,眼泪瞬

间滑落。她好想追出去,对他说"不要走"。可这种话在感情里是多么傻。对方不会因为你的在意而停留。

很多时候,我们总以为可以一直拥有一些东西,拥有那些我们所希望拥有的,可当你心生依恋的时候,又突然要面对失去。她曾把爱情想象得太过美好,对他的出现给予了太多的希望。然而,幸福总是不带有任何征兆地走进你,让你沉迷其中,又会不带任何征兆地离开,让你连流泪都来不及。

窗外细雨蒙蒙,整个空气中弥漫着寒意。6月的浪漫,像是凋零的幸福,一切回荡在回忆的深处。

两个人的关系就像水中月,镜中花。看起来美好,却虚幻不实。前几秒,你还以为遇到了一场至死不渝的爱情,下一秒,就从心满意足到突然的破灭,让人措手不及。

一念起,春暖花开;一念灭,沧海桑田……

★★★★★★

北欧的旅行故事就这样彻底结束了,一切恢复到本来面目。一路上,他们不断了解彼此,尝试给彼此新的定义,同时也不断探究自己,发现一些不曾有过的体会。然而,旅途的终点,最终还是分离。

艾芊芊回国了,她似乎刻意回避大家,电话总是无法接通。而楚桐,又要重新寻找另一种开始。犹如一种轮回。

生活起起伏伏,有时欢喜,有时沮丧。情绪总是左右着我们。此刻,她听着舒缓的音乐,却无法拔掉心里的杂草。

一颗不够坚强的心,音乐更容易进入。她任由空气中游离着旋律,乐曲中那细微的颤音让她充满伤感。日升月落,我们在每一个日子里反复修改人生的轨迹,试图达到我们满意的样子,可到头来,一切只是一场虚妄。

落日下,街道沉寂而幽静,不知是谁点燃了烟花,那势如破竹的烟火迅速在天际中绽放,一个又一个,可又迅速地隐匿在落日中。

爱情是烟花一瞬吗?璀璨过后就是暗淡?

此时,和陆羽川在一起的一幕幕在她的脑海中翻转。我们越是不想分离,就越是会莫名其妙地突然结束,甚至,还有很多话来不及说出口。转眼间,两个人的风景就变成了一个人的回忆,她独自黯然神伤。

爱情就像一场花事,每场花开都有一定的期限。期限内,繁花似锦,心生欢愉;花谢时,唯有独自神伤,深陷追忆。

生活总是充满了期待的失意。

在自己勾勒的幻象中,她关上心门独自难过。孤单着、思念着、茫然着,仿佛自己一无所有,她突然萌生一种对未来的迷茫。

人的一生要用过多少情才能换来一世的安稳?

有没有一场完美的关系?

房东太太 Carol 是个冷艳而孤僻的女人,眉宇间经常透出一种疏离的气质。她的话不多,总是保持着礼貌的距离,令人觉得不好接近。可这一天,Carol 竟主动过来攀谈。

"你看起来情绪很低落,遇到什么问题了吗?" Carol 的语气中充满了关心,"感情,是不是?"

灶台上正在炖着早上在街角的肉铺里买的牛肉。牛肉汤的香味时有时无地飘在空气中。买肉的时候,她亲眼见到肉铺的老板用麻利的手法将牛肉从肉缝中分离。那些看起来如此紧密的部分,竟然只需要用带点技巧的外力就可以轻易分开。人的感情也是如此吧,看似心灵相通的两个人却可以毫不费力地说分别就分别,且不再有任何牵连。

无处可说的情绪一下激发了所有的泪点。她对 Carol 讲了跟陆羽川的事情。

"经验告诉我们,不能义无反顾地恋上一个人。一旦认真,就会失去他,而且,可能永远再也找不到他。" Carol 说。

"难道有些感情就是一场暧昧?"她低落地问道。

"要学着适应人生的分分合合、聚散离别。"

这个下午,看起来冷漠、疏离的 Carol 竟然讲起了自己的往事。

Carol 出生在西班牙中北部索里亚的乡下。那里宁静、空旷,美景一览无余。不过,平静的生活中隐藏着她蠢蠢欲动的青春。18 岁那年,她恋爱了。他帅气、勇敢,有一颗不服输的心,只想让喜欢的女孩过上幸福的日子。他决定带她从乡下搬到巴塞罗那。于是,她带着美丽的梦想和对美好生活的期待随他来到大城市。

年轻的 Carol 有一种出水芙蓉的美丽,她很轻松地就在豪华酒店找到了一份服务生的工作。然而,每天面对纸醉金迷的光影,当金钱一点点刺激着内心,当物欲一点点侵蚀着纯真,她内心的天平已经不可避免地倾斜向了物质。

有些东西,在拥有者的心目中,是那么理所应当,甚至可有可无。而在得不到的人那里,却是极度地渴望,甚至会为此而背弃自己的内心。Carol 开始渴望遇到一个富有又肯说爱自己的男人。

不过,当一个人想要进入一个不属于自己的圈子时,只好去伪装。接下来的日子里,Carol 活在自己虚构的世界里,她将自己伪装成一个受过高等教育、出身富有的女子。她对别人说,她的父亲以前是个富有的商人,可惜家道中落,她只好来酒店当服务生。她说自己毕业于巴塞罗那大学,可那只是一个短期培训的课程。她对任何人都否认自己有男朋友,甚至不允许他出现在她工作的地方。

终于,她遇到了一个令她看到希望的男人,一个富有的比利时商人成了她眼中的救世主。她不顾初恋男友的苦苦挽留,坚决与其分手。那以后,她将自己的一切都建立在那个比利时男人身上,为此辞掉了工作,勾画着阔太太的日子。可是,那个人却欺骗了她。他并不是什么富商,只不过是个债台高筑的小商人,还有着合法的妻子。而知道这一切时,她已经怀孕五个月,他却不声不响地离开了!

此刻,Carol 手里夹着烟,身子微微倚在椅背上,有着看透一切的无动于衷。她似乎不在意周围的世界,也不关心周围的存在,就那么平静地讲述着。

"曾经,我觉得自己可以驾驭一切,可以掌控男人,可到头来,我不得不承认,我终究没有那么聪明可以把控自己的人生。"Carol 的目光平静而沉寂,那是她经历风雨后的笃定眼神。

是生活麻木了幸福吗?还是就像茨威格说的,"她那时候还太年轻,不知道所有命运赠送的礼物,早已在暗中标好了价格"?

这段经历让 Carol 清醒地懂得,一个女人想过更好的生活,只有自己努力,不能依赖任何人!

32 岁那年,Carol 重新返回校园,跟那些还不到 20 岁的人一起读书。最终,她拿下了法律学位,成为社区的一名法律工作者。那一年,她 36 岁。与此同时,她的初恋男友又再次出现在她的生活里,他已经成了一名酒吧的老板。他对她说:"每个人心里都有一团火,但大部分人只能看见烟,可总有人会看见那团火,愿意陪你守着温暖。我就是那个愿意陪着你的人……"

★★★★★★

窗外,淅淅沥沥下着雨,雷声逐渐减弱,最终消失。太阳照射在湿漉漉的草地上,空气中是水润潮湿的雾气蒙蒙。片刻,又是阳光和阵雨交替。这像极了此时巴塞罗那的天气——一种风云变幻的忧伤,一种明媚的渴望,一种环绕思绪的重负。

此刻,楚桐的心情犹如日光中的尘埃飞舞,沉浮着某种对自己的不自信,对未来的胆怯,还有对情感的怀疑。

这个世界上有没有一场没有欺骗、没有伤害,可以始终如一的温暖相伴的爱?难道这个世界上就没有一场完美的关系,一个完美的人生?

"女人只有自己强大才有生活,这也是我给你讲我的故事的用意!被爱的前提是先爱自己!我帮你介绍份实习的工作,但她会不会录用你,就要看你的运气了。"

就这样,在 Carol 的安排下,楚桐跟 Chloe 约了见面。Chloe 是 Carol 的大学同学,目前是一家著名律师事务所的合伙人。

微笑的背后

在约定的咖啡馆,Chloe 正在看英国作家 Jojo Moyes(乔乔·莫伊斯)写的 *Me Before You*(《遇见你之前》)。见楚桐来,Chloe 合上书:"这本书写得很好。"

Chloe 抬头望着她。Chloe 有着一张优雅的面孔,眼神清澈而淡定,不经意的浅酌微笑和眉宇间淡定的沉思,让人感觉到由内而外的女人味。

"嗯。故事很令人感动。男女主角看起来完全不合拍,但他们从陌生到相知,他们的生活因为对方的闯入而彻底改变。"这本书恰巧是她看过的,没想到 Chloe 也在读。

"被拽进一种全新的生活,这会迫使一个人重新思考自己是谁,以及他人如何看待自己。"

"结尾处,男主角为了让心爱的人好好活着,为对方考虑得万般周全。这种爱真是令人枕着眼泪入睡。"

岁月或深或浅,至美的情感却可以流经任何人的心海。这机缘巧合的阅读让她获得了实习机会。

这以后,她们有了友谊。

★★★★★★

Chloe 对时尚从来不盲目跟风,注重细节和品质。不工作的时间不忘阅读、观赏戏剧、听音乐会、逛大大小小的画廊。她用一颗浪漫的心面对生活,在绘画中感受自我,在书籍中寻找自我。

Chloe 看起来是个生活很惬意的女人,尽管她的脸上已爬着皱纹,她却如醇厚的佳酿,举手投足间有说不清的女人味。可不承想,她竟然有个患有唐氏综合征的儿子。

那一天,楚桐应邀去 Chloe 的家里吃饭,看到了这个智商不及 10 岁儿童的孩子。他就像所有的唐氏儿那样胖胖的,有着一张稚气未脱的脸。他的思维缓慢,说话的速度也非常非常慢,而且有点结巴。可是,他浑身上下都散发着欢乐的气息,那种温柔的笑容让人心生欢喜。

Chloe 是高龄产妇,虽然各个年龄层的女性都可能产下唐氏儿,但年龄越高产下这种胎儿的可能性就越大。现代的技术可以利用产前羊水穿刺来诊断,但 Chloe 夫妇却忽略了这种检查。

"我曾那么期盼孩子的诞生,以为这会是生命的全部乐趣。可当看到他的状况后,我觉得我跌入了深渊。我痛不欲生。我深深知道,对于生活而言,抚养这样的孩子会令人心力交瘁。"Chloe 说出了当时的感受。

经过再三挣扎,Chloe 决定亲自抚养他,而没有选择送他到养护机构。对于父母而言,不管孩子是健康的还是患病的,他们的爱都会毫不保留。渐渐地,Chloe 发现他对绘画产生兴趣,于是,她就陪同儿子一起作画。经过他们共同的努力,他的一些绘画作品还在社区作过展出。如今,Chloe 夫妇以他为骄傲。

生活的一切并没有使 Chloe 沉沦,她仍旧举止优雅、妆容精致地出现在大家面前。楚桐称赞 Chloe 的伟大付出。可 Chloe 却笑着摇了摇头,问道:"不知道你

看没看过一部叫作《帝企鹅日记》的电影?"

她点点头。那是一部让人感动的电影。

"帝企鹅为了孵蛋的母企鹅和孩子去长途跋涉地寻找食物。这是一个漫长的过程,等它回来的时候,母企鹅和孩子可能已经死掉了,而它在跋山涉水的途中,也可能遭遇死亡。但它凭借心中的爱,带着食物回来了。而且,一眼就可以找到自己的家人……这是一种浓于血的情感,是一种自然而然的爱。"

是啊。这并非什么道德、什么崇高,这只不过是天性!可恰恰这种天性就是世间最平凡、最朴实,也最真实的爱。无论你是什么样子,可在他们的眼中,你都是最好的你。即使,爱情令你失望,前途令你失望,可亲情永远不会令你失望,会永远伴随着你。

"生活中,没有任何一种忧伤可以自行离开,如果为自己感到可悲,就永远不会得到快乐。"

"怎么才能做到您这样豁达?"她迫切地问。

"桐,你要多去旅行。去了解不同的文化、生活习惯以及宗教信仰,这样你才会有不一样的心情去发现自己最好的一面。对女人来说,容颜易老,可见识、智慧是岁月带不走的……不要封闭和自己心灵的对话……这份工作你已经做得很好了,利用假期到处走走吧。与自己来一次深度的交流,这样会令你直面内心中的所有事情。"Chloe 这样说。

都说去远方可以找到更好的自己,可在迷茫、混乱的生活中,旅行能让她得到怎样一种慰藉?虽然她这样想,心中却做了一个决定。

独自去旅行!路线也在脑中片刻形成:捷克、斯洛文尼亚、保加利亚、希腊、土耳其。这些不正是陆羽川这两年去过的地方吗?当他在给她讲这些地方的见闻时,她的脑中总会出现电影般的浮光掠影。

那么,下一站,布拉格。

第三章　遇见远方的自己

我们在摸索中寻求自我救赎……

喜忧尽在辗转间!

原来,我们的内心总是投射到外界,我们的烦恼、迷茫、焦虑、混乱都源于我们的内心。

心静,则世界静……

心静,则智慧生……

时光终究会将所有的迷茫都驱散……

那些不如意,后来都悄然变成了一种能量……

只要心存渴望,总会听到花开的声音。

第十五节　布拉格
Prague

你怎样，世界就怎样

我们越是思考、分析一个问题，这个问题就会越变越复杂。只有当这些思维终止的时候，一切才可能解决。

回忆是条没有归途的路

飞机穿过云雾层。机窗外，云，缥缈、朦胧，让人捉摸不定，一会儿可以看到大地的全貌，一会儿又都隐藏在云海中。

楚桐不由得轻叹了口气，迷失在思念中。是的，她很想他。

那些如同浮云般变幻莫测的情愫何尝不是这样令人无法抓牢？一个人永远无法理解另一个人的情感因何而起，又因何而终。曾以为会是生命中不可替代的情愫，如今也心生云雾，脑海中存留的美好也如同这浮云滤过的天空，瞬息变化。如何用清朗的心情去面对人生的境遇？

如今，在西班牙的课程已经过了一半，这期间，她不止一次地问自己，如果不离开那个舒适的环境，保持着那份中产的收入，是不是就可以不再像即将毕业的学生那样，再次为了就业而迷茫？是不是已经跟嘉良结婚，在别人的羡慕中过着相夫教子的安稳日子，而不必经历感情的伤痛？

那如轻烟笼罩的心情,如云雾缭绕的情感……

布拉格,一座被列入世界文化遗产的城市,曾无数次出现在各种电影的镜头中。尼采认为这里是神秘的代表,歌德认为这里是欧洲最美的城市。18座大桥横架在伏尔塔瓦河之上,将两岸的哥特式、巴洛克式和文艺复兴式的建筑连成一体。在这座城市里几乎可以看到11世纪到21世纪出现的所有建筑形式。

走在旧城区的街道,每条街巷都能看到中世纪以来的古老建筑,散发着宗教的神秘色彩。无疑,这座城市是华丽而神秘的,是古典与时尚的,是喧闹而恬静的,又是庄重而深邃的。

阳光将她的影子拉得很长。只是,这影子只有她一个人的。当一个人走进你的世界,他就会变成你的影子,可当这个影子不在了,阳光下也只剩下了寂寞。

人生路上的你我,就像这日光下的影子,随时光不断地变化,时有时无,最终,在这天地间,变成了微不足道的存在,跟浩瀚的宇宙融为一体,再也找不到彼此。

当我们独处的时候,总会面对自己的内心,这时候,寂寞的情绪会随之涌现。对于一个偏重自我感受的人,更会出现心情低落的状态。

爱情从来没有缘由,那些瞬间闯入心底的人将你俘虏。情绪从此被束缚……

她开始奔跑,沿着伏尔塔瓦河的堤岸。河流永远是一个城市的灵魂,这条流经捷克全境的伏尔塔瓦河为布拉格增添了灵动、柔美。它静静地流淌,见证着这座城市的悲欢离合、爱恨情仇、繁衍生息。

此刻,一艘艘游船被她抛在了身后。她气喘吁吁,用力跑着,想把一切烦恼抛在脑后。

心中的卡夫卡

黄昏,她走过查理大桥(Charles Bridge),这座欧洲最古老、最长的桥连接着布拉格老城和布拉格城堡。桥上有30座神话人物的雕像,出自17至18世纪的捷克巴洛克艺术大师之手,桥两端耸立着哥特式的桥楼。可以说,这座桥是哥特式建桥艺术与巴洛克雕塑艺术的完美结合,如史诗般的气势震撼人心。街头艺人云集桥上,来自世界各地的游人熙熙攘攘,看起来异乡客似乎比本地人要多。

老式的有轨电车缓缓从眼前驶过,像是时光交错。

安静的街道、极具年代感的建筑、充满艺术气质的氛围。一切,就像走在时光交错的画面里。

布拉格有无数的博物馆,也有音乐家、画家、建筑师、艺术家、作家的故居。她去了趟卡夫卡的故居。那是一个离老城广场不远的一个简陋的小房子,坐落在黄金巷里。

卡夫卡的作品中经常流露出一种迷茫、恐惧和无望的情感,这或许跟他的经历不无关系。他曾在日记中这样写道:"我在自己家里,在那些最好、最亲爱的人们中间比陌生人还要陌生","我永远都得不到足够的热量,所以我燃烧。因冷,而烧成灰烬"。

她带着几近压抑的心情走出卡夫卡故居,来到老城广场。一路上,她一直在想:如果一个人无法排解自己的负面情绪,是不是只能一辈子深受其苦?如何才能避免这些负面情绪的积累,令自己活得轻松?

伴着钟声,一群鸽子从古老的钟楼飞出。每到整点,钟上的窗门便自动打开,12个圣像一一在窗口出现,向人们鞠躬。广场的中心,大家聚集成环形,观赏着街头艺人的杂耍。当火焰从艺人的口中喷出时,大家惊呼着、雀跃着。那明艳的火光映衬着月色的柔和,令人惊喜。可对她而言,这眼前晃动的火焰似乎是一

种压抑而需要爆发的情绪。

她随便找了一家餐厅，坐在露台上，朝广场中心看去。

地标似的教堂双塔巍然耸立。广场的另一边，几个身穿燕尾服的绅士正在演奏，曲调似乎将人的心情带到了几百年前的时空。整个广场上是密密麻麻的人群，四处洋溢着欢乐、热闹的气氛。

作为一个独行者，特别是心情低落的独行者，总会和周围的繁华格格不入。即使，她很想融入周围的氛围中，却始终觉得自己只不过是这热闹中的一个冷眼的旁观者。

侍者用捷克语问她要吃什么，她听不懂，侍者就将菜单递了过来。

原本，在这个充满浪漫和神秘的城市里，美食是能够调节心情的。可她却没什么胃口。尽管，捷克被誉为美食之国，尽管这个菜单上呈现着烤猪蹄、炖牛肉、炸奶酪一切有着捷克特色的美食，然而，她只是随手指了个意大利面。

落寞时，美食也只成了应景。

布拉格，这个她曾向往的城市，此时却并不觉得美好。心空虚时，周遭越是喧哗，越会将自己抽离出来，觉得孤单。她托着下巴，望着那些男男女女穿梭在布拉格的街头，这些形形色色的人带着不同的表情、不同的情绪。她的注意点一直在寻找那些跟她有着同样失落面孔的人。我们总是愿意寻找那些跟我们气场相同的人，似乎在他们的身上能够寻觅到我们自己的影子，这样心也会随之沉迷。

她不想隐藏孤寂的神情和渴望交流的内心。曾经，她从不承认自己是个会寂寞的人，可自从到西班牙留学，她开始重新审视自己。如今，她承认，很多时候自己是寂寞的。这份寂寞并不是因为没有陪伴，更多的是对未来的茫然。

终于，在布拉格寂寞的夜空下，她遇见了同样孤单的 Vivian。她们看起来都落寞而孤寂，又都是中国人，很自然地打着招呼，最后，干脆坐到了一起。

爱情的"布利丹效应"

Vivian 说自己新婚不久,陪丈夫来布拉格出差,可她的丈夫完全沉浸在工作中,几乎忽略她的存在,她只好一个人百无聊赖地在这座城市里闲逛。

寂寞孤独的人有着敏感的共性,越是热闹喧嚣的环境越反衬出他们的孤寂。此刻,卡夫卡几乎说出了她们的心声:

> 尽管人群拥挤,每个人都是沉默的、孤独的。对世界和自己的评价不能正确地交错吻合……我们就像被遗弃的孩子,迷失在森林。当你站在我面前,看着我时,你知道我心里的悲伤吗?你知道你自己心里的悲伤吗?

两个孤独的人需要彼此的安慰和倾诉。Vivian 说,她跟丈夫在相亲网上认识,太怕错过对方,认识不到 1 个月就结婚了。

可是,婚后,Vivian 发现自己那么不了解他。她需要的,他似乎永远不懂。这可能是他们性格不合,感情总是不在相同的频率。她渴望宠爱,他总是很木讷。这种状态令她很苦恼,即使她大吵大闹,也无法令丈夫将注意力放在自己身上。

她总是问他:"没有了我,你会想我吗?"但他从未回答过。这似乎就是他的性格,抑或,他并不会。

虽然,他能给她不错的生活,可是她的内心却是寂寞而孤独的。

"与一个不适合的人生活在一起就像是一个黑暗的存在。"Vivian 倾诉着。

"是啊,当感情和婚姻不顺时,对方就是令我们深感孤独的症结。"她回应着。

在布拉格幽暗的月夜下,她们两个陌生人却相互安慰着,倾吐着心声。或许,在孤独和寂寞面前,我们都束手无策。正像有位印度朝圣者曾说:"当你感到孤独时,最能用心倾听你诉说孤独的人是旅者,旅者会把你的孤独带去远方。"

"如果让我重新选择,我或许会选择一个能够陪我的人。可是,能陪我的人我又会嫌弃他没出息。唉,或许跟谁在一起都是烦!"Vivian 低落地说。

人生的选择或许就如同"布利丹效应"。

14 世纪,法国哲学家布利丹在一次讨论时讲了一个寓言故事:"一头饥饿的几乎要昏过去的毛驴站在两捆草料中间,两捆草料看上去差不多,毛驴始终犹豫不决,不知道应该先吃哪一捆,结果竟活活饿死了。"以后,这种在决策中左顾右盼的选择困难症就叫作"布利丹效应"。

人们在选择伴侣的时候,不也一样面临这样的困扰吗?有事业的,没时间;有时间的,没出息。浪漫的,容易风流;老实的,又太木讷。

她心想,自己何尝又不是这样?跟嘉良在一起时,渴望浪漫、心动;遇到了陆羽川,又渴望稳定、安心。

我们总是不知道自己真正想要什么,总是在纠结中迷茫。

或许,单身才是忠于自己的风景。或许,寂寞才是真实的情感,才是陪伴自己一生的真实。

女巫的占卜

有轨电车的轨道延伸着,四周都是富丽堂皇的公寓建筑,一扇扇窗户笼罩在月光中。回去的路上,她被一个音乐人的演奏吸引,他正在弹奏他自己谱的乐曲。她的心被这旋律触动了,毫不犹豫地买下了他的 CD。

回到旅店,伤感的情绪逐渐聚集,她泡了一杯咖啡,坐在窗前,听着刚买的 CD。月光照耀下,杯中的咖啡晃动,她仿佛看到了旋律的波动。

快乐就像那些摇曳的光影吧,难以捉摸和把握。

手机一直放在她随手可及的地方,她不经意地就会瞥上一眼。最近一段时间,她总是有事没事就要看看手机。如今,每个人都对手机有某种程度上的依恋,如果一段时间不拿出手机看看,就会觉得不舒服,尤其是不能联系上某人,或者对方不回电话时,内心的焦虑感也会随之强烈。这或许是一种对人际关系存在忧虑的表现,但更主要的是,她怕错过陆羽川的信息。

杯中的咖啡还冒着热气,她一边朝杯子里吹气,一边盯着窗外。窗外的皓月映照着布拉格的夜。我们的心总是会被月亮引起回忆,盈盈的月光下,流淌着她的思念。百转千回萦绕心头。

夜晚,是人的心灵最脆弱的时候,特别是异乡的夜晚。这种孤独感虽然以前也经历过,可是陆羽川的离开让她更加孤寂。

我们总是因为想念一个人而放大了孤独的感受。

她的心情有几分烦躁,起身下楼,想找个人聊天。

这旅店是个家庭式客栈,有四五间客房,楼下有开放式厨房、读书室、会客厅,室外有五百平米左右的院落,摆放着餐台和长椅。

正巧,旅店的老板查理正坐在院落的长椅上喝茶。他热情地教了她几句捷克语,又介绍了布拉格的历史,不知怎么话题就说到了当地的一个女巫,说她是当地有名的可以预知未来的神人。

人在对未来不确定的时候,总是想通过神秘学得到预见,想得到神灵的指引,以求得一时的安慰。

她决定前往。

★★★★★★

次日,她在昏暗的雨天中醒来,按照查理给的地址去拜访女巫 Emma。

雨中的布拉格笼罩在一种梦幻而神秘的氛围中。那些古老的建筑,在雨中似乎发出寂静的召唤。她擎着一把红色的伞,孤独地走在布拉格的街头,心里缺

少归属感。

布拉格有很多风格各异的小广场,这些小广场被古老而神秘的建筑包围着,一些有情调的咖啡馆坐落在这些建筑的底层。女巫 Emma 的工作室就在一个咖啡馆里面的一个隐秘的空间。

穿过一扇门来到大堂,顺着箭头的指引,她进了女巫 Emma 的房间,看见一个很消瘦,皮肤包裹着骨头的女人。Emma 的目光看起来很空洞,眼神毫无感情。

"也许这才是神秘所在吧。"她心想。

Emma 示意让她喝下一杯绿色的饮品,说这取自植物的根,可以净化心灵,打通身体的气脉。她犹豫了一下,还是选择喝下它。这液体有些苦涩,可味道并不难以下咽。

Emma 说在洞察她的未来之前,先要为她确诊,以便帮她打通气脉,否则,堵塞会影响观测的准确性。

Emma 全神贯注地闭上眼,将双手放在她的身上微微颤抖着,继而,又深深吸了口气,似乎在以通灵的方式诊断。

片刻工夫,Emma 肯定地说:"你的心脏有些问题,你是不是总觉得胸口压着,呼吸不畅快?"

她不置可否。

继而,Emma 又说:"你的肠胃也有些问题。"最后,Emma 建议她先服用一些精心配制的药水调理一夜气脉,第二天再来。

这些药水要价不菲。她表示没带现金。Emma 说可以刷卡。她表示没带卡。Emma 说可以先拿回去喝,明天带着现金来时再付钱。

最终,她表示拒绝,并离开。

在回去的路上,雨已经停了。布拉格恢复了日光下的浪漫气息。她意识到,在过去的几个小时里她的精神是多么紧张,却并没有得到想要的心理安慰。她缓缓地做了几个深呼吸,随意跳上了一台缓缓驶来的复古红色电车,至于车会驶向哪里,那就到了终点再说吧。

★★★★★★

晚上回去旅店的时候,她跟查理说了在 Emma 那里遇到的事情。查理承认,Emma 这种做法是在蒙人,但确实很多人相信。

"一个人如果不了解自己,占卜又怎么能改变我们的人生轨迹?很多事情其实掌握在我们自己手里。我一直认为,我们怎样,世界就会怎样。"查理喝了一口杯中的红茶,说道,"如果一个人的生命中充满了嫉妒、虚荣、贪婪,那他的世界永远都是这个样子,未来也会如此,占卜不会改变任何事。"

查理的话让她多了一份清醒。是啊,一个人如果不了解自己,又怎么可能改变自己的生活?坚持错误的状态,占卜又怎么可能给我们一个光明的未来?

"我经营这个旅店快 15 年了,接触了来自世界各地的男男女女。有人想占卜未来,我就推荐 Emma,满足他们的心愿。他们有的会说,我的命真好,总是能得到想要的。有些则会说,我总是得不到想要的,是不是命不好?可生命本身并没有好坏,这些都只不过是我们自己的评价。要知道,阳光照射万物,自然也会照射那些阴暗的地方。未来不在任何人的手里,而是在我们自己的手里。"查理又重复了这句话。

她点点头。不是遇事烧香拜佛就可以吉祥如意的。改造命运的根源是从心做起,那些蒙蔽意念的神秘事物,终究只是迷信。

你怎样,世界就怎样

查理将一杯咖啡递到她的手里,热气氤氲着她的脸,她接过咖啡杯,表示谢意。

"住我店的人,很多都是满世界地走,声称旅行是为了寻找自己,可很多人走

了一圈下来仍旧对未来迷茫。我倒是觉得,一个人应该先深入地观察自己,找到一种内心的平静,才能转变自己周围的世界,而不是通过走遍全世界去寻找自己。"查理点了一支烟,接着说,"排解心情,不一定要远足。心若清净,身在哪里并不重要。如果把一切希望都寄托在旅行上,只为了去远方寻找自己,那只是徒劳。"

所谓心无所安,走到哪里都是茫然。这不正是她此时的心情吗?来到布拉格,为了遗忘或是为了寻找,可如今,这曾令她为之倾倒的城市,又带给她怎样的一番体验?惊喜吗?不,仅仅只是寂寞。

"这些年,我见过太多人,有时也会研究他们的心理。一个人将自己内心的状态投射到他的世界,并用这种方式去感觉这个世界。如果他的内心是混乱的,他看到的世界定会是杂乱无章的,他与别人的关系也是如此。一个人的烦恼和困惑都是自己制造的,跟世界没有关系。所以说,无须占卜,无须走遍全世界去寻找快乐和幸福。其实,到达什么地方并不重要,重要的是能够感受到那份心情,哪怕只是在花园中,喝茶。"查理的目光中透着智慧的光辉,端起茶杯,笑着说。

他的一番话,让她豁然开朗。没想到这样一个小旅店的老板内心竟然装着一个世界。难道我们不是通过我们的情绪、思维和我们的生活方式缔造我们的世界吗?

查理继续给她讲着他的"个人与世界"的理论。这听起来很有趣,也很有道理。

"这个社会,你和我之间所存在的问题,就是世界的问题。"

她点点头,又摇摇头:"怎么会,世界的问题太大了,我们只是这么微不足道的个体。"

查理笑了起来:"不,我们每个人都跟这个世界息息相关。我们都是组成世界的元素。任何问题,必须从自身开始解决。如果你转变了,你和周围人的关系就改变了,大的范围也就影射你和世界的关系。很多时候,因为我们缺乏对自己的正确认识,才会导致我们对未来的迷茫。"

查理跟她聊得很投缘。他接着讲了自己为何要开这间旅店。

"我在经营旅店前,是一家大型超市的经理。可是我为了得到区域经理的职位每天心力交瘁。那时,我有两个孩子要养,第三个孩子也将出生,成为区域经理可以给我更高的收入,也可以满足我的虚荣心。可是,我当时的心态给我的人生带来了严重的破坏,我忽略对家人的关心,也嫉妒他人比我提升得快。我越来越不满足于自己当时的状态,觉得我的付出就是应该有所回报的。最终,我竟然为了职位跟一个竞争对手在办公室大打出手。当然,我被解雇了。"查理笑着耸耸肩,似乎是在嘲笑过去的自己。

或许,当我们的功利心得不到满足,当我们在生活和工作中面对挫败,我们总是会陷入情绪上的痛苦中。我们时刻在跟自己的想法和情绪作战,总觉得距离自己想要的生活太远了。

"在我失业的一年时间里,我意识到,如果我只是为了让家人活得更好,可以有很多方式,不必将嫉妒、贪婪、虚荣这些加入我的生活中,最后反受其害。"

人至暮年,总爱思考人生的本质。查理喝了口茶,接着慢悠悠地说:"我们终其一生在跟自己对抗,内在的冲突就会构成我们跟周围世界的冲突。只有我们内心的战争结束,才会进入一个亲密的关系,小到家庭,大到工作的人际关系,再到社区,最终是整个世界。"

是啊。如果,我们每个人都能妥善地解决好自己内心的冲突,世界不也就和谐了吗?

人总是生活在自我的情绪中,很多时候,我们陷入自己设想的场景中,很多小事情也在心里无限放大,最终,破坏我们和自己的关系、和他人的关系、和世界的关系。越是纠结、计较,越会深陷其中。如果我们自己不能够善待自己,满世界去寻找内心的平静又有何意义?

第三章 遇见远方的自己

239

旅行不如心念的转换

次日清晨,她爬上佩特任山,这里有一座19世纪末仿埃菲尔铁塔建造的瞭望塔,可以俯瞰布拉格的全景。她登上299级台阶,静默地凝视着眼前的城市。

布拉格这座充满神秘的城市,像是本古老的经书,人们可以从中翻阅出美好、希望,也可能获得绝望,乃至死亡。这里曾有曲终人散的悲欢离合,也有让人感动的生死相依。它像任何一座城市一样,承载了万千的人生迹象,那些为情、为名、为利挣扎的男男女女,总会有各种各样的身不由己。那些相遇,那些分别,那些爱和恨,即使充满辛酸和苦涩,可人们仍然努力从中体会生命的光芒。

来这里的人们又何尝不是如此呢?带着各种情绪,寻找自己的出路。不过,当感情和工作进入瓶颈的时候,尝试打破已有格局是个办法,可关键还是心念的转换。

当我们越是思考、分析一个问题时,这个问题就越变得复杂。只有当这些思维终止的时候,一切才可能解决。

是不是你怎样,世界就怎样?我们的内心会影响我们眼前的真实世界,应该多给自己一些好的潜意识吗?

或许吧。

第十六节　斯洛文尼亚
Slovenia

不困于情，不乱于心

世上有一样东西永远忠诚于你，那就是你的感受和思考。每一个沉浸其中的日子都变得鲜活……

阅读是件私人的事

一个人的旅行是孤单的，也是轻松的，可以自由地依照自己的步伐前行。

巴尔干地区一直是她渴望去的地方。因为这里曾经战火纷飞，因为这里处在历史的缝隙中。记得高中历史课上，老师经常会说："巴尔干地区历来是兵家必争之地。"那时，"巴尔干"这个名称就牢牢印在了她的脑中。另一个原因，初中好友的姐姐是名维和警察，执行任务的地点恰好在巴尔干的科索沃。据好友的姐姐讲："巴尔干真是个美丽的地方，只是命运多舛。如果世界永远和平该多好。"

或许是想看看硝烟战火后遗留下的痕迹，或许是想感受和平年代里不曾有过的沧桑，结束捷克的行程后，她乘火车前往位于巴尔干地区的斯洛文尼亚的首都卢布尔雅那（Ljubljana）。

火车启动，阵阵摇晃的声音催促她的困意，耳边时而飘过路人的交谈声。火车途经某个小站，上来一个金发碧眼的女孩，坐到了她的对面。女孩看起来也是独行者。偶尔，她们的目光交汇，彼此点头微笑。旅行中，那些陌生人的微笑往往给孤单的独行者平添几分暖意。

女孩一直在看一本书名为 Alamut（《鹰之巢》）的书，她看到楚桐的目光停留在书的封面上，微笑着说："斯洛文尼亚作家 Vladimir Bartol（弗拉基米尔·巴托尔）的作品。"

每到一个地方，读一本和这个地方有关的书，选一个和这个地方有关的作家的作品，的确是一件有意思的事情。不过，望着女孩专注的神态，她心想："过去，连读书会带有些许的功利性吧。"

曾经，她会将一些阅读计划发到朋友圈，以此显摆自己读过哪些书，就像福楼拜曾说过的那样："如果一个人足够认真地读上十本书，他就能成为一个圣人。可大多数人通常做不到这一点，因此转而收藏书籍，以炫耀他们的书房。"可如今，她发觉阅读是件很私人的事情，只需要享受其中的乐趣就好，不需要告诉任何人你读书了，读过什么书。就像此时眼前的这个女孩，专注于自己的阅读，这就够了。

一个人的旅行

黄昏，她来到三重桥（Triple Bridge）。这是三座并排的桥，横跨卢布尔雅那河，连着中心广场和老城的商业街。在桥的一侧是飞龙桥（Egon Kase），桥头两端有青铜做的翼龙，栩栩如生。

华灯初上，桥上的灯映照在河面上，发出波光闪闪的光亮。两岸是鳞次栉比的餐厅和酒吧，灯红酒绿地喧闹着。许多市民带着小孩在河岸边玩耍，一些小商贩时不时穿梭其间，卖着气球、糖果或者纪念品。还有些街头艺术家在桥头演奏。

河岸上喧闹,河道里却幽静。水流不缓不急,就像这城市里面的人悠闲而缓慢,偶有人在河中玩着皮划艇。

桥头边的长椅上,一个小孩抱着玩具熊独自坐着,似乎在等待家人来接他。一个人的旅行总会有些无聊。秦楚桐沿着三重桥来回走着,偶尔跟小孩的目光交汇。他们反复微笑着,这令人觉得既温暖又寂寞。

由于换了几次车的疲惫,加上没吃东西,她有点低血糖,突然头一晕,差点跌倒在地上。

一个路过的老者迅速将她扶起,关切地问:"需要什么帮助吗?"

"不不,谢谢。只是没吃东西。"她感谢地说。

"好好照顾自己。"他目光充满善意。

旅途中,陌生人送来的关心总是令人倍感温暖。或许,她天生敏感,情绪总会莫名其妙地被放大,容易感动也容易伤感。她鼻子一酸,尽力控制着不让眼泪流出来。这一刻,脆弱和感动交织着,百味陈杂,涌动在心里。

★★★★★★

第二天,她很早便醒来。

苏醒中的城市是最美的。没有任何喧闹,只是以静谧的姿态迎接着晨光的到来。由于卢布尔雅那处于群山环抱的盆地,清晨雾气很重。街道上几乎没有车辆,除了宁静还是宁静,偶尔可以听到鸟叫的声音。

她登上位于市中心小山丘上的卢布尔雅那城堡(Ljubljana Castle)。她之前远望这座城堡,看到它被一片美丽的森林环绕,可走近一看,却是杂草丛生。

或许,有些风景需要远远欣赏,有些故事,没有结局才是最好的结局。她心想。

不过,站在这里可以俯瞰整个城市。

这座城市就像是一个缩小版的布拉格,红砖瓦顶夹杂着绿色的塔尖,河流贯

穿着城市。太阳从东方缓缓升起。沉睡中的城市睁开睡眼。四周被披上了金色的外衣。

历史上,斯洛文尼亚曾经先后在哈布斯堡帝国、斯拉夫王国、法国、德国等国的统治下存在,直到1992才正式独立。可以说,这是片多灾多难的土地。

我们用眼睛看这个世界,用思想去感悟这个世界。她望着一条现代的马路沿着城门而下,蜿蜒地伸进平原,心想:没有人可以始终干涉另一个人的生活,就像这座城市,虽然历经长期的战乱和在大国夹缝间生存的命运,可最终还是走向独立,成为一方净土。

自律即幸福

走下城堡,她开始在老城的巷子里穿梭。城中老房子的窗台上摆放着鲜花,空气中咖啡的香气混杂着刚出炉的面包发出奶香味。再次走过三重桥,她来到了普雷雪伦广场。这个广场不大,是各种庆典、表演集中的场所,四周餐厅林立。她找了一家餐厅坐了下来。巧合的是,餐厅的老板正是昨晚扶她的老者!

"缘分。"老者用蹩脚的中文说着。

她露出惊喜的笑意,心想:如今,越来越多的外国人开始懂中文了,哪怕只是只言片语。不过,一路来,经常有人问她是不是日本人,或者韩国人,而他却能直接认出自己是中国人。于是,她略有狐疑地问道:"您是怎么猜到我是中国人的?"

"这很简单。日本人会透着一种小心翼翼的拘谨,而你没有。"他笑着回答并递上菜单,"我这里的食材可都是注重质量而非数量的精选品质,用最传统的烹饪方式制作。"

他看起来一脸的欢乐。这或许跟斯洛文尼亚优美的自然风光和慢节奏的生活环境有关吧。

"美食可以让人读懂人生。"他笑着说,"我这里的每道菜都值得慢慢品尝。"

菜单很丰富。由于与奥地利、意大利、匈牙利和克罗地亚接壤,斯洛文尼亚的美食也受到多国的影响。菜单上有传递着意大利风味的贝类烩饭,匈牙利风味的菜炖牛肉,奥地利特色的猪扒……

"喏,这个请你喝。这是用斯洛文尼亚和德国的传统技术自己酿制的。这啤酒可是经过漫长的发酵,跟那些大批量生产的啤酒完全不同。来,尝尝。"他递上一杯自酿的啤酒。

她并不喜欢啤酒的味道,可盛情难却。

"你长得很像那个时候的她。"老者看着楚桐喝酒的样子说。

"谁?"

"教会我'缘分'这个词的中国女孩。"

直觉告诉她,那个教会他"缘分"二字的中国女孩定是跟他有过某种交集。

已经过了午饭的时间,餐厅的客人陆陆续续地离开。

"愿意听我的一段往事吗?"老者问道,"看到你令我想起了曾经的那个中国女孩。她跟你一样梳着长头发,身高胖瘦也差不多。"他眼神中充满了回忆。

她点点头。反正也是闲来无事,那就正好听听吧。老人的英文很好,他说这跟他年轻的时候经常去英国出差有关。

★★★★★★

那是20年前的秋天,他像以往一样去位于伦敦的总公司出差,做一个为期两周的项目。由于这个项目有点复杂,公司给他安排了一个助手,是一个刚刚毕业的中国籍女孩。

按照他的形容,那是个有着乌黑的长发的女孩,头发齐在肩头。但女孩的双眸中似乎流动着某种欲说还休的忧伤。这不免让他心中拂过一丝怜惜。

"我对她产生了一种好奇心,很想知道在这青春面孔下会隐藏着一座怎样深不可测的城。"

他们聊工作,聊电影,聊生活。随着了解,他终于知道了女孩的忧愁。原来,女孩生在中国一个不算富裕的小县城,父母一心要将她嫁给一个生活在省会城市的远房亲戚的儿子,那个家庭很显赫,可儿子的健康状况很糟,需要有人照顾。女孩的父母瞒着她收下对方的聘礼,她不想就这样断送自己的幸福,不想跟自己不爱的人结婚,唯一的办法就是离家出走。她在一个英国外教的帮助下,申请到了英国的大学,并且拿到了全额奖学金。在家人的重重阻力和压力下,她毅然来到了英国读书,可因此得不到父母的原谅。他认识女孩时,女孩已经有 3 年没回过家乡,看见过父母了……

"这似乎跟自己的境遇有几分相似。"楚桐心想。或许,这个世界上,总会有人跟我们演绎着相似的故事,只是,会有着不同的结局。

"她是个爱跳舞的女孩。我有一次经过她公寓的窗外,看见她正在对着镜子舞蹈,她沉醉的样子很让我心动。"他陷入回忆,喝了一口酒。只不过,他那时已经是两个孩子的父亲。

项目结束的那个晚上,他们即将离别,他送女孩回去。下车的那一刹那,他的手指轻抚过女孩的手背,在她的手掌心停留下来。那一刻,他们的目光中传递着彼此的情愫,他们似乎触摸到彼此的心跳。

楚桐想象着他们离别时的情景,不觉涌上一丝惆怅。我们是不是可以抛弃一切,在一个陌生的地方跟一个陌生人缠绵?有多少这样的爱情可以奋不顾身,抛下现有的生活?

终究,他还是绅士般地抽回了已经微微出汗的手,迅速下车为女孩拉开了车门。就这样,他看着她走进那曲折幽静的巷子,听着她的高跟鞋落在地面嗒嗒的声音,望着她消失在自己的视野中。

"那以后,我们再也没有联系过,我不知道她在哪里……可我一直记得她的笑,记得她脸上淡淡的哀愁,记得那个午夜,她柔软的手……"

我们都会经历这样一个觉得美好得好像处在半梦半醉之间的瞬间吧,而后,可能终其一生想要找回这种感觉。

我们总是历尽艰辛去寻找幸福，却发现我们的每一次发自内心的微笑都源自生活的小细节。原来，幸福一直如影随形，只在于你是否发现了它……

或许,爱情最美好的滋味是它还没有开始,便戛然而止。

"我很后悔当初没有告诉她,我爱她……"他摇摇头,喝光了杯中的酒,"可是,人总需要有些自制力的。"他意味深长地说。

有一种感情贯穿生命的始终,却是一种害怕得到,畏惧失去的胆怯,也是一种对情欲的克制,抑或是对承诺的坚守。

我们都是自己的囚鸟,始终飞不出对自己的束缚。或许,这就是生活吧,在自制中挣扎,伴着些许无奈和妥协。

"如果有一天,你在中国遇见她。记得帮我转告她,我爱她。"临别时,他不忘嘱咐。

她用力地点点头,回答:"一定会!"虽然,她心里知道,中国那么大,人海茫茫,她们不可能遇见。可此刻,她不想去破坏他心中的那份念想。

如何活出更加美好的自己?

黎明时分,她在一片鸟鸣声中醒来。房间里摆放着木质的家具和烛台,窗帘缀满蕾丝,窗外天空湛蓝,映衬着一片葱绿色。她从床上跳起来,推开阳台的门,周围湖心岛和布莱德城堡尽收眼底。

昨天还在卢布尔雅那感受着都市的气息,此时已经来到了位于斯洛文尼亚西北部阿尔卑斯山南麓的布莱德。

住的地方是通过 Airbnb 网站订的一家靠近湖心小岛的家庭公寓。在这附近有很多这样的家庭公寓,五颜六色的房屋像散落在湖岸边的积木。

湖面上,晨雾缭绕,山上的古堡、教堂的尖塔、阿尔卑斯山的雪峰倒映在湖水中,在晨雾中若隐若现。天鹅、野鸭和其他水禽在湖边悠闲漫步……

这段日子,她每天清晨醒来的第一件事就是关注陆羽川在社交网站的动态,

希望得知他的消息。或许很多人在分手后都有过关注对方状态更新的经历,会看他最近在做什么,有没有新的恋情。然而,他的空间没有任何动静。她不断翻看着手机,希望能收到他的信息,可他始终也没有再联络她。

有时候,最遥远的距离是想你,却不能联系你。

★★★★★★

一个人的下午,她戴着耳麦,沿着湖边走着。

波光粼粼的湖面映着阿尔卑斯山的倒影,山顶的积雪融化,不断注入湖水中。由于布莱德湖是阿尔卑斯山脉的冰川地质移动而形成的,因此湖水的色泽会随阳光的光线而改变。经过太阳的照耀后呈现蓝绿色,像绿松石的颜色,又清澈见底。

唯美而忧伤的音乐几乎令她沉沦,她突然有一种想流泪的冲动。

他们曾踏着日光,十指紧扣地在湖岸边漫步,脸上挂着甜蜜的微笑,诉说着情话。思念,就如同就这布莱德湖的湖水,随着日光而改变。那些快乐的日子,就这样变成了回忆,在心底化成了一抹忧伤。

生命中,一些人不经意走过你的生活,却又毫无征兆地无迹可寻。曾经的过往,曾经的交集只能留在回忆中?一直以来,那样渴望一场轰轰烈烈的爱情,如今,终于知道,爱情的本来面目终究是伴着甜蜜和悲伤而存在的。

世上有两种感情很无奈。一种是相濡以沫,却厌倦终老;另一种是永生不见,却思念到哭。如今,这两种滋味她都尝过了。

周围,安静中又不乏声音,偶有火车的轰隆声和16世纪的古钟声。天空中没有一朵云,湖两岸生长着野花,黑白相间的奶牛漫步在草地上。道路两旁是果树林,农舍隐藏在森林中,袅袅炊烟上升。

走着走着,眼前出现一大片红色的罂粟花海。

爱情何尝不像这诱惑的罂粟花海?带着致命的诱惑,让人沉迷,却好花易逝。

心怀思念的人是寂寞的,说不清的离愁在心底滋长。她是个很难喜欢上一个人或者一件事物的人,而一旦喜欢上又很长情,久久不能释怀。望着这花海,她顾影自怜起来,叹息韶华易逝,对未来充满了担忧。

★★★★★★

黄昏的时候,她坐上传统的 Pletna Boat(摆渡船)前往湖心岛。宁静的湖水和落日的余晖交织着,氤氲着,优雅的天鹅在湖中自由地畅游着。

在岛上有一个建于 17 世纪的圣母教堂,根据当地的风俗,如果丈夫能抱着他的新娘从码头走 99 步进入教堂,这桩婚姻就会幸福美满。因此,当地的村民,不少会选择在这座教堂结婚。

教堂里面有一口重达 178 公斤的大钟。据说,这钟叫"许愿钟",情侣们敲响这钟可以得到爱情的天长地久。对于这个钟,有个浪漫的传说。

16 世纪有一位年轻女子,花钱铸了一口大钟,准备投入湖中,以祈求死去的心爱丈夫可以重生。但就在大钟装上船,从湖边往湖心岛运送时,突然狂风大作,船倾斜致使大钟沉落湖底。直到今天,人们还能隐隐听到来自湖底的钟声。

她毫不犹豫地敲响了钟,那洪亮的声音似乎是她发自心底的呐喊。

真心是最好的表达

回到旅店,天已经完全黑了。房东太太 Rebecca 正在客厅跟一个黑人女住客闲聊,看到她回来,Rebecca 关切地问她有没有吃晚餐,得知还没吃,特意跑去厨房给她热了杯牛奶,又端上一盘她自己烤的曲奇。

客厅的书架上摆着 Rebecca 年轻时候的照片。那应该是在圣托里尼岛的一

个阳台上，Rebecca 染着红色的长发，冲着镜头飞吻，并且赤裸着上身，抽着烟，身边还放着一瓶烈酒。这跟眼前这个看起来一脸的沉稳，举手投足间有着优雅气质的 Rebecca 那么不同。

青春，总是可以离经叛道地做任何事情。

"我年轻的时候做什么事都要疯狂。"Rebecca 看到她正在注视这张照片，笑着说道，"我那时疯狂爱着一个肌肉饱满、浑身满是文身的货车司机。我们经常一起做疯狂的事情。而我现在的伴侣则是一个循规蹈矩、理性大于感性的人。"

黑人女孩本要回房间休息，听 Rebecca 这样一说，留了下来，她说自己是个作家，想收集世界各地的爱情故事出本书，她请求 Rebecca 能够讲讲自己的爱情，等书出版后会邮寄给她。

Rebecca 非常乐意将自己的爱情写进书中。这样，她们三个不同肤色，不同年龄段的女人围坐在客厅的沙发上聊了起来。

★★★★★★

Rebecca 是一个市井姑娘，全家人靠着她父亲开的杂货铺勉强维持生计。那时，二十几岁的她没有正式工作，打着零工，有一堆狐朋狗友。然而，命运却让她遇见了现在的伴侣 Bill。

Bill 跟 Rebecca 是两个不同世界中的人。他名校毕业，是金融界的青年才俊，家室显赫，对人生有严格的规划。而 Rebecca 则高中毕业，邋遢散漫，过着有今天没明天的日子。

可 Bill 偏偏被 Rebecca 吸引了。

"起初的生活并不容易，我们都想改变对方，让对方朝着自己的样子改变。为此，我们每隔一个月就会分手一次。可每次分手不会超过一周又会和好。"Rebecca 笑了,"说到底,我们是谁也离不开谁。"

"后来呢,是你改变了 Bill？还是 Bill 改变了你？"黑人女孩问道。

"那些心灵鸡汤经常告诉我们,不要被对方改变,做你自己。可渐渐地,我想明白,你坚持的自己不一定是正确的,如果对方可以让我们变得更好,为什么要守着自己本来面貌呢？"Rebecca 说。

时光荏苒,虽然他们身上存在着难以磨合的东西,为此吵过、闹过,然而,分分合合数十次后,他们竟然都变了。

Bill 以前的生活就像是一个上了发条的闹钟,几点该做什么,这周该做什么,这个月该做什么,甚至会安排好一年的工作计划,每天从不松懈。而认识 Rebecca 后,他的生活节奏变缓了,拿出更多的时间跟家人在一起。曾经,他跟父母的关系很僵,而跟 Rebecca 在一起后,他会带着她经常跟父母聚在一起。

对 Rebecca 而言,她也告别了过去那种疯狂、懒散的生活方式,生活变得规律和节制起来,虽然有时候也会因粗心大意惹毛 Bill,将他一些有用的东西错扔掉,但她还是将家里打理得井井有条。

好的关系无非是清楚地了解对方有哪些缺点,但仍然想和他在一起。同时,你知道他的过去,了解他为什么会成为现在的样子,也知道他将来可能变成的样子。虽然,这个过程充满了磕磕绊绊、吵吵闹闹,但彼此呵护、迁就。

这是多么令人温暖的情感。

"我是多么幸运,能遇到 Bill,他让我知道我的人生还能有另外一种可能,这是我从来没有想过的方式生活。"Rebecca 喝了口咖啡,"他一直对我慷慨,愿意与我分享他的一切。这令我对这份关系有了充分的安全感。"

是啊。爱可以超越门第、国籍、年龄,可以超越世俗的眼光而存在。好想跟你在一起,只是因为爱你,而不是因为你是那个条件相匹配的对象。愿意陪你走下去,可以超越一切世俗的定义。

这是一件多么幸福的事情。

她们都沉浸在 Rebecca 的故事中,不时点头微笑,充满认可和暖意。

因为爱而组建家庭,没有防备的共享、彼此的慷慨、不计较回报的仁慈、相互了解的自由、坦诚不虚的沟通,这不正是满足了人们对亲密关系的需求吗?

两个独立的灵魂,并肩前行,相互尊重、相互支撑,不去控制对方的生活和思想,不利用对方达成某种目的,同时不依靠对方而能够独立生活,这不正是建立和谐关系的必然吗?

听着 Rebbeca 的故事,她懂得了"另一半"的含义。

★★★★★

然而,令她惊讶的是,他们并没有结婚!

"没有婚姻的关系,你从来都不担心吗?"她问 Rebecca。

"担心什么?他离开我?不,我一点都不担心他会离开我,因为,他还会回来。"Rebecca 自信地笑着,慢悠悠地说,"亲密的关系不在于婚姻,只要彼此有默契,有信任,互为精神寄托,关系就不会瓦解。"

"可是,没有结果的爱情有什么意义呢?"在她的理念里,恋爱的目的就是为了婚姻,没有这个结果,恋爱没有任何意义。

Rebecca 笑着摇了摇头:"凡事不要探讨有意义或者没意义。恋爱就是恋爱,不是为了结婚这个目的。恋爱,就该放下一切,好好享受彼此的存在。莫名担忧结局这很不明智。"

自古以来,中国的女性以婚姻作为人生幸福的保障,这是深入骨髓的理念。找一个可以依靠终身的男人结婚,这对大多数中国女性来说是人生头等重要的大事,重要到可以不以爱情为依托。这个合约似乎可以成为套牢对方的保障。

Rebecca 的话带给了秦楚桐一种冲击。他们没有任何契约,却用爱守护着他们的关系。

我们渴望着安全感,寻求通过关系拥有这种安全感。可实际上,安全感是求不来的,只能自己给自己!

"婚姻只是个躯壳,而爱才是灵魂。没有灵魂的婚姻没有任何意义,而有了灵魂的感情也不在于婚姻的形式。你就是他,他就是你。不是吗?"Rebecca 笑着说。

如今,Bill 经过两次大手术,身体状况每况愈下。Rebecca 则寸步不离地陪在他的身边。两人特地从首都卢布尔雅那搬到湖边,这里怡人的环境很适合 Bill 调养身体。他们经常围绕着湖边散步,天南地北地聊着那些无关痛痒的话。

曾经的照片如今已经泛起暗黄色,他们的身姿也从昔日的挺拔变得略有沉驼。

爱是彼此的怜惜,或是一种同情,带着温柔的呵护和无私的给予。

虽然,我们对爱有太多期许,希望没有离别,希望天长地久。可最终,长久的陪伴并不是靠婚姻的捆绑,而是似水流年中,彼此丰富了对方的生命,最终,我的生活不能没有你。

哭过、笑过、吵过、闹过,平凡中的不离别,这才是最打动内心的承诺。终究,在爱情的国度里,守护要比合约更经得起时间的考验。

曾经,那么渴望爱情,为的不就是心灵的陪伴吗?那些让你读懂了爱,读懂了人生的人,不正是我们渴望爱情的意义吗?今生能够与他相遇,没有理由地爱着,这不正是爱情的真正滋味吗?爱情不在长短,而是那个人有没有真的存在于你的心中。难道不是吗?

或许,爱,不追求结果、不要求回报,才是无限、才是永远。

走出你的节奏

次日,她告别了 Rebecca 前往皮兰(Piran),这是一座保存完好的中世纪小城,位于斯洛文尼亚的西南隅。

皮兰依山而建,错落有致地坐落着有着红色瓦片屋顶的建筑。成片的红色屋顶房子拥有花饰窗格,透着典型的 15 世纪威尼斯风格。由于这里曾在威尼斯城市共和国管辖下度过了近 500 年,因此也被称为"小威尼斯"。

沿着狭窄的街巷行走,就如同穿梭在曲折蜿蜒的迷宫中。走着走着,她迷路了,走到了一个巷子的尽头,一家橱窗挂满了各种手绘明信片的小店吸引她驻足。

店老板是个 20 出头的当地人,他正在专注地在明信片上画着风景画。他说店里的所有明信片都是他自己绘制的,一张明信片基本要画七天左右。

这么小的明信片要画 7 天!这效率真是够低。她心里默默地想。可这里的一切与速度无关,与成就无关,而是一种坚持,一种从容。他微笑的脸和那副看起来悠然、闲适的神情就已经诠释了一切。这与她过去认识的那些脚步匆忙、神情疲惫的身影形成了鲜明的对比。

做自己喜欢的事情,用手艺传递美好,以悠然的心态过生活,这一定是一种幸福的感觉!

照着想象去生活

在狭窄的街道,她找到通往位于小山丘上的圣乔治教堂(Cathedral of St George)的路,这里可以俯瞰到小镇的全景。蓝色的海域围绕着小城,红白相间的灯塔矗立在岬角上,斑驳的建筑、教堂的钟楼……

她将目光投向整个海面。

悬崖跳海,似乎成为皮兰一个流行的运动项目。很多人从崖边跳进海里。由于在挪威见过 Sissel 和 Alexander 夫妇的悬崖跳水,她对这种极限运动不再表示吃惊。

"嘿!要不要试试?"一个黑人男子走过来,跟她搭讪。

她坚定地摇摇头。她哪里有勇气做这种尝试!

"我打算从这里跳下去。我非常喜欢这种有挑战性的运动。用身体和大自然交融的感觉实在是太棒了……我一点不怕死,如果能够跟大自然融为一体,死也值得……"他很健谈,她基本没怎么说话,他已经说了一堆。

"你是中国人?我来自美国,是一名街头艺人。"他说,他每到一个地方靠演奏尤克里里赚取下一站的路费,这几年基本上用搭便车、卖艺、旅行的方式来生活。

"这种感觉太棒了!喜欢的地方就多待一段时间,不喜欢的,感受一下气氛就离开……喏,我的全部家当就是背包中的几件衣服和这个家伙。"他指指后背的背包和装着尤克里里的小箱子笑着说道,露出雪白的牙齿。

她对他竖起大拇指。这个世界上有千百万种生活方式,而这种一边工作一边旅行的生活方式,无疑是自由而潇洒的。自从留学以来,她见到了不同国度、不同肤色的人们的不同生活方式。过去,在她的思维里,只有朝九晚五的工作才是正经的生活,而其他的方式似乎都是不务正业,或者是无所事事。而这段日子来,她意识到,一个人只有按照适合自己的步调生活,走出自己的节奏,才会真正感受到生活的乐趣。自己生活的快乐和别人眼中的华丽标签永远是两码事!

你远比想象中勇敢

亚得里亚海清澈见底,甚至可以清楚地看见海底的礁石。浪花拍在岸边的崖石上。

"敢不敢试试?"黑人男子指着停靠在岸边的几艘红色的皮划艇问她。

她摇摇头,这得需要多大的勇气才敢迎风破浪,更何况自己不会游泳!

"不,你一定要尝试一下。"他反复地鼓动她。最终,在他的各种鼓励下,她决定尝试一下在她过去的思维中无法想象的事情。

海上的风浪很急。面对这样一艘摇摆不定的独木舟,她充满着慌张和恐惧,害怕一下失衡船会被打翻。船身很狭窄,船舷几乎贴到水面,独木舟且行且停,

她始终找不到要领,觉得心都快到了嗓子眼,紧张得几乎忽略了耳畔呼呼的风声。好容易返回到岸边,她猛地松了口气,可心却始终不能平静。

"嘿,女孩,有没有发现自己要比想象中勇敢很多?"黑人男子笑着问,再次露出雪白的牙齿。

她点点头,一种欣慰之感涌上心头。

我们经常否定自己,内心的恐惧会影响我们的行为。可事实上,我们远比想象中的自己勇敢、能干!在敢于跳出思维的障碍的那一刻,我们就已经打破了自我封锁。此刻,她几乎更新了对自我的认识,那些因为担心、怯弱而没有勇气做的事情,有时只需要一个鼓舞就会改变事情的结局。那种对自己的质疑,总会在某个时刻让我们知道"原来我可以"。

"如果我们认为自己不可以,就始终不能成就自己。你决定你的世界。"他用黑人特有的微笑笑着,脸上挂着自信。

是啊。很多时候,我们内心的恐惧阻碍着我们的行为,令我们缺乏自信。我们总用一种自我催眠的声音,放大困难的难度,最后因担心自己没有能力完成某个目标,只好在矛盾下选择放弃。然而,我们远比想象中的自己强大啊!有时候,只有我们跨出了那一步,就会发现我们更多是被自己的胆怯和想象束缚住了手脚。

未来是未知的,一切都会有风险,我们可能会受伤,但只有勇敢才能获得自由和安全感!

旅途中,萍水相逢的陌生人的一句话,或许可以改变我们对自己的认识,也可以改变我们对生活的认识。一个陌生人的鼓励,拯救了一整天的心情,有了从未想过的尝试。这不正是旅途中的期待吗?此刻,她用感激的目光望着他,报以微笑。

不要对陌生人冷淡,也许他们是乔装打扮的天使。

第十七节　克罗地亚
Croatia

走着走着花就开了

勇敢和坚强是我们存活的力量,仁慈和善良是我们在命运中给自己的宽恕,爱是我们置身在危难中给自己的信仰。

所有的相遇都是度化

秦楚桐本来打算去位于斯洛文尼亚东北部的被誉为"阿尔卑斯城市"的马里博尔(Maribor),结果到了车站才发现买的是前一天的票!于是她打算放弃原本的行程,改去欧洲第一大溶洞——波斯托伊纳溶洞(Postojna cave)。可当天的票没有了。正好有个人买票要去克罗地亚的首都萨格勒布(Zagreb),他笑着说:"萨格勒布可是个非常美丽的地方。你值得一去。"

就这样,旅途中突如其来的小意外,让她提前前往这个曾被 *Lonely Planet*(《孤独星球》杂志)评为最值得去的地方——克罗地亚。

一个人的旅行总是如此随心所欲,或说随遇而安,没有一定要怎么样的坚持。

对克罗地亚的最初印象来源于克罗地亚音乐家马克西姆(Maksim Mrvica)演

绎的《克罗地亚狂想曲》,这首旋律中弥漫着一种硝烟过后的忧郁和激愤,有气势却压抑。在她的印象中,克罗地亚具有一种低沉与沧桑的基调,那是经过杀戮、悲伤、凄凉后,在夹缝中成长起来的小国特有的特质。而事实上,当她站在克罗地亚的首都萨格勒布(Zagreb)的那一刻,迎面而来的是一种闲适而宁静的氛围。

她沿着街巷来到圣母马利亚升天大教堂(Chiesa di San Marco)。大教堂始建于11世纪,几经修复,如今成为萨格勒布的象征之一。教堂的两个塔楼是城市的最高点,几乎从城市的各个角落都能看到这个塔尖。

广场的角落里坐落着咖啡厅,聚着三三两两的人,他们或是静坐,或是闲聊。孩子们嘎嘎地笑着、追逐着。

教堂对面的巷子里,有个当地市民购物的市场——多拉茨市场(Dolac Market)。正逢周末,市场上人头攒动。一片片红色的遮阳伞下,摊主们兜售着各种商品,除了水果、蔬菜、鲜花外,还有其他食品。不过,摊主们静静地坐在那里晒着太阳,喝着咖啡,并不是吆喝着大家购买。

到处是一片悠闲而鲜活的生活画面。

街边,一个画家在作画。她走过去,站在一边静静地看他素描。在他的笔下,教堂和广场越来越清晰,可能由于用力过度,他手中的画笔突然断了。老者不慌不忙又拿出一支笔,抬头看看她,用磕磕巴巴的英语说道:"人生就像这只铅笔。开始的时候很尖,画着画着就开始变得圆滑了,可是如果承受不住力度就会断了。"

是啊,我们一路成长,起初的锋利慢慢消磨,变得圆滑,也开始对生活苛求更多,可也因此烦恼更多,内心承受的更多。所谓心力交瘁就是因为我们给自己的生命增添了太大的强度吧。

赌徒的心态

这时,秦楚桐意外接到了左佳欣的电话。自从来到西班牙,两个人就几乎没通过电话。

"亲爱的！我被骗了！"电话那头,左佳欣哭了起来。

原来,这段时间,左佳欣交往了个男朋友。对大多数女人而言,有了爱情往往会忽略友情。不过,有些朋友不需要经常联系,亲密却依然如初。她跟左佳欣便是如此。

左佳欣从大学时就渴望披上婚纱,却总是遇不到理想的人。后来出国读书,感情也是沉沉浮浮,直到回国后遇到一个医生。医生因为妻子的外遇而离婚,独自抚养女儿。左佳欣一心想要嫁给他。不料,他的心里始终没放下前妻,又将全部的情感寄托在女儿的身上,左佳欣总像是他们生活中的一个局外人。最终,医生跟前妻重归于好,而左佳欣黯然退出了这场关系,并发誓再也不找二婚男人。

对于一些人来说,爱情的花期有多久,幸福的影子就有多长……左佳欣的目标是无论如何30岁之前要嫁出去,而这个 deadline（最后期限）在逼近,进展却是零。"我这辈子恐怕要孤独终老了。"左佳欣总是这样想,经常为此暗自神伤。

终于,她在经过坚苦寻找后,遇到这个男人,她立刻身不由己趋向他,恨不得马上跟他结婚。在第一次约会时,这个男人就吻了左佳欣。虽然,她也质疑这样的男人是不是情场高手,可她更愿意相信这是他对她的一见钟情。

他几乎具备了左佳欣渴望的特质,孝顺、暖男,还是个高富帅,说是做红酒生意的。这些优点在左佳欣的脑中自行美化、放大,在见过一面后,就开始盘算着和他的将来。当这个男人说要跟她结婚时,她满心欢喜地认定了他,觉得他们就是板上钉钉的伴侣。当她得知他的生意陷入困境,需要资金周转时,毫不犹豫地将自己仅有的五十万存款全部拿给了他。

"我以为谁都有困难的时候,如果我能帮他渡过难关,他一定会更加爱我,珍惜我。"电话那头,左佳欣呜呜地哭着。

女人常常会轻信,特别是在急于稳定、渴望一个家庭时。事实上,那个男人只不过是个小混混,通过网络扮演高富帅骗取渴望婚姻的大龄女孩的钱财。而左佳欣也不是唯一被他骗了钱和感情的女孩。

"怎么不去报警?!"听到这种经历,她着急担忧地问。

"不,这太丢人了。我不能让人知道我被人骗钱、骗色、骗感情……我怎么这么倒霉……"

……

挂断电话,她的心情无法平静。

那些渴望爱却得不到爱的人,总是在热切的期盼中被一些虚幻冲昏头,往往缺少理智的判断,甚至有着飞蛾扑火般不管不顾的极端心态。有时候,我们有一种与生俱来的拯救他人的精神,特别是女人,更会从道德角度来要求自己的情感。可事实上,即使周围的人告诉我们这可能是个骗局,我们还会用赌徒的心态希望自己能够赢。

画笔太过用力就会折。可何止是作画,连人生都会如此。

意外的遇见

这是一座有着浓郁中欧特色的城市,又散发着地中海的风情。跟其他古老的欧洲城市一样,萨格勒布也分为老城区和新城区。上城区是位于山上的老城区,透着历史的斑驳痕迹,下城区则是新城区,有着商业和现代气息。

Tkalciceva 是连接上城区和下城区的一条小路。这里算是萨格勒布最热闹的街道。街道两边咖啡厅、酒吧、餐厅和各种特色小店林立,一派热闹的生活迹象。

她找了一家餐厅坐了下来。这是一家家族餐厅。妻子是厨师,女儿是服务员,父亲是经理,儿媳妇是收银员。

巧合的是,她竟然遇到那个在去斯洛文尼亚的火车上读书的女孩。她们彼此露出惊讶的表情,继而坐到了一起。女孩叫 Jessica,来自加拿大,是乐团的小提琴演奏员,她对音乐有着深深的热爱。

"我喜欢沉浸、投入的感觉。"Jessica 说,"你看这些街头音乐家可以不修边幅,但从来不会失去对职业的热爱。有些东西不是装出来的,而是感觉。生命需要的就是这样的感觉。"Jessica指指街边演奏吉他的乐手说道。

"是啊,最能打动内心的恰恰就是这种投入吧,一种对自己从事的事情的热爱。"她回应。

生活的快节奏和琐碎总让我们忽略内心深处的声音,而热爱和投入却能自然而然地流露出一种令我们感动的情感。

"只有认清自己,才会做自己。生命应该是激情和燃烧,不然就是荒废。"Jesscia说。

她们聊得很投缘,巧合的是,她们的下一个目的地都是普利特维采湖群国家公园（Plitvice Lakes National Park）,而且订的都是第二天的票。她们相约一同前往。

十六湖国家公园的奔跑

普利特维采湖群国家公园又被称为"十六湖国家公园",被列入联合国教科文组织自然遗产保护名录。

公园内的湖群呈带状分布在蜿蜒的峡谷中,茂密的群山中,大大小小的瀑布相连,湖中富含石灰岩沉积物,因此湖水格外碧绿清莹,水中的树木形成罕见水底玉树奇观。

湖面泛着涟漪,微风拂过水面打击着岸边,水鸟以各种姿态掠过水面,水中自由游动的鱼儿清晰可见,丛林中传来隐隐的鸟鸣声。

她沿着湖边的栈道跑了起来。自从认识陆羽川以来,她开始喜欢慢跑。陆羽川是个不折不扣的跑步爱好者,他可以毫不费力地跑下半程马拉松。他说,他喜欢那种身体和世界亲密接触的感觉。

这段日子来,她或多或少在向陆羽川的生活方式靠拢。原本,她并不喜欢运动,以前跑两公里就会气喘吁吁。可如今,跑十公里还觉得从容。这项她起初觉

得乏味的运动,如今她却乐在其中。村上春树曾说:"我所理解的最深沉的爱,莫过于在分开之后,活成了他的样子。"

或许吧。

流动的水容纳着万物,周围一切如此纯净,令人心中没有杂念。似乎,跑着跑着就进入了另外一个世界,脑子里好像在思考着什么,又好像什么也没想。此刻,她好像感受到自己内在的变化。

被爱就值得感激

Jessica 是个极为时尚的女孩,衣服并不昂贵却恰到好处。她们相互拍着照片,并分享着彼此的故事。

"你有过旅行中的艳遇吗?"Jessica 问道。

她摇摇头。对于陆羽川,她不想说那是一场艳遇,至少她是用心爱过的。不过,她还是对 Jessica 坦白了这场相遇。

"你犯了一个大大大的错误。对于男人,即便你很喜欢对方,也不能逼婚!"Jesscia 表情夸张地说。

"我并没有逼婚,只是不想要一段没有结果的感情。"

"可是你有没有想过,你这样只会彻底破坏了情感的氛围。男人向来是你进他就退,你退他才进。莎士比亚有句话:世间的很多事物,追求时候的兴致总要比享用时候的兴致浓烈。"

Jesscia 的这番话让她想起了《慎子》里面的一个故事:在街道上奔跑的兔子,很多人都想捕捉它;而集市上的兔子可以随便买卖,过往的人却很少看上一眼。这并不是他们不需要它们,而是认为它们容易得到,无须去争抢。

争与不争,并不在于兔子本身,而在于心里的归属感。或许,感情也是如此,当你迫切地渴望承诺,对方就会产生逃离的心理,因此失去了那种向前的动力。

"爱情的时间长短并不重要,重要的是你曾感受过对方带给你的快乐。"Jesscia 说,"女人只有在经济上从容时,才能放缓对婚姻的迫切。不然,只要遇到一个富有又帅气的男人就会以为那是白马王子,会因此忽略对方身上所有的缺点。或许,还会被谎言和假象迷惑。"Jessica 点了一支烟,轻轻吐着烟雾,"结婚是一件急不来的事情。春天走了,夏天来了,秋天走了,冬天来了。我们总是会有新的感情,新的相遇,不是吗?现在,我更愿意花时间在自己感兴趣的事情上,过好自己的每一天,平静地对待每一次相遇。"

如今,对 Jesscia 而言,人生中很多东西比寻找伴侣来得重要。Jesscia 无疑是洒脱的,她前往印度参加瑜伽静修,去阿尔卑斯山滑雪,去奥地利维也纳听新年音乐会……38 岁的她,仍旧有张充满青春气息的脸,依旧勇敢又任性地活着。

"我不背负别人的评价和期望,我做自己。"Jesscia 自信地说,"我周围有挺多女性朋友,总是急切地想要把自己嫁出去,似乎单身就是在贬低她们的价值。这真的令我不能理解。我更不理解那些因为找不到伴侣而感到绝望的人。我认为,不要把幸福寄托在别人身上,自己才是最长久、最可靠的幸福。"Jessica 说道。

Jesscia 身上的独立、洒脱,让她看到一种自由,那是有权利选择是否置身于一段关系中的自由,是无须向任何人解释你的婚姻状态的自由,是一种自我又不失去幸福的生活状态。

与其拼命地去寻找那个懂自己的人,不如先学会倾听自我。

不是吗?

从某种程度来说,如果不是遇见陆羽川,她未必会有这样一场独自的远行。他的出现,已经为她打开了一个世界。几周来的旅程,她遇见了不同的人,听到了不同的故事,看到了不同的人生,了解到了不同的生活方式。这样说来,这场相遇何尝不是灿烂了她的人生?

相遇太短,白首太长。拼命地将对方编织进自己的生活未必是一场圆满。爱一个人,只需要勇敢去爱。如果对方恰巧也爱你,那就是幸福。珍惜相遇,被

爱就值得感激！婚姻向来应该是水到渠成，又何必强求？

想到这里，她露出释然的笑容。

独处是门艺术

因行程不同，Jessica前往赫瓦尔岛，她前往杜布罗夫尼克。她们没有留下彼此的任何联系方式。独自的旅行就是如此吧，有时候会与别人聊得很投缘，相互倾吐着心声，可最终，还是要奔赴各自的平凡生活。

相遇，有时没有再见，或者，一切留给天意。

杜布罗夫尼克是一个将山和海、古代文明和现代繁荣完美融合的地方。12世纪末，杜布罗夫尼克成为亚得里亚海的重要贸易中心，到15世纪，这里被称作"拉古萨共和国"。那时，杜布罗夫尼克依靠海上贸易繁荣，被称为"亚得里亚海上的明珠"。

秦楚桐住的地方紧靠海边，躺在床上就看到大海。晨曦中，太阳从港湾的一侧慢慢爬上古老的城墙，整个房间笼罩在一片金色的光亮中。她爬上窗台，亚得里亚海美得湛蓝而纯粹。斑驳的石头街道、精致的古老建筑、星罗棋布的岛屿、风光旖旎的海岸，一切正如乔治·萧伯纳曾说："如果你想看到天堂到底是什么样子，那么去杜布罗夫尼克吧！"

她打算在这里多住几天。

早上，她会给自己准备简单的早餐，然后沿着山道走向海边。水岸边，鸭子和鸥鹭都跑到水岸歇息，她喜欢观察它们觅食的样子。有时，她也会喂喂这些水鸟。

午后，她会跟这里的居民一样晒晒太阳，或者随心所欲地到处走走，无所事事地发呆。这里有干净蜿蜒的石头道路，宁静湛蓝的港湾，历史悠远的古堡，中世纪的教堂、修道院、钟楼、角楼、炮楼、城墙，面包店、花店、裁缝店、肉铺、水果摊等等似乎都经营了几个世纪,民居也带着浓厚的民俗气息……总之,每一处都让人沉醉。

晚上,酒吧中的人们弹起了吉他,歌声在古城飘荡。有时她会坐在那里安静地听听歌,有时回到住的地方,干脆躺在床上看星星。这里,时间流逝得非常缓慢。

杜布罗夫尼克往事

楚桐躺在床上环视四周,这房子的门、窗、阳台都受威尼斯建筑风格的影响,透过木窗可以依稀看到月光在海水中勾出的逶迤曲线。不知名的淡雅花香时不时透过窗子飘进来。

暗香浮动,疏影横斜,充满意境。

当乌云遮住月亮的时候,回忆总会引起某种伤感。当我在想你的时候,你是不是也在想我?

她不想入睡,起身走到小院里。此时,房东太太 Lucija 也没睡,正独自在院子中欣赏着月色。

Lucija 是个 60 多岁的妇人,眼睛很大,高颧骨,两腮有点塌陷,额头上有很深的皱纹,不过,她的眼睛明亮深邃,看起来很有神。Lucija 的英文不太标准,但这并不影响她们的交流,楚桐连蒙带猜基本能理解 80% 以上。

"这里真是个安静美丽的地方。"楚桐说。

"宁静、美丽并不容易。"Lucija 说,"为争取独立,20 世纪 90 年代的时候,整个国家弥漫在硝烟炮火中。"

Lucija 介绍说,在 1991 年南斯拉夫解体后,杜布罗夫尼克遭到战争的破坏,如今的老城是在枪林弹雨后修复过的。

战争!当 Lucija 说出这个词的时候,她不由自主地想到了陆羽川。他曾经说过,他的家人就是因为战争而分离的。我们总会如此,如果心里惦念一个人,

某个词汇或者某个场景都会联想到关于他的一切。

她仰望星空,轻叹了口气。

Lucija 或许以为她是在为了这个小镇的历史慨叹,也叹了口气,语气略带沧桑地说道:"就算一切恢复了往昔的平静,可是这段历史深深地印在了人民的心里。"

★★★★★★

"我丈夫是个军人,参加了那场内战。"Lucija 的语气中饱含着对丈夫的感情,"我为他深感骄傲。"

"在这样美丽的小镇,跟心爱的人相伴到老,真是件幸福的事。"她说。

"我们深深爱着对方。"Lucija 不掩饰她对丈夫的爱,"想听听我们年轻时候的故事吗?"

月亮倒映在海面上,令人觉得安静。通往 Lucija 家门前的石子路,承载了多少她的故事?灰绿色的木头百叶窗,油漆斑驳的老房子多少年未曾改变过,留下了多少她的记忆?

Lucija 讲起了自己的往事。

那时,克罗地亚还是铁托领导下的南斯拉夫社会主义联邦共和国的一部分,而 Lucija 只是个 17 岁的少女,是前南斯拉夫的首都贝尔格莱德的一家杂货店老板的女儿。

她情窦初开,对外面的世界充满好奇;他是名军人,刚入伍不久,经常光顾她家的店铺。她的少女心就这样被点燃了,不可救药地爱上了他,每个周末都盼望着他的到来。然而,有一天,他告诉她,他将被派去另外的城市工作,很长一段时间不能再见到她。他们流泪告别,在分别前的那个夜晚,他们发生了关系。他许诺一定会回来找她。

"他是一名军人,我相信他的誓言。"

分开之后,她发现自己怀孕了,想要生下这个孩子,这遭到父母的强烈反对。她以死相逼,父母表面妥协却暗地安排她嫁给隔壁肉铺的老板,一个大她 20 多岁的男人。为了保住孩子,她别无选择,只好带着怀孕的身体出嫁。没过多久,在肉铺老板的家暴下,她流产了,也因此失去了生育的能力。

她整天闷闷不乐,对他日夜思念,却始终没有他的消息。她一度觉得他就是个负心汉。可没想到 3 年后的一天,他竟然回来了。

他说,这几年他辗转很多城市,肩负军人的职责,怎能说回就回?但他从没忘记自己的誓言。如今,他升职了,可以常驻一个地方,他选择回到故乡,问她是否愿意前往。就这样,她离开了贝尔格莱德,随他回到他出生的地方,这个美丽的小镇——杜布罗夫尼克。

"来到这里生活后,一切美好的仿佛在梦中。"Lucija 回忆着往昔的岁月,沉浸在细腻的情感中。

或许,分开就是为了重逢。分别后的相逢,更知情深意浓。生命中,有些东西会消失,可有些却永远持续。那颗经过分离的心最终带着快乐回到最初。

"好甜蜜的故事。"楚桐听着,心生温暖,"这几天怎么没见到他?"她问道,她很想见见这个信守诺言的男人。曾经,有位叫作蒙哥马利的将军曾说:"作为一个军人,我永远忠于自己的祖国,作为一个男人,我永远不会背叛爱情。"

一个能够如此坚守承诺的男人,会是怎样一幅气质?

"见不到了。"Lucija 笑笑,平静地说,"他,失踪了。"

"失踪?"这个词眼令她不禁打个寒战,"怎么会失踪?"

"他在战争中失踪了。"

唯有爱恒久如新

20 世纪 90 年代初,克罗地亚从南斯拉夫独立出来,克罗地亚人和塞尔维亚

人之间因民族对立引发的战争长达 5 年之久,战争一直延续到 1995 年才结束。那是一段昏暗的岁月,战争之后克罗地亚的人口数目急剧减少。

"我一直在等待他回来……等了 20 年了。"Lucija 平静地说,语气中是对爱的执着。

回来?! Lucija 的心里是知道他永远不会回来了,却还在等待,这何尝不是一种偏执的守候? 她望着 Lucija 的眼睛,那目光依旧平静,眼中没有眼泪。也许,Lucija 已经习惯了叙说这段往事,习惯了等待。

等待,这是个多么令人伤感的词眼,残忍而无奈。对 Lucija 而言,这只是一个虚无缥缈的希望,也是人生永远无法实现的绝望。有些人永远不会出现在我们以为还会相遇的未来。我们继续前行、等待,就这样老去……Lucija 不就是在等待中苍老了嘛。

"他说过,无论怎样,他都不会离开我。"Lucija 带着肯定的语气说道。

"嗯。"她点点头,这就是爱情啊。很多事情,我们可以逃避,但命运不能。很多事情我们可以放弃,但回忆不能。相遇,离别,时光荏苒。

那份深深的思念和沁入灵魂的爱,是今生无人可以替代的相思和长情。

轮回里,还有爱。

"有人觉得我傻,错过了一生。可我不这样认为。"Lucija 深情而坚定地说,"我的爱全部给了他,哪怕到了人生的最后一刻,我也是用生命守住了爱。"

生活,一半是回忆,一半是继续。在爱的面前,沧海桑田也是渺小的。生命本就是一场对爱的追逐,一个我们发自内心爱着的人,终究会点亮整个世界。正如维斯瓦娃·辛波丝卡曾说:"我比你活得更久,这已足够,足够我,在远方苦苦思念你。"

"你恨吗?"

"恨谁? 国家? 战争? 不,不恨。"Lucija 平静地说,"我们不能拿历史的错误惩罚自己。"

多么宽容而豁达的回答!

"没有人能够左右我们的情绪,除了我们自己。如果我们能够原谅他人,自己也得到了宽恕。"

不要拿别人的错误惩罚自己,Lucija 似乎做到了。我们每个人都会经历希望和失望,会经历梦想和沮丧,会面临相遇和离别。虽然,他人有着让我们失望和难过的行为,可我们本该心生仁慈,并在这个过程中宽容一切。此刻,Lucija 的一番话,令她心生敬意。

"生活本来就让人疲惫,干吗活得那么现实!"Lucija 平静地说,"想要活得快乐些,就该编谎话骗骗自己。"

夜幕下,Lucija 仰望星空,孤寂而高傲,透着岁月的烟尘。她的眼睛仍旧明亮,虽然负载着往昔的艰难,却不曾黯淡无光。这应该是一种生命的"自我回归"吧。透过对生命的认知,让动荡的心回归宁静、平和。当生命走到某个阶段,那些烦恼可以和平淡的生活共生。

Lucija 让她看到一颗单纯的心,那是在失望、忧虑、期盼、徘徊、希望的轮回中坚强的内心。楚桐没想到这个外表温文尔雅、看起来柔弱的女人,内心却如此刚强。那目光中的淡定,是在经历了人生的风雨后释放的灵性,更是精神上的富足。

事实上,很多时候限制我们的不是环境,而是我们自己。是我们自我捆绑,不能打破新的禁锢,也就无法找到自由的感觉。此刻,Lucija 令她明白,似水流年中的平淡快乐是多么重要。

这就是人生吧,几分柔情,几分坚强,几分诗意,几分肝肠寸断。我们所有的羡慕、嫉妒、怨恨,最终又有何意义?对与错,无非是我们自己的论断,我们的烦恼只不过是我们在残忍地对待我们自己。一切终究都会随着时间而流走。人生的际遇就像写在沙滩上的字,海水冲过后连痕迹都找不到。只有不断调整、努力向前,生活才能继续。

她仰望月空,突然想起了陆游的一句诗:"人间万事消磨尽,只有清香似旧时。"对 Lucija 而言,心中只要有爱,一切又有何忧?

从自我认同中找寻力量

几天的时光很快过去。告别时,Lucija 送楚桐到门口,她们拥抱、挥手道别。离别时,她看到门口的一丛玫瑰开得正璀璨,身后的几株棕榈树笔挺地迎合着没有一丝云彩的天空。她知道,Lucija 依旧会夜以继日地守护着她的爱,那个不容他人踏入的心理防线。她知道,Lucija 的故事,就像这天空,虽变幻莫测,可终究是明媚。在经历了一次次的分别后,一个人可以不再惧怕孤单,可以享受独自的时光并怀抱对幸福的期望。这种生命角色的自由转换,不正是强大自我的体现嘛!

在去保加利亚的路上,她一直在想 Lucija 的故事。

一个国家的底蕴和气质完全通过人民展现出来,一段无法磨灭的历史和现实,带给人们不是自怨自艾的人生,不是经历战争和苦难后的抱怨,他们不幸却不可悲,他们仍旧感恩地生活!

人总是具备潜能来抵抗生活中的各种挫折和痛苦。如果我们自己排除或者不接受那些不必要的信息,就不会深陷痛苦。一段时间来,她总是在为日常生活中的那些琐碎之事而感到烦恼,可比起战争给人类心灵带来的震撼和折磨,这是多么微不足道!

命运之轮不停转动,它可能会在我们喜欢的状态下停留,也可能会在不喜欢的状态下停留。一切可能会重演,周而复始地循环。我们能把握的,就是令我们的内心时刻"自我回归",能够透过对生命的认知,让动荡的内心回归宁静与平和。

勇敢和坚强是我们存活的力量,仁慈和善良是我们给自己的宽恕,爱是我们置身在危难中给自己的信仰。任何时候,只要内心对自己微笑,怎么会有那么多的痛苦？那些浮于外在的东西,终究不能阻碍命运之轮的进程。只要将爱融入生命,每一个沉浸的日子都变得鲜活。不是吗？

　　心有沉香,何惧浮世。

第十八节　保加利亚
Bulgaria

诗意而有力量的生活

时间,不是金钱,而是爱和生活,它让一切变得温暖……

关于卖花老太的记忆

抵达保加利亚,天刚蒙蒙亮,空气中有一丝凉意。她从儿时便对保加利亚有所向往,这源于她关于一个卖花老太太的记忆。

那时,她还在上小学,家门口的街道上总有一个吆喝卖花的老太太,手里举着一根细细的竹竿,上面挂着用白色棉线串好的栀子花和茉莉花。微风吹过,香气扑面而来。她总是抵不住这馨香的诱惑,会省下买冰棒的钱买上一朵,有时插在头上,有时挂在胸前。那时,这样一朵花就会让她开心整整一个下午。

老太太经常会跟过来买花的妇女和女孩子们聊上几句。时间久了,大家对老太太的家事也有所了解。老妇人有个同父异母的弟弟在前南斯拉夫工作,因此,老妇人总会说:"保加利亚有世界上最美丽的花海,种的全是玫瑰,那香气不知要比这些花浓烈多少倍。"

自打那时起,保加利亚便深深地刻在她的记忆中。

走过了时光，错过了爱

索菲亚(Sofia)是保加利亚的首都,四周环绕着群山,整个城市掩映在一片葱绿中。次日,她赶早班车前往几十公里外的里拉修道院(Rila Monastery)。这家修道院是巴尔干半岛最大的修道院,位于青山环绕的山谷中。

这间修道院可谓是将建筑、艺术、宗教融为了一体。墙壁和天花板上的很多壁画都出自名师之手。壁画上,是一则则关于信仰的故事。

在一个角落里暗藏着通往漂亮塔楼的入口,旋转楼梯连接着顶部的长廊。那里,有个年轻的女孩正在面带轻笑地来回踱步看书。

在这里,似乎一切都有关信仰。

她坐在长廊的石凳上,专注地盯着穹顶和柱廊。因为陆羽川曾说过:"从建筑可以看到欧洲社会的变迁,每个柱廊和穹顶都有属于它的故事。"自从认识陆羽川以来,她对建筑产生了浓厚的兴趣,或许,爱上一个人,总是在不经意间就多了他的喜好。

她的目光从柱廊上缓缓地转移着,最后停留在倾泻在墙角的蔷薇花丛。这花丛带来所有或真或虚的记忆……几近疲惫,却始终怒放……我们的生命就该如此吧。每个人在幸福外壳下都有某种困顿、流离,甚至是历经艰难后心智成长的沧桑。

这时,一对中国情侣的吵架声引起了她的注意。他们的声音并不大,但因为是熟悉的母语,在这个宁静的地方显得格外清晰。

"你关心过我吗?"女孩气急败坏地问。

"你可真无聊,我怎么不关心你? 如果不是你要来,我现在应该在地中海晒太阳了!"

"我只是想在这里好好发发呆!"

"真有病！跑这么远来发呆？这些破画有什么好看的？看过就得了。今天是决赛！这么重要的比赛怎么能不回去看?!"

"咱们千里迢迢来这里就是为了待在旅店看球赛？你疯了吗?!"

"我疯了?!你简直是无理取闹！"

"对,我无理取闹！那你就别理我！我们分手吧。"

"又分手！这是今年第十次分手了！够了!"说罢,男孩气冲冲地离开,留下女孩独自在那里流泪。

楚桐走过去,坐到女孩身边,递上一张纸巾。

"他一点都不爱我。"女孩委屈地哭着,接过纸巾。

原来,他们是在英国留学的留学生,假期来巴尔干旅行,正好赶上欧洲冠军杯,男孩要回去酒店看比赛,女孩不依。就这样闹了起来。

"我不是真的想跟他分手。"女孩哽咽着说。

似乎这世界上的爱情大部分都死在了琐碎中。很多时候,我们无法与伴侣同步,当产生冲突时,我们总是渴望对方让步,当对方不肯让步时,我们往往会用分手来宣泄情绪,有时嘴上说的并非心里所想,可对方却很难理解这一点。

她安慰女孩说:"快点跟他回去吧。回去就和好了。"

"不,他不爱我了。"

"不会的。想想你们曾经快乐的时光,一会儿就没事了。"

"想想过去,就会对他现在的表现更加失望!"女孩哭得更凶了,"他过去不是这样对我的……他过去总是依着我……现在总让我失望,而且越来越让我失望了……"女孩泣不成声。

我们都有爱别人的能力,但爱一个人的同时,我们也要求回报。到底我们是爱别人更多,还是爱自己更多？我们不断忆未来的事情,却总是忽略眼前的一切。我们希望别人按照我们喜欢的方式做事,总是埋怨别人,可偏偏最终只会受到伤害。

他们今后或许会和好，或许就此分别。虽然，二十出头的年龄，可以肆无忌惮地爱，可以恣意妄为地分手。可终究，在这现实世界里人会渐渐懂得，有些分手仅仅只因为当初的情绪，那些茫然不顾失去所爱的冲动是多么不明智。

有时，我们以为那就是爱，却又逃离，心存忧虑，一不小心就这样走过了时光……

爱是世界上最美好的东西

她沿着 Vitosha 大街走着，沿途的建筑为她遮挡了午后刺眼的阳光。那些沿街的餐台和咖啡馆，室外座位上的客人总比室内的多。为了找到一个最佳的观赏角度，她换了两次位置。

她点了当地最具特色的美食——鹰嘴豆炖羊肉，又点了蔬菜色拉还有甜品。羊肉汤里是煮的熟烂的羊肉块，加了洋葱和鹰嘴豆。不过味道真的很一般。

正是周五，餐厅人满为患。高大帅气的服务生笑容满面地走了过来，问她可否和一对老夫妻分享桌台。

与陌生人同桌用餐不免有些尴尬，可看到这对面容慈善的老夫妻互相搀扶的样子，她点头答应了。

他们来自苏格兰，老妇人兴致勃勃地说他们已经旅行大半年了。

当你白发苍苍，容颜迟暮，我还是会牵你的手周游世界，这多么令人感动！白发苍苍仍能保持一份对世界的好奇，仍拥有洒脱和勇气，这多么令人向往！

"你们很爱对方吧？是一见钟情吗？"她问道，可话出口又觉得有点冒失。

"我们在大学的图书馆相识，很自然地开始，在一起很多年，爱不爱都可以结婚，就像我们父辈那样。"老妇人笑了。

老先生也笑起来："我没经历过那种怦然心动。可我知道她需要我的照顾。"

她用力地点点头，似乎读懂了他们的爱情。爱你，无须甜言蜜语，从来都是

在光阴流转中静默地坚贞。生命总会归于平淡，有时并不需要多灿烂，那些时光流转中的点滴汇成的情感更能成就人心的温柔；那些顺理成章的水到渠成，更贴近生命的本真。有些感情，润物细无声，一点点渗透到彼此的生命，最终融合。没有浓烈，只有平淡的似水流年。就像茨维塔耶娃的那首诗歌：

> 三十年在一起，
> 比爱情更清澈。
> 我熟悉你的每一道纹理，
> 你了解我的诗行。

旅途中的小沦陷

夜幕渐渐低垂，她告别老夫妇，走出餐厅。街道的一角，一个盲人正在拉手风琴，曲调温柔却有力，似乎表达着他对现实的挣扎。

爱是世界上最美好的东西，也是让这个世界变得更美好的东西。她在那个人放在身前的盒子里留下10欧元，向巷子的深处走去。

狭窄的街巷如迷宫般曲折蜿蜒，消失在古老的建筑群中。她记得酒店就应该是这个方向，可绕来绕去不知道走到了哪里。这样的城市中，旅行的人总会在错综复杂的巷子里迷路。天已经完全黑了，她不免有些着急，心情很紧张，手心已经出了汗。

嗖的一声，她身边似刮过一阵风，还没等她反应过来，身上的相机被一个黑人男子抢走了！她高声呼喊着，在后面追赶。一个路人看此情景也帮着追起来。他们跑了两条街巷，可还是被那黑人溜掉了。

"吓坏了吧？"那路人说，"保加利亚是个美丽的国家，也很安全。不要因为这件事影响你对她的看法。"

"里面有很多此行的照片，现在都丢了。"她几乎带着哭腔说。

"这种事情时有发生。人安全就好。"路人笑容宽厚地安慰着。

那人陪她去附近的警察局报了案。她这时才看清他的面孔。这是一张非常友善的脸,双目炯炯有神,看起来至少有60岁了。

虽报了案,这种沿路抢劫的事情,多数时候是找不回物品的。做记录的警察告诉她。

"就连警察也这样说?"她心里嘀咕着,突然对这个国家产生了一种很不好的印象。

那人似乎看出了她的心情,说道:"我们总会遇到形形色色的人。欺骗的、自大的、虚伪的、自私的,甚至还有坑蒙拐骗、偷盗和这种抢劫的,但这不是世界的全部样子。"

"嗯。我知道。"她点点头,却有气无力。

"这会影响你接下来的心情吗?"他问。

"恐怕会有一段时间。"

"接下来想去哪里?"

"本来想去看看玫瑰谷。现在……"

"没心情了?"

"嗯。"

"旅途充满意外,要调整好观风景的心态。"他笑着说。

"我知道,可是……"很多道理我们明白,可是真的遇到问题,情绪还是左右心绪。

"有兴趣到我家去参观吗?我有个玫瑰庄园,在卡赞勒克,或许是你想看的。"

"真的吗?"她露出些许惊喜的神情。卡赞勒克的山谷土壤肥沃,雨量适宜,非常适合玫瑰生长。那里正是她要前往的地方。难道老天做的每个安排都是有目的的?

探寻玫瑰谷

他叫 Joseph，一路上，他描述了家乡的美丽，并讲了一段关于保加利亚和玫瑰的故事。

令她没想到的是，眼前这个其貌不扬的人，竟然曾经是纽约一家金融机构的高管，如今，他回到家乡，住在乡下，专心打理玫瑰园，没事就陪着妻子牵着他们的狗散步。

"如果生活都过不好，人生又有何意义？"Joseph 这样形容着自己的改变。

不过，楚桐有些无法理解 Joseph 的举动。或许，每个少年都有一个远离家乡打拼的想法，而每个老人都有个落叶归根的念头。是不是人老了也就剩下点晒晒太阳、种种花的想法了？

★★★★★★

Joseph 的玫瑰庄园依山而建，并不是很大。这里河流蜿蜒、树林苍翠，白色的屋子被四周柔软的草坪包围。安静、祥和的村野风光仍令人惊喜。

此时，他的妻子娜塔莎正在院子里跟他们的爱犬玩耍。娜塔莎看起来比 Joseph 年轻不少，长得丰润、典雅，看到他们回来，笑容满面地迎了上来，并热情地邀请她走进会客厅。

Joseph 说，他经营这个玫瑰园快 15 年了，而真正做到盈利是近 5 年的事情。

他们的会客厅里摆放了很多玫瑰节狂欢的照片。其中有一张是个年轻女孩戴着王冠在花车上向人们招手致意的照片，照片中的女孩看起来很像娜塔莎。于是，她指着照片问娜塔莎："这是您吗？"

"当然，娜塔莎曾经是这里的'玫瑰皇后'。这里每年的玫瑰节都会选出玫瑰皇后，能当选玫瑰皇后是件非常值得自豪的事。不仅要相貌出众，还要才艺双

每一次改变,都意味着生命在未知中成长……光阴里,总有一个完整的自我微笑着等你回来……

全。"Joseph 自豪地回应道。

娜塔莎略显羞涩地笑着,继而介绍说这里每年的 5 月会举行玫瑰节,至今已经有上百年的历史。玫瑰节上,少男少女们穿着民族服饰,载歌载舞,跳着传统的霍洛民族舞蹈来祈求来年的花季丰收。他们会将玫瑰花瓣和玫瑰精油抛撒在空中,整个小镇都会弥漫着玫瑰的花香。

闲聊间,娜塔莎热情地拿出冰镇的玫瑰花酿制的酒请她品尝:"这酒是采摘自家院子里的芳香玫瑰酿制的。"并拿出亲自烤的软香的玫瑰曲奇,这曲奇中加入了他们在森林中采的浆果做的果酱并混合了干玫瑰花瓣。

曲奇配花酒,入口除了清香四溢,就是唇齿留香了。她不由得点头称赞。

"我喜欢这里的一切。自己收割种植,因季节和心情决定当日的食谱。"Joseph 笑着说道。

除了生死都不重要

Joseph 的家中有很多客房,她被安排在一间可以看见花园的房间里,室内的装潢风格很是简单,摆设的书桌、椅子、衣柜都是老古董,看上去很是朴素。可能是因抢劫受到惊吓,她竟然失眠了,胡思乱想直到天亮。

清晨,她来到花园后面的山丘上。

阳光柔和,满目是苍翠的辽阔。整个庄园坐落在山谷间,四周充满着鲜明的色彩变化,月桂树、橡树,还有巨大的蕨类植物和各种野花遍布庄园。清澈的小河,环着半个庄园。太阳照射小溪的角度加深了水面的倒影,牧场里的牛在河边自由自在地喝水。

这里有奔腾的溪流、肥沃的土地、原始牧场上漫步的牛羊,当然还有诱人的玫瑰园。透过松林的绿色屏障,时不时传来小鹿的鸣叫声。偶尔鹰的尖叫、鸟的鸣啭和山涧溪流的哗哗落水声打破整个山谷的寂静。大自然的馈赠令人充满惊喜。她有点懂 Joseph 为什么能够放弃纽约繁华的都市生活回到这里了。

"待在这里,灵魂都在歌唱。谁能抗拒大自然对人心灵的冲击呢?"Joseph笑盈盈地走了过来,"在这里可以享受阳光、美酒、佳肴,当然,还有爱情。"

"在这么美丽的山谷经营玫瑰园,心情会很好吧?"她回应。这段日子的缓慢生活,回归自然,让她体会到某种生命的意义,就像树有了根,枝有了叶,花有了果实,渐渐感受到生命的存在。

"是的。没有比这更美妙的事情。在这里可以忘记一切世俗的烦恼。"

"您以前是纽约的金融家,在纽约生活了30多年,怎么回到家乡经营玫瑰庄园了?难道生活在纽约不好吗?"

在她看来,比起纽约生活的奢华,保加利亚的乡下似乎太过简朴。虽然,人类离不开自然,大自然总是会赋予我们钢筋水泥的都市生活中缺乏的存在,可当一个人适应了大都市的繁华与现代,如何能够安于乡下的平凡和宁静?更何况谁不喜欢现代化带来的便利呢?纽约能够带来的舒适享受是这里远不及的。

Joseph笑了起来:"钱多少算多?成就多大算大?再拼命能够名垂千古吗?"顿了顿,他又说,"适度的放弃是必要的。"

"您的产品在中国市场可以买到吗?"

"不。除了保加利亚哪里都买不到。"

"难道您不希望将生意做大,做到世界各地吗?"

他又笑了,摇摇头,说道:"对未来考虑回报会令人陷入苦恼。我才不做那么傻的事情。"

听他这样一说,她不禁疑惑起来:"难道不该去为未来打算吗?"

"人们总是习惯性地助长自己的欲望,寄托希望在未来,这就是烦恼的根源。"

他的话令她一愣。这么多年来,她为自己设计将来难道是自寻烦恼?

"一个人只有心不安时,才会有那种想成为什么的念头,这就是在跟自己较劲,最终会导致烦恼。"

"难道不该奋斗吗?"她更加困惑。

"当然要前行。可是,只有察觉到内在的不足,并且与之安然共处时,才不会因欲望而迷失自己。"他的声音低沉而浑厚,有一种岁月积淀的智慧在言语间娓娓道来。

过了一会儿,他补充说:"一个人不管多么风光,也要面对死亡。我们生来一无所有,死去也没有一样能带走。人生一辈子,无论贫穷还是富有,到头来总是要有一死的,为何还要去算计未来?"

她点点头:"我们所有不安的情绪中最可怕的可能就是死亡吧。这真是件可怕的事情。"

人生过了一大半的人总爱思考人生的本质,会坦然地面对过往,面对世俗,面对青春和死亡。Joseph 似乎就是如此。

Joseph 摇摇头,说道:"我的母亲临终时对我说:'如果人死以后可以得救,死亡又有什么可怕? 这只不过是一种转变,以不同的方式存在而已。宇宙是永恒的,人也是永恒的。'"

"人会永恒吗?"她疑惑地问道,"就算我们繁衍后代,把我们的基因传承下去,我们不还是要面临生老病死,谁也不可能做到生生不息的循环啊。"

"大自然是没有死亡的,它只是四季更换,循环往复。人也如此。" Joseph 意味深长地说,"人间最大的事情就是死亡,其他都是小事情,一切都会慢慢减轻,乃至消失,又何必为那些不必要的困扰烦恼?"

他的一番话,令她愣在那里,她几乎绕了半个地球,就为了寻找一种不同以往的人生,可到头来还是为了过那种每日重复的生活? 那些别人眼中的光鲜终究与自己无关。人生的最后归宿无非是死亡? 这样说来,当初她又何苦为难自己?

平衡的生活状态

这片森林沉积了几百年的光阴,河水赋予群山灵气。Joseph 在这里的一个

小村庄长大,伴着秃鹰飞翔的痕迹,野兔、小鹿们奔跑的影子。幼年的他喜欢伴随父亲狩猎,他们经常爬上通天高的大树追寻动物们的身影。父亲的枪法总是很准,引起他的欢呼雀跃。然而,他7岁那年,悲剧发生了。他因好奇触碰了树上的马蜂窝,父亲为了保护他,被严重蜇伤后身亡。那以后,家里断了生计来源,5个兄弟姐妹都还小,而他的母亲身体不好,几乎没什么劳动能力。那时候,家里穷得只有一张床、一把椅子、一张桌子。冬天屋里极其寒冷,而他总是捡姐姐们的衣服穿。争吵、贫穷充斥着他的整个童年。

"贫穷是什么滋味,没有人比我更清楚。穷得除了性命以外一无所有。"他回忆着。

14岁那年,他听人家说去美国挣钱很容易,心里就暗下决心前往。一个偶然机会,他发现镇里面有个赌场可以赌双陆棋,这是他跟父亲学来的唯一技艺。他瞒着母亲借了高利贷,决定赌一把!

人这一辈子总是逃不过运气的摆布。那天,他赢够了去美国的钱。

★★★★★

很多时候,我们会把人分为三六九等,会给自己的身份归类。我们渴望一种身份认同,渴望有尊严的生活。物质化的社会改变着所有人的观念和生活。贫穷的人渴望一夜暴富。他发誓,一定要出人头地!

终于,几次机遇的成全,他的人生发生了转变。他成了股票市场中呼风唤雨的金融家。然而,人一旦被浮华蒙蔽眼睛,心境就会发生变化。当他将股票自信地买入卖出,赚得大量的利润时,他有了一种近乎疯狂的自负。

一个人在姿态上的转变是不自觉的,尤其当社会地位有所提升的时候,自然而然地要求得到与之相匹配的尊重和待遇。

"那些年,我像是骄傲的雄狮。周围的人根本不在我的眼里。我不再唯唯诺诺,开始对他人指手画脚,也会故意昂首挺胸地走路,说话的态度也变得强硬起来。"他笑着摸了摸胡子,故意挺起胸膛,神情十分搞笑。

同时,他开始过起纸醉金迷的日子。他的身边经常会出现不同的女人,有学生、有模特、有空姐、有演员、有歌手、有记者……然而,这些身份各异的女孩却没有一个让他动过心思。

"我对她们的兴趣就像酒精在空气中挥发那般迅速散去。"他形象地比喻,"因为在我心里,她们只是爱上我的钱。"

Joseph 的话令她想起费尔南多·佩索阿在《惶然录》的一段话:"我与别人熟得很快。我用不着多久就可以使别人喜欢上我。但是,我从来无法获得他们的倾心,从来没有体验过他们倾心的热爱。在我看来,被爱差不多是一件绝无可能的事情。"

这或许不是 Joseph 的莫名担心,只是,有时候人生的真相很残忍,就算功成名就也未必会有个真正爱自己的人。

生命不是一条平坦的路,这条道路上可以尝到成功的喜悦,也会受到心灵的折磨。Joseph 还说:"我几乎没有任何工作以外的爱好和兴趣,虽然也会跑步、健身,可这只不过是为了让身体上保持健康和活力。我加入各种俱乐部,结识了大批艺术家、企业家、政客,可内心还是一片荒漠。"

那一年,他 48 岁,没有家庭、没有伴侣。每一次当他穿过办公室那扇高大的木质大门的时候,他都反复地问自己:"人生的意义是什么?"

"那些我苦苦追求的声誉、金钱、地位,那些被我神化了的东西,那些可以填充我未来的美好的东西,最终什么快乐都没给我带来,我竟然不知道自己在追寻什么。"他表情凝重地说。

我们内心的柔软总会在竞争和繁忙中日渐坚硬,亲情也得以疏离。突然有一天,家乡传来他母亲病重的消息。此时,他已经 3 年多没有回过保加利亚,没有见过他母亲。

"当我看到我的妈妈浑身插满管子躺在病床上的时候,我的内心彻底崩溃了。我这一生,竟然连与我血脉相连的最亲的人都没能陪伴,功名利禄究竟给我带来了什么？"

他推掉了纽约所有的工作，决定照顾母亲最后一程。这期间，他一次次问自己："为何我看起来很成功，人脉亨通，却总是不快乐？为了维持这些看起来很好的一切，我更加努力地工作，更努力地社交，可最终把自己搞得筋疲力尽，跟家人的感情淡漠，而一直被自己在意的一切终究也会随着死亡而烟消云散。难道这就是人生的意义吗？"

与此同时，他结识了一名咖啡店的女服务员。他每天都会去那家咖啡厅买杯咖啡，顺便跟她聊上一会儿。他发现她跟那些纽约的都市女性有着完全不同的世界观。

这个乡下女孩对他说："生命不在于你拥有多少，只在于你从拥有的东西中能感到多少幸福和快乐！"她还说，"我发现你的心紧闭得犹如一个忧伤的孩子。"

"别人都只是看到我的成功，而她却看出了我的忧伤。"说出这句话时，他的眼神中饱含着光芒，"那一刻，我觉得那些股票、金钱、地位，都变得不重要，只有眼前这个乡下的女人，才会令我的生活重现生机。"

这个女孩就是他现在的妻子娜塔莎。

"曾经，我的眼里只有工作，只有成功，已经麻木了对美好生活的感受。当我遇到爱情，才发现，比起美国的奢华，我更爱这里。在这里我终于又找了家的感觉。"

是啊，家，工作以外的乐趣。这无疑是 Joseph 能够放弃美国的一切，回到这里种植玫瑰园的诠释。

家的渴望是我们每个人心灵深处的需求，是我们的心安处。人生，终有一天需要回归家园，只有这个家才能给我们带来心安。如今，他回家了，回到了心灵的原乡。

原来，每个人心中最初的那个感动，未曾随着时间而改变，只在于你是否又重新发现了它。

为了梦想离家，为了爱而回家。这或许是我们每个人的归途吧。

"时间,就像这玫瑰园,里面饱含着无穷的变化。花园里洒满了花种,渐渐长成花蕾,然后盛开成玫瑰,最后被提炼成精油。其中的每一阶段都发生着变化,正如我们自己。"Joseph 意味深长地说,"我们每个人的心中都有一片平静而美丽的玫瑰花园,那是我们与世无争的内心深处。"

是啊。在这里安静地听着玫瑰花开的声音,这不只是大自然的声音,也是心中的窃窃私语。德国诗人荷尔德林曾说:"思考最深沉者,热爱生机盎然。"对于 Joseph 而言就是如此吧。回归大自然,遵从自己的内心活着,才是生命的最佳状态!

浮云落日,终有归处

第二天,她和 Joseph 夫妇道别,返回索菲亚,准备次日前往希腊。刚刚放好行李,外面就飘起雨来,可她仍旧来到市区的公园。

这是一个巴洛克风格的花园。树篱修剪成整齐的方形和圆形,林荫大道笔直。只是,这雨天,公园里几乎没什么人。

她用手机拍下细雨流动的线条。

四周很静,静到可以沉寂于心。Joseph 的话和故事在她的心中涌过,某些记忆也像影子一样清晰涌出。

我们总是无法判断眼前的世界,不知道自己究竟想要什么。为此,只有不断努力去了解世界,了解自己。

有一种生活态度,让生活回归质朴、宁静,而不是在忙碌中浑浑噩噩地消耗生命。Joseph 不正是如此吗?

这个世界永远不缺那种打着要强的幌子,为了利益去争、去抢、工于心计的人,缺少的恰恰是忠于自心、阳光向上、走出自己节奏的人。生命,终究需要的不是虚名,而是活出纹理。最终,能敌得过时间的是我们内心的自在和从容。

雨中,树木的气味更加浓郁。水滴有节奏地滴落在石子路上,她可以听见自己的脚步声伴着这雨滴的声音。这似乎是她内在的声音在雨中的呢喃。一个小时后,雨停了,一道彩虹跨于天际。她停下脚步,抬头望着彩虹的斑斓。独行的时候,心更容易进入,自己和宇宙的对话总能让我们找到平静,令我们心安。

一个人只有能够主宰自己的时间,才能以更专注和放松的心情做事。我们总要留点时间给自己,不是吗?

人生一世,浮云落日,终有归处。

第十九节　希腊
Greece

不悔过去，不畏将来

对于生活的过往，对于情感，无论是结束，还是另一个开始，都应对美好的一面持有感恩与珍视。

和自己相处

说到古希腊，我们会想到《荷马史诗》、柏拉图和苏格拉底学说、奥林匹克运动会、诸神的传说等等。古希腊可谓西方文明和艺术的摇篮，古希腊神话被无数艺术家视为艺术的精神本源，滋养了欧洲文艺复兴时期的艺术发展。同时，古希腊神话也被视为欧洲重要的思想源泉，为后世的西方文学家提供了不可磨灭的创作灵感和素材。

无疑，希腊是一个融汇了美学与哲学的地方，岛上居民的闲适生活也成为全世界人民的向往。

希腊由 2000 多个大大小小的岛屿组成。楚桐最先前往圣托里尼岛（Santorini），这是柏拉图笔下的自由之地。

当船靠岸，红褐色的悬崖出现在眼前，悬崖的顶部罗列着白色的建筑，密密

麻麻。她坐缆车登上顶部，满眼都是各具特色的小店。岛上的房子洁白淡雅，绿色的植物和鲜艳的花朵散落其间，这些色彩与湛蓝的大海构成对比，令人在视觉上感到舒服却不单调。

这里的房子基本是蓝白的搭配。据当地人讲，为了保持这种清澈无瑕的白，每年都需要重新粉刷一次房子。

她沉迷在圣托里尼幽静的小巷里，沉浸在爱琴海湛蓝的海水里。

时间，对任何人都是一种宽恕。那些无法释怀的，终究在时间里流放。一个人的旅行更容易感知自己。这段日子里，她一个人听舒缓的音乐，一个人走在陌生的大街小巷，一个人在书店里看书，一个人吃饭……虽然，未来仍旧茫然，可她心中并没有因为一个人而觉得孤单。

或许，我们的孤独源自我们不完整的内心，而非缺少他人的陪伴。成长终将让我们每个人学会与自己相处！

在圣托里尼充满鲜花和阳光的阳台上，她听着鸟鸣，闻着带有花香的空气，自在地享受这份宁静。只是，人的情感像命运一样无法掌控。偶尔，她的心中会怀念和陆羽川在一起的日子，会在半睡半醒间想到他："他还好吗？"终究，我们可以学会独处，却无法不去想念。

做喜欢的事情，并为之拥有梦想

在米克诺斯岛（Mykonos），她走进一家画廊。画廊的作品以描绘希腊的风景居多，画风梦幻抽象，色彩柔和，有着诗意并略带神秘，静谧之中又饱含着大自然的生机勃勃。尤其是画中的蝴蝶，破茧而出，犹如脱离肉体的灵魂。她注视着，好像看到了自己的生命轨迹。

"你好。"画廊女主人用中文跟她问候着。

"这些画能令人感觉到平衡、纯洁和宁静。"她说道。

"抽象的点、线、面在传达内心情绪上更有力量。"老板娘竟然用中文回应着,几乎没有口音。

"您中文说得真好。"她由衷地称赞。

"我的丈夫是中国人。"画廊主人回应,"他是北京人。"

"真的吗？我也是。"相同的地域总能拉近人与人之间的距离。她顿时觉得老板娘很亲近,即使她们的肤色不同、人种不同。

一幅名为《巴黎的波西米亚生活》的作品吸引了她的注意力,这幅画完全不同于其他作品的风格,笔触生动地展现了塞纳河畔一群波西米亚艺术家载歌载舞的情景。这令她想起伍迪·艾伦的一部电影——《午夜巴黎》,电影中描述的就是这样一个场景。20世纪初的巴黎,是个无数艺术天才涌现的地方,艺术家、作家、诗人,以及一大批来自世界各地的追求艺术、追求理想的人们会聚在那里,尤其是塞纳河边的蒙马特尔和蒙巴那斯街区,他们过着波希米亚式的放荡不羁的生活,崇尚创作自由、思想自由、生活自由。

"这是我最得意的作品。"画廊女主人略带自豪地说。

"这是您画的?"

"是的。这里面大多数作品都是我自己画的。"

"画得真不错。这幅作品反映了20世纪初的场景,您是如何感知那个时代的?"她很好奇女画家的作画灵感来源于哪里。

"这一切来源于我的父亲,他也是名画家。想不想看看我父亲生前的作品?"

她尾随画廊主人穿过一个小花园,来到位于后院的画室。女画家拿出了几幅她父亲生前的作品。他的作品多半以希腊建筑为背景,以描绘希腊的生活为主,人物的装束是希腊式。画中的女子几乎都是体态优美、神态闲适。绘画手法细腻委婉,色彩稳重。

作家、摄影家、画家、剧作家、艺术家,那些以艺术的手法将世界娓娓道来的人,总是让我们看到另一种生活。

"这是以我的母亲为灵感创作的。"她指着一幅画有坐在花丛中沉思的女子的画作说道。从画中可以看出,她的母亲清秀端庄、体态风韵。

"这幅画中可以看出您的父亲对您的母亲的情感。"

"可以这样说。画是有感情的,可以传递画家对世界的感知。我的父亲在60岁的时候才结婚,陆续生了我的几个哥哥。我是家里唯一的女儿。"画廊女主人笑着说,并介绍了她父亲的经历。

她的父亲是个穷画师的养子,自幼就跟着养父学画。在20世纪20年代,他前往巴黎寻找灵感。那时的法国巴黎是西方艺术的中心,成名的和未成名的都纷纷聚集到巴黎。

那个年代的很多画家是生活的边缘人,没有固定的收入,不过拥有精神上的完全自由,有对艺术的狂热。他靠给别人画肖像为生,一直生活得很潦倒。后来他回到了希腊,也是过着吃了上顿没下顿的日子,直到有一天,他那种随意和浪漫的豪放不羁深深吸引了一个年轻的姑娘。她为他痴迷。那一年他60岁,而她只有25岁。

他们还是结婚了。不幸的是,他酗酒成瘾,情绪总是波动,导致身体出现各种问题,连走路、说话都变得困难,最终,他因酗酒过度而神志不清,死于器官衰竭。

"父亲那种对艺术的追求深深影响着我。"女画家说,"我无法想象我的生活中没有绘画!"

希腊人似乎有一种与生俱来的对美的感知力。早在2000多年前,古希腊哲学家苏格拉底就经常向青年教授如何塑造并欣赏人体的美。而温克尔曼曾在其著作《古代艺术史》中这样描述:"没有人像希腊人那样给予美那么多的尊敬,他们对美的事物的发现和创造,令我们的生活不至于偏离正确的方向。"

此刻,在这个女画家的身上,她几乎看到了希腊人这种对美的追求。以美塑造自己,用艺术来完善自己,这或许是希腊人延伸到血液里的精神状态吧。

"我的梦想是可以在中国办一个画展。"女画家说。

"嗯。希望您早日梦想成真!"

"谢谢。希望到时候您会来。"

她们给了彼此一个微笑,然后告别。

走出画廊,正好一抹柔和的阳光倾泻下来,照在她的脸上,洒落在地上。她眯起眼,迎着阳光的方向。

爱琴海的阳光那样美好,就像每个人的梦想。

如果时光可以重来

地中海的颜色不仅仅是蓝天和白云的颜色,更有沙黄、褐红、明黄、辣椒红等等强烈的色调,这些明快的色彩冲撞着视觉,令人心情振奋。

米克诺斯岛十分具有生活气息,每条小巷子都店铺林立,涌动着人流,尤其是到了夜晚,更是静谧中透着喧闹。走得有点饿,秦楚桐走进一家比萨店。店很小,装修得却很别致。店内摆着两张小桌子。经营这家店的是个老者。她要了一听可乐,一张比萨,坐了下来。

店内没有人。老者一边为她制作比萨,一边跟她随意地聊着。他的英语说得很好,不过像其他希腊人一样语速非常快,如同放连珠炮,有时听起来就像在跟人吵架。为了配合她,老者特意放缓了语速,这令他们的交流顺利多了。

令她没有想到的是,他除了经营这家小店,竟然还是个翻译家。

"我从来没有想过成为翻译家。只是恰巧喜爱文学就翻译了几本书,没想到就这样变成了翻译家……"他笑了起来,"在我心中,真正的翻译家都是很专注的人。我却从来也没专注做过什么。"

他做的比萨薄皮酥脆,加上马苏里拉芝士的顺滑和经过地中海长期日照生

长出的番茄的鲜美,即便没有添加过多的配料,还是让人入口惊喜。

"你是今天的最后一个客人,我准备打烊了,一会儿上楼去翻译书稿,一位英国女作家的作品,她写得真是太棒了。"他笑呵呵地将店门外挂着的一个蓝色的小牌匾翻成"CLOSED(暂停营业)"。

"哦,那我带走吃吧。"

"没关系。你可以吃完再走。"他一边麻利地收拾做面饼的台面,一边带有笑意地说,"我喜欢跟客人们聊天,他们总让我找到生活的乐趣。不然,我一个人生活得很闷。"

"您就一个人生活吗?您太太不住在这里?"她小心翼翼地问。

"我没有结过婚。"

"难道没遇到过喜欢的姑娘?"

"不,当然遇到过。"他突然停下手中的活儿,似乎陷入一种回忆,"我们有过非常美好的时光。我们一起去旅行,在品位和生活兴趣上也很接近。她也喜欢文学作品,而且,她做的比萨是我吃过的这个世界上最美味的……我们在飞机上相遇,她坐在我的旁边,我们很自然地聊天,发现我们住的地方竟然相距咫尺,下了飞机我们就开始约会了……"

"那么,您从来没想过要跟她结婚吗?"这令她不免想到自己跟陆羽川之间的故事,引得她好奇地打探下去。

"我那时觉得一个男人应不应该结婚是一个需要终生考虑的问题。相比光棍的寂寞,婚姻更是麻烦,又责任重大。总有人在你身边唠唠叨叨,也不能再跟其他女性约会,这听起来很糟糕。"

"她因此离开了您?"

"那倒没有。只是在我心里,真正的灵魂伴侣是不需要靠婚姻维持关系的。另一方面,如果跟她结婚生子,我的人生就会被束缚,这会令我失去很多生活的乐趣。"

"那你们为何而分开?您是不再爱她了吗?"

"不。一直都爱,我再没爱过别人。"他几乎一字一句肯定地说。

爱着的人为何还会分开?难道我们总是心存忧虑,在爱中逃离,一不小心就这样走过了时光?

"她的确没有因为结婚的事情跟我吵闹。我那个时候是名记者,经常工作到很晚,时常会忽略她,她总像有委屈一样闷闷不乐。我觉得我能给她丰富的物质生活,她理应理解我,因此没有耐心哄她。"

情有时很简单,彼此看对眼就有了一切。情有时也很复杂,人和人之间总会发生矛盾,最终渐行渐远。

"看着她哭着收拾东西离开的时候,我也想过要去挽留。可另一种声音又告诉我,女人总是旧的不去新的不来,我还会遇到更好的……"

"那后来呢?"她追问,迫切地想知道后面的事。

"后来,我的确认识了很多姑娘,却再也没遇到一个像她那样的女人。我几乎用了一辈子的时间寻找那个更好的,到头来才发现,跟她在一起的那段日子才是我一生中最幸福的时光,而她,就是那个最好的……"

暮色中,是他满是皱纹的脸。

我们大部分时候都在寻找、等待,却对自己正在经历的幸福视而不见,总以为在今后的人生会遇到比这更幸福的时刻。遗憾的是,人生匆匆。经过跌跌撞撞的流年,幡然醒悟时,才发现,原来已经错过了很多……

她不由得跟着他叹了口气。

"生命在回望的时候,总如同来时一样孤独。"他嗓音低沉地说道,"如果时光能够倒流,我一定会好好珍惜她……"

后悔,是每个人都会有的情绪,甚至会伴随一生。后悔因怕被拒绝而没表达感情,后悔因没好好珍惜而错过爱人,后悔为追求未来的时光而错失当下的美好……既然如此,为何我们宁愿跟心爱的人同时寂寞地活着,也不去挽回?于是,她问道:"或许,她也在等您。您怎么不去找她呢?"

他深叹了一口气:"这感情不像翻译文字,遗漏的、不理想的还能补回来,错

过的人,没法再弥补……"

"她嫁给别人了,是吗?"

"没,她没有……分开后没多久,她就得了重病……去世了。"

这世间令人最无奈的事情,不是错过,而是回不去。

"她死后不久,她的姐姐给了我一本她生前的日记,里面写满了我们的点点滴滴。原来,她是如此渴望穿上婚纱,渴望为我生儿育女。当初,她却从来没有要求过……"他点燃了烟斗,抽了起来。那丝丝的烟就像往事的沉浮,在空气里徘徊,持久不散。

楚桐的心情随着他的故事变得沉重。

时间总是无声无息地带走我们曾珍视的东西。很久以后,当我们回望,那些斑驳记忆中的碎片是如此珍贵,只是当初的我们并不知晓。我们试图找回那些当初不曾珍惜的、如今视为珍宝的东西,却没有一样可以找得回来。

"她在的时候,我觉得活到100岁都不嫌多,可如今,我只能靠着回忆生活……这是人生的遗憾吧。"

命运不可预见,时间让身体老去,可情感,那些曾进入我们灵魂的东西却不会随着时间的流逝而消亡!

爱情是这个世界上最美妙的事情,也是最残忍的事情,它可以拯救一个人的世界,让一个人获得重生,同时,也可以毁灭一个人的世界,令人绝望。他回忆过去,沉迷于过去,有自责和后悔。那些曾经的爱,我们为何不能勇敢一点、珍惜一点?

"我当初担心的那些,从未真的出现在我的生活里,一切只存在于想象中。"他猛吸了几口烟斗。

我们害怕会遇到糟糕的境遇,这样的想法消耗着我们的决心和信心。可实际上,很多我们所担心的事情只不过是凭空想象出来的。我们因为担心错失了机会,也错过了爱自己的人。

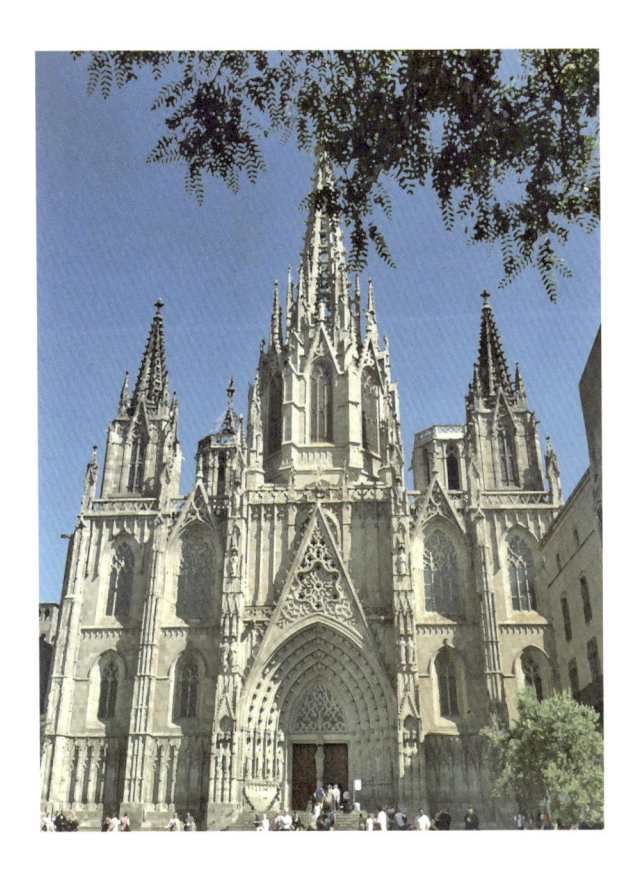

幸福从来不是世俗的眼光，而是满足于自心。让我们始终怀着最初的单纯，在路上，前行……

有时候,我们以为放弃的是一个人、一段感情,可事实上,更是一种人生。

"她是个很好的厨师,尤其喜欢做比萨……当初,她总是嚷着要开这样一家店……"

圣托里尼的月亮格外明亮,明亮到几乎可以照亮人心暗藏的角落。Miss,既是想念,也是错过。"I Miss You(我想念你)",有时,当我们说出这句话的时候,才发觉原来已经错过……

因为爱着,每个细节都成了微小的记忆……在孤单和寂寞中,他经营着这家小店,纪念着失去的爱人。虽然,他极力地想去寻找那份完整,但逝去的,再也回不去。

有些时光,只能留在记忆里,绵绵长长……人生如若能够重来,他是否会义无反顾地选择爱?

会的。我们都会的,不是吗?

把生活过成想要的样子

生活每天都是意外。本打算乘坐游轮去罗德岛(Rhodes),可因为天气原因,船不能按时起程,秦楚桐被迫在岸上滞留一天。

咖啡厅是消磨时间最佳的场所。她点了蜂蜜酸奶和希腊咖啡。美食在满足味蕾的同时,也能体现这座城市的历史和文化。

希腊咖啡跟欧美其他国家的咖啡有所不同,希腊咖啡是不过滤的。只见老板将磨得极细的咖啡粉倒入有柄的铜壶中,再注入水,然后置于炉上加热,沸腾后舀去上面的泡沫,倒进咖啡杯中。而喝咖啡时,要等上一会儿,直到咖啡渣完全沉入杯底。不过,即使经过沉淀,咖啡渣还是会在唇齿间留下残余。

人生总是充满巧合和缘分,在这间咖啡厅里,她竟然再次巧遇了那个女画家。女画家热情地跟她打招呼,问她这几天在岛上玩得如何。她说了不能起程

的原因,并为此表示沮丧。

"可能老天留下你为了再次跟我相遇。"女画家幽默地说,"既然如此,来我的家里吧,我先生还收藏了很多别人的作品。他这段时间回中国了,你可以慢慢欣赏,没人会打搅你。"

她接受了邀请,欣然前往。

★★★★★★

女画家叫 Peggy,还有个好听而有寓意的中文名,叫潘一诺。因为 Peggy 的先生姓潘,而一诺则代表他们一生的承诺。

穿过前面的画廊,后面是 Peggy 和先生的生活空间。

"千万别客气,就像在自己家中一样。"Peggy 热情地招呼着,就像对待一个老朋友。

"您的家布置得可真温馨。"她称赞道。不得不说,家的温馨并不是奢华的家具带来的,而是处处体现着的居家的味道。那些细心打理的花园,别具特色的小摆设,开满鲜花的阳光角落,更有舒适的看书长椅。这一切都令人觉得诗意而放松。

Peggy 的书架上摆的书并不多,大多是文学典籍,有荷马、柏拉图、但丁、蒙田、莫泊桑等文学巨匠的著作,每本书看起来都有些泛黄,应该是被翻过很多遍。

一个人的书房很大程度上体现了他灵魂的颜色。阅读之于 Peggy,是一场贯通古今的跨时空对话吧。Peggy 没说自己读过多少书,书房中也没有任何卖弄的摆设,可她的气质里却写着她读过的书。

Peggy 将几枝刚从院子里采来的玫瑰一枝枝插入花瓶中,反复看看,并摆正花瓶,说道:"我觉得最好的生活就是接受生活现在的样子。我享受光阴带给我的一切。"

"您一定没什么烦恼吧?"Peggy 有着舒展的眉宇、恬淡的笑容,面容上看不出任何沧桑的痕迹,想必应该生活得很顺遂。

"谁能没有烦恼呢?"Peggy 将鼻子靠近花朵,轻轻地闻了一下,"我可没有你说得那么潇洒。生命中哪能都是鲜花盛开? 也会有凋零,还会经历寸草不生。我只是不去想那些烦心事罢了……只有我们敞开心胸接纳一切,才可以真正地闻到花香,感受咫尺的幸福,不是吗? 走吧,我们去花园喝咖啡。"

别人不是你的彼岸

Peggy 的花园很漂亮,庭院里铺就着洁白的鹅卵石,角落里种满了玫瑰花。这些花的种子是她亲手种下的。

"花儿真的会令人的心情很好。"Peggy 说。

两人捧着咖啡杯,望着宁静的爱琴海,坐在日光里闲聊。Peggy 基本可以用中文交流,偶尔说不通时,会说几句英文。

Peggy 的人生看起来很是完美。从她书房中摆着的全家福可以看出,她的丈夫仪表堂堂、器宇不凡,一双儿女颜值颇高。加上 Peggy 有自己钟爱的绘画事业,又能每天在爱琴海的日光下享受悠然的生活,这可谓是家庭、事业、生活都近乎完美。可 Peggy 却说:"哪有什么完美的人生? 只不过是吃一堑长一智后的蜕变。清楚知道自己想要什么,就会努力争取什么,最后才能变成自己理想的样子……"

"您跟您的先生会有文化上的冲突吗?"她问道。毕竟中国男人多半有大男子主义,而西方女人独立自主,文化冲突应该在所难免。

Peggy 摇摇头,说道:"我们的冲突是任何夫妻都会遇到的冲突,是跨越国界和年龄而存在的。"

★★★★★★

Peggy 的丈夫潘先生是个商人，在中国和希腊之间做国际贸易，主要经营橄榄油和葡萄酒进出口生意。他们因为绘画而结识。潘先生对 Peggy 一见钟情，豪气地当场买下她所有的作品。

在潘先生的热烈追求下，Peggy 嫁给了他。

"我们有很多共同点，都从对方身上看到了自己的存在。"婚后的一段时间里，他们过着相当幸福的日子。潘先生是个风趣的人，既幽默又有才气，Peggy 的生活一度充满欢乐。

然而，女性有个特征，往往对恋人投入过分亲密的渴望，因此会伴随着占有欲和嫉妒，不仅会嫉妒他跟朋友在一起的时间过长，也会因他忙工作忽略自己而不高兴，更会因为他为了某种爱好而不陪自己就生气……这种心理会让女性拥有强烈的不安全感。

"那时，我无法想象没有他该怎么生活，我怕他有一天不再爱我。如果他回去中国谈生意，我一天要打三个电话给他。"

我们总是试图控制，原因在于恐惧。对于爱情而言，美貌、才学、家室从来都不是幸福的保障，再优秀的女子也可能在爱情面前跌倒。

那段日子，潘先生开始经常不回家，并刻意不接听 Peggy 的电话，而 Peggy 则怀疑自幼家境优越、看起来风流倜傥的潘先生会不忠。

"那时，我觉得任何人男人都会说谎，都会背叛……很长一段时间里，我的内心委屈而沮丧，世界一片混乱……"

就这样，两个人僵持着，处于分居状态长达两年之久。

直到有一天，Peggy 接到了潘先生出车祸住院的消息。当她急匆匆地赶往医院看到生命危在旦夕的潘先生时，她才知晓，潘先生竟是那样深深地爱着她，他的几份保险受益人居然都是她。

原来,每个人的内心都有一份固执和倔强,有时候,明明知道是自己错了也不肯做出让步。

"那以后,我终于意识到一旦我们将幸福寄托于他人,自己的能量就会减少,他人也会因此疏远我们。越想从别人身上得到些什么,就越容易被别人伤害。"Peggy 肯定地说。

是啊。好的关系应该是在保持自己的独立性的基础上与他人的结合吧,就像《思想录》里的一段话:"别人对我的依恋是不公平的,因为我不是那个人的目的,也无法满足他们的欲望。"

我们每个人本就该是宇宙中独立运行的个体吧,不依附,不执着,只是有时恰好可以同行。

"婚姻就像一场战斗,谁也不知道胜算会有多少,却要用百分之百的热情投入终生的较量。就像丘吉尔所说,'无论你多么肯定你能轻易获胜,永远记着,如果另外一方不认为他也有获胜的机会,那就不会有斗争了'。"Peggy 笑着说道。

时光静静地流淌,如今,他们经过 20 多年的风雨。

Peggy 的孩子们从出生就被她要求讲中文,看中国的文学作品,家里面也经常会吃中餐。潘先生经常开玩笑说,Peggy 喜欢的不是他,而是中国文化。潘先生的希腊语讲得不是很好,他经常怪 Peggy 的中文讲得太好了,因为全家在一起总是讲中文。

是啊。这个世界上没有完美的爱情,没有完美的关系,没有完美的人生,只有勇敢、只有坚持,伴着爱和感恩。有一天,我们学会了理解、宽恕和感恩,也就获得了平静。最终,我们会在平静中,寻找到安宁和幸福。就像 Peggy 和她的家庭一样。或许,我们每个人的人生际遇的背后都有一段不为人知的苦涩。只有经过失意,经过低谷,才能知道自己真正想要的是什么。

不依赖他人的幸福

"我骨子里其实是一个悲观主义者。"Peggy 恬淡地说,"我们的祖先虽然对自然的美感和生命的欢乐有着极强的感受能力,但也还是强调人生的悲剧所在。"

"是的。生命最终都会奔向死亡,这本身就是个悲剧。"

"不过,人生是一场自我救赎。"Peggy 喝了口咖啡,"那以后,我不断通过音乐、阅读、电影、绘画、摄影这些跟艺术有关的事物来充实自己,摄取能量。这让我可以时刻站在另一个角度去思考世界,点亮我内心不够阳光的地方。"

Peggy 还说,过去她在绘画的时候会带着强烈的功利心,一心想通过作品得到美誉,在绘画的过程中杂念很多。可是,那件事之后,她更加沉迷于绘画本身,那些色彩、线条让她能够忘记时间,甚至暂时从这个现实的世界中抽离出来。而当她的内心越来越丰富时,对外界的依赖感也变得少了。

在美中探索幸福,总要比在欲望中得到的幸福多吧。此刻,在楚桐看来,Peggy 可谓是个真正的艺术家。真正的艺术家接近哲学家,同时也是社会观察家,他们总是用独特的视角观察着这个世界,激发着创作灵感。而且,Peggy 还可谓是个生活家。真正的生活家不单是具有生活情趣,善于打理生活,更是能够洞悉世事,能睿智又平和地看待自己和世界。

"过去,我做什么事总是期待一个结果。如果期待的事情没实现,就会自怨自艾。"Peggy 说。

楚桐何尝不是如此?健身时,期待自己能瘦下来;付出感情时,希望对方也有相应的付出;就连换了新发型都期待别人能够注意并称赞。我们好像总是在期望中生活。我们的心被我们的渴求打上了烙印,背负着沉重的负担。

"必须承认,我们的挫败感都是这些期望带来的。后来,我在绘画的过程中想明白一件事:一直以来我都享受绘画的时刻,那一刻,时间是消失的……"Peggy 低着头喝咖啡,那神情令人觉得从容而放松,"我开始意识到,过去的已经过去,未来还没发生,这一刻,最可贵。现在,我已经不那么悲观了。"

或许,周围的人会令我们失望,境遇会让我们失望,可经历永远不会让我们失望。Peggy 不正是经历过苦涩后才顿悟的吗?

变老,并不意味会变得更智慧,任何负面情绪不会自行消失,时间不会改变它们,除非我们自己想通。Peggy 不正是想通后治愈了自己吗?

"现在,生活没什么能让我焦虑的。就算有一天他不再爱我了,对我来说也没什么,至少我还有中意的绘画,在绘画中我能找到回家的感觉。"

回家!此刻,她理解 Peggy 所指的是心灵上的回家。这个世界上没有一样东西会以恒定不变的形式存在,我们自己的情感和喜好也不例外,总是随着环境和时间而变化着。万事万物都在不断的变化之中,追忆和畅想都是徒劳的。如果我们每个人都能找到内心深处的那份自信,能够全然放松地活在一种没有时间概念的状态中,又怎么会惧怕分离?怎么会用一段关系的好坏来定义自己的幸福?

园中的玫瑰花散发出淡淡的清香,充满阳光般的气息。此刻,她的心情就如同地中海明媚的阳光,释放着温暖和令人愉悦的光芒。

花自飘零水自流,就像 Peggy 起初说的那样,人生根本就没有完美,我们寻找的一切都只不过是庸人自扰。只有当我们内心对自己有足够的自信,不试图通过外界获得幸福感,烦恼也就减少了。

唯当下最美好

在回去的路上,她留意到一个小男孩正在盯着地上的一群蚂蚁看,他神情那么专注,就连她走过身边也没有抬头。

小男孩的脸上始终挂着若有若无的纯真笑容,他似乎是已经融入了蚂蚁搬家的队伍的喜悦中。

这世界上,总有一些看似不起眼的小事情会突然触碰我们的内心,让我们困顿的心灵找到某种突破口。她被这种纯真和专注打动,这种专注不正是一种将自己置身于当下时光的专注吗?她不由得联想到陶渊明的一首诗——"种豆南山下,草盛豆苗稀。晨兴理荒秽,带月荷锄归"。那时的陶渊明不是也将注意力全都倾注在这草和豆苗上了嘛。作物的长势已经不重要。他已经完全物我两相忘,乐在其中。

难道我们不该慢慢品读人生的每一段时光吗?

难道我们不该沉浸在当下的美好中吗?

这个世界上一切都在变化,都在消失,如果执着于那些逐渐消失的事物,就会陷入痛苦。同时,这世界又变化太快,我们永远无法预计下一秒会发生什么,如果一直在计划中生活,追逐着那些未来的目标,心情会被结果套牢。

这一路来,楚桐一直没能沉浸在美好的状态中,心中期待改变,期待未来,焦虑、迷茫,没能好好享受当下的时光。如今,她豁然开朗。生活,有时惊涛骇浪,有时涓涓流水,一切都是未知的。唯有能够斩断对过去的忧愁和对未来的焦虑,才不会错过真实的生命。

生活本来很简单,认真做喜欢的事,好好爱身边的人,放下内心的思虑,快乐才不会远离。就像这个观察蚂蚁的孩子,投入当下,就会心生欢喜。当我们做一件事,不向它要结果、要称赞、要满足的时候,一个从容的自己就会出现,并会以最好的状态引领我们。

迎着爱琴海的微风,她面带微笑。

该发生的事自然会发生,该离开的人自然会离开。接纳自己每一种状态的存在,并呈现内在美好的自己。唯这一刻最美好。

第二十节　土耳其
Turkey

你的渴望，宇宙会听见

每一段生活里都潜藏着机缘，在生命的无限宽度里，我们在经历中认识了世界，也认识了自己。

爱无须去寻找

在罗德岛小住后，楚桐乘船前往土耳其的马尔马里斯（Marmaris）。希腊的罗德岛与马尔马里斯隔马尔马拉海峡（Marmara）相望。

在地平线的上方，聚集着一片粉红色的云彩，阳光透过云的缝隙洒落在海面上。船行驶过海面，留下银色的水痕。一大群海鸥在海面上空拍打着翅膀飞向陆地。此时，天空、大海、陆地交融在一起，渲染着天际朦胧的蓝色。

她站在甲板上，迎着风。

如果我们能接受生活赋予的所有，不排斥，生活会变得怎样？

如果我们不再强求任何人和事，不停留在往昔的岁月，不希冀未来的所得，生活会变得怎样？

如果我们能接受事物的本来样子，不强加我们的主观分析和判断，周围的世界会变得怎样？

如果我们能够远离一些想要得到更多的渴望，少一些对生活过得比自己好的人的羡慕，生活会变得怎样？

我们的生命不仅跟我们的过去相连，也与他人相连。我们的每一个念头都决定着我们的未来。

不是吗？

甲板上，一个妇人乐呵呵地走过来称赞她的红色裙子，说红色的裙子拍照片很美。她们像老朋友那样亲密地合影，然后，拥抱道别。

这看似平常的举动，却令她心生温暖。

爱是自然而然的存在，无须去寻找。它自然地发生，从来没有条件。

原来，所有人的内心深处都藏着一颗花的种子，光阴里总会有阳光的摄入，一旦时机成熟，就会开花并结果。

只要我们做好自己，爱自然而然会来，幸福自然而然会来。

不是吗？

以小孩的心态看世界

醒来时，星星还没有完全隐退，天空中还带着一抹幽蓝。她揉揉惺忪的眼睛，一边是月亮，一边是太阳。过了一会儿，天空渐渐被初升的太阳染成了金色。多么美好的景色！

她赶早班车前往艾菲斯古城遗址（Ephesus）。

艾菲斯是《圣经》中提及的"以弗所古城"。这里是目前全世界保存面积最大、最完整的古罗马城市遗址。公元前334年，亚历山大大帝把以弗所纳入希腊帝国的版图，当时，以弗所凭借着便利的海上贸易，发展成为地中海地区经济文化最为繁盛的城市。

古城经过千余年的时光和自然变换的洗礼，长存于烈日、风沙、雷雨和宇宙万物中,散发着一种悠远的神秘和壮观。

往昔的文明没有随着现代建筑的崛起而被填充掩埋,这是多么令人感动的事情。传说,这里住着古希腊神话中的月亮女神阿尔忒弥斯(Artemis)。她除了掌管狩猎,还照顾妇女分娩,象征着纯洁、孕育。而圣母马利亚也恰好在此度过了生命最后的日子。

似乎每个人心中都有一座以弗所古城,里面同时住着阿尔忒弥斯和圣母马利亚。只是,有时候我们混淆了自己心中的渴望,祭祀着阿尔忒弥斯,又信奉着圣母马利亚。

一对情侣在残垣断壁间深深拥吻,将历史的斑驳和荣耀都化为背景。他们那样旁若无人地热吻着,一只猫则半眯着眼,懒洋洋地趴在他们身边,它似乎并不理会人类的爱恨情仇、沧海桑田。

废墟总会给人想象的空间,这些废墟中的每一块石头、每一颗沙砾、每一块残缺的雕像都超越时光的限制,似乎能够让人穿越时空,去想象曾经的繁荣和辉煌、沧桑和沦落。或许,那里充斥着残暴,充满着血腥,有着森严的等级制。奴隶们会无缘无故地遭到各种惩罚,甚至,无辜的孩子也会被波及。

当我们对世界文化遗产进行思想之旅时,我们能够体会到往昔的人们生活的不同。不过,虽然人类对自然和宇宙的认识跟千百年前的人们有差异,但对最精髓的东西的理解是基本一致的。不得不说,人类经过几千年的历史进程,已经越来越成为一个大家庭。

在塞尔丘克图书馆的石阶上,几个讲着英语的游客正在讨论要不要提前结束土耳其的行程,他们的神情很严肃。原来,"基地"组织在伊斯坦布尔制造了爆炸事件,多人遇难。最近一段时间,土耳其境内恐怖袭击事件频繁发生。

一抹乌云遮住了日光,眼前的建筑在灰暗下更凸显着历史的凝重。她不由得慨叹:光阴如梭,多少个世纪过去了,即使人们对美德的传颂永无止境,与邪恶的斗争永不止息。纵然人类越来越团结,可仍旧会有纷争。人类总要面对美好与毁灭、文明与暴力、生命与死亡。

这时,一个两三岁大的小女孩好奇地看着她,朝她做了一个伸开臂膀的手势。她蹲下身,摸摸小女孩的小脸。小女孩笑着用手遮住眼睛,然后又将手拿下来,咯咯地笑,那无忧无虑的笑脸令人心都融化了。

小女孩的母亲笑着将她拉走,说:"如果我不抱走她,她可能会这样跟你玩一个小时。"

日光下,小女孩牵着母亲的手蹦蹦跳跳,渐渐走远。

她不由得想:有一天,小女孩也会长大,也要面对人生的烦恼和世界的不完美,也会在得与失之间、和平与暴力之间坚守和迷茫。这世上,终究没有任何一个人的人生是完美无瑕的吗?不过,无论生命多么无常、世界充斥着多少暴力和不公,如果我们能用一颗小孩般纯净的心去直面世界的不完美,生活不是依旧美好吗?

老子和英国诗人华兹华斯都把"复归于婴儿"作为摆脱现实困境的出路。如果能够拥有一颗童心,不就可以聆听到内心的召唤,回归到一种纯净、真实的状态吗?

时光且长,积攒能量

伊斯坦布尔是一座充满帝国遗迹的古老城市,有 2600 多年的历史。这里曾为古代三大帝国的首都。如今,这座城市辉煌的历史为其遗留了大量的文化遗迹。繁多的博物馆、教堂、宫殿、清真寺都成了这个城市的灵魂。

对于伊斯坦布尔,她的脑海中总会浮现那些电影里的碎片镜头:吟诵的声音回荡在伊斯坦布尔的天空,海鸥盘旋在蓝色清真寺的上空,虔诚的穆斯林在匍匐祷告,满城飘散着各种香料的味道,肚皮舞舞娘舞动着魅惑的身姿……

这里,无疑是一座戒律和欲望并存的城市。

夕阳的余晖从垂直悬挂的百叶窗暖暖地照射进来。她走到窗前,对岸的窗户在日光映照下射出橘红的光亮。不远处,博斯普鲁斯大桥横跨欧亚大陆。海峡的沿岸是美丽的宫殿、古老的住宅,呈现着这座城市的过去和现在、华丽和朴素。岸边坐着很多拿着鱼竿垂钓的人。临岸的小树林里,分布着大大小小的咖啡厅、酒吧、餐厅。

一派生活的诗意。

这座城市有过辉煌灿烂的历史,也经历过衰败和低迷。矛盾、困顿、挣扎不只是每个城市必然经历的,也是我们每个人都会经历的过程。终究,历史在前行,文明在前行,科技在前行,我们人类也在前行。

电影、文学、绘画、风景这些都是看世界的方式,但遇见不同的人,了解不同的价值观更能帮我们拓宽视野和心胸,更好地了解世界,也了解自己。自从旅行以来,她觉得自己有些不一样了。她意识到,过去是自己的心让自己错过了很多事情,平添了很多烦恼。

曾经,她从没想过有一天自己会独自旅行,那些假设的意外总是令人觉得畏惧。可事实上,当她接受了这种不确定性时,心里的障碍也随之突破了。如今,她觉得一个人的旅行反而才是真正的旅行。

对于大多数人来说,世界往往就是工作生活的那个小圈子。可是,一个地方待久了,思维模式会僵化,容易陷入肤浅的认知里,自然烦恼也多了起来。直到有一天,我们脱离了自己熟悉的那个世界,换个地方,做些从未尝试过的事,遇见不同频率的人,做到那些原本的"不可能",心中的纬度也因此而不同。

原来,我们总是庸人自扰……

原来,那些得到的、失去的,最终都是为了让我们与更好的自己相遇。

这段旅行前,她总会羡慕别人的人生,觉得自己不能得到心满意足的幸福。当初,艾芊芊说羡慕她的生活时,她完全不能理解,觉得自己并没有什么值得艾

芊芊去羡慕的。可如今，她意识到，任何人的背后都有不为人知的烦恼和值得被他人羡慕的东西。

当我们在羡慕他人时，他人也在羡慕我们。每个人的人生都是独特的，都有被人羡慕的地方，只是生在其中的我们忽略了自己的幸福。这就是所谓的别人有别人的花园，而你有你的沃土。

她给自己倒了一杯葡萄酒，浸在温润的泡泡浴缸中，让音乐轻轻地亲近她的耳朵。空气中是淡淡的玫瑰精油的香气，这是临别时，Joseph 夫妇送她的礼物。

在去西班牙读书前，她几乎从来没有这样舒缓的心情去享受时光。如今，她懂得了要放慢生活的节奏，放缓对目标的追逐。就像德国哲人金保罗说的，"人生就像一本书。愚昧的人，一页一页地很快地翻过去，聪明的人会仔细地阅读。因为他们知道，这本书，只能读一遍"。

她决定旅行结束后，培养一个爱好，比如绘画、写作、书法、摄影，或者学一门手艺也好，这样可以有更多的时间跟自己相处，可以安静地跟自己对话。

学会了独处，自然会不畏惧孤独，也自然不会惧怕离别。虽然人是社会性的存在，可越会独处的人越容易得到快乐。

生活以一种任何人都无法预知的方式运转，一些人会离开，让我们失望、难过，可另外一些人又会出现，教会我们勇敢、坚强、仁慈、自制……无论何时，只要积攒自己内心的正能量，生活总不会太差。

只要对自己充满信心，心怀爱和勇气，就会无惧远方。

不是吗？

幸福的源泉总相同

土耳其是个对宗教宽容的国家。教堂、清真寺、犹太教堂并存了几百年。她途经那些大大小小的清真寺感受着肃穆与虔诚，最后来到蓝色清真寺。这里是伊斯坦布尔的地标式建筑，修建于奥斯曼帝国时期，内部的墙体贴满了蓝、白两色的伊兹尼克（Iznik）瓷砖，据说，这种瓷砖是伊斯兰艺术的精髓。

阳光透过彩色玻璃窗射进来。她抬头仰望金碧辉煌的华丽的穹顶，崇高、开阔、宏伟，具有神性的神圣感和静谧感。

那些超脱尘世的渴望，困扰灵魂的恐惧几乎是我们每个人具有的。虔诚的人们慢慢俯下身祷告，他们把脸埋在铺着红底蓝花的地毯上，然后站起身，再一次弯下身，扑倒在地。祈祷声似乎把虔诚的人们隔离在世界之外。

从蓝色清真寺出来，她的眼前仍旧浮现出人们虔诚祷告的影子。

无论在世界的哪个角落，人们都会窥探自己的内心，为精神上的不安寻求解脱。将精神投向另一个世界，苦恼的灵魂也就寻到了慰藉吧。

她沿着那些石板砖的小巷漫无目的地穿梭，那些杂货店的橱窗里布满着大大小小的广告牌，偶尔能看到推着小车走街串巷的小贩。

几个戴黑纱的穆斯林妇女跟她擦肩而过。

宗教让我们不同，却又如此地相同。她心想。

所有的个体都是在这个世俗的世界里跟自己斗争，寻找自己的方向。地域不同、境遇不同、宗教不同，幸福的源泉却总是相同。当我们需要被基督教度化的时候，心中的神就化作了耶和华的样子；当我们需要被伊斯兰教度化的时候，心中的神就化作了真主安拉的样子；当我们需要被佛教度化的时候，心中的神就化作了佛祖的样子；当我们需要被自己度化的时候，我们心中的神就是自己。

难道不是吗？

一个手艺人的专注

清晨，她爬上都阿泰佩山（Duatepe），这里她可以将博斯普鲁斯海峡的美景尽收眼底。沿着海岸线，各色的餐厅星罗棋布。

从山上下来，她来到大巴扎（Grand Bazaar）。大巴扎是世界上最古老的集市

之一,这里有着世代经营的大小店铺,出售着各种香料、甜品、皮革制品、金银制品、手绘陶瓷、围巾、地毯等等。

在人声鼎沸的走廊里,一家陶瓷店吸引了她的注意力。店里的那些东西的艳丽的色彩、繁复的图案,深深吸引了她。她停下脚步,走了进去。

店主人正在拉坯。

她站在一旁专注地看着。当店主人得知她来自中国后,热情地说他年轻的时候曾去中国工作过。

"去中国也是制作瓷器吗?"

"不不不,"他连说了三个"No","我们家已经三代人做这个职业了。"他略为自豪,"可当初我父亲认为我没有这样的天赋做一个手艺传承者。"

他简单讲了自己的经历。

年轻时候的他不服父亲对他的评价,发誓要去外面的世界轰轰烈烈地干一番。可是,外面的世界吸引力太大,诱惑又太多,他不知该从哪里着手。他一路折腾,去中国学功夫,去希腊开餐厅,还去南美拍过音乐片、卖过唱。可始终没赚得什么钱。终于,在他35岁的那一年,他的父亲突然对他说:"回来吧。手艺如果不好好传承就没有了。"

光阴流转,看透风景,他最终回到原地,开始悉心研究陶瓷的色彩和制作。

"我的中国功夫师父对我讲:'功夫不分国界,只要用心就好。'通过练习功夫我体会到了专注的重要性,后来,我将这种专注投入陶瓷的制作上。"凭着这种专注和精益求精、一丝不苟的传承精神,他的陶瓷作品行销海内外。如今,他所获得的成就是他的父辈们可望而不可即的。

"浪费了那么多年,我才明白,原来守着手艺吃饭就可以获得成功,而我却吃了那么多的苦还一无所获。"他自嘲地笑了笑。

是啊。很多时候,我们总是抛弃老天赐予我们身上那些最闪光的东西,而历尽艰辛地去探寻一条不属于我们的路。吃尽了苦头才最终发现,如果当初能够守住初心,反而会获得意想不到的收获。

"如今,我只想做个手艺的传承人。比起外面世界的诱惑,没有比给这些陶瓷赋予生命更好的事情。"他笑笑说,"生活从来不亏欠我们,做自己喜欢的样子,才是人生。"

说罢,他又开始专注在这些瓷器上,全身心沉浸在他的艺术世界里。或许,在他的眼中,这些陶瓷就是他眼中的世界,也是他对世界的态度。

梦想与现实总有距离,因此不容易实现。可是,我们人生的每一个选择都是自己做出的,如果能够坚守初心,做自己喜欢的事情,不怕失败,这不就是无限地接近了梦想吗?

归根到底,我们要成为自己想要成为的那种人。

皮格马利翁式的期待

说来也巧。在返回的路上,楚桐竟然遇到了在西班牙读书的同学——来自土耳其的 Nurgul。Nurgul 热情地邀请她去家里做客。

Nurgul 是一个土耳其和北欧的混血儿,出生在一个富有的家庭。她的母亲 Abbie 是芬兰人,目前经营一个设计工作室。父亲 Emre 是个富有的土耳其商人。

客厅里有一副巨大的油画吸引着她的注意力。画上是一对夫妇面带微笑地依靠在一起。

"这是你的爸爸和妈妈吧?"她问 Nurgul。

"没错。每次看到它都让我想起我们谈恋爱的时候。"Nurgul 的父亲 Emre 走过来,绅士地说道。他的目光在画前停留片刻,欣赏又欣慰地说:"这里的一切要归功于 Nurgul 的母亲 Abbie。"

"我妈妈当初的才华差点被埋没了。"Nurgul 接过话,调皮地说道。

原来,Abbie 毕业于芬兰的阿尔托大学艺术设计与建筑学院,在芬兰曾是一

名设计师。可她为了婚姻放弃了自己的追求。

"我从小就想成为一名设计师。"Abbie 笑盈盈地说,"那个时候,我总会阅读设计师的故事,想象他们怎样思考、怎样感受。人生挺神奇的,我一直假装自己是个设计师,结果,真的就成了设计师。"

"是的。人生很奇妙,那些你期望的,且一直为之努力的,最终可能变成现实。"Emre 附和道。

"有那么容易吗?"她充满质疑。

"说你行,你就行,不行也行。"Emre 幽默地说。

"听说过'皮格马利翁效应'吗?这可是我们家的家规之一。"Abbie 笑着说,并讲了个关于皮格马利翁(Pygmalion)和加拉泰亚(Galatea)的古希腊神话故事。

Pygmalion 是希腊神话中的塞浦路斯国王。他不喜欢塞浦路斯的凡间女子,宁可单身。他善于雕塑,用象牙雕了一尊少女像,他逐渐地爱上了这雕像而无法自拔,给她取名 Galatea,他经常亲吻、拥抱她,对她情话绵绵,还送她鲜花、买珠宝华服给她穿戴。他向神乞求让 Galatea 成为自己的妻子。他最终感动了维纳斯,赋予了 Galatea 呼吸、心跳和柔嫩的肌肤,并让他们结为夫妻。

"所以,你看,我们期望什么,就会得到什么。你也一定会成为你想成为的人。"Abbie 自信而肯定地说。

"的确如此。当你想去扮演一个角色,并一直按照这个角色的思维思考时,不知不觉就会成这个角色了。我们把自己想成什么样子的人,最后一定会成为我们想象中的那个人。就像……我想成为一个好丈夫,还有好父亲。看,我不是做到了。"Emre 笑着说。

"我倒是觉得,实现人生的梦想一定要在最渴望的时候完成。这样才能更加全力以赴。就像……最美味的食物总是用最新鲜的食材烹制。"Nurgul 点好餐台上最后一个烛台,说道,"来吧,我们的晚餐开始了。"

土耳其咖啡

Abbie 精心准备了地道的土耳其美食。除了土耳其特色的烤肉外,还有他们最爱的甜食。不过,土耳其的甜食真是又甜又腻,楚桐一点也吃不习惯。在土耳其,主食以面包为主,Abbie 为了这次家宴,光是面包就准备了 8 种。

他们在用餐时笑声不断,Nurgul 的热情、Abbie 的亲切、Emre 的幽默,都让她感受到这个家庭的温暖。

她沉醉在月色和醉意中。

用餐后,Nurgul 为每个人呈上一杯土耳其咖啡,同时又准备了一杯凉水。

土耳其咖啡用铜制的盅连同咖啡渣一起煮开,这一喝法从奥斯曼帝国开始已经有 5 个世纪之久。

"在土耳其流传着这样一句谚语,'与君同饮土耳其咖啡,40 年友谊记心中'。" Emre 说。

Abbie 示意在品尝咖啡前先饮用凉水,这样可以淡去嘴里食品的味道。同时,又讲了一段关于咖啡的古老的传统。

原来,在土耳其,年轻的小伙子去求亲时,女子要为其煮咖啡。如果,她心仪求婚者,便会在咖啡中加入很多的糖,表示"我愿意";反之,如果咖啡很苦没有糖,则表示"我坚决不同意";如果加了盐,则是催促对方离开,表示"你快点走吧,最好再也不要出现在这里"。

你的渴望,宇宙会听见

Abbie 今年 55 岁,开了三家店,经营时装和居家用品。说到她的创业故事,还要从她跟 Emre 的恋爱开始。

他们是在澳大利亚旅行时相识的。当他们第一次共进晚餐时,Abbie 突然感

觉到这就是能与她共度一生的男人。然而,Emre 是个伊斯兰教徒,而 Abbie 出生以来就是一个虔诚的基督徒。经过再三挣扎,Abbie 决定为了爱情放弃上帝,也放弃自己的梦想。

自古以来,女性的任务是繁衍子嗣,而男性则是为女性和子女提供保障。Emre 是个传统的男人,他要求 Abbie 安心做个全职太太。

然而,两人一起亲昵的日子没过多久,便渐渐因生活中的琐事而产生了矛盾。

土耳其作为伊斯兰国,斋月期间需要"封斋",每天只能在日出前和日落后饮食。起初,Abbie 担心 Emre 会饿坏了,每天都会精心准备餐食。可 Emre 却不以为然,他会一边看着新闻一边简单地吃点,或者,干脆不吃。Abbie 因为 Emre 不能理解她的用心良苦而闷闷不乐,Emre 却关注不到她的情绪。渐渐地,Abbie 的心里出现不平衡,觉得为了爱情而牺牲自己的追求不值得。

人在现实中无法获得的满足会在梦中得到弥补。那段日子,Abbie 经常会在梦中梦见自己的作品在舞台上展示。于是,她开始亲手为自己设计并制作时装。这成了她生活唯一的乐趣。然而,Emre 却觉得她完全没有必要这样做。毕竟,他有着丰厚的收入,Abbie 可以购买任何她看上的时装,不必自己劳心劳力。

或许,每个人的生活中都会遇到这样的烦恼,自己所期望的理解和关爱总是在伴侣那里感受不到。那段日子,Abbie 既在自己的需求中挣扎,又要求自己屈从世俗,做个好妻子。但她付出的越多越觉得自己是被忽视的。终于,在第二个孩子出生后,她得了抑郁症。

Emre 意识到了问题的严重性。好在他是真心爱 Abbie 的,积极帮助她治疗。在一次长谈后,他终于理解了 Abbie 内心的痛苦,并深感自责。

爱是彼此的怜惜,或是一种同情,带着温柔的呵护和无私的给予。那以后,Emre 开始拿出更多的时间陪 Abbie 看电影、听音乐会、欣赏艺术展,让她保持对艺术的追求,又为她成立了工作室,支持她继续从事设计工作。终于,Abbie 的状态慢慢好了起来。

Abbie 喜欢在丝、棉和粘胶纤维等面料上印上色彩缤纷的手绘印花。她专注自己的爱好,为了能染出漂亮的布,她甚至在卧室的浴缸里为面料染色。她的设计开始受到人们的关注,工作室做得风生水起,门店也开了三家。而她跟 Emre 的关系也越来越亲密。

Abbie 拿出自己设计的环保手袋送给楚桐。

手袋设计得很漂亮,布料是 Abbie 亲自染色的,用的是纯植物的天然染料,颜色没有化学染料那么耀眼,却光洁柔和,上面还搭配了土耳其特色的串珠。

"这个包已经经过四次改良了,如今成了店里面的招牌。" Abbie 的脸上露出了中年女性特有的光彩,"我曾经以为我就是个人生的失败者。可现在我意识到,人生没有失败者,当我们觉得生活没了希望时,那或许并不是结局。" Abbie 笑着说道,并很自然地将一只手搭在了 Emre 的手臂上。

是啊。我们都在岁月里沉浮,一不小心就放弃了自己的初衷。可是,生活需要我们不断重塑自信。当一个人努力成为自己喜欢的样子时,心中定是充满欢喜的。Abbie 幸福的笑不正说明了一切吗?

我们常说"不忘初心,方得始终"。然而,那个我们在人生的起点许下的梦想却总因生活的冲突而被迫中断。可 Abbie 用她的人生经历印证了何为"初心",那是不管什么年龄、什么时间,都可以再次踏上追逐梦想之路的信心。只要我们心中有自我,有希望,朝着明确的方向前行,无论走过多少弯路,终究还会回到归途。

"如今,我觉得一切很满足。能够沉浸在自己喜欢的事情里,人就会很充实。"

是啊,当我们能够沉浸在喜欢的事情中,怀着轻松的心情,让心亲近自己,让

自己能够更好地跟自己相处,这种纯粹的宁静,可以减轻繁杂的心思。幸福的感觉也就在不知不觉中降临。

"我起初并没想到会开这么多家店,只是单纯地想设计出有人喜欢的东西。今天的一切真是太惊喜了。"Abbie露出孩子般心满意足的笑容。

是啊。如果任何事情开始时不去在意付出能得到怎样的回报,只是努力去做,并饱含热情,或许结果总是令人惊喜。

工作如此,感情如此,人生更是如此吧。

临别时,Nurgul和家人逐一给了她一个拥抱,这拥抱令她充满感动和幸福。

能飞的时候,不要放弃飞;能梦的时候,不要放弃梦;能爱的时候,不要放弃爱……

只要还活着

极端主义组织仍在土耳其境内制造恐慌,妈妈打来电话督促她提前结束伊斯坦布尔的行程。就在前一天的晚上,伊斯坦布尔机场发生了大爆炸,死伤很多人。原本,她的机票是前一天晚上的,因为Nurgul的邀请临时改成了这一天的晚上,也就这样避开了这次恐怖袭击!此刻,她正乘坐红色的电车准备前往伊斯坦布尔最繁华的塔克西姆广场(Taksim Square),她不想让父母担心,也为了安全起见,她从电车上跳了下来,返回酒店。

阿塔图尔克国际机场的所有的航班都被迫取消了。她只好走进酒店边上的一家小咖啡馆打发时光,等待机场的通知。

老板笑盈盈地送上来一杯刚泡好的土耳其红茶:"这杯送你。你是今天的第一位客人。希望你有美好的一天。"他充满笑意。

她拿起杯子,闻着那丝丝缕缕的氤氲香气,心生一种温暖。

这终究是一个有爱的世界。

她静静地坐在那里,什么都不想。突然,心生一种莫名的感动,交织着快乐与喜悦。她庆幸,因为,自己还活着!

这世间除了生死还有什么更大的事?既然如此,为何不能好好享受生活,享受时光,享受爱与被爱?那些纠结、不甘、迷茫、彷徨不正是生活赐予我们的另一种滋味吗?

还活着!真好!

光阴中,离别和重逢都只不过是悲伤和幸福的时空扭转。那些随时光荏苒的思绪,终听见花开的声音。

第四章　告别与重逢

我们通过身体和心灵了解自己和这个世界。

如果,我们的身体不能停歇,就让心灵换一种活法……

无须向他人证明,无须向自己许诺。

在有限的条件下,追求生活的质感。

在时间的宽度下,轻松地走向自我……

心灵的自由总是能够从简单中看到幸福,从安静中得到力量。

平静的心灵总有爱……

第二十一节　你就是世界，世界就是你

一个人就是一个世界，你就是你要寻找的整个生命的意义。

内心向往的方向

花开花谢又一季,月圆月缺又一年。

无论一路风景多么美好,都不及回家的那段路程。楚桐经过这一年多的学习、旅行,现在要回去了。

无论跑得再远,家是我们唯一的温暖。

飞机在迪拜短暂地停留,当飞机降落时,看到蓝紫相间的山脉上挂着一轮粉红色太阳,她的心被震撼了。

当我们拘泥于自己狭小的视野之中,总是看不到远方。然而,生活往往会给我们一些契机,使人顿悟。

迪拜机场依旧是来时候的样子,外面的世界仍旧是原来的样子。可是她的内心状态却不是来时的样子。

飞机上,她正巧看了电影《绿野仙踪》。当初,多萝西也是在踏上充满惊喜和冒险的旅行后,最终回到了家,才发现家的一切那么美好。其实,家并没有改变,

只是她的眼光变了。

我们觉得厌倦了生活的一切,我们渴望远方的召唤,我们迫不及待地要离开,可是,我们终究还是要回来。一切都还在那里,只是,当初的我们并不自知。我们改变、升华。最终回到原处,原来我们从未离开过。

家,是我们最初的归宿,也是最终的归宿。

正如荷尔德林的那首诗:

> 正如船夫带着他的收获,
> 从遥远的岛屿快乐地返回恬静的河边;
> 我会回到故乡的,
> 假如我所收获的多如我所失落的。

找到自己的旅行

如今看来,人生中需要一段这样的时间,告别以往的生活,摆脱身上的各种标签,做一个在天地间自由呼吸的自由人,或是在别处,有一段不同于以往的生活,感受内心的召唤,只有这样才能令生活重生新意。

如果不曾走出去寻找生活,又怎能不留遗憾地待在原地?

这一段旅程,有欢乐、有难过、有期待、有失落,她感受到了亲情、友情、爱情,也看到了梦想、婚姻、死亡。她曾孤单、迷茫、失落、不被理解,终在辗转中逐渐坚强。她经历了失去、伤痛,终在别人的故事中得到了治愈。原来,无论哪个国家、哪种肤色的人都有着相似或不相似的幸福。那些不同肤色、不同种族的人同样在琐碎的生活中兜兜转转。如果不曾质疑自己,如果不曾经历痛苦,我们会一直想要获得被爱、赞许、接纳,会一直寻找和等待未来的美好,仍旧会为情感和人际关系的和谐寻找突破口,仍旧会困扰于如何能够获得内心的存在感和安全感,仍旧会迷失在自己创造的幻想中,关上内心的门独自难过。

生命仿佛就是希望、失望、自我了解、找回平衡、成长的过程。那些令我们迷茫的十字路口,那些遇到的形形色色的人,那些经历过的世事无常,让我们终于懂得,任何经历都会回报我们。

忽然,一抹阳光射在她的脸上,仿佛经过了这场旅行,原本混沌的一切渐渐沉淀下来,从未有过的轻松萦绕心头。我们不断前行,走遍世界去寻找自己,经历一番波折,赫然发现,自己又站在了原地。原来人生就像是走圆圈,兜兜转转,起点就是终点。

此刻,一种轻松、平和与自我接纳的心情萦绕着她。

有的路,是用脚去走;有的路,要用心去走……

用喜欢的方式去生活

快乐的生活总是丰富多样的,有远行和思考,有兴趣和爱好。

以前休息的时候,她喜欢待在家里什么也不做,要不就是上网,可总觉得是在浪费时间,日子过得很无聊。可如今,她意识到有健康的兴趣和爱好非常重要,最主要是要懂得与自己相处。现在,她更能享受一个人的独处时光。散步、慢跑、听音乐、写作、绘画,或是享受午后的阳光,读一本好书。

静心是种沉淀的力量。只有当心静下来,清晰的自我才会显现。内心的丰富与自由可以不受时间和空间的限制。整个人似乎就是整个世界。

如今,她开了一间花店,跟着一位法国的花艺师学习花艺,感受花语,体会花器的配搭,完全乐在其中。生活的节奏变缓慢了,日子却不单调。

慢时光愉悦着心灵,她发觉自己内在的变化。

她一直喜欢画画,可是多年来都没有摸过画笔;一直喜欢音乐,可是很久没有兴致跟着节拍跳舞。生活中,有些微小的幸福,她不曾感受,或者总是忽略,如今,却都是她的乐趣。与此同时,她学会了观察世界,观察一些微小的存在,更懂得了观察美,这令她的生活不知不觉中出现很多乐趣。

现在,她边打理花店,边听着喜欢的音乐,偶尔随音乐而动;在阳光的午后,她经常坐在满是鲜花的花架的一角,任凭画笔在画板上留痕,随手绘出它们争奇斗艳的样子;或是,闻着大马士革玫瑰的香气,看着喜欢的书,偶尔会记录下这一年来所见所闻的感受和领悟。能当个作家是她儿时就有的梦想,不过,现在她已经不追求这个结果。

按自己喜欢的方式生活,做自己喜欢的事,感受生命的纹理,没有任何伪装,诚实地面对自己,一切迷茫都消失了。虽然这与曾经那份金融工作的收入相差甚远,她却安心而从容。

心灵上的充实要比任何物质上的形式赋予我们更多安全感和满足感。生活需要我们在一些细微的小事中体味乐趣和幸福。原来,我们一直就生活在诗里,无须逃离到远方去寻找生活的诗意。

★★★★★★

不知何时,窗外下起雨来,澄净的玻璃任凭雨水的冲刷,一弯弯细流映入眼帘。她走到窗前,打开窗户,一阵风吹进来,夹杂着泥土和芳草的味道。雨水将周围的一切都冲刷得干干净净,树叶长出了鲜嫩的芽,叶面上的尘土也被冲刷掉。一片片荒芜的土地开始遍布新生的嫩草,干枯的大地尽情享受着雨水的滋润。

一切,那么美好。只不过,她一个人在听雨。

思绪蛰伏于光阴。我们可能会遗忘某些细节,但在某个时空交错的瞬间,一些美好会突如其来地触动我们的神经。

是的,她还想他。

不知道他过得好不好?

时光就像一部电影剪辑机,一些苦涩的片段终究被我们剪去,而一些深入心灵的东西沉淀在了心里。

如今,她只记得陆羽川第一次吻她时的表情;记得她第一次挽起他的手臂时,他手臂上的汗毛;记得他在花园里为她弹奏吉他的身影;记得在峡湾寒冷的山谷中,他脱下自己的毛衣围在她的身上。如今,她已经不记得他们离别时自己的眼泪,不记得他不回复自己信息时心情的低落。

那些细碎又美好的时光,已经潜伏在平静的流年中。

爱,自然生长

这一年来,艾芊芊始终没有消息,那些精心更新的空间也关闭了。西班牙的人和事似乎随着那场北欧的旅行彻底结束了。

然而,这一天,她意外地接到了艾芊芊的电话。她们又要见面了。

在酒店大堂吧的一角,艾芊芊身体舒服地陷入沙发中。今天,芊芊没有化妆,长发散落在肩上并没有吹干,穿着随意的棉质长衫,没有任何饰品。这跟从前那个精致贵气、光彩夺目的艾芊芊如此不同!

"我其实也是个粗糙邋遢的人。"艾芊芊摸摸半干的头,娇媚地笑着。她的身边放着婴儿推车。她还是生下了那个孩子,是个女孩。

"她叫彭梓芊。"

"彭? 彭笑天的彭?"

生活总是给我们意外。这怎么可能!

"是啊。我自己也没想到。可这就是生活啊。"艾芊芊望着推车里睡着的宝宝,温柔地笑着。

★★★★★★

"他说:'我不知道何时内心多了对你的思念和牵挂,如果没有在芬兰遇见

你,我不知道何为心动。所以,我必须来找你。'"艾芊芊对这句话倒背如流,说着便甜甜地笑了出来。

"想不到彭笑天也会说出这样软绵绵的情话。"她也笑了。或许,每个人在感情上都有一种自我恢复的能力,只要用心感受,就会重获幸福。

"女人啊,终其一生,需要的还是一个有归属感的家。我现在终于明白,浮华终究是一场虚幻的梦,带不来任何心理上的满足。"艾芊芊端起咖啡杯,悠然饮了一口杯中的咖啡,仿佛从过去的虚幻中脱身。

"过去,我真的是对爱情失望透顶了,也害怕。可是……我的内心深处渴望一个真的爱我的人……只是,我怕自己遇不到,自尊心又强,不想说出来。"

是啊。有时候,曾经的伤痛和恐惧在心里占了上风,不愿意面对自己内心的阴影,也就无法得到完整的爱。当有一天,我们敞开了心,放下内心的恐惧,爱才会自然而然地成长。

我们的心就如同一个包裹的洋葱,一片片地拨开时会辣得睁不开眼睛,入口还是可以尝出甜意。这条寻爱路何尝不是如此?时而放弃,时而绝望,可背后总还是有一股力量给我们支撑。任何时候,只要我们没有失去爱人的能力,失去爱自己的能力,就还有被爱的机会,也终究可以寻找到爱。不是吗?

简生活

艾芊芊轻轻地抿了一口咖啡:"曾经的我,内心虚荣浮夸得很,喜欢被别人夸,喜欢被捧起来的感觉。"艾芊芊的眼中露出一种自我嘲讽的笑,"现在想想,我好像曾经经历了一场华丽的旅行……穿梭于不同的晚宴、酒会、音乐会,和那些富豪、名媛、艺术家们觥筹交错,享受奢华。可我活得是那么不开心。"艾芊芊娓娓道出过去的生活,用着述说别人故事的语气,嘴角上挂着洞悉世事的微笑。

"我现在觉得自然的状态才最接近完美。陪着宝宝安静地待着我就很满足,也没有什么特别想要的了。"艾芊芊平静地说。

是啊，我们都在寻找那个最完美的自己，可转了一圈才发现，任何雕琢都只不过是浮萍，那个能够放下伪装、放下心灵防线的真实的自己才是最美好的。

"当我开始变得对自己诚实时，我觉得一切都轻松了。"艾芊芊淡淡地笑着，那种洗尽铅华后的韵味充盈着笑容，"回国后，我基本断绝了与以前的朋友的联系，过了一段离群索居的日子，竟然发现这种生活方式很舒心。"

日光下，艾芊芊低眉而笑，那笑容依旧温婉，却多了几分含蓄，眉眼中也有了沉静和淡然的力量。这不恰是一种不同于往日的人生姿态吗？那种不与人争，不与己争的生活姿态。她的人生就如同红热的辣椒投入滚烫的热油中吧，释放出诱人的香气和浓烈的色彩，最终冷却，回归平淡。生活不正是这样嘛，当我们放下那种"我不完美就不会被人爱"的念头时，幸福也就靠近了吧？敢于面对和接纳自己的人才是最美的，难道不是吗？

我们每个人都在为了让自己的人生变得完美而努力，可有一天，追求完美成了我们人生的负担时，学会放弃变得更为重要。

此时，楚桐注意到桌角盛开的粉红色的康乃馨，它独自一枝插在水中不与人争艳，开得淡雅而鲜活，这不正如今天的芊芊吗？如果我们的心都能从喧闹中退出来，不就能看到安静的美好了吗？

"我以前觉得人一定要花大价钱来包装自己。买名牌衣服，戴名贵的表和首饰，开高级的跑车，只有这些才能吸引别人的目光，才是所谓的高大上的精致生活。"说到这里，艾芊芊笑了出来，摇了摇头，"可那时活得不安心，总是患得患失。现在我才发现只有健康、自然的心态，才过得踏实。"艾芊芊喝了口咖啡，望着窗外的亭子和回廊，眼中充满着风景，"你看，窗外多美。"

是啊，那些雕琢过的一切真的就是完美吗？有时候，真正能走入我们内心的不是刻意雕琢的精致和唯美，而是贴近自然的简约和诗意。

大道至简，大美至真。

有人说，我想让自己活得简单些，可简单不是不参加社交，不是粗茶淡饭、衣

着朴素,而是一种不对外界苛求的内心的自由。那是一种过好当下时刻,不留恋往昔,不强求未来的心。

成长就是如此吧,逐渐懂得生命中重要的事物,不再为虚华之物停留;懂得了删繁就简,懂得了舍弃和节制。

她们相视而笑。经历了这么多,才迟迟懂得这个道理。可还好,一切并不晚。

★★★★★

"我以前跟男人在一起,总会有一种焦虑和不安,怕对方厌倦我又爱上别的女人。为了满足虚荣心,我总是对年长有家室的男人动情,还幼稚地认为那就是爱,真是太愚蠢了!"

是啊。当我们怀着交易的心态去获取爱时,就不会得到心满意足的幸福。

曾经的芊芊像是一艘行驶在海上的豪华帆船,却没有指南针,也找不到灯塔的方向,只有漫无目的地航行,四处碰壁,伤痕累累。可谁的人生又不是如此呢?只是华丽的程度不同而已。谁都有过一段迷失的岁月,像是失去了航向的船,在苍茫的海上打着转,找不到归航的方向,也找不到要去的方向。

"现在,我不需要借助任何外在的东西来证明自己,不需要将我们的关系建立在昂贵的消费上。我终于可以做自己,不用寻思如何发挥魅力取悦男人。笑天带给了我前所未有的安全感,他跟我从前认识的男人都不同。"

再次见到艾芊芊,看到那个摘去了熠熠生辉的钻石耳钉,摘去了卡地亚的手镯,拎着环保的布手袋的朴素女孩时,她就知道,艾芊芊已经跟以前不同了。

如果一个人能够看见你的缺点、悲伤,爱你本来的样子,而不是希望你变成他认为你该有的样子,那么,你的任何不完美都是完美。

爱你,就是洞悉着你的心情,感受着你内心的不安和烦恼。爱,能让我们找到迷失的自己,变成更好的自己。难道不是吗?

"我以前对自己说,绝对不嫁给一个凤凰男。不过,你看,我食言了。"艾芊芊一边微笑着喝着咖啡,一边用充满爱意的眼神望着推车中的宝宝。

是啊,"我绝对不"这种话是多么顽固,多么一意孤行。可人终究是灵活的,不会将自己的念头固守在一念之间。

消沉却没有放弃,遭受过欺骗却仍会付出百分之百的真心。这就是艾芊芊吧。

"现在对我而言,爱人就是那个让你心里不觉得空的人,你愿意跟他交流任何事情,分享任何心情,而他愿意倾听……能遇见笑天,我真的很幸运。"艾芊芊笑得轻柔淡雅,似乎有着能融化冰雪般的暖意。

人生就像一场华丽的派对,带你入场的人却未必会陪你散场。哭过、痛过,终知道,那种奢华不抵一颗不离不弃的心。如果我们能够抛开主观的判断,就能够去真实地了解另一个生命。或许,我们会在彼此的接纳中沐浴阳光。

经年流转,如今,岁月静好。这不正是我们曾经期待的吗?

尽情做自己

艾芊芊在经历了这么多的人生变化后,有一种由内而外的优雅和坚定。这无疑是对命运的沉思、对爱的理解后,几经沉浮的蜕变。

以前的艾芊芊总是过多地关注外物,现在更多关注的是跟自己内心的交流。如今的她,对茶道、花艺、禅学、养生很是津津乐道,更是亲自教授小孩子们钢琴课和舞蹈课,小朋友们还给她起了一个充满诗意的名字——仙子老师。

"经过了那些鲜花和掌声,我反而更喜欢简单宁静的日子了。"芊芊笑着低语,随手将半干的头发绾在脑后。

她突然从艾芊芊的举手投足中感受到一种性感,这是跟以往那种低胸束身的华丽衣着完全不同的性感,而是一种由内而外的精神气质,是来自对生活和自

己的热爱,和一种由内而外的朝气,更是一种生命的自由。

一个人的魅力不是我们用眼睛能看到的一切,更是那些暗藏在光阴里丰盈的生命。如今的艾芊芊充实而克制,像水一样素,却素得有分量。

最好的生活状态,莫过于内心的简单与自在吧。

艾芊芊望着婴儿车上睡着的宝宝,露出温暖的笑容。这充满爱意的微笑让楚桐看得心都融化了。这完全不同于曾经的那个艾芊芊。

曾经的艾芊芊总是一副伶牙俐齿、剑拔弩张的样子,可如今,走进她的心,才发现,她是如此渴望被关怀,甚至如此脆弱。只是,她不肯认输,她必须强势,因为,她身后无一人。

原来,人心都是这样柔软,渴望爱和被爱。

"当我看到这个小生命时,我激动得哭了。过去和现在都在那一刻融为一体。我忽然觉得此时此刻已经是最好的生活,再无他求。"

是啊。人生的旅途中,大家都在忙着遇见各种人,以为这是拓宽人脉,丰富生命。可生命中最有价值的遇见,恰恰是重遇自己。我们走遍世界,也无非是为了找到这样一条回归内心的路。

当下的美好,不正是生命本该追寻的美好吗?

"人生很可笑是吧?"艾芊芊抿着嘴笑,当一个女人眼中只有爱而没有欲望,散发出的笑意也是柔和的。

"不,是很可爱。命运馈赠给我们一切。"

"你知道吗?我觉得我的人生从来未曾这样清晰笃定过。现在,我没有任何需要担心的事情,只想好好跟他们走完这辈子。"艾芊芊幸福地摸摸推车里熟睡的孩子的小脸,"我们下月要举行婚礼了。你一定要来。你是我们幸福的见证者。"

她们相视一笑,不再言语。

生命几番喧嚣,几番静谧。花开,随喜;花落,不悲。
流年,安然。

幸福从不缺席

婚礼上,艾芊芊没有穿婚纱,而是穿上一件白色的棉质长裙,可她整个人却充满了前所未有的光彩。

"感谢我的不完美,让我看清了真正对我好的人……"艾芊芊略带羞怯地望着彭笑天,露出幸福的笑意,"如果说,人生充满了烦恼和未知,那么,我们所有的努力都是为了克服这些烦恼和靠近这些未知。或许,婚姻就是一种未知的烦恼,可我愿意,心甘情愿地努力……爱,让我感受到了生命的完整,唤醒了我的灵魂,带走了生命中所有的不足,让我获得内心的平静……谢谢你的出现,让我相信,这个世界上依然存在纯洁而美好的爱情……无论生活给了我们多少不如意,但不要遗忘它的美好。只要我们相信美好,美好就一定会真的到来!"艾芊芊说得笃定又自信。

"生活总会让我们在绝望里,遇见最美的风景……"彭笑天深情地望着艾芊芊,欲言又止间,却已是两情相悦的千言万语,"我要在这个重要的日子里,跟大家宣布另一个重要的消息:在芊芊的支持下,我即将结束之前的职业生涯,成为一名我渴望已久的自由摄影师!这是我曾经只敢在梦里憧憬的梦想……这一年来,在芊芊的鼓励下和支持下,我开通了微信公众号,与摄影爱好者们分享美景、美图,聚集了很多热爱摄影的粉丝,订阅用户逐日增加。在大家的支持下,我们的摄影工作室将于下个月正式营业……"

那些阅尽层林尽染后的自然回归,往往最能触碰内心的柔软……

那些寻寻觅觅后的平淡真实,往往最能戳中感情的泪点……

每个人都是别人故事的旁观者,又会在别人的故事里热泪盈眶。

爱情要经历多少命运的变换,多少生活的考验,多少心灵的折磨,才能使得两个灵魂不分离?

爱上一个人,懂得他逞强里的脆弱,懂得他欢乐里的忧伤,懂得他倔强里的期盼,这不正是心灵的相许吗?爱上你,比你是谁和你给的感觉更重要,这不正是灵魂的相依吗?这世界上最好的重逢应该是彼此心灵的重逢吧?那些哀愁、沮丧、失望、痛苦、寂寞,终究还是迎来了芬芳。

心与心的接近就像是一种修行。只有放弃恐惧、焦虑、担心,只有充满真心和付出,才能收获完整的爱。

尽管,生活没有多少事顺着我们的心愿去发展;尽管,人生总有让人不顺心的事情发生;尽管,伤害、欺骗、背叛、误会时有发生;尽管,世间的矛盾、冲突不可避免……可当我们以爱、信任、包容和同情心面对这一切的时候,我们的心就会充满力量,一切都变得和谐。最终,我们人生中的那些缺憾,都会以爱来弥补。

王国维在《人间词话》里谈到做学问的三大境界:"昨夜西风凋碧树。独上高楼,望尽天涯路"是第一境界;"衣带渐宽终不悔,为伊消得人憔悴"是第二境界;"众里寻他千百度。蓦然回首,那人却在,灯火阑珊处"是第三境界。

难道事业、生活、爱情也要经历如此三个过程吗?此刻,楚桐知道,艾芊芊和彭笑天交换的不是一个承诺,而是彼此的生命,是理解、宽容、相互扶持,愿意柴米油盐琐碎到老的捆绑。如今的艾芊芊,看似温柔却有着强大的内心。那是经历过痛苦和磨难后在伤口上开出的芬芳的生命之花。

快乐、幸福的时光并不能教会我们什么,反而是痛苦和磨难让我们变得更坚强,更美好。

我们抗拒不了地心引力,无法与大自然的法则抗争,时间可以带走一切,岁月会把我们的容貌、性格改变,可智慧和爱却占据我们的灵魂,让我们不畏惧命运,不畏惧凋零的青春。

生命中,所有的承受,所有独自一个人流过的泪,最终,都变成了生命的厚度。每个人内心的那个缺口,最终都通过爱得到了治愈。

流光容易把人抛。红了樱桃。绿了芭蕉……

我们会一日日老去,可我们的经历会伴随我们一生,随着时间而摇曳身姿……终究,爱的力量会将灵魂从心底唤醒,蛰伏于光阴,灿烂彼此的生命。

美好如期而至

"你好吗?"

谁?似乎是陆羽川的声音从身后传来。她的心不由得一颤抖,回过头。

岁月更替,在光与影的交错里,是陆羽川的笑脸。阳光在他的身上镶嵌了一层光环,他的目光迎着她的脸。

思念、惊喜、委屈、难过……复杂的感情交织在她的瞳孔里,泪水滑落脸颊。

拜伦在《春逝》中写道:"若我会见到你,事隔经年。我如何和你招呼,以眼泪,以沉默。"

难道,这世界上还有任何一种情感比喜悦的眼泪更让人感到满足吗?

总有一种牵挂连着彼此的倾心,总有一种缘分牵引着人生的重逢……

他用指尖轻轻抹去她的泪。

"我想办法说服自己,没有你,我也可以很好,还可以找到新的恋情。可是你看,我就是没做到。"他深情地说道。

"那你的自由呢?"

"如果我欺骗自己,走遍全世界就是为了寻求内心的自由,可我心爱的人不在身边,那这种自由对我又有什么意义?我现在终于明白了,如果内心有乐土,又何须走遍世界去寻找。"

此刻,任何语言或许已经没有意义。他们流泪、微笑、亲密相拥……

我们一直寻求生命的安全感,却忘了我们内心的无常才是缺少安全感的根源。当我们不再需要安全感时,内心也就得到了自由。

这世界上的故事有很多种结局,却总有一种结局是你从未想过的。有些事情,你以为已经结束了,结果却峰回路转。

寻寻觅觅那么久,遍尝爱情的甜蜜与辛酸,而最终能够令我们安定下来的那个人,恰恰就是在经历绝望时,身边刚好经过的那一个。没有任何推脱的理由,没有任何艰难的寻找。一切刚刚好。

任何时候,爱、自由、圆满皆不会凭空而来,而是在探索和前行中的回报。一生中,欢乐的时光总比悲伤的时光多。

原来,你,就是你要寻找的整个生命的意义!

原来,你就是世界,世界就是你!